Frida ist sechzehn, als sie 1987 im Rahmen eines Kulturaustauschs aus Illinois in Castellammare di Stabia am Golf von Neapel landet. Sie erwartet eine Landschaft, in der die weiße Gischt des Wassers gegen den schwarzen Vulkansand schlägt, in der die Felsen und die dunklen Bäume des Monte Faito auf das blaue Meer treffen, in der sich die Pastaläden in Gragnano, mit ihren von der Sonne ausgebleichten Schildchen, einer an den anderen drängen. Es ist eine Welt, in der Gegensätze aufeinanderprallen und sich gegenseitig ergänzen: Erde und Wasser, Tag und Nacht, Gut und Böse. Ein Jahr Schule und Leben in einer italienischen Familie wird für Frida eine Zeit der Entdeckung, der Begeisterung, der ersten Liebe, des Verlusts und des Wachstums sein. Ihre Gastmutter Anita, extrovertiert und unkonventionell, begegnet Frida mit Bestimmtheit und doch auf ihre Art mit Zartheit. Sie führt das Mädchen in die Welt der erwachsenen Frauen ein, der Gefühle, der Leidenschaften, der inneren Qualen. Anita ist es auch, die Frida vor Raffaele warnt, einem Jungen, der in der Welt der Camorra aufgewachsen ist und Frida vor allem aber durch seine Verletzlichkeit fasziniert.

HEDDI GOODRICH, geboren 1971 in Washington, kam 1987 das erste Mal nach Neapel. Nach einer kurzen Rückkehr in die USA studierte sie bis Ende der 90er-Jahre in der pulsierenden süditalienischen Stadt. Sie hat einen Abschluss in Linguistik und Literatur. »Eine Liebe in Neapel« war ihr erster Roman, der in Italien monatelang auf der Bestsellerliste stand und von Presse und Publikum begeistert aufgenommen wurde. Heddi Goodrich lebt heute mit ihrem Mann und zwei Söhnen in Auckland, Neuseeland.

Heddi Goodrich

Ein Jahr am Meer

Roman

Aus dem Italienischen
von Franziska Kristen

btb

Die Originalausgabe erschien 2021 unter dem
Titel »L'Americana« bei Giunti Editore S.p.A., Florenz – Mailand.

Penguin Random House Verlagsgruppe FSC® N001967

1. Auflage
Deutschsprachige Erstausgabe Mai 2024,
btb Verlag in der Penguin Random House Verlagsgruppe GmbH,
Neumarkter Straße 28, 81673 München
Copyright © 2021 by Giunti Editore S.p.A., Florenz – Mailand,
www.giunti.it
Umschlaggestaltung: semper smile, München
Umschlagmotiv: ©Shutterstock/Lantern Works, DarkBird
Satz: GGP Media GmbH, Pößneck
Druck und Einband: GGP Media GmbH, Pößneck
SL · Herstellung: sc
Printed in Germany
ISBN 978-3-442-77435-7

www.btb-verlag.de
www.facebook.com/penguinbuecher

Für meine Mütter

1

Noch weiß ich es nicht, aber an demselben Wochenende, an dem Anita Palomba mir, ihrer amerikanischen Tochter, zum ersten Mal begegnet, wird sie den Mann ihres Lebens verlieren. Vielleicht soll diese Frau, die zu viel vom Leben verlangt, damit bestraft werden, vielleicht geht es aber auch nur darum, das natürliche Gleichgewicht der Erde wiederherzustellen, dem zufolge zu einem bestimmten Zeitpunkt stets eine gleiche Anzahl männlicher und weiblicher Wesen, Regen und Dürre, Tag und Nacht existieren.

Sie hätte auch eine andere zur Tochter haben können, zum Beispiel Brenda aus Kalifornien, die zusammen mit uns und all unserem Gepäck aus dem Waggon der Circumvesuviana steigt und sich wie verzaubert umschaut, obwohl der Ort, an dem wir uns nun befinden, nicht länger das märchenhaft fiktive Postkartenitalien ist, sondern der Realität aus den Fernsehnachrichten entspricht. Die Wimperntusche betont das unvoreingenommene Staunen in ihrem Blick und das hoffnungsfrohe Grün der Regenbogenhaut. Ich habe nicht den Mut, mir die Wimpern zu tuschen und so offenkundig zu zeigen, zu welcher Hälfte der Menschheit ich gehöre. Aber Brenda ist ein positiver Mensch. Hochgewachsen und aufrecht wie die Neubauten, die sich mit ihren der Hitze trotzenden, offen stehenden Balkontüren ringsherum drängen, um uns zu beobachten.

Anita hätte auch eine schwedische Tochter, nämlich Sif, haben können, aus deren ungeschminkten Augen dieselbe wachsende Unruhe spricht, die auch ich verspüre. Oder einen Sohn wie Huang oder Jesús, deren Namen sofort nach der Landung am Flughafen Fiumicino ihre Anfangsbuchstaben eingebüßt haben. »Bia Nossera«, liest Jesús vor, während er die Taschen unter dem Halteschild Via Nocera abstellt und, da noch keine Einheimischen oder Erwachsenen in der Nähe sind, fortfährt, sich in seinem merkwürdigen Italienisch auszulassen.

Aber Anita hat mich bekommen. Sie muss mich an dem Foto auf dem Formular erkannt haben, denn schon kommt sie mit strahlendem Lächeln auf mich zu, als berge sie in ihrer Brust ein Geheimnis, das sie mir unbedingt anvertrauen müsse.

Sie sieht aus, als käme sie gerade vom Strand. Atemlos und braun gebrannt, mit einem klimpernden Schlüsselbund in der Hand und einer bis zum Brustansatz aufgeknöpften Bluse. Ihr geblümter Rock flattert auf, als der Zug abfährt, und zwei zart gebräunte Beine, so glatt wie ihr Gesicht, eilen mir entgegen. Ich sehe keine Augenbrauen, vielleicht ist sie von Natur aus blond. Oder auch nicht.

Ohne ein Wort der Begrüßung schließt sie mich in die Arme. Ich spüre das Piksen ihres Goldkettchens, mein Gesicht verschwindet in ihrem dichten, verstrubbelten Haar, wodurch mir der Anblick der ersten, unbeholfenen Begegnungen der anderen Jugendlichen mit den ihnen bescherten Gasteltern erspart bleibt. Das Schicksal hat mich im Griff. Anitas fester, nach Fendi und Pfefferminzkaugummi duftender Körper wird von einem leichten Zittern erfasst, das sich wie ein elektrischer Strom auf mich überträgt. Sie lacht. Ein raues, aber gleichzeitig kindliches Lachen, wie wenn man einen neuen Witz erzählt bekommt und auch etliche Minuten nach dem eigentlichen Clou noch immer nicht die übertriebene und maßlose Heiterkeit verbergen kann. Wie kommt es, dass ich in einer Frau, die ich nie zuvor gesehen habe, ein derart unverfälschtes, derart schönes Lachen entfache?

Sie gibt mich frei. »Mein Gott, endlich bist du hier! Ich heiße Anita, aber nenn mich ruhig *Mamma* Anita. Du bist bestimmt hungrig nach der Reise. Hast du Hunger? Wir fahren sofort nach Hause, dann kann ich dir etwas zu essen machen. Und dann ruhst du dich ein bisschen aus. Du bist sicher müde, oder?«

Ich bejahe, das erscheint mir die beste Antwort.

Hinter ihrem Rücken sehe ich den verantwortlichen Ortsassistenten auf uns zueilen, der uns, als offizieller Vertreter des Westberliner Vereins, pflichtschuldig in Empfang nimmt. Mit übertriebener Geste reicht er uns die Hand und geleitet uns in teutonischer Manier über den Bahnübergang und mitten hinein in den Verkehr der Ortschaft. Mein Rollkoffer stolpert durch die Schlaglöcher, lautes Hupen betäubt meine Ohren, und schon nach wenigen Augenblicken habe ich die andern aus dem Blick verloren.

Anita hat in zweiter Reihe geparkt, das erklärt ihre Eile. So mühelos, wie sie meinen Koffer in den Kofferraum bugsiert, würde man nicht glauben, dass er vollgestopft ist mit englischsprachigen Romanen, Skizzenblöcken und dicker Winterkleidung. »Ziegelsteine kannst du übrigens auch in Castellammare kaufen«, sagt sie zu mir.

Vielleicht sollte ich lachen. Doch sie selbst lacht auch nicht mehr, als sie nun den ersten Gang einlegt, als würde sie einem alten Pferd einen Tritt versetzen. Sie ist voll und ganz konzentriert. Fährt wie ein New Yorker Taxifahrer, weicht nach rechts und nach links aus, drückt grundlos, aber ohne Aggression auf die Hupe, während sie falsch herum in eine Einbahnstraße biegt.

»So umgehen wir das Schlimmste«, erklärt sie, aber mir kommt es nicht so vor, als würden wir irgendetwas umgehen.

Es muss die Zeit sein, um die am Nachmittag die Geschäfte wieder öffnen. Überall schleppen Leute ihre Einkäufe in Plastiktüten durch die Gegend, rauchen und reden in voller Lautstärke. Im Vorbeifahren streifen wir sie mit den Seitenspiegeln, während Rauchschwaden und unverständliche Dialektfetzen ins Fahrzeuginnere dringen. Jemand grüßt Anita mit einer Herzlichkeit, die bei meinem Anblick neben ihr sofort in verhaltene Neugierde umschlägt. Eilig werden alle möglichen Neuigkeiten und Wünsche ausgetauscht, mit lauter Stimme, um den Lärm der Stadt zu übertönen. Dann kommt der Verkehr wieder ins Rollen, und die Schnalle des Sicherheitsgurtes beginnt erneut, gegen die Tür zu schlagen.

Ich überlege, ob ich mich anschnallen soll, aber das könnte als Misstrauen in ihre Fähigkeiten gedeutet werden. Anita ist eine Formel-1-Pilotin. Sie hat den Rock hochgezogen und ihre schönen, festen Schenkel entblößt, die nicht zu einer Frau ihres Alters zu passen scheinen. Jedes Mal, wenn sie auf die Bremse oder die Kupplung tritt, zeichnen sich die Muskeln ab. Sie steuert auf die Gegenfahrbahn, um einem in zweiter Reihe parkenden Wagen auszuweichen, und flucht auf den Fahrer, der es gewagt hat, genau das zu tun, was sie ein paar Minuten zuvor selbst getan hat. Doch dann erkennt sie ihn.

»He, Gaetano!«, ruft sie und fängt an zu lachen. »Deinen Führerschein hast du wohl im Lotto gewonnen, was?«

»Ah, die schöne Signora Anita! Wann kommst du endlich mal auf einen Kaffee vorbei?«

Als wir weiterfahren, frage ich: »Kennst du denn jeden hier?«

»Du kannst ja sprechen!«, erwidert sie fröhlich, bevor sie, fast ein wenig vorwurfsvoll, hinzufügt: »Und nun, meine Tochter, wird es Zeit, dass du den neapolitanischen Dialekt lernst.« Um nicht im Verkehr stecken zu bleiben, fahren wir ein Stück auf dem Gehweg und rammen dabei um ein Haar ein Blumenbeet aus Beton. »Ja, ich kenne viele Leute hier, denn ich arbeite nun schon fast zwanzig Jahre bei der Gewerkschaft, seit meiner Scheidung. Aber ursprünglich stamme ich gar nicht aus Castellammare.«

»Nein?«

»Ich komme aus Gragnano. Das hört man, sobald ich den Mund aufmache.« Dann fügt sie mit zur Schau gestelltem Stolz hinzu: »Ich habe einen ziemlich starken Akzent!«

»Ist das weit weg von hier?«

»Gragnano? Aber nein, nur ein Stück weiter rauf ins Hinterland. Es ist die Hauptstadt der Pastasciutta. Hast du etwa noch nie davon gehört?« Ich befürchte einen weiteren Vorwurf, stattdessen sagt sie: »Macht nichts, wir fahren zusammen hin. Du musst unbedingt meine Geschwister kennenlernen.«

»Wie viele hast du denn?«

»Insgesamt sind wir neun.«

Plötzlich fühle ich mich erschöpft, meine Glieder sind ermattet von der Schwüle, die ungehindert durch das Wagenfenster dringt, und mein Gehirn ist wie gelähmt von all den Menschen, Wörtern und Orten, die ich noch kennenlernen muss. Ich starre auf die zahllosen modernen Gebäude, die an uns vorüberziehen. Bei all dem Smog habe ich keine Hoffnung, auch nur die Spur einer Altstadt, einer Piazza oder des Meeres zu erhaschen.

Ich denke zurück an Colle di Tora, unweit von Rom, wo wir bis zu diesem Morgen vier Wochen zu Gast waren, um unsere Sprachkenntnisse zu vertiefen. In meinem Kopf sind diese

Bilder bereits ferne Erinnerungen, und geradezu schmerzlich beschwöre ich sie wieder herauf. Die orangerote Linie der auf einer schmalen Landzunge balancierenden Dächer und den See, der diese wie ein heller, leicht geöffneter Mund umschließt. Eines dieser Dächer gehörte zu unserem Haus. Die einzigen Zeichen, dass es sich um Eigentum der Kirche handelte, waren die knarzenden schmalen Betten und ein Kruzifix über der Küchentür. Um sich für die Gastfreundschaft erkenntlich zu zeigen, genügte es, das Gestrüpp zwischen den Steinen am Strand auszureißen und hier und da eine Coca-Cola-Dose aufzulesen, die irgendwelche Ausflügler zurückgelassen hatten.

In Colle di Tora war alles neu und schön für mich. Die Wäsche wuschen wir in einem Bottich und hängten sie im Garten auf, barfuß auf piksendem Gras. Wir pflückten Pflaumen von den Zweigen, bissen in das sonnenwarme Fruchtfleisch. Direkt vom Baum zu essen, war keine selbstverständliche Erfahrung, nicht einmal für Jesús, der aus Kolumbien stammt, aber aus einer großen Metropole, und erst recht nicht für uns Amerikanerinnen, die wir nur riesige Supermärkte kannten, oder für Nordländerinnen wie Sif oder für Ingùn, die riesige Isländerin, denn welche Früchte wachsen schon in solchen Breiten?

Wir füllten unsere Taschen mit diesen warmen Pflaumen, bevor wir in die Flip-Flops schlüpften und über die Abkürzung hinter der Bar Carlo hinunter zum Seeufer liefen. Nachdem wir sie aufgegessen hatten, wuschen wir unsere gebräunten Gesichter und Hände in dem lauen Wasser und lauschten dem Chor der Zikaden. Oder wir zogen unsere kurzen Hosen aus, unter denen ein stets feuchter Badeanzug zum Vorschein kam, und gingen schwimmen. Die Abende verbrachten wir auf der Piazza mit den einheimischen Jugendlichen und gestikulierten wild, um uns verständlich zu machen. Das Licht der Straßenlaternen fiel durch die Bäume und warf Lichtflecken auf das steinerne Pflaster, das ganz blank war vom jahrhundertelangen müßigen Flanieren. »*Bienbenuti a Cojones de Toro**«, sagte Jesús, und alle lachten.

In diesen vier Wochen füllte ich – so wie ich es mir auch für die kommenden zwölf Monate vorgenommen hatte – Seite um Seite der ersten meiner Kladden. Mit Skizzen, vor allem aber mit Worten. Beschreibungen von Sonnenuntergängen oder dem Mond, der wie die schönste aller Laternen über dem Platz stand, oder auch von den deutschen Mädchen mit ihren langen blonden Haaren, die auf dem Rücken im See trieben und aussahen wie vom Himmel gefallene Engel, Szenen ähnlich wie auf den Gemälden, die ich in den Kunstgalerien in Chicago bewundert hatte.

Doch nun steigt in mir, warum auch immer, der Verdacht auf, dass ich mich falsch erinnere, dass ich den ganzen Sommer verklärt habe. Während Anita an der soundsovielten verstopften Kreuzung die Zähne fletscht und ihre Finger mit den lackierten Nägeln im Handschuhfach nach einem Kaugummi kramen, wird mir mit wachsender Scham bewusst, dass ich in diesen Tagebüchern bloß die banalsten Dinge, das Äußerliche und Offenkundige, beschrieben habe, derweil mir die Essenz der Erfahrungen, ihr tieferer Sinn, entgangen ist.

Welcher dieser ländlich idyllischen Momente hat mich wirklich im Innersten getroffen, mich in irgendeiner Weise geprägt? Abgesehen von der Tinte, mit der ich versucht habe, sie festzuhalten, würden sie allesamt spurlos verschwinden,

---

* Wortspiel mit dem ital. Ortsnamen Colle di Tora; *Cojones de Toro* bedeutet auf Spanisch »Bulleneier« (A. d. Ü.).

so, wie man nach einem Film den Fernseher ausschaltet und nach einem kurzen Aufblitzen alles erlischt. In Wahrheit habe ich all diese Bilder, Menschen und Szenen nicht einmal, als ich sie tatsächlich erlebte, ganz und gar an mich herangelassen: Ich habe sie nur gedanklich abgelichtet, sie als Material katalogisiert, das sich später zu einer hübschen Erzählung verarbeiten ließe. Ich war unfähig, sie spontan, instinktiv und allumfassend zu erleben wie eine normale Sechzehnjährige, sondern habe sie durch die nostalgische, selektive und distanzierte Brille einer Alten gesehen. Das ist nicht wirkliches Erleben, merke ich, das ist ein Aufschieben von Erfahrungen, um sie später in aller Sicherheit auf dem Papier wieder aufleuchten zu lassen. Das ist nicht das Leben, das ist Angst vor dem Leben.

Ich spüre, dass ich nie etwas Interessantes geschrieben habe und dass ich nichts weiter zu sagen habe. Soeben haben wir vor Anitas Haus geparkt.

* * *

Mit dem Gepäck passen wir gerade so in den Fahrstuhl, für den man hundert Lire braucht, um in den zweiten Stock zu gelangen. Hinter Anitas Wohnungstür höre ich Gebell.

»Ruhig, Sally, ist doch nur *Mamma*«, sagt sie. »Heute geh ich nicht ins Büro, Liebling, heute ist ein besonderer Tag.« Das Geräusch des Schlüssels im Türschloss lässt das Gebell nur noch lauter werden. »He, jetzt reicht es aber! So bringst du noch Signora Assunta gegen uns auf!«

Anitas Ankunft beruhigt den Hund, der mich nicht weiter beachtet. Es ist eine alte Schäferhündin mit fragenden, wässrigen Augen. Ihre Vorderläufe sind offenbar arthritisch und scheinen mit jedem Schritt, wie durch ein unsichtbares Gewicht, zu den Bodenfliesen gezogen zu werden, die den gesamten Flur bedecken und mit ihrem gescheckten Muster an kandierte Fruchtwürfel erinnern.

Eines der angrenzenden Zimmer ist meines. Ich glaube, es ist das Arbeitszimmer. Darin stehen Regale voller Romane und Lexika und ein metallener Schreibtisch ähnlich wie der, den ich im Präsidium in Rom bei der Ausstellung meines Visums gesehen habe, nur dass dort kein Porträt von Hegel hing. Anita stellt meinen Koffer in der Ecke neben dem schmalen Bett ab. Die weißen Wände sind kahl, aber von schmalen, gewundenen Rissen durchzogen, wie Sträßchen auf einer Landkarte.

Sie führt mich durch die Wohnung. Sally schleppt sich auf zitternden Läufen hinter uns her, die Pfoten klackern auf dem Boden. In den Schlafzimmern, auch dem der Söhne, blättert an mehreren Stellen der Putz von den Wänden. Die breiteren Risse sind notdürftig mit Gips gestopft, aber niemand macht sich die Mühe, diese Mängel mit Bildern oder Postern zu verdecken. Nur ein paar kleine Schnappschüsse sind hier und da mit Tesafilm befestigt. Doch die Wohnung ist blitzblank, es riecht nach Putzmittel.

Trotz der geschlossenen Fenster ist das in schummriges Licht getauchte Wohnzimmer der kühlste Raum. Anita zieht nicht einmal die Jalousien hoch, sondern knipst nur das Licht an, um mich einen flüchtigen Blick auf einen großen erdfarbenen Wandteppich, auf polierte Gläser, zwei mit olivgrünem Samt bezogene Sessel und ein dazu passendes Sofa werfen zu lassen. Es ist der erste Anblick von etwas Altem, was ich seit diesem Morgen zu Gesicht bekomme, und auch wenn es sich, angesichts der im Übrigen eher bescheidenen Wohnungseinrichtung, vermutlich nicht um echte Antiquitäten handelt, verspüre ich doch Bedauern, als Anita den Lichtschalter drückt und die Tür hinter sich zuzieht. Der Schlüssel bleibt im Schloss stecken.

»Ich mache hier nur für Besuch auf.«

»Eine schöne Wohnung. Gehört sie dir?«

»Du meinst, ob ich Eigentümerin bin? Wo denkst du hin, mit meinem Gehalt! Bei all den Rechnungen, die ich zu zahlen habe, bin ich froh, wenn ich's bis zum Monatsende schaffe.« In der Küche öffnet sie mit einem Seufzer die Balkontür. Sie tauscht die Mokassins gegen Schlappen, legt die Armbanduhr ab und massiert sich das von der Hitze geschwollene Handgelenk. »Hast du Hunger?«

»Noch nicht.«

»Ich auch nicht, außerdem bin ich auf Diät. Ich mach uns einen Kaffee. Du trinkst doch einen Kaffee, oder?«

»Ja, tausend Dank«, antworte ich mit übertriebener Höflichkeit. Ich bin Gast, aber gleichzeitig bin ich es auch nicht. Keine Ahnung, weshalb Anita sich bereiterklärt hat, ein ganzes Jahr lang eine Unbekannte bei sich aufzunehmen, mit allen Mahlzeiten, ohne Gegenleistung. Ihre Anspielung auf das Geld, was eigentlich keine Anspielung, sondern eher der unbedachte Kommentar einer Erwachsenen war, berührt mich peinlich. Ich habe nicht einmal daran gedacht, ihr ein Geschenk aus Amerika mitzubringen.

»Mach dich ein wenig frisch.«

Ich weiß nicht genau, was sie damit meint, aber ich gehe in mein Zimmer. Während ich auf dem Bett Platz nehme, ziehe ich den mit Stempeln und Schreibmaschinenschrift übersäten Brief aus dem Rucksack, der mich bis zum Fristende am 31. Juli 1987 dazu berechtigt, im Haushalt einer italienischen Familie zu leben, mit dem Ziel, in einem ökumenischen Rahmen den kulturellen und sprachlichen Austausch zu fördern. Ich frage mich, ob Anita mich aus einem religiösen Grund bei sich aufgenommen hat, vielleicht, um eine echte oder eingebildete Sünde zu sühnen. Und ich frage mich nach der wahren Bedeutung des Wortes »ökumenisch«.

Dann streife ich die Schuhe ab. Der Boden unter den Füßen ist angenehm kühl. Ich gehe in die Hocke und fange an, meinen Koffer auszupacken, so leise wie möglich, damit niemand mich bemerkt. Aber nein, Sally kommt herein, setzt sich vor mich und schaut mich mit traurigem Blick an. Sie lässt sich die schwarze Schnauze und das struppige weiße Fell unterm Kinn kraulen.

»Frida, komm, sonst wird der Kaffee kalt!«

Das Plastiktischtuch, auf dem sie die beiden Tässchen abstellt, scheint das Blumenmuster auf ihrem Rock aufzugreifen. Es ist mit kleinen roten Blüten übersät, die, zusammen mit den roten Griffen der Schubladen, den einzigen Farbtupfer in der ansonsten weißen Küche bilden. Anitas Augen haben dieselbe Farbe wie der Espresso, bevor sie ihn mit einem Tropfen Milch aufhellt: zwei braune Knöpfe, eingefasst von einer Linie blauen Kajals. Die beiden Farben passen nicht zusammen – oder in gewisser Weise doch: In dem gebräunten Gesicht verweist das Blau auf das Meer, auf die Weite eines Meeres, das ich, abgesehen von einem flüchtigen Blick aus dem Zug, noch nicht zu Gesicht bekommen habe. Sally, in ihrem Körbchen in einer Küchenecke, lässt einen Seufzer vernehmen. Während wir schweigend an unserem Kaffee nippen, wirft Anita mir einen verschwörerischen Blick zu. Ich spüre, wie sich, ohne einen konkreten Grund, ein seltsames Glücksgefühl in meiner Brust ausbreitet.

Ihr Blick wandert nach unten, die Stirn zieht sich in Falten. »Und was sollen diese Füße?«

»Wie, diese Füße?«

»So nackt. Schau nur, wie dreckig die sind!«

17

»Wo?«

Sie greift nach einem Fuß, wie meine Mutter, wenn sie mir eine Shiatsu-Massage verpassen will, doch dann versetzt sie mir eine Art Klaps auf den Fußrücken. »Ah, genau wie ich gesagt habe. Sie sind pechschwarz und voller Hundehaare.«

»Nur ein bisschen«, erwidere ich, während ich verschämt die leicht gräuliche Sohle des anderen Fußes inspiziere.

»Da kommst du nun aus einem so modernen Land und läufst rum wie eine Wilde.« Sie lässt den Fuß los und lacht. Aber es ist kein verächtliches Lachen. Meine kulturelle Unterlegenheit gefällt ihr. »Morgen muss ich dir unbedingt ein Paar Schlappen auf dem Schuhmarkt kaufen, so wie diese hier, schau?«

Sie streckt mir beide Beine entgegen, gertenschlank wie die meiner alten Malibu-Barbiepuppe, die einen Zweiteiler trug, unter dem man die Spuren von Sonnenbräune erkennen konnte. Anitas Schläppchen sind mit Perlen und Steinen besetzt, und als kleines Mädchen hätte ich alles darum gegeben, sie zu besitzen.

»Sie sind hübsch«, sage ich aufrichtig, auch wenn ich niemals den Mut hätte, sie zu tragen. Aber ich bringe weder die innere Kraft auf, ihr zu sagen, wie wenig ich möchte, dass sie mir welche kauft, noch schaffe ich es, mich körperlich zu widersetzen und ihrer Hand mit den vielen Goldringen standzuhalten, die mich jetzt zum Badezimmer mit seinen hellen Fliesen und den bröckelnden Wänden zieht.

»Du musst dir die Füße waschen und darfst nicht mehr barfuß durch die Wohnung, verstanden? Morgen besorge ich dir Schlappen, bis dahin kannst du diese alten weißen Holzpantinen anziehen.«

Sie lässt warmes Wasser in das Bidet und fordert mich auf, einen Fuß nach dem anderen einzutauchen. Dazu dient also ein Bidet. Während ich mich sorgfältig nach ihren Anweisungen einseife, tätschelt sie mit der Hand mein angewinkeltes Bein.

»Nicht übel, diese amerikanischen Schenkel. Aber sieh nur, wie fest meine sind. Schau her, fass ruhig an!« Sie setzt einen ihrer in Glitzerschlappen steckenden Füße aufs Klo und zieht den Rock hoch, um mir die Muskeln zu zeigen, die ich bereits im Auto bewundert habe. »Hast du schon mal solche Schenkel bei einer Einundvierzigjährigen gesehen?«

Das Telefon klingelt, und Anita geht ran. Ich trockne meine Füße und lasse sie, noch leicht feucht und duftend, in die Holzpantinen gleiten. Die sind mir zu groß und verraten jeden meiner Schritte in der Wohnung. Auf dem Weg zurück in die Küche spähe ich im Flur zu Anita, die ihre Hüfte gegen das intarsierte Tischchen presst, auf dem das Telefon steht. Sie blickt zu Boden und spricht mit zärtlicher, sehr zärtlicher Stimme.

* * *

Der Hochsommer ist bereits vorbei, und auf dem Platz draußen vor dem Balkon wird es schon dunkel, aber das Viertel wirkt lebendiger denn je. Bremsen quietschen, Kinder kreischen, Rollläden knattern. Wir fangen an, das Abendessen zuzubereiten. Anita legt ein in Zeitungspapier gewickeltes Paket auf den Tisch. »Das sind Friarielli«, erklärt sie, während sie, wie von einem Strauß Rosen, die vielen grünen Blätter abzupft.

»Friarielli?«

»Salsiccia und Friarielli, das Lieblingsessen meines Sohnes Ricky. Das koche ich nur, wenn ich sicher bin, dass mein anderer Sohn nicht zum Essen nach Hause kommt. Umberto braucht Salsiccia nur zu riechen, schon rastet er aus!« Sie spitzt die Lippen und beginnt in strengem Ton: »Schweinefleisch ist ungesund, Cholesterin verstopft die Arterien … Besser ist Wildschwein-Salsiccia aus den Marken und dazu frische Tomatensoße. Oh Mann, Umberto, bist du etwa Arzt? Bist du Dreisternekoch? Nein! Du bist bloß stellvertretender Geschäftsführer einer billigen Trattoria, also hör mir auf damit!«

Sie bricht in Gelächter aus wie ein Kind; offenbar findet sie die Anmaßungen ihres Sohnes genauso komisch wie meine Kulturlosigkeit. Sie zeigt mir, wie man die Blätter von den Stängeln löst.

»Nicht die gelben Blüten wegwerfen. Die essen wir mit.«

Blüten und Schwein. Schon bei der Vorstellung bekomme ich Hunger. Ich rechne kurz nach: Wenn Anita einen Sohn hat, der alt genug ist, um als Geschäftsführer eines Restaurants zu arbeiten, muss sie sehr jung schwanger geworden sein. Vielleicht in meinem Alter.

»Die Mücken«, kommentiert sie, während sie den Rollladen herunterlässt. Nach dem Rattern des Holzes verschwinden die Geräusche von draußen fast völlig, und nur das Schlurfen der Schlappen in der gedämpften Hitze der Küche ist noch zu hören.

»Was haben diese Zeichen da zu bedeuten?«, frage ich und deute auf die Wand mit dem Schlüsselbrett.

»Die Risse? Na, das Erdbeben …«

Ich komme nicht dazu, weitere Fragen zu stellen, denn der Hund spitzt die Ohren und stößt ein müdes Bellen aus. Ein junger Mann ist hereingekommen. Man sieht sofort, dass er Anitas Sohn ist, die feine Nase und die Oberlippe, die übertrieben voll wirkt, sobald er lächelt, sind unverkennbar. Doch sein Mund ist größer als ihrer, sein Lachen verschmitzter, wodurch er sehr sinnlich wirkt.

Er küsst mich auf die Wangen und sagt: »Die Umarmung lass ich lieber weg, denn ich will dich nicht schmutzig machen.« Er trägt einen ölverschmierten Mechanikeroverall, und auch die Hände sind ziemlich schwarz. Und wie zum Ausgleich für dieses schlechte Benehmen fügt er hinzu: »'tschuldigung, ich bin Ricky.«

»Angenehm. Frida.«

»Ich weiß. Also Frida wie ›*fa fridda in montagna*‹?«*

Er geht duschen. Als er in einer Wolke von Aftershave zurückkommt, brutzelt die Salsiccia schon in der Pfanne. Er hat gegeltes Haar, trägt einen Silberohrring und ein lachsfarbenes Satinhemd. »Mama, hast du meine Sonnenbrille gesehen?«, fragt er. »Die neue, die mir Federica zum Geburtstag geschenkt hat?«

»Ach, willst du ausgehen?«

»Erst mal will ich was essen.«

Wir setzen uns zu Tisch. Die Salsiccia ist saftig, die Friarielli sind würzig, das Brot knusprig. Anita isst mit großer Konzentration, aber ziemlich lustlos, als sei das Hungerstillen eine lästige Alltagspflicht, eine Aufgabe, die es möglichst schnell zu erledigen gilt. Vielleicht ist es aber auch das schlechte Gewissen, das ihre Freude dämpft, denn irgendwann murmelt sie: »Ab morgen halte ich wieder Diät.«

Ricky isst dagegen so, wie ein junger Mann essen sollte, nachdem er den ganzen Tag in einer Autowerkstatt geschuftet hat. Während er die Reste auf seinem Teller mit Brot auftunkt, fragt er erneut nach seiner Sonnenbrille.

»Was weiß denn ich, wo du die hingetan hast?«, erwidert Anita.

»Weißt du überhaupt, welche ich meine? Die für hundert-

---

* Dialektal für »Es ist kalt in den Bergen« (A. d. Ü.).

siebzigtausend Lire?«, fragt er, wobei er die Zahl überdeutlich ausspricht.

Seine Mutter antwortet ihm in sauberstem Italienisch, wie eine Grundschullehrerin: »Riccardo, jetzt hör mir mal gut zu. Ich habe eine Sonnenbrille, die ich von meinem eigenen Geld für dreißigtausend Lire gekauft habe und auf die ich tagtäglich sorgsam achtgebe. Wenn du mit deiner Lehre fertig bist und genug verdienst, um dir selbst eine Sonnenbrille zu kaufen, statt sie dir von deiner Freundin schenken zu lassen, kannst du es dir meinetwegen erlauben, sie zu verlieren.«

»Aber ich weiß genau, wie du bist, wenn du die Wohnung sauber machst«, kontert er halb im Dialekt, wobei ich zumindest den Sinn erfassen kann. »Du schmeißt alles durcheinander!«

»Dann übernimm du doch das Bettenmachen, das Bodenschrubben und das Kochen, ich mach derweil Urlaub auf Ibiza.«

Ricky zieht eine verärgerte Grimasse, die jedoch rasch einem Ausdruck von Zärtlichkeit weicht, als Sally sich in der Hoffnung auf ein Stück Salsiccia nähert. »Dieses kleine Luder hat aber auch immer Hunger«, knurrt er leise, als müsse er seine unsagbare Zuneigung in Zaum halten, ehe er ihr etwas zu fressen gibt. »Du Hübsche, du!« Ich staune über seine Mimik, die, genau wie bei seiner Mutter, von einem Augenblick zum andern von Verständnislosigkeit über Wut zu Heiterkeit wechseln kann.

Mir fallen die sechs oder sieben japanischen Theatermasken ein, die bei mir daheim im Esszimmer hängen: eine erboste, eine erstaunte, eine tiefbetrübte und so weiter. In Gegenwart dieser starken Gefühlsregungen pflegte meine Mutter vor dem Essen ihr Gebet zu improvisieren, mit leiser Stimme und geschlossenen Augen. »Lasst uns unserem großartigen Planeten für die Fülle danken, die wir auf diesem gedeckten Tisch vorfinden. Unser unendlicher Dank gilt der Sonne, dem Regen, der Erde, dafür, dass sie diese reinen und nahrhaften Speisen hervorgebracht haben«, leierte sie herunter, obwohl sie es war, die das Abendessen zubereitete und es auf handbemalten *Raku*-Keramiktellern servierte.

Keine Ahnung, was mein Stiefvater anschließend auf Japanisch sagte. Er hatte immer das letzte Wort. So war das. Denn er war bereits erwachsen gewesen, als er in die Vereinigten Staaten immigrierte, und für ihn war es daher zu spät, sich zu verändern. Für meine Mutter war es dagegen nicht zu spät gewesen, das Essen mit Stäbchen zu lernen und die Tischbeine abzusägen. Denn er war ein Guru der Biobewegung und der buddhistischen Ernährung; denn dank ihm hatte sich bei vielen seiner Anhänger der Krebs zurückgebildet; denn die Frauen hingen an seinen Lippen, mit denen er in sanftem Stakkato seine Worte formte. Meine Stiefschwester und ich warteten mit den Händen im Schoß und im Fersensitz auf dem Boden hockend darauf, dass er sein Gebet beenden und grünes Licht geben würde, während wir auf die dampfenden Schalen mit Miso-Suppe, Tofu und gebratenem Vollkornreis starrten. Von veganer Kost wird man nie satt.

Manchmal spähte ich auch zu dem Bambus, der im Garten hinter der breiten Fensterfront wuchs, oder zu den Masken, die an der Wand hinter meiner Stiefschwester hingen. Sie ähnelten ihr, aber nur zur Hälfte. Dieses Detail entdeckte ich eines Tages, als sie in mein Zimmer kam, um sich von mir porträtieren zu lassen. Bei genauerem Hinsehen bemerkte ich, dass nur eines ihrer Augen groß und rund war, wie das ihrer amerikanischen Mutter, vor der sie beim ersten Anflug von Pubertät geflüchtet war. Auch die Nase über den zu einem unbehaglichen Lächeln verzogenen Lippen wies nur auf einer Seite ein angelsächsisches Aussehen auf.

Ich nahm ein Blatt Papier und deckte die linke Seite des Porträts ab, sodass nur die Gesichtszüge eines jungen Mädchens zutage traten, wie es so viele in Naperville in Illinois gab. »Weißt du, dass man so überhaupt nicht merkt, dass du einen japanischen Vater hast?«

»Wirklich nicht?«, fragte sie und betrachtete das Bild genauer.

»Ja, aber jetzt schau her!« Ich ließ das Blatt über die Zeichnung wandern, um die andere Gesichtshälfte abzudecken. Dieses Auge war eindeutig schlitzförmiger, die Nasenflügel waren breiter, die Lippenkonturen rätselhafter. »So siehst du aus wie eine Geisha.«

Die Miene meiner Stiefschwester verfinsterte sich, ich weiß nicht, ob wegen der Ähnlichkeit mit ihrer Mutter oder der mit ihrem Vater oder wegen der Asymmetrie, die sich vielleicht ja in unser aller Seelen verbirgt, sich bei ihr jedoch so offenkundig im Gesicht widerspiegelte.

Ricky erhebt sich vom Tisch. »Du hast sie also nicht gesehen? Ich habe sie da oben auf das Wandbord neben den Schlüsseln gelegt.«

»Wozu brauchst du überhaupt eine Sonnenbrille, wo es doch schon dunkel ist?«

»Lass das mein Problem sein.«

»Und mit wem gehst du aus? Mit Federica, will ich hoffen.«

»Das geht dich einen Dreck an.« Ricky schnappt sich die Schlüssel, dreht sich zu mir um, wirft mir eine Kusshand zu und fragt: »Sind die Mütter bei euch auch so, Frida?«

Ohne eine Antwort abzuwarten, verlässt er mit einem dumpfen Türknallen die Wohnung. Ich bin von der soeben erlebten Szene schockiert. Fast während des gesamten Abendessens habe ich das Blumenmuster auf dem Tischtuch angestarrt, das durch all die Brotkrümel und Olivenölspritzer nach und nach immer komplizierter wurde. Ich habe die aufgebrachten, von Sarkasmus und neapolitanischem Dialekt durchtränkten Worte wie Pfeile über meinem Kopf hin und her schwirren lassen, in der Angst, die beiden würden versuchen, mich in die Diskussion hineinzuziehen, sobald ich auch nur den Blick hebe. Tatsächlich schien Anita jedes Mal, wenn sich unsere Blicke trafen, eine Bestätigung ihres eigenen Standpunktes in mir zu suchen, ihre Augen schienen mich aufzufordern, meine Stimme zu erheben. Vielleicht will sie mir beibringen zu streiten, so wie sie offenbar Ricky beigebracht hat, sein Gesicht wie eine Nō-Maske zu verwandeln. Aber ich habe keine Lust, zu streiten, deshalb habe ich mich einfach aufs Essen beschränkt. Die gelben Friarielli waren wider Erwarten kein bisschen bitter. Ich habe sie zusammen mit allem anderen gegessen, ohne die beiden weiter zu beachten.

Wir räumen den Tisch ab. »Man mag es kaum glauben, aber Riccardo und ich sind uns sehr ähnlich«, erklärt mir Anita. »Er ist genau wie ich. Regt sich wegen jeder Kleinigkeit auf, doch dann ist alles ganz schnell wieder vorbei.«

»Beim Rausgehen hat er aber die Tür zugehauen.«

»Zugeschlagen«, korrigiert sie mich. »Aber er war nicht wirklich wütend. Er lebt seine Gefühle aus, doch das Wort ›Groll‹ kennt er nicht. Dafür ist er viel zu philosophisch.«

»Und wie ist Umberto?«

»Ach, der denkt, er bräuchte nur irgendwelche philosophischen Bücher zu lesen, um Philosoph zu sein. Er kapiert nicht, dass man nur durch Erfahrung lernt und im Leben auch Fehler machen muss.«

* * *

25

Später ruft Anita mich zu sich ins Zimmer. Sie sitzt auf dem Ehebett, im Schein der Nachttischlampe. So ungeschminkt und nur mit einem weißen Baumwollnachthemd bekleidet, das ihren Bauchansatz verdeckt und ihre Bräune zur Geltung bringt, sieht sie viel jünger aus. Einzige Zeichen ihres Alters sind das Kreuzworträtsel auf ihren Knien und die Lesebrille auf der Nase.

»Du hast noch gar keinen Schlafanzug an?«

»Ich war dabei, meine Sachen einzuräumen.«

»Hast du deine Kleider ordentlich in den Schubladen verstaut, wie ich dir gesagt habe? T-Shirts in ein Fach, Unterwäsche ins andere?«

»Ja, so halbwegs.«

»Sehr gut«, sagt sie und erklärt dann erneut: »Morgen fahren wir zum Markt in Gragnano, um dir Schlappen zu kaufen.«

Sie hat mir also gar nichts Spezielles mitzuteilen; ich habe den Eindruck, dass sie bloß ein bisschen Gesellschaft möchte. Ihr blondes Haar hebt sich gegen das schwarz lackierte Kopfende des Bettes ab. Über dem Bett hängt ein Gemälde der Jungfrau Maria. Es ist ein etwas verschwommenes Bild, nur in Braun- und Goldtönen, wie ein Aquarell auf vergilbtem Pergament, und Maria hält nicht einmal das Jesuskind im Arm. Aber man weiß sofort, dass sie es ist. Sie hat einen leidvollen und dennoch heiteren Blick, als sei sie bereit, die Last eines alten, namenlosen Schmerzes zu ertragen. Ihr Schleier strahlt goldenes Licht aus, doch sie blickt nicht zum Himmel. Sie blickt zu Boden. Rings um das gerahmte Bild ziehen sich, Blitzstrahlen gleich, tiefe Erdbebenrisse von der Decke herab.

»Falls das Wetter gut ist, können wir auch zum Strand. Zumal ich samstags nicht arbeite. Oder wir drehen eine Runde durch Castellammare.«

»Okay, danke, Anita.« Die Aussicht aufs Meer ist verlockend, und ich hoffe nur, dass sie nicht beleidigt ist, weil ich sie noch nicht *Mamma* Anita genannt habe.

»Es gibt eine Burg, ein Kastell oberhalb des Ortes, daher der Name Castellammare di Stabia. Die Burg ist sehr schön, sie ist in Privathand, aber ich zeig sie dir von außen. Eigentlich gab es noch eine andere Burg, die ist allerdings im Lauf der Zeit zerfallen.«

Sie hätte mich gern noch länger bei sich, das weiß ich, vielleicht wünscht sie gar, dass ich mich neben sie auf die Matratze setzte, aber ich habe einen sehr langen Tag hinter mir und will mich nur noch in mein Zimmer zurückziehen. Deshalb bin ich über mich selbst erstaunt, als mir, bereits im Hinausgehen, die Frage herausrutscht: »Hast du's mit der Kirche?«

»Wie meinst du das?«

»Weiß nicht … Bist du richtig in der Kirche, gehst du zur Messe und so?«

»Nein, seit meiner Scheidung darf ich nicht mehr zur Beichte, sie erteilen mir nicht mehr die Absolution für die Kommunion. Aber wieso, hast du's mit der Kirche?«

»Nein«, antworte ich, und sie scheint ebenfalls erleichtert. »Warum hängt dann das Gemälde da?«

»Das da oben? Was hat das damit zu tun? Die Kirche ist eine Sache, die Madonna eine andere.«

In meinem Zimmer fange ich an, mich auszuziehen, und erhasche flüchtig meinen Anblick im Spiegel auf der Rückseite der Tür. Ich halte inne, um mich zu betrachten. Es gibt fast nichts zu sehen, nur eine an den schmalen Hüften etwas ausgeleierte weiße Unterhose. Ich habe ein bisschen Bauch angesetzt, daran sind sicher das Brot, die Butter und die Aprikosenmarmelade aus Colle di Tora schuld. Eigentlich war es selbst für italienische Verhältnisse ein schlichtes Frühstück, doch für mich kam es einer göttlichen Versuchung gleich. Vielleicht sollte auch ich auf Diät gehen, aber ich habe noch nie Diät gehalten, ich weiß nicht, wie das geht.

Ich habe Rundungen an den falschen Stellen. Mein Körper ist eher vorpubertär als pubertär, als würde er eine mir innewohnende Unreife zur Schau tragen, eine Unzulänglichkeit der Seele, die in ihn hineingezwungen ist und ihn daher unfähig macht, etwas zu wagen, sich zu entfalten und zu erblühen. Das Einzige, was ich vorzuweisen habe, sind kleine Brustknospen. Brüste dagegen nicht. Meine winzigen Brüste sind vielleicht der Teil meines Körpers, der mich am intensivsten meine Nacktheit spüren lässt; verstärkt noch durch deren verletzliche Blässe, die im Kontrast zu dem gebräunten Bauch und den Armen steht. Meine Brüste haben niemals das Sonnenlicht gesehen.

Ich muss wieder an die deutschen Mädchen im See denken, an ihre langen sternenförmigen Körper an der Wasseroberfläche. In dem Haus gab es nur Gemeinschaftsduschen, ohne fließend Warmwasser, deshalb hatten wir zu Beginn unseres Aufenthalts die Angewohnheit, uns mit Badeanzug im lauen, weichen Wasser des Sees zu waschen. Aber nachdem man uns ausgeschimpft hatte, weil wir Shampoo benutzt und wer weiß wie viele unsichtbare Fische vergiftet hatten, wofür ich mich sehr schämte, wuschen wir uns im Haus die Haare mithilfe von Eimern und Töpfen, in denen wir das Wasser erwärmten.

Die deutschen Mädchen nahmen dagegen die Duschen im Freien in Betrieb, die außen an der Mauer zum Garten angebracht waren. Sie wuschen sich nackt. Das Wasser tat weh, aber offenbar hatten sie warmes Blut, denn sie zuckten mit keiner Wimper. Sie hoben die kräftigen Arme, um sich das blonde Haar auszuspülen, das so feucht ein wenig grünlich aussah, und entblößten üppige Brüste, über die Rinnsale aus

Schaum und eiskaltem Wasser liefen. Ich versuchte, sie nicht anzustarren, zum einen, weil mir ein wenig unwohl dabei war, zum andern, weil man ein gutes Vorbild für die wenigen Jungs im Haus sein musste. Ich glaube, dass die das ziemlich in Verlegenheit brachte, zumindest Jesús, aber die Männer aus dem Dorf nicht. Von unserem Garten aus konnte man die Hauptstraße von Colle di Tora sehen, und mehr als einmal glaubte ich jemanden zu erkennen, der zwischen glänzenden Blättern und runden Früchten hindurch Ausschau nach Bruchstücken dieser nackten Formen hielt.

Ich schlüpfe in meinen Schlafanzug und schalte das Licht aus. Plötzlich kommen mir diese drei Orte – Colle di Tora, Naperville, Castellammare – so verschieden vor, als seien sie nicht nur durch den Raum, sondern auch durch die Zeit voneinander getrennt. Als gehörten sie drei verschiedenen Dimensionen an, ohne jegliche logische Verbindung, ohne irgendeine Brücke. Mir erscheint es unvorstellbar, dass man einfach in ein Flugzeug oder einen Zug steigen und innerhalb weniger Stunden dorthin gelangen kann. Was ich verlassen habe, existiert schon nicht mehr, ähnlich wie die Landschaft hinter dem Rücken eines Reisenden entschwindet; alles entgleitet, und ich kann es unmöglich anhalten oder festhalten. Und vielleicht will ich das auch gar nicht.

Ich höre ein Geräusch in der Wohnung und frage mich, ob es der Hund ist oder vielleicht Ricky, der nach Hause kommt. Nein, es ist Anita, die schnarcht.

2

»Strandwetter«, verkündet Anita, während sie geräuschvoll den Küchenrollladen hochzieht, der krächzt wie ein erwachender Hahn. Das diesige Licht vom Vortag hat sich tatsächlich verzogen, der Himmel ist klar.

Sie stellt die Espressokanne auf die Flamme und holt ein Päckchen Schokoladenkekse aus dem Vorratsschrank. Durch die raschen Schritte und ihre schweren Brüste bläht sich das kurze Nachthemd auf und fällt wieder in sich zusammen. Sie weist mich an, die Milch aufzuwärmen, deutet mit dem Kinn zum Kühlschrank und reicht mir mit einem Schnauben das Töpfchen. Jede ihrer knappen und präzisen Bewegungen scheint nicht nur ihre Herrschaft über diesen Raum, das Herzstück der Wohnung, zu unterstreichen, sondern darüber hinaus auch ihren Platz in der Welt einzufordern. Und mir kommt es so vor, als sei sie sowohl für hier als auch für dort zu groß.

Sie stellt mir die Kekse hin, an denselben Platz, an dem ich gestern zu Abend gegessen habe: Vielleicht ist es bereits meiner. Sie zeigt mir, wie man sie in den Milchkaffee tunkt: eine gut austarierte Taufe, da sich der Keks sonst zu sehr vollsaugt und zerfällt. Als mir das misslingt, fängt Anita an zu lachen. Sie macht sich über mich lustig, aber ich kann ihr nicht richtig böse sein. Im Gegenteil – nach einer Weile ertappe ich mich selbst dabei, wie ich mit meiner Ungeschicklichkeit übertreibe, um sie zum Lachen zu bringen, ihr Gelächter zu hören, bei dem sich ihre zarten Gesichtszüge zu einer fast schon krampfhaft heiteren Grimasse verziehen, wie wenn dich jemand so kitzelt, dass du nicht mehr sprechen kannst und mit den Augen um Gnade flehst. Jedes Mal, wenn ich zur Kekspackung greife, zuckt die Schäferhündin in ihrem Körbchen erwartungsvoll zusammen.

»Guten Morgen, kleine Amerikanerin«, begrüßt mich Ricky in einer Wolke aus Bierdunst und Parfüm, mit schläfrigen Augen. Während er Platz nimmt und, praktisch ohne hinzuschauen, einen Keks eintunkt, fragt er die Mutter: »Ist Umberto schon weg?«

»Der ist heute Nacht gar nicht nach Hause gekommen. Der Herr kommt und geht, wie es ihm passt!«, erwidert sie. Dann wendet sie sich an mich, mit einem Gesicht, als habe sie gerade an einer Zitrone gelutscht. »Er ist ein Unabhängiger. Ein Parteiloser.«

»Was hat das jetzt mit Politik zu tun?«, wendet Ricky ein. »Wahrscheinlich hat er nach Feierabend einfach noch mal bei Catello übernachtet, weil du ihm nicht den Wagen geben wolltest.«

»Der Wagen gehört mir, und ich brauche ihn.« Es folgt ein Redeschwall im Dialekt, der gegen Ricky gerichtet sein könnte, weil er sie der mangelnden Mutterliebe bezichtigt, oder auch gegen den nicht anwesenden Umberto, da er nicht Bescheid gegeben hat. Schließlich fügt sie auf Hochitalienisch hinzu: »Die ganze Nacht habe ich mich in meinem Bett hin und her gewälzt und wie eine Blöde auf ihn gewartet.«

»So wie du in deinem Bett auch wie eine Blöde auf diesen andern wartest?«

31

Auf wen spielt Ricky an? Ich muss an die verzauberte Stimme denken, die seine Mutter gestern am Telefon hatte, an die Bewegung des Zeigefingers, der sich wie hypnotisiert um die ohnehin schon verdrehte Telefonschnur wickelte. Riccardo und Anita tauschen jetzt einen Blick, den ich nicht deuten kann, aber mir wird klar, dass sie ihre Rollen plötzlich gewechselt haben. Sie sind nicht länger Mutter und Sohn, nicht länger ein verärgertes Elternteil und das missratene Kind, das es auf den rechten Weg zu bringen gilt, nein. Sie sind Vater und Tochter, Bruder und Schwester, Cousin und Cousine, die alte Geschichten, alte Eifersüchteleien ausgraben.

Anita hätte allen Grund zu sagen: »Das geht dich einen Dreck an!«, und ich wünsche mir fast, sie würde so antworten. Stattdessen zupft sie den Ausschnitt ihres Nachthemdes zurecht, wie um sich ein wenig Würde zu verschaffen, und kommt mit schwacher Stimme zu einem nicht gerade naheliegenden Schluss: »Ich bin die Mutter. Es ist meine Pflicht, mir Sorgen zu machen.«

»Machst du das bei mir auch, wenn ich dreiundzwanzig bin?«, fragt der Sohn sie in nun glücklicherweise wieder heiterem Ton. »Sag's mir lieber gleich, damit ich mich – wie heißt das? – psychisch drauf einstellen kann.« Dann steht er auf, schlüpft in den blauen Overall und hinterlässt einen Brei in seiner Tasse.

Als wir allein sind, räumen Anita und ich den Tisch ab. Ich will mich unbedingt beeilen, um diesen schönen Sonnentag nicht zu verpassen. Ich spüle unsere Becher aus und stelle sie auf den Abtropfständer über meinem Kopf, der gleichzeitig als Wandbrett dient. Eine geniale Erfindung. Jedes Mal, wenn ich hinauflange, läuft mir ein Rinnsal Wasser über den Unterarm, einer lästigen Liebkosung gleich. Anita umkreist mich mit dem Besen, den sie mit präzisen, fast wilden Gesten hin und her bewegt, als gelte es nicht, ein paar harmlose Krümel wegzufegen, sondern ein Totengrab auszuheben. Wir arbeiten schweigend, während das Viertel zum Leben erwacht. Zum Schluss spritzt sie in hohem Bogen eine rosafarbene, alkoholhaltige Flüssigkeit auf den Boden und drückt mir den Besen in die Hand. Diesmal ist ein Lappen um die Borsten gewickelt.

»Wisch jetzt damit über den Boden, immer hin und her.«

»So?«

»Was hat dir deine amerikanische Mama eigentlich beigebracht? So bekommst du ja nicht mal den Hintern eines Neugeborenen sauber. Los, mit mehr Kraft!« Sie beobachtet mich eine Weile, dann stemmt sie zufrieden die Hände in die Hüften.

Gemeinsam gehen wir ins Arbeitszimmer, um mein Bett zu machen. Dabei gilt es, eine genaue Reihenfolge einzuhalten. Das Laken wird auf drei Viertel der Matratze gefaltet, die Tagesdecke über das Kissen gezogen und umgeschlagen, um die Rundung zu betonen. Alles muss ganz straff sitzen. Der Stoff muss so glatt gezogen werden, dass keinerlei Falten zu sehen sind und die weichen Partien richtig fest aussehen, als handle es sich nicht um ein echtes Bett, sondern um eine Ruhestätte aus grünem Marmor in irgendeiner Kirchenecke.

»Weißt du jetzt, wie es geht? Lass uns rübergehen, dann kannst du das von Ricky machen.«

Ich trete an das ungemachte Bett, das noch warm ist von dem ausgewachsenen Körper ihres jüngeren Sohnes, der weder kocht noch den Tisch abräumt noch weiß, wo er seine Sonnenbrille hingelegt hat. Während ich mit den Händen abmesse, falte, glatt streiche und dabei immer wieder Anitas billigend amüsierten Blick suche, derweil wir kostbare Minuten

33

eines Tages vergeuden, den wir an wer weiß welch herrlichem Strand verbringen könnten, steigt eine nie gekannte Empörung in mir auf.

»Warum macht er sein Bett nicht selbst?«

»Wer, Riccardo?« Sie bricht in schallendes Gelächter aus. »Er ist ein Mann.«

»Eben, dann ist er doch wohl alt genug.«

»So ist es halt, Frida, er ist bloß ein Mann. Männer sind so. Sie reden und tun: große Vorhaben hier und dort, immer auf Anerkennung aus. Lassen wir sie glauben, was sie wollen. Aber wer hält in Wahrheit den Alltag am Laufen und schafft es oft genug noch nebenbei ins Büro? Wer kocht das Essen, wer sorgt für ein behagliches Heim, in dem man sich lieb hat, schlafen und träumen kann? So viel habe ich meinen Söhnen immerhin beigebracht, dass die Welt zusammenbrechen würde ohne uns Frauen.«

Die Waschmaschine piept, und Anita gibt mir ein Zeichen, ihr zu folgen, erst ins Badezimmer und anschließend – mit dem Wäschekorb auf dem Hüftknochen, sodass es mir wehtut – auf den Küchenbalkon, der, abgesehen von ein paar Salatblättern auf dem Boden und einem Körbchen bunter Wäscheklammern an der Wand, völlig kahl ist. Es ist noch nicht einmal zehn Uhr, doch die anderen Hausfrauen sind uns bereits zuvorgekommen. In den vermutlich aus den Sechzigerjahren stammenden Häusern ringsum, die mit ihren apricot- und pfirsichfarben getünchten Fassaden genauso aussehen wie unseres, hängt schon überall fein säuberlich die Wäsche in der verheißungsvoll immer wärmer werdenden Luft. Dafür ist die Sonne gut, scheint mir dieser Anblick sagen zu wollen.

Die T-Shirts werden an der Naht unter den Achseln aufgehängt, damit die Abdrücke der Plastikklammern nicht so

auffallen, die BHs dagegen an dem Bügel zwischen den großen Körbchen. All das erklärt mir Anita sanft und ohne
Druck auszuüben. Vielleicht ahnt sie, dass ich nichts davon
verstehe, weil wir daheim einen Wäschetrockner haben. Ich
mag es, wenn sie in diesem Ton mit mir redet, als würde sie in
mir etwas sehen, das es zu retten und zu formen gilt, als sei ich
ein Projekt, in das es sich lohnt, Zeit und Energie zu stecken.
Und sie merkt nicht oder tut so, als merke sie nicht, wie verlegen ich bin, als ich die Unterhosen ihrer Söhne und ihre
schwarzen und bordeauxroten Spitzenslips aufhänge.

Mir fällt eine Wäscheklammer aus den Händen, und es
dauert mehrere Sekunden, ehe der fatale Aufschlag auf dem
Boden zu hören ist. Beschämt beuge ich mich hinab. Ganz
unten an unserem Haus, unterhalb des Straßenniveaus, ist
eine Art Tiefgeschoss in die Erde eingelassen. Ich kann eine
Tür erkennen und eine Treppe, die hinunterführt, aber keinen Hof: ein in schmutzigen Zement versenktes, ungleich-
seitiges Dreieck, ohne Bepflanzung und ohne Anzeichen von
Leben. Es ist bloß ein leerer Raum, ein Trichter, in dem sich
der Schatten bündelt, ein Ort, an dem man Dinge verlieren
kann.

»Das macht nichts«, sagt Anita. »Wäscheklammern haben
wir genug. Aber bitte lass keine Unterhosen oder Strümpfe
fallen, denn um sie wiederzubekommen, muss man runter zu
Signora Assunta und sie bitten, durch ihre Wohnung zu dürfen. Sie ist eine mürrische Alte, um die man besser einen
Bogen macht.«

Zum Glück hat der Verlust der Wäscheklammer nicht zum
Verlust ihres Vertrauens in mich geführt. Ich beteuere ihr,
dass ich nie wieder etwas fallen lassen werde. Als einzige Antwort gibt sie mir einen Klaps auf den Oberschenkel und fordert mich dann auf, mich anzuziehen, während sie kurz mit

dem Hund Gassi gehen werde, da die Sache mit den Schlappen nur bis ein Uhr Zeit habe. Den Ausflug nach Gragnano hatte ich fast vergessen.

* * *

Während wir im Auto hinauf in Richtung Gebirge fahren, habe ich ein Gefühl in der Brust, als würde ein Gummiband mich in die entgegengesetzte Richtung, zum Meer, hinziehen, und als wir, auf der Höhe eines Werbeplakats, in etwa die Stadtgrenze von Castellammare passieren, ist dieses Band bis zum Äußersten gespannt und zerreißt plötzlich mit einem heftigen, aber kurzen Schmerz. An seine Stelle tritt die Neugierde.

Tags zuvor habe ich die Berge gar nicht bemerkt oder zumindest nicht bewusst wahrgenommen. Hinter dichten Häuserreihen aufragend und versteckt im blaugrauen Dunst, kamen sie mir gar nicht vor wie ein Gebirge, sondern eher wie eine Mauer aus Zement, eine unverrückbare Grenze, hinter der es nichts zu sehen und nichts zu entdecken gibt. Ich habe sie nur beiläufig betrachtet, wie man einen Bühnenhintergrund oder einen wolkenverhangenen Himmel betrachtet. Dabei waren sie fast in jedem Winkel wie ein Schatten präsent.

Auch jetzt ist der Monte Faito, wie Anita ihn nennt, eine dunkle Masse: Die Sonne lugt, einer geöffneten Hand gleich, dahinter hervor. Das einzige Detail, das ich deutlich erkenne, ist das lange Kabel einer Seilbahn, das im Morgenlicht schimmert wie der Leitfaden einer Spinne in einem finsteren Zimmer – ein zartes Indiz für etwas, das weitaus komplexer ist. Plötzlich fühle ich mich klein, erschrocken über meine eigene Entscheidung, von daheim fortzugehen.

Dessen ungeachtet erklimmen wir mühelos und ohne allzu heftige Steigung die Flanke des Monte Faito. Anita erklärt mir, dass er zur Gruppe der Monti Lattari gehöre. Die Gebäude werden immer flacher, verwandeln sich in kleine Häuschen mit Garten. Autowerkstätten und Obsthändler ziehen vorbei, ein mit Plastikblumen geschmückter Friedhof.

»Als ich jung war, gab es diese Straße noch nicht«, erklärt Anita. »Man musste einen Umweg fahren.«

Je höher wir kommen, desto sanfter wird das Gelände. Die Augen gewöhnen sich an den Schatten, auf den wir zusteuern, und ich kann die Umrisse von Bäumen, ihre verschiedenen Grünschattierungen erkennen, ja sogar einen kleineren Berg, offenbar ganz in unserer Nähe, der aussieht wie eine mit Pflanzen bewachsene Pyramide. Der Gipfel des Faito ist unseren Blicken entschwunden, vielleicht fahren wir um ihn herum. Durch das heruntergekurbelte Wagenfenster höre ich ein paar Vögel, ein paar Zikaden.

Wenig später rumpeln unsere Reifen über das holprige Straßenpflaster im Zentrum von Gragnano. Anita fährt anders als gestern: Sie drückt nicht auf die Hupe, missachtet nicht die Verkehrsregeln. Mit ihrem von einer blauen Plastikspange zusammengehaltenen blonden Haar wirkt sie aufrechter, als sei sie sich ihrer Körperhaltung bewusst. Sie streicht sich den Rock glatt, steckt sich ein Lakritz in den Mund und grüßt hier und dort mit leichter Handbewegung einen Alten. Sie scheint nicht viele Leute zu kennen oder zu erkennen, aber alle wichtigen Punkte sind ihr gänzlich vertraut: die Kirche, der Metzger, die Konditorei, der Pastaladen auf der rechten und der auf der linken Seite. Man sieht, dass es diese Geschäfte schon gab, als sie noch hier lebte, denn die Ladenschilder sind allesamt alt und von der klaren Bergsonne verblichen.

Ich finde es tröstlich, dass alles so alt ist, es verleiht der Gegend, die der Verein in Berlin oder, besser gesagt, das Schicksal für mich bestimmt hat, einen gewissen Wert. Gragnano weckt in mir die Lust, zu zeichnen. Doch meine Augen verharren nicht an den Punkten, an denen ein Haus eingestürzt oder, einem faulen Zahn gleich, entfernt worden ist: Ich will nicht die Schläge sehen, die dieses Dorf einstecken musste.

»Das hier ist die Via Roma, die Hauptstraße«, erklärt mir Anita, während sie dem Rhythmus des Straßenverkehrs folgt. »Heute ist sie voll mit Autos und Leuten, die ihre Einkäufe erledigen, aber früher hing hier überall Pasta.« Sie erzählt, dass die Pasta bis vor rund hundert Jahren an der frischen Luft getrocknet wurde, an Holzgestellen, die in einer Reihe mitten auf der Straße standen. »So, wie wir heute Morgen die Wäsche zum Trocknen aufgehängt haben.« Die Via Roma sei eigens zu diesem Zweck so errichtet worden, gut der Sonne ausgesetzt und mit hohen Häusern, dicht an dicht, um den vom Meer aufsteigenden Wind zu kanalisieren. So sei ein für die Trocknung günstiger Luftzug entstanden, mit genau der richtigen Temperatur, Stärke und Luftfeuchtigkeit. All die in einer Reihe auf der Straße aufgehängten Makkaroni hätten ruhig im Meereswind gebaumelt, sanften Tieren mit langer gelber Wolle gleich, wie eine Schafherde, die soeben von den Bergwiesen hinabgestiegen sei. Später sei alles industrialisiert worden, und heutzutage gebe es speziell klimatisierte Räume zum Trocknen.

Bei ihren Erläuterungen hat Anita viele Fachausdrücke verwendet, von denen ich einige nicht verstanden habe. Keine Spur eines starken Akzents: In ihrem Geburtsort hat sie eine klare, besonnene, fast schulmeisterliche Sprechweise erlernt. Doch als würde sie plötzlich einen Zeitsprung machen, spricht sie nun wieder mit ganz anderer Stimme.

»Die zum Trocknen aufgehängte frische Pasta hat einen ganz besonderen, ein wenig säuerlichen Geruch. Wenn ich an meinen Vater zurückdenke, kommt mir selbst heute noch als Erstes dieser Geruch in die Nase. Ich musste zu Fuß durchs halbe Dorf, um zum Pastificio Aiello zu gelangen, wo er arbeitete, um ihm zu Mittag einen Teller warme Pasta zu bringen. Ich ging hinein und dann eine Treppe runter, musste achtgeben, nichts zu verschütten, vor allem wenn noch Brühe auf dem Teller war, und unten hing ganz viel Pasta zum Trocknen und verströmte diesen besonderen Geruch. Dort war mein Vater, und in seinen Augen sah ich die Freude, mich zu sehen. Dann kam der magische Augenblick seines Kusses.«

Ich frage sie nicht, wie ein Mann, der tagtäglich inmitten dieses säuerlichen Geruchs arbeitete, die Kraft aufbringen konnte, zu Mittag auch noch Pasta zu essen. Während wir uns in dem Strom der im Sonnenlicht schillernden Autos voranschieben, denke ich an meinen Vater, der in einer anderen Stadt lebt, aber Hunderte Meilen Schnellstraße zurücklegt, um mich jedes Wochenende zu besuchen. Ich denke an das Glück, sich ganz und gar geliebt zu fühlen.

»Hier ist mein Zuhause!«, sagt Anita und schlenkert mit den aus dem Wagenfenster baumelnden Armreifen, als wolle sie einen guten alten Freund begrüßen. Zum ersten Mal, seit wir im Auto sitzen, sehe ich sie lächeln.

»Wo?«, frage ich sie. Nirgendwo ist ein Gebäude. Die einzige Spur von Anitas Wohnhaus ist ein glattes, dreieckiges Mauerstück, das wie ein riesiger Pfeil zur Erde zeigt.

»Na, das Erdbeben …«, erwidert sie in demselben knappen, aber vielsagenden Ton, in dem sie tags zuvor auf meine Frage nach den Mauerrissen geantwortet hat, als sei das ein vollständiger Satz oder der Name eines Buches, das ich zwar nicht gelesen habe, aber dessen Titel bereits alles sagt.

Das fast am Ende der Via Roma gelegene Haus, in dem sie geboren und aufgewachsen ist, hatte anfangs, in den ersten Nachkriegsjahren, kein fließendes Wasser, wie sie mir erzählt, doch sehr zum Neid der übrigen Hausbewohner hätten sie sich irgendwann eine Toilette eingebaut. Die Familie habe das Glück gehabt, im Erdgeschoss zu wohnen und daher nicht die Treppen rauf- und runtersteigen zu müssen, um Wasser aus dem Brunnen vor der Haustür zu holen. Zwei Zimmer und eine Küche mussten für elf Leute reichen, aber es sei schön gewesen, so eng nebeneinander zu schlafen, und schön sei auch das hektische Treiben am Morgen vor der Schule gewesen, um Bettgestelle und Matratzen hinter den Fenstervorhängen und hinter der Tür zum Garten zu verstauen. In diesem Garten habe ihr Vater Petersilie, Basilikum und ein paar Tomaten gezogen und auch eine ganz besondere Traubensorte mit Erdbeeraroma, rote und weiße Beeren, diese ganz besonderen Trauben, aus denen man die Weinsorte *Lettere* mache. Zur anderen Seite hin habe das Haus an den Platz vor dem Bahnhof gegrenzt, der Endstation der ersten Eisenbahnlinie Italiens, die für die Getreideeinfuhr und die Ausfuhr der Pasta genutzt wurde. Sie, Anita, habe es geliebt, den vorbeifahrenden Zügen zu lauschen, und sich ausgemalt, einzusteigen und, begleitet vom Rauschen des Bachs, an einen wunderschönen Ort zu gelangen.

»Ich bin die Einzige der Familie, die aus Gragnano fortgegangen ist, meine anderen Geschwister sind alle hiergeblieben.«

»Und deine Eltern?«

»Die sind nicht mehr am Leben.«

»Das tut mir leid«, sage ich, nicht so sehr, um mein Beileid zu bekunden, sondern eher als Schuldeingeständnis. Wenn wir uns hier in Gragnano befinden, auf diesem langen Weg zum Markt, bei dem so viele, sie traurig stimmende Erinnerungen hochkommen, dann deshalb, weil ich ein unbedachtes und unzivilisiertes Mädchen bin, das ohne Hausschuhe ins Ausland reist. Obwohl ich weiß, dass ein derart verdrehter Gedanke nur ein weiteres Zeichen meiner Unreife ist, denke ich ihn trotzdem. Wenn Anita nicht mehr lacht, so bin ich daran schuld.

Als könne sie meine Gedanken lesen, sagt sie: »Es muss dir nicht leidtun, meine Tochter. Ich hatte eine glückliche Kindheit. Es hat zwar oft an Brot gemangelt, aber nie an Liebe. Dass ich aus Gragnano fort bin, hatte ganz andere Gründe, glaub mir.«

Ich starre ein Weilchen auf die schwarzen Pflastersteine, die uns mit sanftem Holpern leicht bergauf führen. Im prallen Sonnenlicht ist jede Meißelspur zu erkennen, und unwillkürlich muss ich an das Chiaroscuro einer Avocadoschale auf einem Stillleben denken.

»Ab hier ändert sich der Straßenname«, beginnt Anita erneut, während sie in eine Seitenstraße abbiegt. »Von hier ab heißt sie Via Pasquale Nastro. Noch heute frage ich mich, ob die Via Roma auf der Höhe unseres Hauses anfing oder ob sie genau dort endete, in den Armen von Pasquale. Mir war immer der Gedanke lieber, dass sie dort anfing. Der Anfang ist etwas Schönes, weil man die Möglichkeit hat, auf dem Weg das zu verändern, was man möchte. Das Ende dagegen nicht: Man kommt an, und das war's.«

Ich höre ihr zu, ohne den Sinn ihrer Worte zu erfassen, obwohl sie in lupenreinem Italienisch mit mir spricht, kein bisschen hochgestochen oder rührselig und frei von jeglichem Dialekt. Ich betrachte ihre kräftigen Hände, die das Lenkrad umfassen, ihr zartes und konzentriertes Profil, die blonden lockigen Strähnchen im Nacken, die ihr aus der Haarspange und der Frisur gerutscht sind.

»Jedenfalls wird sie in Gragnano nicht Via Pasquale Nastro, sondern ›*lamp e vient*‹ genannt.«

»*Lampevient?*«

»*Lampi e venti*, Blitze und Winde«, erklärt sie geduldig.

»Und warum wird sie so genannt?«

»Weil dort oben in Unwetternächten oft der Strom ausfiel und es in jenem Teil der Straße dann stockfinster wurde, es sei denn, es blitzte.«

»In der Via Roma passierte das nicht?«

»Nein, in der Via Roma blieb es ruhig, warum auch immer.« Anita fährt schweigend ein Stück weiter, ehe sie hinzufügt: »Vielleicht deshalb, weil sich die Straße verengt wie ein Trichter und der vom Meer aufsteigende Wind nach und nach immer unberechenbarer wird und zum Sturm anschwillt.«

* * *

Irgendwann kam mir die Befürchtung, unsere Runde durch Gragnano könne mit einem Besuch all ihrer acht Geschwister enden, aber nein: Wir sind tatsächlich wegen des Wochenmarkts hier. Es herrscht viel Trubel. Lebensmittel gibt es kaum, nur ein bisschen frisches Obst, dafür sehr viel Kleidung: leichte Hosen, Röcke, T-Shirts in sommerlichen Farben, alles wahllos durcheinander auf Klapptischen gestapelt, aber auch Sachen, die nicht zur Jahreszeit passen, wie Damenkostüme aus Viskose mit riesigen Schulterpolstern oder Pelzstolen, die zusammengerollt daliegen wie Katzen in der Sonne. Der Anblick der riesigen Unterhosen und gewaltigen Büstenhalter und ihr lächerlicher Versuch, durch das Beige unsichtbar zu werden, machen mich verlegen.

Eine ganze Standreihe des Marktes ist den Schuhen vorbehalten. Anita deutet auf ein Paar Schlappen, die praktisch genauso aussehen wie ihre. »Oder magst du lieber die hier?«, fragt sie und zeigt auf ein Exemplar mit ein paar mehr Perlen und ein paar weniger Steinen.

»Nein, nein, die hier sind gut.«

Ich wünsche mir jetzt nur noch, dass sie sich beeilt, damit sich mein Unbehagen, ein ungewolltes Geschenk annehmen zu müssen und sie obendrein die Rechnung bezahlen zu sehen, nicht allzu sehr in die Länge zieht. Trotz des neuesten Autos in der Garage und der mit goldgestickten Pfingstrosen verzierten Kimonos an den Wänden bin ich aus Naperville gerade mal mit genügend Geld abgereist, um die nötigsten Unkosten der ersten Monate zu decken: Lehrbücher, Zugtickets, Briefmarken. Aus Höflichkeit überreichen Japaner Geld immer mit einer kleinen Verneigung und vornehm verschränkten Händen.

Anita scheint jedoch Spaß daran zu finden, mit dem Verkäufer zu verhandeln. Endlich kann sie einmal gestikulieren, sich in ihrem lebhaften Dialekt auslassen und somit beweisen, dass sie trotz ihrer blond gefärbten Haare auf dem Kopf und der jungen Ausländerin am Arm eigentlich eine von hier ist und sich nicht übers Ohr hauen lässt. Und so bleibt mir das Unbehagen nicht erspart. Nachdem ein paar bunte Lirescheine hin und her gewandert sind, lässt sie mich die Schlappen direkt vor dem Stand anprobieren und sagt, an den Verkäufer gewandt: »Siehst du, wie gut die ihr stehen?«

Meine schmalen Füße schlingern darin hin und her, und ich muss mich mit den Zehen am Sohlenrand festkrallen, um nicht aus dem Lederriemen zu rutschen.

»Wunderschön«, antwortet er unter seinem Schnauzbart.

»Ein Jammer, sie nur daheim zu tragen«, erklärt mir Anita. »Eigentlich kannst du sie später auch am Strand anziehen.«

»An welchem Strand denn, Signora, bei dem Wetter!«

Der Schuhhändler hat recht. Während unserer gesamten Fahrt mit dem Meer im Rücken sind graue Wolken vom Wasser aufgestiegen und treiben nun zu uns herauf. Ich versuche, meine Enttäuschung zu verbergen und Freude über den Kauf vorzutäuschen.

Das Einzige, was zu tun bleibe, so Anita, sei, nach Hause zu fahren und Fisch zu essen. Wir könnten ihn in einem bestimmten Laden kaufen, erklärt sie mir, während wir uns schräg durch den dichten Verkehr von Gragnano schlagen. Schließlich kommen wir über eine Brücke, bei der es mir fast den Atem verschlägt.

Die Wohnhäuser enden abrupt an einer Schlucht, die so tief ist, dass sie aussehen wie notdürftig an den Rand geklebtes Plastikspielzeug. Ich habe das Gefühl, sie könnten jeden Augenblick hinabstürzen, und instinktiv strecke ich die Hand ins Leere, um sie aufzuhalten. Unten, so meine Vermutung, wird es einen Fluss geben, einen, der wahrhaft reißend sein muss, wenn er es geschafft hat, im Lauf der Jahrhunderte und Jahrtausende ein derart tiefes Tal in den weißen nur hier und dort mit ein paar mutigen Sträuchern gesprenkelten Felsen zu graben. Doch weder höre ich Wasserrauschen, noch nehme ich den frischen Geruch wahr.

»Das ist der Bach, von dem ich dir erzählt habe«, sagt Anita. Der Garten ihres Hauses grenzte fast bis an diesen Bach, deshalb sei sie nachts immer mit seinem Rauschen eingeschlafen. Jetzt sei er verschmutzt, aber früher habe ihr Vater, um die meist nur aus altem Brot und frischer Milch bestehende Kost zu bereichern, dort Flusskrebse geangelt, die die Mutter mit Salz und Pfeffer und einer winzigen, sparsamen Menge Olivenöl kurz in der Pfanne anbriet.

Aber wie hatte es ihr Vater geschafft, in diesen Abgrund hinabzusteigen und zu dem Fluss zu gelangen? Und wie kann sie sich mit derartiger Zärtlichkeit an einen Ort erinnern, der einen so offenkundigen Riss in der Erde, eine so schmerzliche Wunde darstellt? Mir bereitet schon der Anblick Angst, und doch kann ich die Augen nicht abwenden, obwohl ich das Gefühl – ja geradezu die Gewissheit – habe, dass ich hinabstürze, wenn ich weiter darauf starre, zusammen mit diesen Häuschen, die ich niemals retten kann, und dass alles, was zum Sturz bestimmt ist, auch stürzen wird.

»Der Wildbach kommt aus den Bergen und fließt in Richtung Meer. Früher wurde er für die Mühlen genutzt, zum Mahlen des Getreides.«

Hinter der Brücke haben unsere Füße bereits wieder sicheren Boden erreicht, als mir plötzlich rausrutscht: »Der Wind steigt, das Wasser fällt.« Es ist ein unausgegorener Gedanke, der im Kopf besser klingt als auf den Lippen und der, so dahergesagt, kaum einen Sinn ergibt. Dennoch war er mir wichtig erschienen.

Aber Anita scheint mich zu verstehen. »Ganz genau, so ist es.«

Wir kaufen den Fisch und fahren zurück nach Castellammare. Erst jetzt wird mir bewusst, dass ich seit gestern Nachmittag, seit ich zum ersten Mal einen Fuß in Anitas Wohnung gesetzt habe, keine einzige Sekunde an Sif, Brenda, Huang und Jesús gedacht habe, daran, wie sie sich wohl in ihre jeweiligen Familien eingefunden haben.

* * *

Unsere Zwillingsschlappen klappern auf den weißen Bodenfliesen der Küche, während wir mit umgebundenen Schürzen das Fressen für Sally zubereiten und den Fisch entschuppen. Der ausgenommene Körper wird mit Petersilie und Knoblauch gefüllt und mit Zitrone beträufelt. Die aufgerissenen Augen werden sofort weiß, wie beim Grauen Star. »Armer Fisch!«, sagt Anita.

Während wir kochen, bewundere ich mit lauter Stimme ihre vielen Gold- und Silberarmbänder. Jedes habe einen ideellen Wert, erklärt sie mir: Das Armband aus Weiß- und Roségold sei ein Geschenk ihrer besten Freundin, Luisa, die mit ihr zusammen bei der Gewerkschaft arbeite. Sie erklärt mir den Unterschied zwischen Sozialismus und Kommunismus und erzählt mir, dass ihr Chef in sie verliebt sei.

»Hat er dir das gesagt?«

Sie lacht trocken. »Ja, ja, er hat es mir selbst gestanden und nicht nur einmal. Immer wieder fängt er damit an, sagt, dass er mich in den Urlaub nach Griechenland mitnehmen will. Statt richtig zu arbeiten, hat er alle möglichen Grillen im Kopf!«

Ich kenne mich weder mit Grillen noch mit Fischen aus: Ich weiß nicht einmal, welche Sorte Fisch wir gerade zubereiten. Anita schiebt ihn in den Ofen, und derweil mein Blick über ihre festen, glatten Beine streift, frage ich mich, wie sie es schafft, jeden Tag in einem Büro zu arbeiten, in dem ein Mann sie anbetet, ihr gar zu Füßen liegt; ich frage mich, ob es nach dem Arbeitsrecht nicht illegal ist, dass ein Chef ein derartiges Ansinnen stellt; und ich frage mich, ob ihr das Ganze, angesichts ihres zufriedenen Lächelns, nicht sogar ein bisschen gefällt.

»Auch mein Cousin Domenico hat mir schon eine Liebeserklärung gemacht. Er ist verliebt in mich, seit wir klein sind.

Er würde sofort Frau und Kinder verlassen, hat er gesagt, ich bräuchte nur ein Wort zu sagen, und er würde seine Koffer packen.« Sie legt einen Fenchel aufs Schneidebrettchen und drückt mir ein Messer in die Hand. »Du musst ihn erst halbieren, wie eine Zwiebel, und dann in Scheiben schneiden.«

Der Fenchel duftet nach Lakritz und lässt sich in zwei feste, symmetrische Hälften teilen, wie die Herzen aus Pappe, die man zum Valentinstag bastelt. Unzählige Fragen schwirren mir durch den Kopf. Ist nicht auch eine Liebesbeziehung zwischen Cousins und Cousinen illegal? Kommen Kinder aus solchen Verbindungen nicht missgebildet zur Welt? Und könnte Anita überhaupt noch ein Kind bekommen?

Doch ich frage sie lediglich: »War er das also gestern Abend am Telefon?«

»Wer?«

»Dein Cousin.«

»Domenico? Aber nein, der ist nicht so hartnäckig, gehört eher zu den Wortkargen. Aber jedes Mal, wenn wir uns sehen, bei einer Hochzeit oder irgendeinem anderen Familientreffen, merkt man, dass er immer noch an mir hängt. Der Liebeskummer spricht ihm aus den Augen.« Sie klappt die Ofentür auf, um den Fisch zu betasten, bevor sie weiterspricht: »Nein, gestern am Telefon, das war Daniele, mein Freund. Heute Abend wirst du ihn kennenlernen, er kommt zum Essen vorbei und bleibt über Nacht.« Sie seien schon seit neun Jahren zusammen, erzählt sie mir, ein legendäres Paar in Castellammare, und wenn sie noch immer nicht zusammenlebten, dann nur deshalb nicht, weil Danieles Mutter alt sei und er sich um sie kümmern müsse. Aber so sei es auch gut: Wenn man nicht zusammenwohne, könne jeder sein eigenes Ding machen, sich nach Belieben mit anderen Leuten treffen, seinen eigenen Rhythmus leben.

»So verlierst du nicht deine Freiheit«, kommentiere ich, obwohl ich weiß, dass es ein Gemeinplatz ist, einer dieser Sätze, die man zu solchen Gelegenheiten immer zu hören bekommt.

»Ich bin frei geboren, Frida, und ich werde es immer bleiben. Es geht nicht darum, seine Freiheit zu verlieren oder nicht. Ich würde gern mit meinem Freund zusammenleben, und es nicht tun zu können, bedeutet ein Opfer für mich. Aber ich liebe Daniele, so, wie ich noch nie einen Mann geliebt habe, zumindest nicht meinen Ehemann. Wenn ich also bereit bin, für ihn auf etwas zu verzichten, so ist das meine freie Entscheidung, verstehst du? In der Liebe, ich meine, in der wahren Liebe, muss man die Kraft haben, auf etwas zu verzichten, die Kraft, alles aufs Spiel zu setzen.«

So wie Anita reden nur Erwachsene. Ich habe in der Liebe nie etwas aufs Spiel gesetzt, musste nie auf etwas verzichten. Gerade einmal zwei Monate nachdem ich mit Noah zusammengekommen war, bin ich ohne Zögern vom internationalen Flughafen Chicago O'Hare gestartet. Es war längst alles entschieden, und der unvermeidliche Stich ins Herz hat mich nicht vom Weg abgebracht, sondern lediglich das bittersüße Gefühl des Aufbruchs verstärkt. Noah war schön, zu schön für mich, und stammte aus guter Familie. Er lebte in einem Häuschen, umrankt von Brombeersträuchern, und schrieb Gedichte. Ich beneidete ihn um diese Fähigkeit, eine komplexe Idee mit wenigen Zügen zu erfassen, dasselbe Talent, das viele meiner Klassenkameraden in meinen Bleistiftskizzen zu sehen meinten. Doch er war wirklich begabt. Unter all den zärtlichen und aufwühlenden Gedichten, die er mir gewidmet hat, gab es nur eine einzige Metapher, die ich hässlich fand und die mir vielleicht eben deshalb im Kopf geblieben ist. *Liebe ist, als würde man von einem Lastwagen voller Margeriten überfahren.*

Bis heute verstehe ich sie nicht. Ich weiß nicht, warum Noah ein derart brutales Bild im Zusammenhang mit mir heraufbeschwören musste, wo ich vor ihm noch nie einen Jungen geküsst hatte. Der erste Kuss passierte auf dem Parkplatz neben den Sportanlagen. Es war der Abend nach dem Theaterstück zum Schuljahresende, und draußen vor der lärmerfüllten Turnhalle war die Luft still und regenfeucht. Ohne einen Ton zu sagen, hielt Noah mich unter einer Straßenlaterne fest, in deren Lichtkegel zu einer Seite das satte Grün der Wiese, zur andern die metallischen Formen der parkenden Autos erkennbar waren. Er schaute mir in die Augen und berührte mit dem Daumen fast unmerklich meine Lippen.

Es bedurfte keiner Worte, ich wusste selbst, dass der Augenblick gekommen war, dass wir nicht in alle Ewigkeit nur Händchen halten und verliebte Blicke tauschen konnten. Aber ich wusste nicht, wie man küsst, und die Vorstellung, den Mund zu öffnen und gegenseitig am Mund eines anderen zu saugen, entsetzte mich derart, dass ich trotz der Wärme und meiner Strickjacke zu zittern begann.

»Komm näher zu mir«, flüsterte er, »ich wärme dich.«

Er hatte die verständnisvolle Miene eines Erwachsenen aufgesetzt; man sah genau, dass er, trotz seiner introvertierten Art, im Gegensatz zu mir genau wusste, wie man das macht. Und wie schön er in diesem Moment war, mit seinem aschblonden Haar, das im Licht der Laterne glänzte, und mit seinen Augen, so grünlich schimmernd wie der DuPage River. Ich wollte mich ihm anvertrauen, aber die Anspannung ließ all meine Muskeln erstarren, und so verließ mich jegliches Verlangen nach seinem Körper.

»Mir ist nicht kalt.«

»Hast du Angst?«

»Vielleicht.«

»Angst, mich zu küssen?«

»Ja.«

»Es ist ganz einfach, sei unbesorgt«, sagte er mit unendlicher Geduld und ohne die geringste Überheblichkeit. »Komm näher zu mir. So, genau. Dann tu einfach so, als würdest du deiner Mutter ein Küsschen auf den Mund geben.«

Ich lachte nervös auf und trat einen Schritt zurück, aber Noah hielt mich sanft mit einer Hand zurück.

»Warum, küsst du deine Mutter etwa nicht auf den Mund? Ich schon.«

»Ich auch.«

»Also gib mir ein Küsschen. Aber weich dann nicht sofort zurück, sondern bleib mit deinem Mund auf meinem.« Er senkte die Stimme. »Und dann öffne die Lippen.«

»Okay.«

Ich presste die Arme an meinen Körper und kniff die Augen zu, als würde ich gerade vom obersten Sprungbrett im Schwimmbad springen. Aber kaum spürte ich seine Hand über meine Wange streicheln, seinen lebendigen, pulsierenden Körper, zog ich mich zurück, von Panik ergriffen.

»Ich kann das nicht.«

»Du kannst das. Lass es uns noch mal probieren.«

Diese Seite an Noah kannte ich noch gar nicht, und ich dachte, wie schade es war, einen so besonderen Jungen ausgerechnet kurz vor meiner Abreise kennenzulernen. Wir waren gleich alt und hatten gemeinsam Englische Literatur, aber in diesem Augenblick fühlte ich mich sehr viel jünger als er, geradezu unpassend jung, als sei ich die heimlich in ihn vernarrte Freundin seiner kleinen Schwester. Doch in einer niederen Sphäre meines Gehirns, derselben, die mich an einem so milden Abend hatte erzittern lassen, spürte ich, dass die Erfahrung, die ich gerade durchlebte, eigentlich nicht die des ersten Kusses war, den ich gerade gekonnt in den Sand setzte, sondern die einer nahenden Schwelle. Und plötzlich fühlte ich ganz sicher, dass mein Leben irgendwie zum Stillstand kommen würde, wenn es mir in diesem Augenblick nicht gelänge, diese Schwelle zu übertreten. Deshalb blieb ich weiter auf dem Parkplatz stehen, statt meinen Freund zu bitten, mich nach Hause zu bringen. Und genau das hatte Noah mit seinem starken Einfühlungsvermögen erahnt. Er wollte mir helfen, die Schwelle zu überschreiten, und so sanft wie möglich trieb er mich dazu an.

Es bedurfte eines weiteren, vielleicht sogar zweier Versuche, ehe ich den Mut fand, meinen Mund auf seinem zu lassen. Ich hielt die Augen geöffnet, und im grellen Licht der Straßenlaterne und so ganz aus der Nähe sah ich die Sommersprossen auf seiner Nase und die einzelnen wie nach dem Duschen tiefschwarzen Wimpern. Ich hatte das Gefühl, noch nie einem anderen Menschen körperlich so nahe gewesen zu sein. Es war so ähnlich, wie wenn ich hin und wieder meinem eigenen Spiegelbild ein Küsschen gab, nur, dass seine Lippen nicht aus Glas, sondern weich und warm waren, sehr warm, und in diesem Augenblick verlangte ich nicht nur danach, ihn zu küssen, sondern wollte mich in ihm auflösen, mein eigenes Erscheinungsbild zum Verschwinden bringen, alle um sich selbst kreisenden Gedanken und bedeutungslosen Sätze aus meinem Kopf vertreiben. Aus genau diesem Grund wollte ich auch ins Ausland gehen. Und so schloss ich die Augen und öffnete die Lippen.

»Aber wie schneidest du denn den Fenchel«, ruft Anita. »Den festen Teil hier musst du wegwerfen, sonst sitzen wir morgen früh noch da und kauen wie die Ziegen.«

»Entschuldigung.«

»Ah, vielleicht hattest du in deinem Leben noch nie mit so

schwulem Gemüse* zu tun und weißt nicht, wie du dich verhalten sollst?« Sie lacht herzlich und nimmt mir entschlossen das Messer ab.

Schon wieder nimmt sie mich auf den Arm, und diesmal schützen mich meine mangelnden Sprachkenntnisse nur teilweise vor der Wucht ihrer Worte und Anspielungen. Was habe ich falsch gemacht? Die Geschichte mit den nackten Füßen hat mich irgendwie amüsiert, aber jetzt, vielleicht durch den starken Gegensatz zu dem vertraulichen Vormittag in Gragnano, überwiegt das Gefühl, ungerecht behandelt zu werden. Ich bin beleidigt.

Doch meine Verletzung sitzt nicht sonderlich tief. Eigentlich tröstet mich ihr schönes und unbändiges Lachen und auch das unbestimmte Gefühl oder, besser, die Hoffnung, ihre Vorwürfe könnten in Wahrheit als Zuneigungsbekundungen, ihr Dialekt als ein Liebeslied, ihre laute Stimme als ein Streicheln zu deuten sein. Spricht sie mit mir nicht fast so wie mit Ricky, dem Menschen, der ihr, laut eigener Aussage, am meisten ähnelt, den sie wahrscheinlich am meisten liebt? Dennoch weiß ich nicht, warum es mir so wichtig ist, von ihr geliebt zu werden. Im Grunde kenne ich sie ja erst seit nicht einmal vierundzwanzig Stunden.

Sie beginnt mit dem Kleinschneiden, kraftvoll und energisch. »Heute gibt es leichte Kost, Fri'. Mageren Fisch und Fenchel, das Brot ist nur für dich. Ich habe zu viel zugenommen, seit ich vor zwei Wochen mit dem Rauchen aufgehört habe, das passt mir gar nicht. Ich will diese Wampe loswerden, sonst denkt irgendwer noch, ich sei schwanger.«

---

* Im Italienischen wird die Bezeichnung *finocchio*, dt.: »Fenchel«, auch als Schimpfwort für Homosexuelle benutzt. Anita spielt hier darauf an, ohne dass Frida Kenntnis von dieser Doppelbedeutung hat (A. d. Ü.).

»Ach was!«

»Oh doch. Obwohl niemand, der mich wirklich kennt, das jemals denken würde. Denn ...« Sie hält einen Augenblick mit dem Schneiden inne. »... Daniele ist unfruchtbar.«

* * *

In diesem Augenblick betritt ein hochgewachsener, dunkler Mann die Küche. Anita stellt ihn mir als Umberto, ihren älteren Sohn, vor. Er sieht nicht aus wie ihr Sohn, nicht einmal wie irgendein Sohn, sondern wie ein alter Mann. Sein Rücken ist gebeugt, vielleicht wegen seiner Größe, die Augen liegen tief, und die dunklen Ringe verleihen ihm ein kränkliches Aussehen. Doch hinter seinen Brillengläsern erkenne ich einen wachsamen Schimmer, ein Funkeln in seinem Blick.

»Frida, wie Frida Kahlo?«, fragt er mich mit freundlicher, aber etwas schriller Stimme.

»Ja, genau.«

»So kennst du jetzt also deine beiden Brüder«, sagt Anita. »Der eine weiß wie ein Engländer, der andere schwarz wie ein Türke. So nennen ihn übrigens auch seine Freunde: *o turco*, den Türken!«

»Oder den Präsidenten.«

»Was soll das denn für ein Präsident sein? Mit deinen Haaren siehst du aus wie Maradona.«

»Genau, ich bin ein Gott.«

»Eher ein Drogensüchtiger.«

Der Türke zwinkert mir zu und wendet sich dann an die Mutter: »Sag mal, gibt's hier eigentlich was zu essen?« Sowenig seine hohe Stimme zu dem frühzeitig gealterten Erscheinungsbild passt, so wenig passt auch die ungezogene Frage zu

53

seinem spitzbübischen Lächeln. Es scheint, als würde er es nicht ernst meinen, als würde er sich einen Spaß daraus machen, die Rolle des verzogenen Sohnes zu spielen.

»In diesem Haus bekommt zu essen, wer so freundlich ist, sich anzukündigen. Ich würde sogar für einen Obdachlosen kochen, wenn er mir rechtzeitig Bescheid sagt, du weißt, wie ich gestrickt bin.«

»Dann sage ich also hiermit Bescheid. Was gibt's denn Leckeres?«

Wenn er es darauf angelegt hatte, seine Mutter zu provozieren, so ist ihm das bestens gelungen. Sie platzt in einem rauen Dialekt heraus, den sie mit merkwürdigen Gesten untermalt. Ich verstehe nicht viel – nur, dass Umberto dauernd unterwegs sei, um zu arbeiten oder auf der Straße mit Freunden rumzulungern, und ihr den Schlaf raube, dass sie jedes Mal Angst habe, dass er in einer Schießerei ums Leben komme und dass er jetzt im letzten Moment auftauche und nur ein Fisch im Ofen sei und was er überhaupt von ihr wolle – und vielleicht habe ich deshalb den Eindruck, eher in einem Theaterstück als in einer Küche zu sein.

Doch Umberto lässt nicht locker und antwortet in blütenreinem Hochitalienisch: »Was? Schon wieder Fisch? Komm schon. Weißt du, was jetzt gut wäre? Spaghetti Carbonara und dann eine ordentliche Portion Salsiccia mit Kartoffeln.«

»Du magst doch gar keine Salsiccia, und jetzt willst du auf einmal welche?«

»Ja, warum nicht? Hast du nicht manchmal Lust auf so eine richtige Schweine-Salsiccia, eine, in die du reinschneidest und das Fett spritzt raus, dieses zähflüssige Fett, das aussieht wie Kakaobutter? Das ist übrigens auch gut für die Lippen, feuchtigkeitsspendend.« An diesem Punkt scheint Umberto sich regelrecht zwingen zu müssen, nicht loszulachen.

»Hättest du das mal eher gesagt, Umbe'«, erwidert Anita in zärtlichem Ton. »Wir haben gestern Abend Salsiccia und Friarielli gegessen. Hätte ich das gewusst, hätte ich dir ein bisschen aufgehoben.«

»Ach, du hast das gekocht und dann ganz allein aufgegessen? Hör mal, wenn du wirklich Diät machen willst, musst du lernen, ein klein bisschen Selbstdisziplin aufzubringen.«

Sie unterdrückt einen Aufschrei. »Wie, ausgerechnet du willst mir was von Selbstdisziplin erzählen? Du würdest dir heute noch in die Hosen pinkeln, wenn ich's dir nicht anders beigebracht hätte!«

Umberto bricht in gutmütiges Gelächter aus und umarmt sie, jetzt ist genug gescherzt. Er hat es geschafft, sie um den Finger zu wickeln, im Gegensatz zu Ricky, der nicht gewandt genug ist, ihr in einem Streit die Stirn zu bieten. Vielleicht hat der ältere Sohn zu viel von der Mutter gelernt, sodass sich das Gelernte nun gegen sie richtet. Während wir den Tisch decken, lacht Umberto immer wieder kurz auf wie ein kleiner Junge, aber ich glaube, nicht aus bloßer Genugtuung. Offenbar hat ihm der mütterliche Wutausbruch ein aufrichtiges Vergnügen bereitet, als sei er derart an diese übertriebenen Ausbrüche ihrer ebenso übertriebenen Gefühle gewöhnt, dass er sie bereits nach einer einzigen nicht daheim verbrachten Nacht vermisst und daher zurückgekehrt ist, um sich eine neue Ladung abzuholen. Als seien sie wie eine Droge für ihn.

Wir setzen uns zu Tisch. Während Anita die Gräten entfernt, sagt sie: »Weißt du was, Umbe', wenn es heute Vormittag nicht so zugezogen hätte, wäre ich auf jeden Fall ans Meer zum Baden und hätte das Mittagessen ausfallen lassen.«

»Du liegst aber auch immer daneben«, antwortet der Sohn ernst und senkt sogar die Stimme. »Du mit deinem Optimismus. Wann begreifst du endlich, dass man bis zum Mittag warten muss, eh man weiß, ob Strandwetter ist oder nicht? Wie viele Sommer lebst du schon in diesem Kaff und kennst immer noch nicht diese Grundregel? Das Wetter wird erst ab mittags stabil, merk dir das endlich. Vorher an den Strand zu gehen, ist riskant, ein reines Glücksspiel. Aber du magst ja gerne Glücksspiele … Stimmt's, Ma?«

»Verstehst du jetzt, Fri', warum seine Freunde ihn den Präsidenten nennen?«, fragt mich Anita, ohne ihn eines Blickes zu würdigen. »Ganz wie sein Vater!«

Der Präsident zwinkert mir zu und beginnt dann ein Gespräch über die Arbeit, seine Arbeit und die der Mutter, über Fischrezepte, den Automotor. Ich höre nur beiläufig zu, dennoch gewinne ich den Eindruck, als wüssten sie von den Alltagsdramen des jeweils anderen und als hätten sie mit denselben Leuten zu tun. Sie wirken eher wie gute Freunde oder ein gut eingespieltes Paar als wie Mutter und Sohn. Mir kommt der Verdacht, als sei das Gezanke von eben nicht wirklich ernst gemeint gewesen, sondern nur für mich inszeniert, um mir irgendetwas zu beweisen.

Nun stellt mir Umberto eine Reihe von Fragen: über meine Familie, mein Zuhause, die Schule, einige amerikanische Ausdrücke. Er zeigt aufrichtiges Interesse und kennt sich in vielem bereits aus: So weiß er zum Beispiel, wie die Highschool strukturiert ist und wie viele Bundesstaaten an Illinois grenzen, er kann sogar den Namen aussprechen. Anita versucht es ebenfalls, aber bei ihr klingt es nur wie ›Illnò‹. Als Umberto ihr mit einer phonologischen Fehleranalyse kommt, verdreht sie nur die Augen und bricht sich ein Stück von dem Brot ab, das sie eigentlich gar nicht essen will.

Das Telefon klingelt.

»Wer ruft denn um die Zeit an? Umbe', bitte geh du ran, ich habe grad keine Lust, aufzustehen.«

»Los, mach schon, ein bisschen Bewegung tut dir gut.«

Anita springt auf und wirft das Brot auf den Tisch. »Musste ich denn unbedingt zwei Jungs kriegen? Wo ich mir so sehr eine Tochter gewünscht habe?« Verärgert streift sie die Hände an der Schürze ab und eilt zum Telefon.

Umberto und ich sind noch nicht einmal bis zur Aussprache von Michigan gekommen, als wir aus dem Flur einen Schrei hören, eine Art von Schrei, wie ich ihn bisher noch nicht aus Anitas Mund gehört habe. Er klingt nicht wie von einem Menschen, sondern wie von einem Tier, wie das Geheul eines sterbenden Wolfes. Und er hört nicht auf. Nein, dieser Schmerzenslaut wird immer länger und tiefer, als stamme er nicht aus der Kehle eines Lebewesens, sondern aus dem Innersten der Erde, einem Erdbeben gleich.

3

Im ersten Augenblick schaut mich Umberto ratlos an, als suche er in meinen Augen eine plausible Erklärung für dieses Geräusch. Dann springt er wortlos auf und verschwindet im Flur.

Ich bleibe zurück und starre auf den leeren Blick des Fisches. Seine Augen sind jetzt gelblich und tief versunken in der verbrutzelten Haut, teils verdeckt unter Petersilienstückchen. Von seinem Körper ist praktisch nichts mehr übrig. Ich weiß nicht, was ich tun soll. Genau wie Sally in ihrem Körbchen in der Ecke, so sitze ich am Tisch, mit angehaltenem Atem und gespitzten Ohren, höre Umbertos Flüstern und Anitas Jammern, das nach und nach in abgehackte, von Weinkrämpfen unterbrochene Worte übergeht. Ich habe das deutliche Gefühl, ein sehr intimes Gespräch im Hause anderer zu belauschen, und am liebsten würde ich mich aus dem Staub machen wie ein Obdachloser, der nur vorbeigeschaut hat, um sich den Bauch vollzuschlagen. Letztlich ist Umberto der Sohn, und ich bin nur eine Fremde.

Oder vielleicht auch nicht, nicht mehr. Ich stehe auf, um zu ihnen zu gehen.

Der Telefonhörer hängt neben dem Apparat, baumelt an der ausgeleierten Spiralschnur. Anita kniet auf dem Boden, als wolle sie die gesprenkelten Fliesen mit der Hand schrubben, der zur Seite geschobene Rock liegt wie ein Putzlappen auf der Erde. Ein Schlappen ist ihr vom Fuß gerutscht. Sie ist schlaff wie eine Stoffpuppe. Es scheint, als würden die Beine ihr nicht mehr gehorchen, vielleicht nicht einmal mehr die Arme, als würde sich ihr ganzer Organismus in einer Pfütze auflösen.

Als ich sie so sehe, überkommt mich ein Gefühl der Schwäche, als würde meine ganze Welt, die erst gestern wie aus dem Nichts entstanden ist, plötzlich über mir zusammenbrechen. Was ist mit ihr passiert? Ein Infarkt? Ein Schlaganfall? Stirbt sie gerade? Doch Umberto wirkt nicht besorgt. Sie an einem Arm stützend, hilft er ihr sanft vom Boden auf, und während er in der ruhigen und verständnisvollen Art eines Hausarztes ununterbrochen auf sie einredet, führt er sie zurück in die Küche. Obwohl sie die ganze Zeit nur »Nein, nein, nein« murmelt, lässt sie es geschehen.

Nun sitzt sie neben mir, wiegt sich auf ihrem Stuhl vor und zurück, als leide sie unter unerträglichen Bauchschmerzen. So aus der Nähe bin ich erschüttert von der reinen Körperlichkeit ihres Schmerzes und dem Fehlen jeglicher Scham. Sie weint nicht mehr, aber die Augenlider sind geschwollen, der Mund verzogen, die Wangen mit dunklen Spuren von zerflossenem Kajalstift überzogen. Ich weiche ihrem Blick aus, aber eigentlich schaut sie ohnehin niemanden an, weder mich noch ihren Sohn noch den Hund, der sich mit besorgter Haltung nähert. Ihr Blick ist zur Decke gerichtet, und wie in einem Singsang wiederholt sie: »Warum nur, warum, warum?«

Ich weiß nicht, was ihr widerfahren ist, aber instinktiv begreife ich, dass es keine Antwort auf ihr Warum gibt. Diese Frage ist so groß, so weit und erschreckend wie der Ozean. Andererseits scheint sie mir die einzige jemals lohnenswerte Frage zu sein.

»Weil du jemand bist, der anderen vertraut, der an das Gute im Menschen glaubt«, fühlt sich Umberto bemüßigt zu antworten, während er ein Glas Wasser vom Hahn holt. »Hier, nimm.«

Das Wasserglas vor ihr lenkt den Blick von der Decke ab, der sich nun der kruden Realität mit dem Fischkopf und den Brotresten auf dem Tisch zuwendet. Einen kurzen Moment starrt Anita auf das Glas, fast wie versunken in das Spiel des sich brechenden Lichts, die kleinen Luftbläschen. Dann sagt sie mit leiser Stimme: »Ihr aber auch.«

»Wir aber was?«

»Du und Ricky. Ihr habt Daniele auch vertraut.«

»Ja, mit der Zeit haben wir ihn akzeptiert. Und das war unser Fehler. Trink.«

Anita reagiert nicht. Vielleicht hat sie keine Kraft, das Glas an den Mund zu führen, vielleicht nicht einmal die Kraft, zu verstehen, wie wenn man hohes Fieber hat und das, zu dem man aufgefordert wird, keinerlei Bezug zur Wirklichkeit zu haben scheint.

»Einen Schluck.« Umberto ist stehen geblieben, überragt sie mit seinen knochigen, breiten Schultern, seinem großen Schatten.

»Ich mag nicht trinken.«

»Du musst trinken, du hast schon zu viele Tränen an diesen Mann verschwendet. Du musst trinken, musst essen, musst weiterleben. So wie zuvor und besser als zuvor. Sonst überlässt du ihm den Sieg.«

Bei diesen Worten fängt Anita plötzlich an, sich das goldbereifte Handgelenk zu kratzen, als habe sie Hautausschlag. Sie wird richtig wütend, die Anstrengung übersteigt ihre motorischen Fähigkeiten. »Umbe', hilf mir, dieses Goldarmband abzulegen. Das da.«

Umberto beugt sich zu ihr hinab und nimmt es ihr mit einer Zärtlichkeit ab, mit der Eltern ihrem Kind ein Pflaster abziehen. »Besser so?«

»Ja. Schmeiß es weg.«

»Wie meinst du das?«

»In den Müll.«

Umberto bleibt wie angewurzelt stehen, in der Hand das helle Geflecht des Armbandes. Er stößt ein nervöses Lachen aus, schiebt die Brille zurecht. Seine Verlegenheit ist offenkundig. Er ist derart durcheinander, dass er anfängt, im Dialekt zu reden. Ich glaube, er sagt so etwas wie, dass man Schmuck nicht wegwerfe, sondern verkaufe. Er spricht von Karat und von Geldwert, reiht Beträge aneinander, mit denen sich der Kühlschrank eine ganze Woche lang füllen ließe.

»Das Geld ist mir völlig egal«, erwidert Anita.

»Es sollte dir aber nicht egal sein.«

»Schmeiß es weg, ich bitte dich darum. Ich selbst habe nicht die Kraft dazu.«

Umberto seufzt. »Also gut, ich mach's. Aber nur, wenn du danach ein Glas Wasser trinkst.« Dann wirft er mir einen vielsagenden Blick zu, als wolle er mir zu verstehen geben, dass die Mutter ein bisschen wirr daherrede und wir so tun müssten, als kämen wir ihrem Wunsch nach.

Plötzlich komme ich wieder zu mir. Ich war so damit beschäftigt, den Wendungen ihres Gesprächs zu folgen, dass ich meine eigene Anwesenheit in der Küche, meine wenn auch nur beiläufige Teilnahme an dem Ereignis ganz vergessen hatte. Offenbar hat also Daniele angerufen, aber ich habe keine Ahnung, was er ihr so Schreckliches gesagt haben könnte, dass sie in ein derart ungehemmtes Geheul ausbrechen und auf dem Boden zusammensinken und sie einen

Juckreiz, einen solchen Fieberanfall bekommen lässt, dass sie sogar Gold in den Müll werfen will. Und ich verstehe auch nicht, warum Umberto so auf dieser Sache mit dem Wasser beharrt. Kann man durch Weinen wirklich seine gesamte Körperflüssigkeit verbrauchen, aus Liebe vertrocknen?

Umberto legt das Schmuckstück vorsichtig auf den Haufen aus Fenchelspitzen und Fischinnereien, dann verschränkt er die Arme und wartet herausfordernd. Anita hebt das Glas. Sie nimmt einen winzigen Schluck, benetzt kaum ihre Lippen, aber die Wirkung ist spürbar. Sie wirft uns einen wachen Blick zu und sagt mit leiser, aber fester Stimme: »Wehe, ihr fischt das Armband nachher wieder aus dem Müll, hört ihr? Lasst es dort, es ist nichts wert. Der Mann, der es mir geschenkt hat, ist nichts wert. So einen Mann kann ich nicht gebrauchen, einen, der sich nicht traut, herzukommen, um mir die Dinge ins Gesicht zu sagen.«

»Genau«, pflichtet Umberto ihr bei und nimmt zufrieden, aber mit einem wachsamen Auge auf die Mülltüte, wieder Platz. »Er hat sich als vollkommen unzuverlässig erwiesen. Deshalb kannst du nicht mal dieser Geschichte trauen, die er dir am Telefon erzählt hat. Eine Wunderheilung … Will der uns verarschen?«

Anita starrt ein weiteres Mal unverwandt auf das kristallklare Wasser in ihrem Glas. Sie nimmt noch einen Schluck und bedeckt dann die Augen mit einer Hand: »Neun Jahre lang habe ich mit Leib und Seele einen Menschen geliebt, von dem ich nicht einmal weiß, wer er ist.«

»Tja, was willst du machen? So ist es den Leuten aus Gragnano mit den Deutschen ergangen. Weshalb sollte es nicht auch dir passieren?«, bemerkt Umberto. Als ich ihn verwirrt anschaue, erzählt er mir, dass die Bewohner Gragnanos während des Krieges, an dem Tag, an dem die Deutschen kamen, um Gragnano zu besetzen, geglaubt hatten, die durch die Via Roma marschierenden Soldaten seien Amerikaner, die gekommen waren, um sie zu befreien. Sie hatten ihre schönsten Überdecken auf den Balkonen aufgehängt, wie man es während der Dorffeste zu tun pflegte, waren hinabgeeilt, um die Pastaläden zu öffnen und ihnen heldenwürdige Geschenke zu überreichen: Spaghetti, Vermicelli, Paccheri, Straccetti, Fusilli und alle Pastaciutta-Sorten, die man sich nur wünschen konnte! »Die Illusion ist das erste Vergnügen!«, endet er. »Voltaire!«

»Bitte, Umbe', hör auf mit deinem Vernunftgerede und deinem Wasser«, sagt Anita nervös. »Ich brauch jetzt was Stärkeres. Tu mir einen Gefallen. Ruf Luisa an und sag ihr, sie soll kommen. Und dann mach dich fertig, sonst kommst du zu spät ins Restaurant.«

Umberto wirft einen Blick auf die Uhr und springt auf. Ich höre ihn im Flur den Hörer zurechtrücken und dann die Nummer der besten Freundin seiner Mutter wählen: Offenbar kennt er sie auswendig. Er gibt ihr ein paar Erklärungen, legt auf und geht ins Bad. Bevor er verschwindet, taucht er noch mal kurz in der Küche auf.

»Ich nehme den Wagen. So kann ich wenigstens sicher sein, dass du keine Dummheiten anstellst.«

»Die Schlüssel liegen auf dem Wandbord.«

»Kann ich also beruhigt gehen?«

»Geh nur, geh!«

Er gibt uns beiden einen Kuss und zwinkert mir, mit einem Zeichen in Richtung Müll, vielsagend zu. Kaum hat er die Tür hinter sich zugezogen, kann Anita offenbar endlich ihren Gefühlen freien Lauf lassen. So, wie sie es von Anfang an gewollt hatte. Sie bricht in Tränen aus, kneift die Augen zum Schutz vor dem grellen Neonlicht zusammen und beginnt wieder, sich auf dem Stuhl hin und her zu wiegen, wobei sie sich den Unterleib hält und zur Zimmerdecke spricht, als sei sie allein: »Oh, Madonna mia, oh Madonna mia!«

Das sind keine Bauchschmerzen, wird mir klar. Es ist ihr Leib, ihr Innerstes, das schmerzt.

* * *

Ich bin fast fertig mit dem Abwasch, als Luisa eintrifft. Ganz selbstverständlich stellt sie ihre Handtasche dort ab, wo offenbar ihr Platz am Tisch ist, und fragt mit gerunzelter Stirn: »Was ist passiert, Ani'? Du siehst schlimm aus. Umberto meinte, es sei dringend.«

»Lass uns erst mal einen Kaffee trinken, dann erzähle ich. Weißt du, wie die Espressokanne funktioniert, Fri'?«

»Nein.«

»Ja, woher auch. Warte, ich zeig's dir.«

»Bleib sitzen«, schaltet sich die Freundin ein und streicht ihr mit einer Hand über die Schulter. »Das zeig ich ihr. Ich mach das gern.«

Man merkt, dass sie bereits bestens über mich im Bilde ist, denn während sie nun zu mir ans Spülbecken tritt, mustert sie mich wie eine Berühmtheit von Kopf bis Fuß, mit wohlwollendem, aber gleichzeitig begierigem Blick, als wolle sie prüfen, ob die Vorstellung, die sie von mir hatte, der Realität entspricht oder nicht.

Luisa gefällt mir auf den ersten Blick. Sie hat geheimnisvolle Schlitzaugen, so schwarz wie ihr kurzes Haar und eingefasst von Raucherfältchen. Ich kenne diese Falten, alle Veganerinnen haben sie. Mit ihrem hageren, gebräunten Körper tritt sie neben mich, als wolle sie mich beschnuppern, und ihre schmalen Lippen formen sich zu einem scheuen Lächeln.

Ich weiß nicht, warum, aber mir scheint, als könne dieser Mund niemals lügen.

Sie zeigt mir, wie viel Wasser eingefüllt und wie stark das Kaffeepulver gepresst wird. Sie spricht langsam und bedächtig. Ich habe das Gefühl, als würde sie mir nicht das Kaffeekochen beibringen, sondern das Rezept eines höchst wirksamen Gebräus, eines Zaubertranks verraten, bei dem es nicht nur auf Präzision, sondern auch auf den Willen ankommt, und als könne ich durch den geringsten Fehler alles verderben.

»Verstehst du, was ich dir sage?«

»Ja.«

»Konntest du denn schon vorher Italienisch?«

»Nein, aber ich hatte mehrere Jahre Spanisch in der Schule. Ich lese auch Romane auf Spanisch. Das bringt viel.«

»Wie klug dieses Mädchen doch ist«, sagt sie mit lauter Stimme, an Anita gewandt.

»Ja, ich weiß«, erwidert diese schwach, als sei das eine Selbstverständlichkeit, als habe sie mich sorgfältig unter all den anderen infrage kommenden Mädchen ausgesucht und als sei das Ganze nicht reiner Zufall gewesen.

Während Luisa die Kanne zuschraubt, betrachte ich ihre Hände. Sie hat dieselben schmalen Handgelenke wie meine Mutter, wie ich, feine Knochen, die den Eindruck erwecken, als könnten sie von einem Moment zum anderen zerbrechen. Als genüge ein Windhauch. Sie streckt die langen, dünnen Finger aus, um nach dem Gasanzünder zu greifen; sie zündet die Flamme an, dreht sie herunter. Sie ist Linkshänderin, und bei jeder ihrer Handbewegungen rutscht der Ehering bis zum Fingergelenk, ein massiver Goldring, der zu schwer, zu breit wirkt für ihre Hände.

»Wie alt bist du?«

»Sechzehn.«

»Meine Tochter ist ein Jahr jünger als du. Einzelkind. Mein Mann wollte mehr Kinder, ich nicht.« Sie streichelt mich mit den Augen, bis das erwartete Brodeln beginnt. »Willst du lernen, wie man Kaffeeschaum macht?«

»Okay.«

Es ist ein Wunder, dass diese Handgelenke den schnellen, schlagenden Bewegungen standhalten, mit denen sie nun den Zucker in dem Kännchen bearbeitet. Sie reicht es mir, und ich versuche es ebenfalls.

»Mach dir keinen Kopf, man muss nur den Dreh rausbekommen.«

Schweigend trinken wir den Kaffee, unsere Körper sind perfekt um den Tisch angeordnet, wie die Spitzen eines Dreiecks. Es ist tröstlich, wieder zu dritt zu sein. Der Kaffee hinterlässt einen intensiven süßen Geschmack in meinem Mund.

Luisa nimmt eine Papierserviette von dem Stapel in der Tischmitte und betupft sie mit etwas Öl, um die Augen der Freundin abzuschminken. Anita wehrt sich nicht dagegen. Ich schäme mich ein wenig, dass ich nicht selbst daran gedacht habe, aber eigentlich ist es eine mütterliche Geste, die unpassend gewirkt hätte, wenn sie von mir gekommen wäre. »Und nun?«, sagt sie am Ende. »Erzähl.«

»Oh, Madonna mia, Luisa …«, antwortet Anita mit einem unterdrückten Schluchzen, doch wenn sie nun von Anfang an beginnt, noch dazu komplett auf Hochitalienisch, so ist klar, dass sie das weniger für ihre Busenfreundin tut, die das ganze Drumherum garantiert bis in die kleinsten Einzelheiten kennt, als vielmehr für mich. Und vielleicht auch für sich selbst.

Daniele hätte eigentlich der Mann ihres Lebens sein sollen. Sie selbst hatte ihm diesen so bedeutsamen Beinamen verpasst, und alle anderen hatten daran geglaubt. Nur Riccardo und Umberto hätten diesen Königstitel anfangs mit einer gewissen Ironie verwendet, so Anita, aber ihre Brüder und Schwestern hätten ihn von Anfang an akzeptiert, ohne Fragen zu stellen, schien sie doch in deren Augen, nach allem, was sie mit dem Ehemann durchgemacht hatte, endlich wieder glücklich zu sein. Gemeinsam mit Daniele habe sie schöne, sorglose Jahre verlebt, habe die Ruhe einer Paarbeziehung genossen, die, wie sie glaubte, ein Leben lang halten würde.

Das einzig Ungewöhnliche sei gewesen, dass sie nicht zusammenwohnten. Aber im Gegensatz zu seinen Geschwistern habe Daniele weder Frau noch Kinder, und so sei es ganz natürlich, dass er daheim bei seiner kranken Mutter bleibe. Wobei sie nicht wirklich krank sei, nur ein wenig schwach und gebrechlich, wenn es ihr gerade in den Kram passe, aber alt sei eben alt, und sie, Anita, der man einen gewissen Respekt vor dem Alter eingeschärft hatte, habe immer volles Verständnis dafür gehabt, sie nicht allein zu lassen. Missfallen habe ihr nur, dass die Mutter ihre Präsenz im Leben des Sohnes nicht akzeptieren wollte. In den Augen dieser altmodischen Signora sei es eine Schande, mit einer geschiedenen Frau zusammen zu sein, und ein regelrechter Skandal, wenn diese obendrein noch Kinder habe. Für sie sei die einzig wahre Verbindung die mit einer Jungfrau im weißen Kleid und dazu die blumengeschmückte Kirche und das Ave-Maria auf der Orgel.

Über diesen Punkt habe sie, Anita, oft mit ihrem Partner gestritten, aber am nächsten Tag sei ihre Wut immer längst verraucht gewesen. Alles sei wieder ins Lot gekommen, sie hätten wieder zusammen geschlafen. Mit Daniele habe man an jedem Tag im Monat Sex haben können. Dass er unfruchtbar sei, habe sie gleich gewusst, wo sie doch schwanger werden konnte, wann immer sie wollte, nur nicht mit ihm, nie, kein einziges Mal sei die Regel auch nur eine einzige Woche zu spät gekommen; und auch er habe es gewusst, sein alter Hausarzt habe ihm mit großer männlicher Anteilnahme diagnostiziert, dass seine Spermien eine extrem geringe Überlebensfähigkeit hätten. Doch sie habe ihm das nicht zum Vorwurf gemacht, obwohl sie sich, Gott weiß wie sehr, nach einem Kind gesehnt habe, nach einem Mädchen, genauer gesagt der Tochter, die sie nie hatte. Doch aus Liebe schlucke man solche und andere Brocken.

Und genau an diesem Abend hätte Daniele zum Essen vorbeischauen sollen, um mich kennenzulernen und um anschließend die Nacht in Anitas großem Bett zu verbringen, wie jeden Samstagabend und manchmal auch unter der Woche, sofern er sich loseisen konnte. Doch kurz zuvor habe er sie angerufen, um ihr mitzuteilen, dass er eine andere, eine jüngere Frau als Anita habe und dass er diese, wie durch ein Wunder, geschwängert habe. Dass sie bereits im fünften Monat sei und die Hochzeit in zwei Wochen in der Kirche Gesù e Maria stattfinden werde. Dass er diese Frau nicht liebe, weil er Anita liebe, dass er jedoch Vater werde und sie daher zur Heirat gezwungen seien.

Ein paar Mal wurde ihr Bericht von Weinen unterbrochen, und so schwankte sie immer wieder zwischen Gegenwart und Vergangenheit hin und her – sie liebe ihn, sie habe ihn geliebt –, was mir einige Verständnisschwierigkeiten bereitete. Dennoch ist mir die absolute Tragik der Situation keinesfalls entgangen. Luisa scheint hingegen weder schockiert noch empört zu sein. Die ganze Zeit hat sie ihrer Freundin mit krausgezogener Stirn zugehört oder mitfühlend den Kopf geschüttelt, ihr hin und wieder eine Papierserviette zum Tränentrocknen gereicht. Nicht einmal am Schluss, bei der

Nachricht von der wundersamen Empfängnis und der Muss-ehe, verliert sie die Fassung. Als einzige Reaktion zieht sie eine Schachtel Zigaretten aus der Handtasche und steckt sich eine an.

»Gib mir auch eine«, fordert Anita sie auf und dreht sich um, damit sie einen Aschenbecher aus einer Schublade ziehen kann.

»Du rauchst?«, platze ich bestürzt heraus.

»Versteh das bitte, Fri? Ich brauch das gerade«, sagt sie mit der Zigarette zwischen den Lippen. »Ganz ehrlich, ich kann die Kaugummis und die Lakritze nicht mehr sehen.«

Luisa nimmt ein paar lange, nachdenkliche Züge, als sei sie noch nicht zum Sprechen bereit. »Irgendwas kommt mir ko-misch vor, bei dieser Geschichte mit der Schwangerschaft«, sagt sie schließlich in langsamem Ton, der ihrem Gedanken Nachdruck verleiht. »Daniele kann keine Kinder zeugen.«

»Das haben die Ärzte gesagt.«

»Also sage ich, dass diese Tusse ja vielleicht nur so tut, als sei sie schwanger, um ihn einzusacken?«

»Wie soll sie das denn vortäuschen, Luisa? Im fünften Mo-nat sieht man den Bauch doch schon.«

»Bei mir hat man fast noch nichts gesehen.«

»Aber nur, weil du superdünn bist«, erwidert Anita ohne eine Spur von Neid. »Und weshalb sollte sie ausgerechnet Da-niele einsacken, wo es in Castellammare haufenweise rei-chere, gebildetere und besser aussehende Männer gibt als ihn?«

»Hast du nicht immer behauptet, er sehe umwerfend gut aus?«

»Ich fand ihn schön, weil ich ihn geliebt habe, weil ich die Seele schön fand, die in seinem Körper wohnte.« Plötzlich von ihren Gefühlen überwältigt, nimmt Anita einen tiefen

Zug an ihrer Zigarette, und selbst ich muss zugeben, wie sehr ihr das hilft, die Fassung zurückzugewinnen. »Doch jetzt, nachdem er seine Seele entblößt hat, jetzt, wo ich ihn in seiner ganzen Kleinheit sehe, kommt er mir hässlich vor.«

Luisa zieht solidarisch ebenfalls an ihrer Zigarette. »Auch Salvatore habe ich früher schön gefunden ... Bevor mir klar wurde, dass sein Körper zwar hier, seine Seele aber ganz woanders ist.«

»Geht er immer noch in das Haus auf dem Monte Faito?«

»Sobald er auch nur einen freien Augenblick hat. Je älter er wird, desto extremer wird er. Fühlt sich nur noch in den Bergen wohl, wird immer schweigsamer ...« Nachdenklich streicht sie mit dem Daumen über den vergilbten Filter. »Egal, Ani', ob schön oder hässlich, Daniele hat dir auf jeden Fall eine Geschichte erzählt, die zum Himmel stinkt.«

»Das sagt Umberto auch.«

»Vielleicht ist es eine Scheinschwangerschaft?«

»Wieso sollte nicht einfach ein Wunder geschehen sein, durch Gottes Hand?«, erwidert Anita, die sich erneut an ihrer Zigarette stärken muss. »Manchmal geschehen Wunder.«

Die Freundin kneift ihre Katzenaugen zusammen. »Ich glaube eher, dass Danieles Mutter da ihre Hand im Spiel hat. Die Alte hat dich auf dem Kieker.«

»Ja, aber sie ist zu alt und zu schwach, um irgendwas auszuhecken.«

»Aber nicht zu alt und zu schwach, um ein erstes Treffen ihres Sohnes mit einer Frau einzufädeln, die sie für ... standesgemäßer hält.«

»Oh, ja ... sie wird schon sehen, wie standesgemäß die Schwiegertochter mit dickem Bauch unterm Brautkleid ist.«

Einen Augenblick lang sieht es so aus, als würde Anita gleich losweinen, doch stattdessen fängt sie an zu lachen.

Luisa stimmt mit ein, und gemeinsam lachen sie, bis sie im Gesicht rot anlaufen und sich erhitzt und vor heiterer Erschöpfung Luft zufächeln.

»Was meinst du dazu, Frida?«, fragt mich Luisa. »Hat Danieles Mutter ihre Finger da im Spiel?«

»Ja, vielleicht schon«, sage ich, ein bisschen, weil ich nicht weiß, was ich antworten soll, ein bisschen aber auch, weil mir die Alternative, dass nämlich Daniele seiner neuen Freundin freiwillig und mit Gottes Segen genau das Kind geschenkt haben könnte, nach dem Anita sich so sehr gesehnt hat, als eine allzu brutale Annahme erscheint.

Luisa ergreift erneut das Wort, diesmal an die Freundin gewandt: »Nehmen wir also an, dieses Mädchen sei tatsächlich schwanger. Dann wette ich jedenfalls, dass das Kind von einem anderen ist.«

»Nein, warum?«, fragt Anita und lässt die Zunge schnalzen. »Wenn es so wäre, wie du sagst, würde sie doch den wahren Kindsvater heiraten. Weshalb sollte sie sich den Partner einer anderen schnappen?«

»Vielleicht war sie schon schwanger, bevor sie Daniele kennengelernt hat, aber ihr Freund hat sich aus der Verantwortung gestohlen.« Luisas Mandelaugen flackern düster auf. »Oder aber es gab gar keinen Freund, sondern nur ein kurzes Abenteuer, bei dem was schiefgegangen ist für sie.«

»Und zack, zack, bevor der Bauch zu groß wird, hat sie einen gefunden, der sie heiratet?«

»Den ersten Idioten, der ihr übern Weg gelaufen ist …«, murmelt Luisa und drückt die Zigarette im Aschenbecher aus. »Hör mal, es könnte doch auch sein, dass sie tatsächlich eine echte Jungfrau war, als sie sich auf Daniele eingelassen hat, ihn dann aber mit einem anderen hintergangen hat, von dem sie schwanger geworden ist.«

»Ja, wer weiß …«

Wie verzaubert höre ich den beiden Freundinnen zu. Das anfängliche Entsetzen ist gewichen, und zurück bleibt nur noch mein Erstaunen. Ich staune über ihre Fähigkeit, sich auf der Grundlage einiger unvollständiger Informationen und eines wenige Minuten dauernden Telefonats eine derart komplexe, derart intrigenreiche Geschichte auszuspinnen. Das ist ein Roman. Vor allem staune ich über die gewaltige erzählerische Kreativität, die sich hinter Luisas unsicherem Lächeln verbirgt, darüber, wie viele Wendungen des Geschehens dieser schüchterne Mund sich auszudenken vermag. Und je weiter sie geht, desto mehr Schwung bekommt sie, wie der frenetische Rhythmus ihrer Hand beim Kaffeeaufschäumen. Ist es das plötzlich so qualvolle Gefühlsleben ihrer besten Freundin, welches ihre Fantasie derart anregt und den Wunsch nach mehr in ihr weckt?

»Daniele hat dich also betrogen«, endet sie, »ohne zu merken, dass er selbst betrogen wird.«

Anita drückt ihre Zigarette neben der von Luisa aus. »Siehst du? Wie du es auch drehst und wendest, bleibt es doch dabei, dass er mich betrogen hat, und wer weiß wie lange schon. Er hat es mir erst gestanden, als alles kurz davor war, ans Licht zu kommen und er mir keine Lügen mehr auftischen konnte. Wenn er Zweifel an unserer Beziehung hatte, hätte er zu mir kommen müssen, damit wir darüber reden wie erwachsene Menschen und eine Lösung finden. Mann und Frau sind zwei Wesen, die sich gegenseitig ergänzen. Aber Daniele konnte nie etwas in mir ergänzen. Er ist ein zwielichtiger Typ und obendrein feige.«

»Feige«, wiederholt ihre Freundin, »und rücksichtslos.«

Anita vergräbt ihr Gesicht in den Händen. »Wie konnte ich nur so blind sein? Ich habe ein ganzes Jahrzehnt meines Lebens vergeudet. Habe den besten Teil meiner Jugend weggeworfen, meiner Fruchtbarkeit, meiner Liebe …«

Luisa, die inzwischen vielleicht keine Hypothesen mehr auf Lager hat, reicht ihr nur wortlos eine weitere Papierserviette. Nach einer Weile fragt sie: »Hast du Whisky da?«

Anita erklärt ihr, wo sie ihn findet: in dem Schränkchen im Wohnzimmer. In diesem Moment kommt mir zu Bewusstsein, dass sie schon seit einer ganzen Weile nicht mehr aufgestanden ist. Das letzte Mal, dass ich das Klappern ihrer Schritte gehört habe, war, als sie Luisa in die Wohnung gelassen hat. Sie ist nicht ein einziges Mal zum Pinkeln gegangen, vielleicht hatte Umberto recht, dass sie das Wasser hätte austrinken sollen. Die Sache fängt an, mich zu beunruhigen. Eigentlich liegt es ihr im Blut, sich ständig zu bewegen, und diese anhaltende Bewegungslosigkeit lässt sie älter und irgendwie verändert wirken.

Luisa dreht den Schlüssel im Schloss herum, knipst das Licht an und stöbert im Wohnzimmer herum, dann kehrt sie mit einer Flasche Glen Grant zurück. Anita schraubt sie auf und lässt mich an der goldgelben Flüssigkeit schnuppern. Sie lacht, als ich eine angewiderte Grimasse schneide. Als sei ich eine von ihnen und nicht bloß eine Jugendliche, die erst seit einem Tag hier ist, haben sie mit mir Espresso getrunken und mich uneingeschränkt an ihren Geschichten über Sex und Lügen teilhaben lassen. Doch jetzt ist Schluss mit dieser Einbeziehung. Während der Kaffee für eine gewisse Lebhaftigkeit in der Küche gesorgt hatte, beschwört der Whisky nun eher geheime Gefühle herauf, von denen ich keine Ahnung habe und die sich in einem vertraulichen, immer intensiveren Geschnatter offenbaren. Die beiden Freundinnen trinken, rauchen und sprechen immer häufiger im Dialekt, lassen den Tränen freieren Lauf. Sie kommen auch auf andere Themen zu sprechen: auf die Arbeit – eine Arbeiterin in einer Gerberei, die zu Unrecht ihre Stelle verloren hat –, die bitteren Orangen, die Luisas Mann auf dem felsigen Grundstück, das er vom Vater geerbt hat, anzubauen versucht, um Likör daraus zu machen, und die Art, wie er ihr abends, wenn er in ihre Wohnung im Stadtzentrum zurückkehrt, mit seinen von der Erde dreckigen Fingernägeln und dem nach Rotwein riechenden Atem über das Gesicht streichelt, während sie ihn zurückstößt und ihm sagt, dass die Tochter im Zimmer noch wach sei und Hausaufgaben mache. Wieder habe ich das Gefühl, sie zu belauschen, und mir kommt der Gedanke, mich zum Lesen in mein Zimmer zurückzuziehen. Ich habe das Zeitgefühl verloren, aber nach dem schwächer gewordenen Licht draußen zu urteilen, ist es bereits spät.

Das Telefon klingelt, Luisa geht ran und verkündet: »Es ist Daniele.«

Anita erhebt sich und läuft mit sicherem Schritt zu dem Tischchen im Flur. Mit vollkommen fester Stimme hören wir sie sagen, dass es nicht wahr sei, dass er sie liebe, dass er gar nicht fähig sei zu lieben und nur Ausreden und Lügen auftischen könne. Sie sagt, dass sie kein einziges Wort aus seinem Mund mehr glaube. »Wag es nicht, noch einmal anzurufen oder gar an meine Tür zu klopfen. Diese Wohnung gehört mir und meinen Söhnen.«

Als sie zurück an den Tisch kommt, schaut sie mich mit der Entschlossenheit einer Löwin an. »Wie heißt noch mal der Staat, in dem du lebst?«

»Illinois.«

»Illi noi. Richtig?«

»Ja.«

»Und wie sagt man, verpiss dich?«

Mir rutscht ein Lachen heraus. »*Fuck you*.«

»*Facchiù*. Gut. Wenn er noch mal anruft, werde ich ihn damit zum Teufel schicken.«

* * *

Sie wollte den Hörer nicht danebenlegen, für den Fall, dass Ricky oder Umberto etwas von ihr bräuchten. Doch als der jüngere Sohn nach Hause kommt, nur um sich rasch umzuziehen und dann mit Freunden Pizza essen zu gehen, nimmt Anita kaum Notiz von ihm. Sie erzählt ihm nichts, sondern bittet ihn nur, vorher noch mit dem Hund rauszugehen. Als wir wieder zu dritt sind, bereiten wir das Abendessen zu, aber Anita rührt nichts an. Auch ich muss mich zum Essen zwingen, derart erschöpft bin ich von dem Auf und Ab der Gefühle, das diesen Tag geprägt hat. Offenbar hat Anita meine Müdigkeit bemerkt, denn irgendwann sagt sie zu mir: »Geh ruhig duschen und zieh schon mal den Schlafanzug an, wenn du magst.« Der Föhn sei in der Schublade rechts vom Waschbecken, erklärt sie, während sie einen weiteren Fingerbreit Glen Grant in Luisas und ihr Glas füllt. »Föhn dich ja richtig.«

Die warme Dusche ist ein lang entbehrter Luxus, und als ich, nach Jasmin duftend, in die wohlige Wärme der Küche zurückkomme, habe ich nur noch Lust, ins Bett zu gehen. Anita gibt mir einen Gutenachtkuss und dann auch Luisa, die aufgestanden ist, um den Aschenbecher zu leeren. Aus dem Augenwinkel erspähe ich im Abfall ein Schimmern des Armbandes. Vielleicht sollte ich es herausfischen, bevor ich in mein Zimmer gehe, so wie Umberto es will, aber ich traue mich nicht, wage es nicht, diese starke symbolische Geste der Mutter zunichtezumachen.

»Träum was Schönes, Fri'«, sagt sie hinter meinem Rücken. Wie sehr ich es mag, wenn sie mich so nennt. Es erinnert mich an das englische Wort *free* und befreit mich ein bisschen von der Last meines Namens.

Es war meine Mutter, die mich wie die mexikanische Malerin hatte nennen wollen, mit der Vorstellung, dass ich so zu einer starken Frau würde. Sie sprach daheim oft von dieser Entscheidung, als sei die innere Kraft eine Frage der Geburt und als habe sie durch dieses weltliche Taufritual auf magische Weise einen Wesenszug der in den Fünfzigerjahren kinderlos verstorbenen Frida Kahlo auf mich übertragen, den sie selbst, wie sie glaubte, nicht hatte und mir daher auch nicht durch ihr Blut vererben konnte: nämlich die Seelenstärke, jeglichen Schmerz im Leben zu überwinden. Ihre Augen leuchteten jedes Mal, wenn sie mit mir darüber sprach, ohne mir jedoch jemals genau zu erklären, welche Schmerzen das Leben für sie oder meine Namensgeberin bereitgehalten hatte.

Mit dreizehn entdeckte ich in unserem Bücherregal eine Biografie von Frida Kahlo. Ich las von der Kinderlähmung, durch die ihr rechtes Bein verkürzt war, von dem Verkehrsunfall – zwischen dem Bus, in dem sie fuhr, und einer Straßenbahn –, bei dem ihr Becken durchbohrt wurde und die Wirbelsäule brach, von den vielen Eingriffen und langen Genesungszeiten, um den chronischen Schmerz zu ertragen, den körperlichen, aber auch den seelischen Schmerz, den ihr die Fehlgeburten und die Seitensprünge des heißgeliebten Ehemanns und Malers Diego Rivera bereiteten. Ein Jahr später fuhr ich eine knappe Stunde mit dem Zug, um mir in einem Museum in Chicago eine Ausstellung mit ihren Selbstporträts anzuschauen. Die, die sie im Bett gemalt hatte, waren ziemlich klein, praktisch lebensgroß, wie Spiegelbilder. Lange Zeit betrachtete ich diese Gemälde, auf denen sie ihren Schmerz heiter zu ertragen schien, mit Blumen im Haar, das schöne, unbewegte Gesicht umrahmt von Äffchen und Papageien, dieselben Gemälde, die ich in den darauffolgenden Tagen mit Bleistift von im Museumsshop erstandenen Postkarten abzeichnete. Ich studierte sie, um etwas von mir darin zu finden. Leider hatte ich, abgesehen von den etwas widerspenstigen Augenbrauen und der Vertrautheit mit dem Spanischen, nichts mit dieser berühmten Künstlerin, ihrem stolzen Blick und ihrer unbeweglichen dunklen Schönheit gemein.

Vor anderen Gemälden blieb ich dagegen nicht so lange stehen: die, auf denen sie sich mit Tränen und offenen Wunden, mit toten Föten und in die Haut, die Brust gerammten Nägeln gemalt hatte. Eine Sache war es, über ihr tragisches Leben auf gedrucktem Papier zu lesen, eine andere, es mit eigenen Augen und so großformatig vor sich zu sehen. Schon wenn ich nur daran vorbeilief, fühlte ich mich mit Monatsblut und anderen Körperflüssigkeiten beschmutzt, und ich ging sofort auf Abstand, hakte sie in meiner Erinnerung als gewollt heftige Bilder ab, die nur dazu dienten, eine bestimmte Reaktion im Betrachter zu erzeugen. Aber innerlich wusste ich, dass es nicht so war. Diese Selbstbildnisse, die meine Blicke bannten und mich auch nach meiner Heimkehr nicht losließen, waren Spiegel der Seele. Und mir kam der Verdacht, dass die innere Kraft tatsächlich nichts mit Geburt und Namen zu tun hat und dass Frida Kahlo in Wahrheit nur dank ihres Unglücks zu dem Menschen geworden war, der sie war.

Während ich allmählich in den Schlaf gleite – das unverständliche Gemurmel aus der Küche im Hintergrund und über mir an der Wand die Risse eines Erdbebens, von dem ich nichts weiß –, bleibt mir nur zu hoffen, dass es einen leichteren Weg gibt, zu dieser Kraft zu gelangen. Eine Abkürzung. Die Vorstellung, einfach darauf zu verzichten, kommt mir nicht in den Sinn.

4

Am Morgen liegt Anita noch im Bett, zusammengekauert unter dem Gemälde der Madonna. Wer weiß, wann sie schlafen gegangen ist, wer weiß, wie viel Whisky sie getrunken hat. Auch die Söhne schlafen noch, nur die Schäferhündin ist wach. Ihren Namen flüsternd, nähere ich mich dem Körbchen. Sie lässt sich die Schnauze und die Ohren kraulen, leckt mir mit ihrer warmen, rauen Zunge die Hand.

Ich schlüpfe in die neuen Schlappen und schenke ihnen zum ersten Mal Bewunderung. Sie sind schön. Meine Zehen, die so lang sind wie bei einem Affen und die ich von meinem Vater habe, krallen sich daran fest, damit sie nicht abgleiten. Ich ziehe den Rollladen halb herauf und koche Kaffee. Der Duft ist so intensiv, dass er Tote zum Leben erwecken könnte; zumindest hoffe ich, dass er stark genug ist, um meine Gastfamilie aus ihren Betten zu locken. Ich fühle mich nicht ganz wohl dabei, so allein in einer Küche zu hantieren, als sei es meine, doch dann sage ich mir, dass die anderen ja, wenn sie mich beim Aufstehen mit den Händen im Schoß dasitzen sehen, denken könnten, ich sei eine, die sich von vorn bis hinten bedienen lassen will. Außerdem kenne ich mich in diesem Raum am besten aus. Ich habe den Eindruck, dass die wirklich wichtigen Dinge genau hier geschehen, und nicht draußen in diesem Städtchen mit all seinen Bewohnern, dem Meer und gleich zwei Burgen vor der Nase.

Der Hunger gewinnt die Oberhand über meine Befangenheit, und so mache ich mir ein Frühstück. Die ganze Zeit kommt es mir vor, als würde ich von einer fremden Hand gelenkt. Beim Kaffeekochen befolge ich genau die Anweisungen von Luisa, und jetzt tunke ich die Kekse in den Milchkaffee, wie Anita es mir beigebracht hat, ich gebe sogar Sally zwei ab, wie ich es Ricky mit der Salsiccia habe machen sehen. »Kleines Luder«, flüstere ich ihr zu.

Ich habe schon angefangen abzuräumen, als die Jungs aufstehen. Ricky gießt sich mit halb geschlossenen Lidern den restlichen Kaffee ein, Umberto setzt sich lieber einen Tee auf. »Kaffee treibt den Blutdruck in die Höhe«, erklärt er mir, während ich um ihn herumlaufe, um die Betten zu machen. Das tue ich nicht für sie, sondern für Anita, damit sie beim Aufwachen eine ordentliche Wohnung vorfindet und sich nicht abmühen muss. Mit Rickys Bett bin ich schon fertig und will gerade mit Umbertos anfangen, als er hinter meinem Rücken auftaucht und mich festhält. »Lass es einfach so. Zieh dich lieber an, dann dreh ich mit dir eine Runde durch Castellammare.«

»Und deine Mutter?«

»Lass auch sie einfach in Ruhe. Die muss sich heute ihre Wunden lecken.«

Das Telefon klingelt, und wir hören Anita mit kein bisschen verschlafener Stimme rufen: »Geht nicht ran, bitte. Das ist Daniele.«

»Woher willst du bitte wissen, dass er es ist? Es könnte genauso gut ein Freund sein, der mich sprechen will«, erwidert Umberto, gibt mir dann aber doch ein Zeichen, ihm ins

Schlafzimmer der Mutter zu folgen und das Telefon klingeln zu lassen.

»Ich weiß es, und basta.«

Anita hat sich im Bett aufgesetzt und die Haare zu einem Pferdeschwanz zusammengebunden. Sie wirkt kein bisschen verkatert. Im Gegenteil, sie ist schöner denn je, die Augen sind blank vom Weinen, die Haut ist glatt und entspannt. Endlich gibt das Telefon Ruhe.

»Hör zu, Fri'«, sagt sie, an mich gewandt, »meine Schwester Letizia hat uns heute zu sich zum Mittagessen eingeladen, auch ihre älteste Tochter mit den Kindern soll kommen. Sie wollen dich alle kennenlernen. Aber wir gehen an einem anderen Sonntag hin, ich schaff das heute nicht, tut mir leid. Zieht ihr nur los, macht einen schönen Spaziergang, und nachher essen wir zusammen hier.«

Es hatte ausgesehen, als habe sie geschlafen, dabei hat sie alles mitbekommen. Umberto und ich ziehen ihre Zimmertür hinter uns zu. Bevor wir die Wohnung verlassen, legen wir den Telefonhörer neben den Apparat, damit niemand sie stören kann.

* * *

Es ist ein wunderschöner Tag, ungeachtet des Sturms, der im zweiten Stockwerk unseres Hauses niedergegangen ist. Der Himmel ist eine blank geputzte Fensterscheibe, ohne den kleinsten Streifen, und überall ringsum funkeln Sonnenstrahlen auf den Autos und Schaufenstern, auf den Sonnenbrillen und Armbanduhren der vielen Leute, die auf den Straßen unterwegs sind. Garantiert Strandwetter, darauf könnte ich wetten, auch wenn es noch nicht Mittag ist. Doch all diese Menschen, die sich vor allem um die Bars und die Pasticcerie drängen, sind nicht für den Strand, sondern eher festlich gekleidet. Ich spüre, wie die Wärme angenehm meine Arme und Beine umspielt. Mir wird bewusst, wie farblos meine Kleider sind, zwar sauber und relativ neu, aber so geschnitten, dass sie die Körperformen verdecken.

Wir laufen mal auf, mal neben dem Gehweg, wie es gerade kommt, stören uns nicht an den dort parkenden Autos, so wie diese sich offenbar nicht von uns gestört fühlen, wenn wir mitten auf der Straße schlendern. Als wir einen kleinen Platz erreicht haben, werden wir zusammen mit all den anderen Fußgängern in einen Verkehrsstrom gezogen, der uns wie in einem Strudel um die große Blumenrabatte in der Mitte schiebt. Autos, Mopeds und Menschen tauchen von rechts und links auf und verschwinden wieder, einem perfekt choreografierten Chaos gleich. Man weicht aus, bremst, hupt, ruft, streift sich. Umberto hakt mich unter, bis wir die andere Seite erreicht haben. Das Schlimmste wäre jetzt, stehen zu bleiben.

Die ganze Zeit redet er auf mich ein: Das da ist die Parfümerie einer Freundin, das da die Pizzeria Spartaco – ja, genau wie der berühmte Gladiator Spartakus –, und dort ist die Eisenwarenhandlung, wo wir morgen, wenn alles wieder geöffnet hat, einen Wohnungsschlüssel für mich nachmachen lassen. Und er redet nicht nur mit mir. Im Vorbeigehen tauscht er hier einen Gruß mit einem Typen in einer Bar und spricht dort die Apothekerin mit Namen an, die herausgekommen ist, um den Schaukasten in Ordnung zu bringen. Dann trifft er auf zwei, drei, vier Freunde, die aus der entgegengesetzten Richtung kommen, und bei jedem bleibt er stehen, um fünf, sechs, sieben Minuten zu plaudern. Jedes Mal, wenn er mich vorstellt, werde ich geküsst, mit bewunderndem Blick und zufriedenem Kopfnicken in Augenschein genommen. »Endlich hier«, sagt einer. Inmitten des Straßenlärms verstehe ich nicht alle Fragen, die man an mich richtet, doch irgendwann merke ich, dass es immer dieselben sind. Wann bist du gekommen? Gefällt dir Castellammare? Wie fühlst du dich bei Anita? Oder alternativ dazu, mit einem schelmischen Lächeln: Wie fühlst du dich bei diesem *ommemmerd**?

Nur seine männlichen Freunde benutzen diesen liebevollen Schimpfnamen, die Freundinnen nicht. Und Umberto kann vor allem auf diese zweite Kategorie zählen. Jede kommt mir vor wie seine allerbeste Freundin, und jeder macht er ein nettes Kompliment: Wie gut dir dieser Haarschnitt steht; du siehst weniger gestresst aus als letzte Woche; ah, du hast ein anderes Brillengestell, sehr vorteilhaft. Für sie lässt er seine Stimme noch feiner werden als sonst, wählt zarte, aber niemals verführerische Worte. Und jeder hilft er bei der Lösung eines praktischen Problems. Marilena empfiehlt er eine Werkstatt, wo sie ihr Moped reparieren lassen kann, bei einem, der nicht viel verlangt und einen nicht übers Ohr haut wie dieser Mechaniker, für den sein Bruder arbeitet; Flavia empfiehlt er einen Umschlag gegen Migräne; Teresa gibt er die genauen Formulierungen an die Hand, mit denen sie die ungerechtfertigte Eifersucht ihres Verlobten besänftigen kann. Und zwischen einer Etappe und der nächsten schafft er es auch noch, sich für Freitagabend um neun auf eine Partie Poker im Haus eines gewissen Pino zu verabreden, der von allen Mitgliedern seiner Clique derjenige mit dem größten Tisch ist und dessen Eltern am häufigsten unterwegs sind. Wenn Umberto nach seinem Vater kommt, denke ich, kann dieser Vater gar nicht so unsympathisch sein.

Die zufälligen Begegnungen folgen mit einem derartigen Tempo aufeinander, dass ich meine allmählich immer kürze-

---

* Neapolitanisch für »Scheißkerl« (A. d. Ü.).

ren Antworten immer besser zurechtfeilen kann. Ich bin etwas angespannt, nicht so sehr wegen der ungeheuer vielen Aufmerksamkeiten und der unzähligen Namen, die es sich zu merken gilt, sondern weil mir immer stärker zu Bewusstsein kommt, wie die Zeit verrinnt. Wenn das ein Spaziergang ist, sollten wir dann nicht mal vorwärtskommen? Und wo wollen wir überhaupt hin? Egal, welches Ziel wir haben, so scheint mir jedenfalls sicher, dass wir es bei diesem Rhythmus und in diesem immer dichteren Verkehrsgewühl niemals schaffen werden, rechtzeitig zum Mittagessen zurück zu sein. Ja, vielleicht ist das meine Hauptsorge: Anita nicht so lange allein zu lassen.

Plötzlich taucht vor uns ein mögliches Ziel auf: das humanistische Gymnasium Plinio Seniore, das ich schon bald besuchen werde. Umberto zeigt es mir mit einer beiläufigen Handbewegung. Auch er sei dort zur Schule gegangen, erklärt er, und auch damals schon sei das Gebäude in demselben verwaschenen Orange getüncht und von denselben halb kahlen Bäumen umrahmt gewesen. Zum Glück bleiben wir nicht stehen. Jetzt studiert Umberto Philosophie an der Universität Federico II. in Neapel. Oder zumindest hat er studiert. Hin und wieder nimmt er die Circumvesuviana, die er Vesuviana nennt, um hinzufahren und eine Prüfung abzulegen. Aber er sei sich nicht sicher, sagt er, ob Bildung das Leben eines Individuums tatsächlich voranbringen könne. Er wolle sich lieber selbstständig machen, ein Restaurant eröffnen, vielleicht in einer anderen Stadt, einem anderen Land.

Bald stoßen wir auf eine breite, sonnenbeschienene Straße, über der sich die Berge in ihrem morgendlichen Glanz erheben. Mir bleibt kaum Zeit, sie gebührend zu bewundern, ehe wir uns, zwischen zwei zerfallenden Prachtvillen hindurch, in eine schmale Gasse zwängen und unvermittelt, ohne dass ich auch nur den Geruch wahrgenommen hätte, das Meer vor uns liegt.

Es ist anders, als ich erwartet hatte. Es ist weder tobend noch grenzenlos wie der Atlantik, den ich einmal in Virginia gesehen habe. Es ist ein stilles, heiteres Meer, fast so glatt wie ein Satinlaken und umschlossen von Land. Wenn nicht diese spindeldürren Palmen wären oder diese anderen, kleineren, die gepanzert sind wie Ananas, könnte man meinen, es sei ein See. Wasser, noch süßer als der Michigansee. Obendrein wächst Gras auf dem Strand. Ich habe noch nie Sand von solcher Farbe gesehen: ein verblichenes Schwarz, fast wie Asche, das in der Sonne funkelt, als sei unter den Plastikflaschen und Pappbehältern alles mit Diamantenstaub übersät. Ich wette, bei Berührung ist er glühend heiß.

»Hier geht ihr baden?«

Umberto stößt ein trockenes Lachen aus. »An diesen Strand würden mich keine zehn Pferde bringen. Aber genauso wenig zu dieser Anlage, die Mama so mag, dort, hinter dem Kap, wo sie dir für einen Liegestuhl wer weiß was abknöpfen und das Meer eine Brühe ist. Ganz ehrlich. Aber ich kenn richtig gute Strände, die schwer zu erreichen und kaum besucht sind … Und wo man nichts zahlen muss.«

Wir mischen uns unter den Strom der Flanierenden auf der Strandpromenade, am Stadtpark vorbei, immer den Gleisen einer stillgelegten Straßenbahnlinie folgend. Am Horizont schweben zwei Inseln, laut Umberto Ischia und Capri, und im Vordergrund einige Fischerboote, die wie verlorene Perserpantoffeln auf dem Wasser treiben. Je länger ich auf diese sanfte Oberfläche starre, umso klarer wird mir, dass sie nicht wirklich einem See gleicht. Das Wasser hat eine gewisse Konsistenz, eine Schwere. Als würde es, angedickt durch das Salz, Mühe haben, sich zu bewegen. Unter dem glatten Laken ruht etwas, etwas, das schläft, aber bald erwachen wird. Mir kommt es fast vor, als könne ich die Umrisse unter der Oberfläche erkennen, in der salzigen Luft, die über meine Haut streicht, in den leisen Geräuschen, die von den Klippen herüberdringen, einem zarten Schlürfen gleich, wie von einer Katze, die aus einem Schälchen trinkt. Ich werde von einer wundervollen und unbeschreiblichen Erregung ergriffen.

Im offenen Meer erspähe ich einen Haufen unförmiger Felsen. »Was ist das, eine Insel?«

»Insel ist zu viel gesagt. Nennt sich Rovigliano oder auch Castello di Rovigliano. Aber das Kastell ist durch jahrhundertelange Schlachten zerfallen: Langobarden, Sarazenen und so weiter. Und wegen Verwahrlosung. Wie alles hier.«

»Sieht gar nicht aus wie ein Kastell.«

»Ja, eher wie ein im Tee zermatschter Keks. Kaum zu glauben, dass das Ganze in der Antike Petra Herculis hieß. Stein des Herkules.«

»Herkules wie aus dem Film?«

»Da spricht die waschechte Amerikanerin!«, ruft Umberto und packt mich kräftig an den Haaren. »Ja, Herkules: dieser schöne Muskelprotz aus dem Fernsehen. Sohn des Zeus, kantiger Kiefer, fast nix an. Dieser Typ, der noch vor dem Frühstück mit bloßen Händen einen wilden Löwen und ein menschenfressendes Wildschwein erlegt und einem dreiköpfigen Riesen mit sechs Armen eine ganze Herde Kühe stiehlt. Nichts leichter als das für uns Halbgötter.«

»Aber warst du nicht ein Gott?«

Es ist das erste Mal, dass es mir gelingt, ihn richtig zum Lachen zu bringen. Er lässt mich neben sich auf einem Bänkchen Platz nehmen und fragt mich dann in vertraulichem Ton: »Weißt du, wer Horaz ist?«

»Nein.«

»Vergil?«

Ich nicke, um mich nicht zu blamieren und um ihn zum Weiterreden zu bewegen. Laut Legende, so beginnt er, hatte Herkules nach Beendigung der zehnten seiner zwölf Arbeiten – ebenjener, den dreiköpfigen Riesen und seinen zweiköpfigen Wachhund zu töten und die heiligen Kühe zu stehlen – ein wenig Durst verspürt. So war er ins Latium gekommen, zu Fauna, der jungfräulichen Göttin der Natur, die Kinder bekommen konnte ohne Zutun eines Ehemanns. Doch nur Frauen durften von dem heiligen Wasser des Tempels trinken, Männer nicht. Verärgert beschloss Herkules, seinen eigenen Tempel zu errichten, in den keine Frau je einen Fuß setzen sollte, aber er war davon so in Anspruch genommen, dass es ihn die Kühe kostete. Klammheimlich hatte ein Ungeheuer, Sohn des Vulkans, sie entwendet und in einer Höhle im Inneren des Vesuvs – hier, ganz in der Nähe – versteckt. Herkules suchte Tag und Nacht nach den Kühen und spürte sie dank eines Muhens endlich auf, woraufhin er eine Bergspitze abbrach, um damit in der Flanke des Vulkans zu graben und sie zu befreien. Zur Feier seines Sieges, so heißt es, habe er Ercolano – und auch Stabiae – gegründet.

»Herkules hat Castellammare di Stabia gegründet?«

»Stabiae, so hieß das früher«, präzisiert er. »Um 1239 vor Christus. Siehst du? Selbst dieses Kaff hatte seine ruhmreichen Zeiten.« Laut Mythologie, so fährt Umberto fort, sei Stabiae entstanden, als Herkules die Spitze des Monte Faito abbrach und ins Meer warf. Offenbar eine Angewohnheit von ihm, Bergspitzen abzubrechen. Angeblich sei dieses winzige, unbedeutende Inselchen ebenjener von Herkules geschleuderte Felsen, und tatsächlich bestehe es aus demselben weißen Sedimentgestein wie der Monte Faito. »Kalk und Dolomit.«

Die Flut an Namen, Heldentaten und Daten macht mich ganz schwindlig, vielleicht ist es aber auch nur die Sonne. Ich frage mich, wie es kommt, dass man, um etwas zu schaffen, zuvor immer etwas anderes zerstören muss. »Woher weißt du all diese Dinge?«

»Wie man sieht, war das humanistische Gymnasium wenigstens zu etwas nutze.« Wir laufen weiter. »Wenn du eine richtige Burg sehen willst, musst du nach oben schauen.«

Er deutet auf eine klassische Burg wie aus einem Mittelaltermärchen. Die teils glatten, teils mit Zinnen versehenen Umrisse zeichnen sich gegen den grünen Hintergrund der Berge ab, die durch den veränderten Sonnenstand jetzt viel plastischer erscheinen. Man erkennt die Bäume, weich wie ein Moosteppich, die Schattenfalten, die von den Unebenheiten des felsigen Untergrunds zeugen, die kleinen Straßen, die alles wie Bänder umschlingen. Der Monte Faito ist wirklich ziemlich hoch. Doch ohne die ihn umrahmenden Häuser und inmitten der Weite des Himmels verliert er den feindseligen Anblick einer unüberwindbaren Wand und verwandelt sich in etwas Zugängliches, Greifbares, genau wie gestern, als ich gemeinsam mit Anita im Auto nach Gragnano gefahren bin.

Wir kommen zu einem Musikpavillon, den Umberto *Cassa armonica* nennt und der ganz aus Schnörkeln und Glas zu bestehen scheint, davor befindet sich die Bar Spagnuolo, ein bekannter Treffpunkt der großen Schriftsteller der Vergangenheit. »Der Vergangenheit«, betont Umberto. »Heute ist diese Bar für was anderes bekannt.« Nicht nur draußen, sondern auch im Inneren stehen Tischchen mit samtbezogenen Sesseln, von denen aus man den ornamentalen Deckenstuck bewundern kann. Aber ich solle besser nicht reingehen, warnt er mich, da man fürs Gedeck zahle. »Außerdem weißt du ja, dass Kaffee …«

»… den Blutdruck in die Höhe treibt.«

»Genau.«

Wir treffen die soundsovielte Freundin mit ihrem Verlobten und bleiben alle zusammen unter den Bäumen stehen, um zu plaudern. Ermüdet durch die vielen Gespräche, werfe ich verstohlene Blicke auf die Bar Spagnuolo hinter ihnen, die tanzenden Sonnenflecken auf den schmiedeeisernen Tischchen, den Musikpavillon, der aussieht wie ein riesiger Käfig für exotische Vögel. Es sind Spuren vergangener Zeiten, die ich als tröstlich empfinde, wie gestern in der Via Roma mit ihren alten Pastaläden. Sie geben mir das Gefühl, in den Ferien zu sein, wie in Colle di Tora, an einem Seeufer als Gast einer Kirche, der anzugehören ich nur vorgebe. Es ist dieser Eindruck von Flüchtigkeit, wie wenn man erst nach Filmbeginn den Kinosaal betritt und es sich bequem macht, um die Szenen vor sich abspulen zu lassen, ohne die Handlung als Ganzes wirklich zu verstehen, ohne sich wirklich hineinziehen zu lassen. Das Gefühl, nicht Protagonistin, sondern lediglich Zuschauerin des eigenen Lebens zu sein. Aber das ist eine sehr vage Empfindung. Und jedes Mal, wenn ich jemanden bremsen oder ein Schimpfwort rufen höre, wenn ich den Abfall auf dem Strand oder die auf die Marmorstufen des Musikpavillons gekritzelten Liebeserklärungen sehe, jedes Mal, wenn ich an Anita denke, die zu Hause auf uns wartet, verfliegt dieses Gefühl.

Nach dem Ende des Gesprächs hakt Umberto mich unter und führt mich am Yachtclub vorbei. Es ist das letzte Stück einer Uferpromenade, die immer menschenleerer wird; selbst die Kinderkarussells sind leer.

»Lass uns gehen«, sagt er. »Es ist gleich Mittagszeit.«

»Schon?«, rufe ich, denn soeben habe ich noch weitaus tröstlichere Spuren der Vergangenheit erspäht. Castellammare zieht sich weiter die Küste entlang, doch durch die immer erdrückendere Last der Berge und eingeengt vom Meer, wird es zunehmend flacher, zerfleddert in kleine baufällige Häuschen. Es wird schmaler, wie ein Finger, der die Oberflächenspannung des Wassers durchbricht. »Ist das das alte Stadtzentrum?«

Umberto sieht mich an, als habe er meine geheimen Gedanken erraten und wolle mir zu verstehen geben, dass dies nicht der Trost sei, nach dem ich suche, sondern eine ganz andere Geschichte. »Da gibt es nichts zu sehen. Nur unbewohnbare Häuser und dumme, ignorante Leute, die nicht wegziehen wollen. Es ist Erdrutschgebiet. Komm jetzt, sonst macht Mama sich noch Sorgen.«

Mein Gastbruder hat lange Beine, und wenn er will, bringt er sie zum Einsatz. Auf dem Rückweg machen wir nur ein einziges Mal in einem winzigen Lebensmittelladen halt, um Tomaten, Basilikum, Brot und Mozzarella zu kaufen.

»Mozzarella *di bufala*, Büffelmozzarella«, erklärt er.

»Sagt man nicht *bufalo*?«

Umberto senkt die Stimme und erwidert mit spöttischem Lächeln: »Es gibt beides, *bufalo* und *bufala,* Büffel und Büffelkuh, aber da sind ein paar grundlegende Unterschiede zwischen beiden. Wenn du erst einmal ein paar Monate auf dem humanistischen Gymnasium warst, wirst du's mir sicher erklären können.«

* * *

Als wir nach Hause kommen, ist die Tür zu Anitas Schlafzimmer noch geschlossen. Umberto legt den Hörer wieder auf den Apparat, dann helfe ich ihm beim Zubereiten der Caprese und der Tomatensoße, wie er es von seiner Großmutter mütterlicherseits gelernt hat. Sie sei es gewesen, erzählt er mir, die ihm beigebracht habe, aus den wenigen Zutaten, die es früher gab, schmackhafte und gesunde Gerichte zuzubereiten, wie zum Beispiel die sogenannte »Pizza« aus zerkleinertem Brot vom Vortag. Sein Redefluss wird von Riccardos sonorem »Kochst du heute?« unterbrochen. Er ist eben erst zurückgekommen und setzt erstaunt hinzu: »Ist Mama ans Meer gefahren?«

»Hast du immer noch nichts mitbekommen?«, fährt Umberto ihn an.

Kurz darauf taucht sie selbst auf, aber nicht aus dem Schlafzimmer. Sie war hinuntergegangen, um Sally ihr Geschäft erledigen zu lassen, und hatte den Fahrstuhl benutzt, da die Hündin auf ihren wackligen Pfoten Mühe hat, die Stufen zu nehmen. Anita ist angezogen, aber ungeschminkt, nicht einmal die Fingernägel sind lackiert, und nach den geschwollenen Augen zu urteilen, hat sie während unserer langen Abwesenheit geweint, sich vielleicht ja endlich richtig ausgeweint. Ihr Blick bei Tisch wirkt verloren und müde, wie jemand, der gerade einen langen Marsch hinter sich hat. Doch die Tränen haben sie nicht geschwächt, wie Umberto befürchtete: Sie haben ihr eher eine Art müde Heiterkeit verliehen. Es war gut, dass wir weg waren.

Trotz der Ermahnungen des älteren Sohnes rührt Anita fast kein Essen an. Sie hat weder Hunger noch Lust, zu streiten. Sie wartet bis zur Verdauungszigarette, um Ricky zu fragen, warum er zum Mittagessen nicht zu Federica nach Hause gegangen sei, zu den »Schwiegereltern«, wie sie sagt, und um sich über den Büffelmozzarella auszulassen, den Umberto gekauft hat, vielleicht ja, um jegliche Diskussion über Nikotinsucht und menschliche Schwäche im Keim zu ersticken. »Warum hast du nicht *Fiordilatte d'Agerola* genommen?«, fragt sie, während sie den Rauch in Richtung der offenen Balkontür ausstößt. »Der ist nicht so fett.«

»Ich wollte Frida kosten lassen«, verteidigt er sich. »Sie soll die Qualitätsunterschiede kennenlernen.«

»Aber der hier ist aus Caserta. Besser wär's, sie kostet Produkte, die aus unseren Monti Lattari stammen. Bocconcini, Treccine …«

»Ich fass es nicht. Soll sie jetzt etwa Mozzarellaspezialistin werden?«, mischt sich Ricky ein. »Lasst das arme Ding doch einfach in Frieden essen. Seht ihr nicht, dass sie ein bisschen zunehmen muss?«

Es bereitet mir heimliches Vergnügen, dass sie über mich sprechen, als sei ich gar nicht anwesend, als hielten sie eine wichtige Versammlung ab und ganz oben auf der Tagesordnung stünde meine kulturelle Weiterbildung und mein körperliches Wohlergehen. Gleichzeitig fühle ich mich dadurch wie ein Kind. Plötzlich spüre ich ein Kneifen am Fuß und stoße einen kurzen, kindischen Schrei aus.

Ich schaue unter den Tisch. Es ist eine Schildkröte, kaum größer als mein Schlappen, die mir diesen Biss verpasst hat. Die andern brechen in Gelächter aus, allen voran Anita. Sie lacht, wie nur sie es kann, mit überschäumender Heiterkeit, ein Lachen, das an Weinen grenzt.

»Wie, du kennst Perla noch nicht?«, fragt Umberto.

»Nein.«

»Im Sommer lebt sie auf dem Balkon und im Winter im Badezimmer, und wie du siehst, hegt sie eine große Leidenschaft für Schuhe.«

Tatsächlich versucht die Schildkröte, meine Schuhe zu fressen; ich spüre den hakenförmigen Schnabel unermüdlich über das Holz schaben. Sie hat vorspringende, aber derart schmale Augen, dass sie aussehen wie zwei schwarze Sesamkörner, die Haut ist verschrumpelt und wirft Falten wie ein zu großes Kleid.

»Siehst du die Narbe?«, fährt Umberto fort und streicht mit dem Finger über einen Riss quer durch den Panzer. Es sieht aus, als habe jemand versucht, sie in der Mitte durchzusägen, vielleicht weil er genauso angewidert war, wie ich es bin von diesem Tier mit dem altmodischen, lächerlichen Frauennamen, das mit ungezügelter lesbischer Liebe versucht, meinen schmuckverzierten Schuh zu besteigen. »Irgendwann, vor vielen Jahren, hat sie sich, wie auch immer, unter dem Balkongeländer durchgequetscht und ist runtergefallen.«

»Sie ist aufgesprungen wie eine Kokosnuss«, ergänzt Ricky. »Oh Mann, Signora Assunta war damals echt stinksauer.«

»Von wegen Unterhosen!«, wirft Anita ein und wischt sich die Tränen aus den Augen, bevor sie erneut in hysterisches Gelächter ausbricht. Langsam fange ich an, mir Sorgen zu machen.

»Wir dachten, sie sei tot«, endet Umberto. »Aber letztlich hat ein bisschen Kleber genügt, um sie wieder hinzukriegen.«

Ich bin beeindruckt, vielleicht weniger von der fatalen Zuneigung dieser Schildkröte für meinen Schlappen oder von den alten Leimtropfen, die ihre vernarbte Wunde zieren, sondern eher von der Vorstellung des lebendigen Fleisches, das selbst nach einem derart spektakulären Sturz noch immer unter ihrem Panzer pulsiert.

»Auch sie ist eine Überlebende«, sagt Anita mit plötzlich zurückgekehrtem Ernst. »Los, geh deinen Salat fressen, los!« Sie schiebt Perla mit einem Fuß beiseite, sodass sie wie ein Hockeypuck über den weißen Boden schlittert, dann wendet sie sich mir zu: »Jetzt kennst du deine komplette neue Familie.«

Das Klingeln des Telefons versetzt mir einen Stich. Wortlos schauen wir vier uns an, dann erklärt sich Ricky bereit, ranzugehen. Da sei ein Mann dran, der Anita sprechen wolle, ruft er, aber es sei nicht Danieles Stimme. Sie erhebt sich. Nach ein paar verhaltenen Worten im Flur kehrt sie zurück, um uns mitzuteilen, dass es ihr Cousin Domenico gewesen sei. Sie hätten sich seit zwei oder drei Jahren nicht mehr gesprochen.

»Und was wollte er von dir?«, fragt Ricky in eifersüchtigem Ton. Offenbar ist dieser Verwandte nicht Teil ihres gemeinsamen Lebens.

»Nichts, er wollte wissen, wie es mir geht. Immer, wenn ich aus irgendeinem Grund leide, spürt er das und ruft mich an.«

»Ach komm, woher sollte er das wissen?«, sagt Umberto.

»Was wissen?«, fragt Ricky.

Anita antwortet keinem von beiden und blickt stattdessen mir in die Augen. »Wir Frauen haben bekanntermaßen weibliches Gespür, doch auch Männer haben ihr eigenes Gespür, eine Art Instinkt.«

»Aber was zum Teufel ist denn eigentlich passiert, könnt ihr mir das endlich mal verraten?«, beharrt Ricky.

Anita berichtet von den Ereignissen des Vortags in demselben knappen und sachlichen Ton, wie man ein Kind auf einen Zahnarztbesuch vorbereitet. Dann verkündet sie, dass morgen Montag sei und nichts und niemand sie daran hindern werde, zur Arbeit zu gehen.

* * *

In den beiden Wochen, die mir bis zum Beginn des Schuljahrs bleiben, bin ich mehr oder weniger mir selbst überlassen. Nach dem Frühstück spüle ich unsere Kaffeeschalen, während Anita den Boden fegt oder eine Maschine Wäsche anschaltet, und wenn sie aus dem Haus ist – geschminkt, mit Schmuck und geblümtem Rock –, fahre ich mit der Hausarbeit fort, obwohl sie mir immer ans Herz legt, es sein zu lassen und lieber den Tag in Freiheit zu genießen. Aber ich mache das gern, vor allem das Wäscheaufhängen auf dem Balkon. Ich mag die lauen Gerüche des zum Leben erwachenden Viertels, die Rufe. Vielleicht mag ich auch das mulmige Gefühl, so dicht über dem Abgrund zu Signora Assunta zu stehen. Ein Socken oder ein BH könnte hinabfallen. Ich selbst könnte fallen. Ich hoffe immer, nicht auf Perla zu stoßen, die tatsächlich ganz unten gelandet war.

Was ich dagegen nicht gern mache, sind die Betten der Jungs, und um einem unbestimmten Gefühl von Ungerechtigkeit Luft zu machen, dessen Ursprung ich nicht erklären kann, stopfe ich die Schlafanzüge zwar nach Anitas Anweisung unters Kissen, aber ohne sie vorher zusammenzulegen. Zum Ausgleich hilft mir Umberto bei allen praktischen Angelegenheiten: Er besorgt mir die Wohnungsschlüssel, Stifte, Schulhefte und gebrauchte Lehrbücher. Wenn er fort ist, um sich den Problemen anderer zu widmen oder um zur Arbeit zu gehen, schlendere ich durch die Straßen rings um das Viertel und beobachte die Leute, oder ich schaue mir die schönen Kleider in den Schaufenstern an, ein Akt der Selbstdemütigung, den ich nicht unterlassen kann, so, wie ich auch die deutschen Mädchen anschauen musste, die sich nackt unter der eiskalten Dusche wuschen.

Eines Tages begegne ich zufällig Brenda, der Kalifornierin, hochgewachsen und geistesabwesend wie eine Gliederpuppe. Tatsächlich scheint sie weder mich noch die Jungs zu bemerken, die ihr nachschleichen und sich, eingeschüchtert von ihrem rätselhaft exotischen Anblick, nicht offen zu zeigen wagen. Als sie mich erkennt, reißt sie mit aufrichtiger Begeisterung ihre ohnehin riesigen, fast kugelrunden Augen mit den getuschten Wimpern auf, die aussehen wie die harten

Borsten eines Schrubbers. »*Ciao bella!*«, begrüßt sie mich mit breitem Lächeln, ehe sie in unsere Muttersprache wechselt.

Brenda erzählt mir von ihrer Gastfamilie: der Vater Arzt, die Mutter Hausfrau, zwei kleine Kinder. Sie gebe dem Jungen Klavierunterricht und bringe dem Mädchen klassischen Tanz bei. Im Gegenzug lerne sie von ihnen Italienisch, aber sosehr sie sich auch bemühe, sie schaffe es einfach nicht, die Verben in der Vergangenheit zu konjugieren und das R richtig zu rollen. Sie seien mit ihr nach Vico Equense gefahren, um *Pizza a metro*, Pizza vom laufenden Meter, zu essen (»Eine quadratische oder, besser gesagt, rechteckige Pizza, superlecker«) und zu den Ausgrabungsstätten von Pompeji (»Uralt, superschön«). Als sie mich nach meiner Unterbringung fragt, antworte ich ohne viele Details, aber mit derselben prahlerischen Begeisterung. Wie es scheint, hat auch Sif sich sehr gut in ihrer Gastfamilie eingelebt: ein junges Paar, das ein Kind erwartet und einen Geschenkartikelladen betreibt. Sie und Brenda sind praktisch Nachbarinnen und demnächst auch Klassenkameradinnen in dem naturwissenschaftlichen Gymnasium, so wie Jesús und ich gemeinsam das altsprachliche Gymnasium besuchen werden.

»Und Huang?«

»Keine Ahnung, von ihm weiß ich nichts«, antwortet sie. »Wir sollten uns bald mal alle wiedersehen, ein schönes Treffen, um die Erinnerungen an den Sommer in Colle di Tora aufleben zu lassen. Weißt du noch, wie ich um ein Haar meinen Bikinislip im See verloren hätte?« Sie lacht und entblößt dabei ihre schönen weißen Zähne. »Und wie wir Scharade gespielt haben und Helga so heftig lachen musste, dass ihr die Cola aus der Nase kam?«

Seltsam, ich verspüre keinerlei Wehmut. Wir tauschen unsere Telefonnummern, und ich gehe nach Hause.

Ich kehre jeden Tag rechtzeitig zurück, um während der Mittagspause gemeinsam mit Anita zu essen. Für den Hund bereiten wir Nudeln mit Dosenfleisch zu, für die Schildkröte schneiden wir eine Tomate auf, während wir manchmal nebenbei die Mittagsnachrichten schauen. Anschließend kochen wir für uns. Anita ist eine exzellente Köchin. Einmal zeigt sie mir, wie man Tintenfisch zubereitet. Die Tentakel zittern im Kochtopf, das Wasser färbt sich violett. Ich verspüre gleichzeitig Ekel und Faszination. Der Magen, der aus dem warmen weißen Fleisch entfernt wird, sieht aus wie eine Murmel.

Manchmal sind auch Ricky und Umberto zum Mittagessen dabei, oder Luisa kommt. Die beiden Freundinnen unterhalten sich auch über die Arbeit, aber meistens über Männer: Daniele und Salvatore. Mit zweideutigem Lächeln sagt Luisa Dinge wie: »Ich halt es kaum noch aus, Anita, ich schwör dir, ich kann kaum noch widerstehen.« Nach dem Kaffee greifen Anita und ich zum Lappen, um die gelblichen Kackspuren, die Perla hinterlassen hat, oder, noch öfter, irgendwelche eingebildeten Dreckspuren zu entfernen. Eines Tages sagt sie zu mir: »Irgendwann, wenn wir mehr Zeit haben, zeige ich dir, wie man die Küche auseinandernimmt.«

»Was bedeutet das?«

»Die Küche putzen, vor allem den Herd. Man nimmt alles ab, selbst die Drehknöpfe, dann wird geschabt, das Fett entfernt, poliert, auch in den kleinsten Ecken, wo sich der Dreck versteckt. Danach wird alles wieder zusammengesetzt. Manchmal kommt der Punkt im Leben, an dem man die Küche einfach auseinandernehmen muss. Aber nicht jetzt, jetzt ist keine Zeit. Und vor allem habe ich den Kopf nicht dafür frei.«

Nachmittags, wenn Anita wieder in ihrem Büro ist, schreibe ich Briefe an meine Familie oder an meine Freunde in Naperville. Sie ähneln meinen Sommertagebüchern. Ich übertreibe mit der Beschreibung der eleganten Villen, die das Erdbeben überstanden haben, der traditionellen Gerichte, des blauen Himmels, der Strandpromenade. In Wahrheit gelange ich nur selten bis ans Meer, aus Angst, den Rückweg nach Hause nicht mehr zu finden. Wenn ich allein dort bin, erscheint mir die Weite des Wassers bedrohlich, obwohl es gar keine richtigen Wellen gibt. Aber es lässt sich nicht bestreiten, dass die Abende frischer werden und das Zeitfenster, in dem man den Strand genießen kann, allmählich kleiner wird. Ich beachte Umbertos Warnung und gehe nie weiter als bis zum Stadtpark. Nur ein einziges Mal dringe ich weit genug vor, um zu erkennen, dass die Altstadt über weite Strecken gar nicht direkt ans Meer grenzt, sondern an vorgelagerte Hafengebäude, eine Werft und an eine die Sicht versperrende Mauer. Als ich das gegenüber Anita erwähne, kommt sie mir genau wie ihr Sohn: »Geh da nicht hin. Die gehören alle zur Camorra. Verruchtes Pack, verstehst du?«

Ich stecke die dicht beschriebenen Seiten in einen an die Vereinigten Staaten adressierten Umschlag und werfe ihn ein, ehe ich mich dafür schämen könnte. Ich weiß, dass ich mit meinen Bleistiftskizzen, die ich in meinen Privatkladden anfertige, aufrichtiger bin. Eines Tages zeichne ich den Knoblauch, der draußen auf dem Balkon hängt, nehme vor allem die zarte Haut in den Blick, die sich abpellt wie der Schleier eines Gespenstes. Ich fertige eine Skizze der Risse in der Küche an, wobei ich mich darauf konzentriere, wie sie, einer Wildpflanze gleich, die Mauer emporzuranken scheinen. Ich zeichne, ohne zu wissen, was ich da zeichne, zu welchem Teil der Erzählung es gehört, um welche Geschichte es sich dreht.

Das Telefon klingelt oft, und wenn wir allein sind, steht Anita meistens auf und hebt den Hörer ab, auf alles gefasst.

Wenn es Daniele ist, hört sie ihm eine Weile lang zu, wobei sie kurze verächtliche Schnaufer in seine Rede einstreut, ehe sie ihm ein weiteres Mal vorhält, dass er kein bisschen von Liebe verstehe und sie gefälligst nicht mehr anrufen solle. Dann hängt sie auf. Einmal ruft auch Domenico wieder an. Selten kommen Anrufe aus Amerika: Die Auslandstarife sind horrend. Eines Abends meldet sich jedoch der Vertreter des Vereins, um sich nach mir zu erkundigen. Anita antwortet, dass alles gut, ja geradezu bestens sei. Sie fängt an, unsere Tage mit kulturellen Ereignissen auszuschmücken, spielt auf lehrreiche Ausflüge an, die es nie gegeben hat, ohne jedoch jemals direkt zu lügen. Sie passt sogar ihre Stimme an, verändert leicht ihre Aussprache, die klarer und deutlicher wird, wie bei diesen genormten Synchronstimmen für das Fernsehen, und wählt formellere, elegantere Ausdrücke. Sie wirkt wie ein Rechtsanwalt. Ich merke, wie groß ihre Überzeugungskraft ist, wie gut sie wahrscheinlich ihre Arbeit zum Schutz der Schwachen erledigen wird.

Manchmal klingelt der Apparat jedoch, ohne dass sie sich rührt. »Geh nicht ran. Das ist Daniele.« Anita hat einen sechsten Sinn, davon bin ich inzwischen überzeugt. »Was ruft der auch immer an?«

»Vielleicht will er dich um Verzeihung bitten?«

»Nein, garantiert nicht«, erwidert sie und schnalzt mit der Zunge. »Ich glaube kaum, dass ihn sein Gewissen drückt für das, was er getan hat. Nein, er will etwas viel Konkreteres, Egoistischeres. Warum, meinst du, hat er mir sofort das Datum und den Namen der Kirche genannt, in der er heiratet?«

»Weiß nicht.«

»Weil er will, dass ich ihn vor der Ehe bewahre, dass ich, wie in einem Hollywoodfilm im letzten Moment vor dem Altar, in der brechend vollen Kirche erscheine und ihn mit

Tränen in den Augen anflehe, nicht den Fehler seines Lebens zu begehen. Nur so kann er es nach seiner kindischen Vorstellung vermeiden, eine Frau zu heiraten, die er nicht liebt: dank höherer Gewalt und nicht etwa aus freien Stücken.«

»Meinst du?«

»Es ist so, meine Tochter. Aber da kann er lange warten! Ich soll ihn retten? Alles, was recht ist! Die Sache ist vorbei. Ich kann ihn nicht mehr lieben, ich bin dazu körperlich nicht mehr in der Lage, allein schon die Vorstellung, ihn zu küssen, ist mir widerwärtig. Er soll mich jetzt bitte nur noch in Ruhe lassen, damit ich das Ende unserer Beziehung beweinen und diese Phase der Trauer allein durchstehen kann … Allein, aber mit all meinen drei Kindern an meiner Seite.«

Ich weiß nicht, warum mir erst jetzt auffällt, dass sie mich vom ersten Tag an so genannt hat. Meine Tochter. Auch ich würde gern etwas Bedeutsames sagen, aber vor lauter Erregung kommt mir nichts über die Lippen.

Ich weiß nicht, welche Phase der Trauer Anita gerade durchlebt, ich weiß nicht einmal, welche Phasen das sind, vielleicht ja dieselben, die meine Mutter bei der Trennung von meinem Vater durchlebt hat. Jedenfalls vergeht Danieles Hochzeitstag ohne Aufregung. Eigentlich ist Anita danach fast ruhiger, vielleicht ja, weil sich nun tatsächlich nichts mehr rückgängig machen lässt.

Die Schule beginnt, ich komme in die drei B, während Jesús in einer anderen Klasse landet. Meine Banknachbarin heißt Mariagiulia. Man merkt sofort, dass sie ein intelligentes Mädchen aus wohlhabendem Haus ist, das von seiner Familie liebevoll mit gesundem Essen, Ferien im Ausland und Privatunterricht umsorgt wird und zu der angesagtesten Clique der Schule gehört. Man sieht es an ihrem wohlgeformten Körper, an ihrem mit Namenszügen, Schlüsselanhängern und allem möglichen Nippes versehenen, bunt gemusterten Invicta-Schulrucksack und an ihrem zarten Goldfingerring mit Rubinherzchen. Ich vermute, dass Mariagiulia mir wegen ebendieser Vorzüge als Banknachbarin zugeteilt worden ist, aber sie nimmt diese Rolle mit großer Bescheidenheit an, ohne ihre Klassenkameraden spüren zu lassen, welches Glück sie mal wieder hatte: Denn mit mir hat sie die Möglichkeit, ihr Englisch aufzubessern, obwohl sie mir in Wahrheit nur hin und wieder ein Zettelchen zuschiebt, um sich Grammatik und Rechtschreibung korrigieren zu lassen. Meistens ist sie es, die mir auf Italienisch Erklärungen zum Unterricht zuflüstert, ohne dass die Lehrer sie dafür zur Rede stellen, oder auch Komplimente über meine Augenfarbe oder mein glattes Haar. Einmal ist sie voll des Lobes wegen meines süditalienischen Akzents, und ich antworte ihr, dass ich das ganz und gar meiner Gastmutter zu verdanken hätte. Als ich ihr erzähle, dass Anitas Ehe geschieden sei, ist sie entsetzt.

Mariagiulia ist verknallt in den jungen Griechisch- und Lateinlehrer. All meine Klassenkameradinnen sind das. Seufzend hören sie ihm zu, schreiben mit geradezu religiösem Eifer alles mit, und wenn sie abgefragt werden, rattern sie mit masochistischem Vergnügen die Deklinationen herunter, verziehen die Lippen und verrenken die Hände. Er ist wirklich ein gut aussehender Mann mit markantem und dennoch zartem Gesicht, gestreiftem Hemd und langen Fingern, an denen nicht einmal ein Verlobungsring steckt. Er erinnert mich ein bisschen an Noah, und jedes Mal, wenn er mit der Kreide über die Tafel kratzt, versetzt mir das einen kleinen Stich ins Herz. Und doch ist mir bewusst, dass mein Schmerz in gewisser Weise fiktiv ist, dass ich ihn absichtlich übertreibe. Die Wahrheit ist, dass Noah mir nicht besonders fehlt.

Da im Gymnasium nicht von mir verlangt wird, neben dem Italienischen noch zwei tote Sprachen zu lernen, oder vielmehr eigentlich gar nichts von mir verlangt wird, sitze ich die meiste Zeit auf meinem Platz und lese *La ciociara* von Alberto Moravia. Ich habe es aus dem Bücherregal in meinem Zimmer genommen, das, wie ich gemerkt habe, eigentlich Umbertos Arbeitszimmer ist. Das Buch lässt sich relativ einfach lesen, sodass ich es auch Brenda empfohlen habe. Je besser mein Italienisch wird, desto mehr Spanisch vergesse ich. Das merke ich während der Pausen, wenn ich Jesús auf dem Hof treffe, der sich über seine Gastfamilie beschwert: ein altes Ehepaar, dessen Kinder bereits verheiratet sind. Sie seien freundlich und sehr gläubig, wie er selbst, aber in ihrem Haus würde man sich langweilen – erklärt er mir mit seinem spitzbübischen Grinsen unter der flachen Stirn –, und eigentlich wolle er sich doch amüsieren. Ich habe vergessen, wie man »wie schade« auf Spanisch sagt. Gut möglich, dass selbst Jesús seine Muttersprache allmählich vergisst, denn er bildet Mischsätze in der Art wie: »*Por qué una vez no andiamo tutti a bailar?**«

Als wir wieder einmal plaudernd zusammenstehen, kommt Mariagiulia, zieht mich beiseite und überreicht mir ein vierfach gefaltetes schwarzes Blatt. Ich falte es auf. Es ist eine Einladung zu einer Halloweenparty, geschrieben in metallischer Schrift.

»Feiert man das auch in Italien?«, frage ich sie, wobei mir beim Anblick der vielen ringsherum gemalten roten Herzchen Zweifel kommen. Immerhin stimmt das Datum halbwegs: der 1. November.

»Oh nein, das ist dir zu Ehren! Und außerdem ist es ein schöner Vorwand für ein Kostümfest. Ich halte es nicht aus,

---

* Dt.: »Warum gehen wir nicht mal alle zusammen tanzen?« (A. d. Ü.).

bis Karneval zu warten. Du bekommst die Einladung so früh, damit du Zeit hast, dich um eine Verkleidung zu kümmern.«

»Weiß nicht … Vielleicht ein Kürbiskostüm?«

»Aber wieso unbedingt als Kürbis, bella? Wieso willst du deine schlanke Figur verstecken? Verkleide dich doch lieber als Wonder Woman oder als eine der drei Engel für Charlie. Egal, das musst du entscheiden. Hauptsache, du kommst. Du kommst doch, oder?«

Um mir das Ganze noch schmackhafter zu machen, erklärt mir Mariagiulia, dass die Halloweenparty in der Burg oberhalb des Ortes stattfinden werde, in einem der Säle, die normalerweise für Hochzeiten gemietet werden. Von dort oben habe man eine großartige Sicht über den Golf, der ideale Platz, um die berühmten Sonnenuntergänge von Castellammare zu bewundern. »Aber erzähl es nicht rum«, fügt sie mit leiser Stimme hinzu. »Nicht alle aus der drei B sind eingeladen, und es kommen auch Leute, die nicht aus unseren Kreisen stammen.«

»Leute, die nicht von unserer Schule sind?«

»Mach dir keine Sorgen«, flüstert sie, wobei mich der Duft ihres Pfirsichdeos umhüllt. »Es kommen nur anständige Leute.«

An einem Sonntag nimmt Anita mich zum Essen zu ihrer Schwester Letizia mit, »dann hören wir wenigstens das Telefon nicht«. Sie ist ebenfalls blond, hat dieselben feinen Gesichtszüge, dieselben wahrscheinlich vom zu vielen Zupfen gelichteten Augenbrauen. Und ebenso wie Anita ist sie heiter und agil: Flink springt sie in der kleinen Küche herum – die bis zur Decke mit bräunlichen Fliesen mit psychedelischen Kreismustern verkleidet ist –, um nach der Parmigiana im Ofen zu schauen, um die Flamme unter der Pfanne hochzudrehen und Gläser und Gabeln auf das Tischtuch zu decken, wobei sie uns ermahnt, ja sitzen zu bleiben, sie werde alles machen. Sie ist vielleicht zehn Jahre älter als Anita, aber sie wirkt wie eine Frau aus einer anderen Generation. Diesen Eindruck vermitteln mir ihr ungeschminktes Gesicht, der über die Schürze quellende Bauch, die zwei dicken kegelförmigen Brüste, die altmodischen Ohrringe und der enge, viel zu enge Ehering, der aussieht, als sei er im Lauf der Jahre ins Fleisch eingewachsen. Sie bewegt sich ungezwungen und fröhlich in ihrer kleinen Küche, die sich immer mehr mit einladenden Düften und engen Verwandten füllt. Dennoch habe ich das Gefühl, als sei sie weniger Herrin in ihren eigenen vier Wände als die kleine Schwester.

Bei Letizia wird viel gegessen. Vorspeise, erster Gang, Hauptgericht, Beilage, Obst, Nachspeise. Abgesehen von dem

Gebäck, das wir mitgebracht haben, könnte man meinen, in einem Restaurant mit fester Speisekarte zu sein. Auch die wenigen Male, die wir in Naperville zum Essen ausgegangen sind, wurde die Speisekarte sofort von meinem Stiefvater in Beschlag genommen, der den Kellner dann darum bat, uns Kindern doch tatsächlich eine Pizza zu bringen – mit Weißmehl und Tomaten, denn zu besonderen Anlässen dürfe man auch Gluten und Nachtschattengewächse zu sich nehmen –, aber bitte ohne Käse. Mit derselben, keinen Widerspruch duldenden Stimme lässt sich Anita kleine Portionen auftun, die sie schnell und wie mechanisch verzehrt. Hin und wieder murmelt sie ein »Sehr gut«, aber es ist schwer zu glauben, dass sie es wirklich genießt. Sie fragt die Schwester, ob sie Knoblauch oder Zwiebel nehme, Keimöl oder Olivenöl, aber ihr Interesse wirkt eher abstrakt. Wirklich lebhaft wird sie erst, als sie beobachtet, wie ich an ihrer Seite zum ersten Mal Kartoffelgnocchi, Pizza di Scarola und Schweinekotelett probiere. »Scheint dir zu schmecken, was?« Sie lacht, alle am Tisch lachen. Ich schaffe es nicht, mich gegen die übertriebenen Portionen, die man mir vorsetzt, zur Wehr zu setzen, zum einen aus Höflichkeit, zum andern, weil alles so köstlich, so salzig und fett und würzig ist und ich fast in eine Art Rausch gerate, um alles nachzuholen, was mir in Jahren sinnloser Entbehrung entgangen ist.

Mit Sportsgeist halte ich durch, bis Anita mit ihrer Zigarette das Ende der Mahlzeit und den Beginn der Konversation einläutet. Ich verstehe nicht allzu viel. Während Anita bei unserem ersten Besuch in Gragnano in fast schulmeisterlichem Ton mit mir gesprochen hat – vielleicht, um sich besser verständlich zu machen, vielleicht aber auch, um unbewusst auf Distanz zu ihrer Vergangenheit zu gehen –, gibt sie sich jetzt, im engen Kreis der Familie, einem lebhaften Dialekt hin, der nur so aus ihr herausprudelt. Man spricht über Politik. Das ist ihr Fachgebiet, also sollte man sich besser nicht mit ihr anlegen, und tatsächlich werden ihre Verwandten sofort mit glasklaren Argumenten, mit farbenreichen Metaphern und Zungenschnalzen geschlagen und vereinnahmt. Wohlwollend beugt man sich ihrer großen Überzeugungskraft und Kompetenz, ihrem erhobenen Finger, der im Kaffee- und Zigarettendunst herumfuchtelt, ihrer außergewöhnlichen Seelenstärke, die sie aus dem Dorf hinaus und geradewegs nach Palermo zum Demonstrieren gegen die Mafia und nach Rom zum Protest gegen die Brigate Rosse geführt hat. Ich sehe, wie stolz sie sind. Dann plötzlich, auf eine Bemerkung des Schwagers hin, bricht Anita in ein wunderbar jugendliches Gelächter aus. Es ist offenkundig, wie wohl sie sich bei ihrer Familie in Gragnano fühlt, und genauso offenkundig ist es, dass sie heute keinerlei Lust hat, ihnen von dem Drama zu erzählen, das sich in ihrem Gefühlsleben ereignet hat.

Ich hatte schon geahnt, dass sich die Aufmerksamkeit früher oder später wieder auf mich richten würde. »Wie alt bist du?«, fragt mich Letizia jetzt.

»Sechzehn.«

»Ah, so alt, wie Anita war, als sie von daheim fort ist …«

»Wie hübsch sie ist«, bemerkt Letizias Tochter.

»Hat sie dir die Geschichte schon erzählt?«

»Noch nicht.« Ich schaue zu Anita, die nickt, wie um ihre Zustimmung zu geben. Der Tisch verstummt: Das reichliche Mittagessen lässt den Geist stumpf werden, es wird allmählich Zeit fürs Mittagsschläfchen, aber zuvor noch eine hübsche Geschichte.

Letizia erzählt mir, dass Carmine sich auf den ersten Blick in Anita verliebte, als diese vierzehn und er selbst neunundzwanzig war. Und das sei kein bisschen verwunderlich, fährt sie fort, denn Anita sei nicht nur wunderhübsch gewesen, die hübscheste aller Schwestern, die von Mutter und Vater nur das Beste mitbekommen habe, sondern sie habe darüber hinaus auch noch einen starken und unabhängigen Charakter an den Tag gelegt und daher trotz ihres zarten Alters bereits wie eine richtige Frau gewirkt. Die beiden hätten sich verabredet und seien zusammen die Via Veneto auf und ab spaziert, die auch »Straße der Schönheit« oder »Straße der Verliebten« genannt wurde, wegen ihrer Mimosenbäume und weil es dort glücklicherweise keine bewohnten Häuser gab. Ringsum lagen nur Felder – es waren die Jahre vor dem städtischen Bauboom –, und man habe ganz ungestört für sich sein können. »So hat es die Jugend unserer Generation gemacht, wenn es in Liebesdingen zur Sache kam.«

»Wart mal, Leti', sonst versteht Frida das noch falsch«, mischt sich Anita ein, um mir dann zu erklären: »In unserem Dialekt heißt ›in Liebesdingen zur Sache kommen‹ nicht etwa ›Sex haben‹ …« Gelächter am Tisch. »Es bedeutet, sich verloben, miteinander gehen. Wir reden hier vom Anfang der Sechzigerjahre, es waren harmlosere Zeiten im Vergleich zu heute. Carmine und ich liefen untergehakt oder Hand in Hand und unterhielten uns dabei, gestanden uns unsere Träume, unsere Ängste, sprachen von unserer Zukunft. Und was waren das für Spaziergänge! Im Frühling, als die Mimosen blühten, hatte ich das Gefühl, unter einem riesigen gelben Schirm zu laufen, und dann mit diesem großen, reifen Mann an meiner Seite, na ja, da habe ich mich vor allen Schicksalsschlägen, vor allem Bösen in der Welt beschützt gefühlt. Ich erinnere mich noch an den starken Duft der Mimosen, so süß, dass er einem zu Kopfe stieg, mich fast trunken machte. Aber Carmine und ich sind auch im Winter durch die Via Veneto gelaufen … Weißt du noch, Letizia? Auch wenn es kalt war und auf dem Monte Faito der Schnee lag, so sehnsüchtig waren wir, uns zu sehen.«

»Wie sollte ich mich daran nicht erinnern? Jedes Mal, wenn die beiden sich getroffen haben, musste ich ihnen Rückendeckung geben«, erklärt mir die Schwester lachend.

Carmine habe gewartet, bis sie sechzehn wurde, um ihr einen Heiratsantrag zu machen, erzählt Letizia weiter, doch Anitas Eltern seien über diese Verlobung nicht glücklich gewesen. Sie hofften, die Tochter werde es sich anders überlegen, aber einen Dickschädel wie den ihren gebe es kein zweites Mal; sie sei jeder Schwierigkeit furchtlos begegnet. Carmines größte Sorge sei es gewesen, die Zustimmung von Anitas Vater und Mutter zu erhalten, denn ohne ihre Unterschrift hätte er die minderjährige Tochter nicht heimführen können. Aber dann habe es auch noch ein Problem wegen Carmines jüngerer Schwester gegeben, die genauso alt war wie seine Verlobte. Carmines Eltern waren der Meinung, dass man von ihrem einzigen Sohn, wenn dieser nun vor der Schwester heiraten und eine eigene Familie gründen würde, schlecht verlangen könne, die Kosten für deren möglicherweise spätere Hochzeit mitzutragen. So sei das damals gewesen, es habe eine genau zu beachtende Reihenfolge gegeben. Doch Carmine, der darauf brannte, Anita zu heiraten, und zwar sofort, begehrte gegen diesen Brauch auf, was daheim zu häufigem Streit führte. Zu alledem war erschwerend hinzugekommen, dass seine Familie praktisch ausschließlich aus Frauen bestand: Er hatte sieben Schwestern und seine Mutter neun, eine astronomische Zahl an Frauen, mit denen Anita sich Tag für Tag hätte messen und vergleichen lassen müssen.

»Aber davor hatte ich keine Angst, ganz und gar nicht«, mischt sich Anita ein. »Ich dachte mir, wo ich es doch während der gesamten Kindheit geschafft habe, meinen Brüdern die Stirn zu bieten, müsste das mit der Familie meines Mannes eigentlich ein Kinderspiel werden.«

Die Nachricht von der Hochzeit, fährt Letizia fort, habe für viel Aufruhr daheim bei Carmine gesorgt, wo zwei Generationen von Frauen angefangen hätten, sich die Mäuler zu zerreißen. Sie hätten das üble Gerücht in Umlauf gebracht, dass Anita ein Kind erwarte und es sich daher um eine Mussehe handle. In einem kleinen Ort wie Gragnano sei eine solche Geschichte ein Skandal, der in den Köpfen der Bewohner nur schwer in Vergessenheit gerate. Diese Machenschaften, die darauf abzielten, die Verlobung aufzulösen, missfielen Anitas Eltern zutiefst, vor allem der Mutter, die sehr unter dem boshaften Geschwätz über die jüngste Tochter litt. Die sei zwar ein Freigeist gewesen, lebhaft und aufsässig, im Gegensatz zu den anderen Geschwistern, aber dennoch habe die Familie sie behütet, wie Mädchen nun einmal behütet wurden.

»Ich kann mich noch genau an den Samstag vor der Hochzeit erinnern«, schaltet sich erneut Anita ein, die an besagtem Morgen wie immer aufgestanden war, sich angezogen und Matratzen und Lattenroste verstaut hatte, bevor sie sich mit den Eltern und den noch unverheirateten Geschwistern mit einer Tasse warmer Milch zu Tisch setzte. An jenem Morgen tunkte sie jedoch kein Brot ein, da sie keinen Hunger verspürte. »Mama, ich muss gleich los.«

»Und wohin willst du um diese Uhrzeit?«

»Ich will mir die Blumen anschauen, die der Florist in die Kirche gebracht hat.«

Die Mutter ahnte sehr wohl, dass sie nicht die Wahrheit sagte, aber sie kam nicht dahinter, was Anita tatsächlich vorhatte. Natürlich hatte sie nicht den leisesten Schimmer, denn andernfalls hätte sie versucht, die Tochter aufzuhalten: Auch wenn klar war, dass es nichts bringen würde, hätte sie es probiert, schließlich war sie die Mutter.

Doch der Vater hob den Blick über die Zeitung und sagte: »Was auch immer du vorhast, denke stets an dich und daran, was du dir vom Leben versprichst. Danach kannst du an die Blumen und an alles andere denken.« Im Gegensatz zu seiner Frau ahnte er, dass Anita auf dem Weg zu Carmines Familie war, um die Dinge klarzustellen und in diesem von Frauen dominierten Haus die eigene Stellung zu behaupten.

Es war Juli, und obwohl noch früh am Morgen, war die Luft warm und mild. Anita lief mitten auf der Straße, denn Autos gab es nicht. Sie hatte exakt den vierten Juli, den amerikanischen Unabhängigkeitstag, als Datum für die Hochzeit gewählt, und das Bewusstsein, dass auch sie auf der Schwelle zur Unabhängigkeit stand, ließ sie am ganzen Körper erbeben. Sie spürte es sogar in den Fasern ihres Baumwollkleides, in den auf den Stoff gedruckten roten Mohnblüten, und jeder Schritt ihrer Sandalen auf den Schottersteinen ließ sie nur umso entschlossener werden.

Im dritten Stock des einst zwar herrschaftlichen, aber mit der Zeit verfallenen Wohnhauses, klopfte sie an die Tür. Ihre zukünftige Schwiegermutter öffnete und fragte sie ohne Umschweife. »Ist etwas passiert?«

»Ja«, gab Anita nur zur Antwort. Und da die Frau keine Anstalten machte, sie hereinzubitten, fügte sie schließlich mit größtmöglicher Ruhe hinzu: »Am Dienstag in der Kirche werden nur du und der Vater dabei sein«, womit sie den Schwiegervater meinte. »Der Rest eurer Familie bleibt da heim. Denn wenn es eine meiner Schwägerinnen oder Tanten wagen sollte, in der Kirche zu erscheinen, werde ich augenblicklich das Weite suchen. Ich bin jung, und es wird mir nicht schwerfallen, einen anderen Ehemann zu finden.«

Ohne weitere Erklärungen – es muss nicht erwähnt werden, dass sie, wenn es der Anstand nicht verboten hätte, nur allzu gern auch auf die Schwiegereltern verzichtet hätte – drehte sie sich auf dem Absatz um und kehrte nach Hause zurück.

Die Mutter, die auf eine Erklärung hoffte, fragte: »Ist mit den Blumen alles in Ordnung, sind sie schön?«

»Heute Abend werden wir wissen, ob die Blumen schön sind oder nicht.«

Und tatsächlich erschien bei Sonnenuntergang der wutentbrannte Verlobte, um den zukünftigen Schwiegereltern zu erklären, welch unverschämte Forderung ihre jüngste Tochter gestellt, welch furchtbare Drohung sie ausgesprochen hatte. Anita hörte wortlos zu.

Schließlich antwortete der Vater: »Wenn meine Tochter gesagt hat, dass sie das Weite sucht, dann wird sie das tun.«

»Lass dir gesagt sein, dass es genauso kommen wird und niemand sie aufhalten kann«, fügte die Mutter hinzu. »Es hat schon seinen Grund, dass sie in der Familie die Amerikanerin genannt wird, nicht wahr? Nun, Carmine, du musst wissen, was du tust.«

Drei Tage später wurden sie in der halb leeren Kirche getraut, und anderthalb Jahre später kam Umberto zur Welt.

Erst als wir ins Auto steigen und nach Hause fahren, frage ich Anita: »Hättest du Carmine tatsächlich vor dem Altar stehen lassen?«

»Ja, das war kein Bluff. Ich hätte ihn nicht heiraten können, wenn seine Familie mir weiterhin mit so wenig Respekt begegnet wäre, so vollkommen unverfroren.«

»Aber hast du nicht gesagt, dass man in der Liebe auch auf etwas verzichten muss?«

»Ich habe Carmine geliebt, aber noch mehr liebte ich meine Freiheit.«

Anitas Blick ist auf die Brücke geheftet, die über den Abgrund, den Sturzbach ihrer Kindheit führt. Wie beim letzten Mal wird mir ganz schwindlig, aber ich kann der Versuchung nicht widerstehen, meine Wange an das kühle Wagenfenster zu pressen, um besser hinab-, ganz bis zum Grund zu sehen. Dann drehe ich mich zu ihr um.

»Stimmt es, dass sie dich Amerikanerin genannt haben?«

»Ja, natürlich stimmt das.«

»Warum hast du mir das nicht schon eher gesagt?«, frage ich mit leicht verletztem Stolz, ohne genau zu wissen, weshalb mir das als ein so wichtiges Eingeständnis erscheint.

»Wann hätte ich dir das sagen sollen?« Blind kramt sie in ihrer Handtasche nach Zigaretten, bis ich ihr eine herausfische. »Wenn du etwas wirklich Wichtiges erfahren willst, dann hör zu. Bisher weiß noch nicht einmal Luisa davon.« Über einige gemeinsame Bekannte habe sie erfahren, dass Daniele seine frischvermählte Braut gleich nach der Trauung für die Hochzeitsnacht in ein Zweisternehotel in Sorrent gebracht und dort verlassen habe. »Ich habe seither viel gelitten, ein Meer von Tränen vergossen«, sagt sie und schiebt sich eine Merit zwischen die Lippen. »Aber jetzt reicht's. Jetzt kann er mich mal kreuzweise.«

Obwohl das kein schlimmes Schimpfwort ist, ist es doch das erste Mal, dass ich sie fluchen höre. Ich frage mich, ob das bedeutet, dass ihre Trauer beendet ist, oder ob sie gerade erst begonnen hat oder aber – wobei ich dieser letzten Vermutung nicht allzu viel Gewicht beimesse – ob die Trauerphasen nicht klar getrennt, sondern eher wie Bleistiftschattierungen sind, wie Schattenzonen, die sich überlagern.

* * *

Am Sonntag darauf steht am späten Nachmittag Anitas Cousin Domenico vor der Tür, in einer Hand eine Tüte mit Kaktusfeigen, in der anderen eine Flasche Glen Grant. Anita macht uns ein wenig förmlich miteinander bekannt, und nachdem sie das Telefon beiseitegeschafft hat, das wieder angefangen hat, wie verrückt im Flur zu klingeln, dreht sie langsam den Schlüssel im Schloss und öffnet das Wohnzimmer.

Sie lässt uns auf dem Sofa Platz nehmen, während sie die Geschenkverpackung des Whiskys genauer in Augenschein nimmt, der mindestens achtzehn Jahre gereift ist. Sie stößt einen enthusiastischen Schrei aus. Im Griechischunterricht habe ich gelernt, dass das Wort »Enthusiasmus« wörtlich »von Gott besessen« bedeutet und dass damit normalerweise der Zustand beschrieben wurde, in den das Orakel von Delphi geriet, sobald es die Opfergaben des Ratsuchenden für die Weissagung der Zukunft akzeptiert hatte.

»Dann habe ich mich also richtig erinnert«, sagt Domenico mit tiefer Stimme und auf mich gehefteten Blick, als suche er nach meiner und nicht nach Anitas Zustimmung.

»Nein, wie aufmerksam von dir, Domenico. Lass uns gleich mal kosten.« An diesem Abend spricht sie mit ihrer allerschönsten Stimme. Aus einem fein verzierten Möbelstück holt sie drei schwere Gläser mit aufwändigem Facettenschliff hervor. »Diesmal musst du auch ein bisschen kosten, Frida.«

»Hast du noch nie Whisky getrunken?«, fragt mich der Cousin.

»Na ja, sie ist noch sehr jung«, antwortet Anita für mich, während sie Platz nimmt und die Gläser einen Fingerbreit füllt. »Erst sechzehn, seit Anfang Juli, stimmt's?«

Beide sind befangen, das spüre ich. Sie sprechen lieber mit mir als miteinander; sie brauchen einen Mittler, einen Halt. Das ist mir nicht unrecht, aber ich weiß nicht, was der Grund dafür ist. Sind sie nicht verwandt? Kennen sie sich nicht schon ein Leben lang? Und ist er nicht verheiratet?

Domenico ist nicht besonders groß, aber sein Körper strahlt Festigkeit und Ruhe aus, sein Haar ist grau meliert, der Blick durchdringend und ein wenig traurig. Er lächelt nicht oft, benutzt weder Aftershave, noch trägt er Goldkettchen oder Armbanduhren. Und er stellt mir auch nicht die üblichen Fragen. Es sind eher ungewöhnliche Fragen, die zum Nachdenken anregen und ebenso ungewöhnliche Antworten verlangen. Er fragt mich zum Beispiel nicht, wie ich mich in Castellammare fühle, und auch nicht, *wie* ich den Whisky finde, den ich gerade gekostet habe. Stattdessen will er wissen, *was* er für einen Eindruck auf mich macht. »Ich weiß nicht«, antworte ich. »Aber er brennt ein bisschen, wie Feuer auf der Zunge.« Er spricht wenig, doch er hat eine tiefe, hypnotische Stimme, wie bei den buddhistischen Mantras, die meine Mutter auf dem Kassettenrekorder in der Küche hörte, und es ist so angenehm, diese Stimme zu hören, dass auch ich ihm eine Frage stelle.

»Was arbeitest du?«

»Ich bin Maler«, erwidert er, ehe er einen großen Schluck nimmt.

»Er malt wunderschöne Ölgemälde von Castellammare, manchmal auch von Gragnano«, ergänzt Anita.

»Vor allem Landschaften. Die Berge, den Golf, Sonnenuntergänge.«

»Er verkauft sie an die renommiertesten Galerien rings um Sorrent. Sie sind großartig.«

»Ich kann davon leben.«

Draußen senkt sich bereits das Blau des Abends herab, dringt durch die Ritzen des nur halb heraufgezogenen Rollladens in das Zimmer. Aus einer einzigen Lampe über unseren Köpfen tröpfelt ein schwaches, unwirkliches Licht, wie bei Vollmond. Diese seltsame, Schatten werfende Beleuchtung – zusammen mit dem riesigen Wandteppich, dessen Farben und Struktur an Blattwerk erinnern, und dem Sofa, so weich und grün wie Moos – verstärkt den Eindruck, in einer zeitlosen Nacht mitten im tiefen Wald zu sein.

»Oh, die Wäsche draußen!«, ruft Anita plötzlich und richtet sich auf.

»Das mach ich schon«, biete ich an, froh, einen Vorwand zu haben, sie mit ihrer Unterhaltung allein zu lassen und einem weiteren Schluck Glen Grant zu entgehen.

Die Kleider sind schon leicht klamm von der abendlichen Feuchtigkeit. Ich löse sie von den Wäscheklammern und werfe sie ein wenig hektisch in den Korb, denke, dass ich sie später in Ruhe zusammenfalten kann, doch in der Eile gleitet mir ein Socken aus der Hand.

Er fällt nicht etwa dramatisch hinab, sondern segelt sanft und still wie ein Blatt, dessen Stündlein geschlagen hat. Dennoch zucke ich innerlich zusammen. Wie kann es sein, dass ich ihn zwei Sekunden zuvor noch fest in den Händen hielt und er jetzt fort ist? Ich sehe ihn dort unten in dem Graben, hell auf dem dreckigen Zement und kläglich in seiner Starre, und noch immer kann ich es nicht glauben. Jetzt muss ich hinunter zu Signora Assunta.

Ich schaue kurz ins Wohnzimmer. Anita und Domenico unterhalten sich leise, ihre Körper sind dichter aneinandergerutscht, die Gläser erneut mit Bernstein gefüllt.

»Entschuldige, Anita, mir ist eine Socke runtergefallen.«

»Was für eine?«

»Ich glaube, eine von Ricky. Was soll ich machen?«

»Na, wieder holen. Wo ist das Problem?« Sie scheint nicht sonderlich gerührt angesichts meiner fatalen, den Bruchteil einer Sekunde währenden Zerstreutheit: Vielleicht ist ihre Warnung aus den ersten Tagen übertrieben gewesen, oder aber sie will mich nun, da sie sich in Gesellschaft ihres Cousins ganz offenkundig wohlfühlt, einfach loswerden, um die Zweisamkeit noch etwas auszukosten. »Hör mal, das ist ganz einfach«, fügt sie sanft hinzu. »Du gehst ins Erdgeschoss, und dem Fahrstuhl gegenüber, schräg links, siehst du eine Tür. Signora Assunta heißt Cuomo mit Nachnamen. Du klopfst an und erklärst, dass du gekommen bist, um ein Wäschestück zu holen.«

»Um diese Uhrzeit?«

»Wann willst du denn sonst hin? Du kannst es nicht die ganze Nacht dalassen, es wird ja sonst schmutzig. Fürchtest du dich etwa?«

»Nein.«

Ich laufe hinunter. Im Erdgeschoss gibt es zwei Türen, eine könnte zu einer Abstellkammer gehören. An der anderen hängt ein Schild mit dem Namen Cuomo. Darüber steht allerdings noch ein weiterer Name, Esposito, was eine alberne Verwirrung bei mir auslöst: Ist das die richtige Wohnung? Und nicht nur das: Anita hat von Klopfen gesprochen, doch hier gibt es einen Klingelknopf, so vergilbt wie ein Zigarettenfilter. Ich spiele mit dem Gedanken, zurück in die Wohnung zu eilen, um mich zu vergewissern, doch die Vorstellung, in ein Gespräch zu platzen, das sich eben erst ein paar Stockwerke über mir entzündet hat, hält mich zurück. Ich beschließe zu klopfen.

Eine Frau mit schwarzen Haaren öffnet. Seltsam, ich habe sie mir viel grauer, viel älter und hexenhafter vorgestellt. Aber eingeschüchtert bin ich dennoch. Das Haar ist fettig und dünn, der Körper dick, aber auf eine ungleichmäßige Art, wie bei einer mit wenig Sorgfalt ausgestopften Stoffpuppe. Sie trägt Filzpantoffeln, ein verschlissenes Hauskleid, das nur teilweise von der bis zum Hals reichenden Schürze verdeckt wird, die weißlich und verkrumpelt ist, wie eine auf dem Herd vergessene Béchamelsauce. Doch am erschreckendsten ist der Bart. Aus der blutleeren Haut sprießen etwa zwanzig dicke schwarze Haare, die das Kinn in einen Seeigel verwandeln, wobei dieser Eindruck noch durch den schiefen Mund verstärkt wird, den die Signora aufsperrt, während sie mich laut schnaubend anstarrt, fast als würde sie schnarchen.

»Signora Assunta?«

»Nein. Wer bist du?«, erwidert sie mit tonloser Stimme.

Ich nenne nicht meinen Namen, sondern stammle nur, dass ich einen Socken verloren hätte und nach Signora Assunta suchen würde, um ihn wieder zu holen, und dass ich den richtigen Nachnamen gelesen, mich aber offenbar in der Wohnung geirrt hätte und um Verzeihung bäte.

»Ach, bist du das kleine Ding, das oben bei Signora Anita wohnt?«

»Ja.«

»Komm rein«, sagt sie in breitem Dialekt und lässt mich herein. »Meine Mutter ist im Badezimmer.«

Ah, Signora Assunta hat also eine Tochter, die mit ihr zusammenwohnt. Sie tritt zur Seite, um Platz zu machen in der kleinen, mit Jacken, Schuhen und allen möglichen anderen Dingen vollgestopften Garderobe, Dingen, die im Halbdunkel zu erschreckenden Gestalten aus Kindheitstagen werden. Vielleicht gibt es kein Licht im Eingang, vielleicht ist auch nur die Glühbirne durchgebrannt. So dicht an dicht in diesem winzigen Raum, kann ich meine Nachbarin zwar nicht richtig sehen, aber deutlich ihren Geruch nach ungepflegter Frau wahrnehmen. »Komm, komm«, sagt sie, während sie die Tür hinter mir zuzieht und mir den Weg durch den schlecht beleuchteten Flur weist, in dem ich mühsam ein paar alte Gemälde mit ländlichen Szenen erkennen kann, die die Erdbebenrisse verdecken. Ich bewege mich langsam vorwärts wegen der vielen, wahllos an den Wänden aufgetürmten Sachen, höre die Filzpantoffelschritte hinter mir. Im Vorbeigehen sehe ich links in ein Wohnzimmer mit einem Stapel Zeitschriften auf dem Sofa und einem Wäscheständer, auf dem wollene Unterhemden und Shirts hängen, und rechts eine fensterlose Küche mit einer surrenden Neonlampe, in deren Licht man Berge von Töpfen, ölgetränktes Zeitungspapier und eine angeschlagene Keramikspüle erkennen kann. Von irgendwoher dringt das Geräusch eines geöffneten Wasserhahns, und überall riecht es nach Schimmel und Bratfett. Am Ende des Flurs ist eine Tür. »Geh nur, sie ist offen«, höre ich es hinter meinem Rücken, doch die Frau folgt mir nicht länger.

Ich drehe den Türknauf. Sechs oder sieben Stufen, und ich befinde mich auf der Tiefebene. Der Ort, an dem der Tag den Tod fand. Feuchte Kälte dringt einem in die Knochen, es riecht nach nassem Felsen. Die Straße weiter oben gehört zu einer unerreichbaren Welt, der Himmel ist nur mehr ein Traum. In diesem Dreieck aus Zement gibt es nichts, nur den Socken, und ohne mir die Zeit zu nehmen, mich nach dem Zweck dieses Ortes zu fragen, schnappe ich ihn mir und steige die Treppen wieder hinauf.

»Tausend Dank«, sage ich zu der Frau, die mich durch den Flur zurückbegleitet.

Doch nicht sie antwortet, sondern eine raue, fast männliche Stimme, die möglicherweise aus der Küche kommt. »Wer ist da, Mena, wer da?« Nein, in Wahrheit dringt sie hinter einer Tür hervor, die zur Küche führt, aus dem Bad. »Wen hast du da in die Wohnung gelassen?«, fragt die echte Signora

Assunta in starkem Dialekt. Durch die Milchglasscheibe erkenne ich das Beige und Rosa ihres nackten Körpers, der sich auflöst und wieder zusammenfügt wie die harten Pinselstriche eines Wahnbildes von Van Gogh. Ich hoffe inständig, dass sie nicht aus dem Bad kommt, bevor ich den Ausgang erreicht habe. »Wer ist da?«

»Niemand«, erwidert die Tochter, während sie die Tür hinter mir zumacht.

Anitas Wohnung ist im Vergleich dazu sehr hell, nur das Wohnzimmer ist in künstliches Licht getaucht. Rasch schaue ich hinein, schwenke mit komischer Geste den Socken. Sie schenkt mir ein für meinen kleinen Sieg allzu großes Lächeln, während sie ihr schwarz bestrumpftes Knie gegen das des Cousins presst. Auch er lächelt. Wenn erotische Spannung einen Geruch hat, so habe ich ihn gerade eben wahrgenommen. Ich gehe in die Küche, um mir einen Tee mit Zucker zu kochen. Wenig später kommen die beiden aus dem Wohnzimmer und verabschieden sich herzlich an der Tür. Domenico winkt mir mit einer schüchternen Handbewegung zu.

»Hast du den Socken wieder geholt, sehr schön«, sagt Anita, während sie sich ebenfalls einen Tee kocht. »Hast du gesehen, wie Signora Assunta aussieht?«, fügt sie in amüsiertem Ton hinzu.

»Nein, ihre Tochter hat mir aufgemacht.«

»Filomena? Mein Gott, diese hässliche Jungfer. Kannst du dir vorstellen, dass sie etwa so alt ist wie ich?«

»Ach komm.«

»Doch, wirklich«, bekräftigt sie und nimmt mit der dampfenden Tasse am Tisch Platz. »Sie ist höchstens fünfundvierzig oder sechsundvierzig, aber extrem früh gealtert. Und wer will sie jetzt noch? Hast du gesehen, was für einen Bart sie hat?«

»Oh ja.«

»Aber Filomenas Problem ist nicht ihr hässliches Äußeres, denn letztlich lässt sich alles mit ein bisschen Enthaarungscreme, Rouge, einem guten Haarschnitt, einem hübschen Kleid und ein paar Aerobicstunden hinkriegen. Das ist nicht so schwer, oder? Ihr eigentliches Problem ist, dass sie nie das Haus verlässt, sich keine Arbeit, keine Freunde sucht; sie geht nicht auf Reisen, liest keine Bücher. Hässlichkeit ist, genau wie das Alter, keine Sache des Körperzustands, sondern der Pflege. Es ist eine Frage des Kopfes.« Sie pustet in die Tasse, bevor sie einen kleinen Schluck nimmt. »Wenn du die Mutter sehen würdest, die ist noch schlimmer. Witwe und Jungfer, ein schönes Paar. Zwei hässliche alte Hexen, die sich in einem Gehege aus Zement die Flöhe pulen.«

Sie hat ihre fröhliche Redseligkeit zurückgewonnen. Domenico weiß nicht, was ihm entgeht. Wir brechen in Gelächter aus. Anita holt eine halbe Zitrone aus dem Kühlschrank, presst den Saft in den Tee, kostet, nimmt noch einen Löffel Zucker. Dann erklärt sie mir plötzlich unvermittelt, dass ihr Großvater eine Cousine zweiten Grades hatte, die wiederum die Großmutter von Domenico gewesen sei. Der Mann, den sie seit ihrer Kindheit kennt und mit dem sie soeben ein, zwei Gläschen dieses feinen, nach Aprikose, Holz, Mandeln und wer weiß was noch schmeckenden Whiskys getrunken hat, ist eigentlich gar nicht ihr Cousin.

* * *

Seit diesem Tag setze ich mich nach der Schule ins Wohnzimmer, sobald Anita ins Büro zurückkehrt. Ich habe weder Hausaufgaben zu erledigen noch Lust, dauernd dieselben Geschichten an daheim zu schreiben. Ich lese oder zeichne.

Ich verliere mich in einem Detail der Jagdszene auf dem Wandteppich oder in dem Spiel des Nachmittagslichts auf den Kristallgläsern oder den Wänden. Es sieht schön aus, wie an klaren, kühlen Tagen die Sonne durch die Ritzen des Rollladens dringt und gleißende Dominosteine auf die Wand wirft: Sobald sie die Möbel berühren, lösen sie sich auf und tropfen zur Erde. Oft kommt Sally, um mir Gesellschaft zu leisten, kündigt sich mit einer Reihe zögernder Tapser an und streckt sich, ungeachtet ihrer Arthrose, auf dem kalten Fliesenboden aus. Sie seufzt in süßen Träumen. Nicht ganz so oft werde ich von Perla verfolgt, deren Rhythmus angesichts der nahenden Winterruhe allmählich langsamer wird. Wenn Umberto recht behält, wird sie sich in Kürze einen Schuh im Badezimmer ausgucken, den Kopf hineinstecken und dann gute Nacht.

Mein Gastbruder hat mir irgendwann ein Schwarzweißfoto seiner geliebten Großmutter gezeigt, eine etwas förmliche Aufnahme zusammen mit dem Ehemann. Sie wirken ein bisschen steif und nicht mehr ganz jung. Sie trägt eine Perlenkette, das noch schwarze in der Mitte gescheitelte Haar ist zu einem Knoten aufgesteckt; er, fast kahl, hat das Hemd bis zum Hals zugeknöpft und den Mund vor der Kamera fest verschlossen. Dennoch wirken Anitas Eltern sympathisch und wecken in mir die Lust, sie zu zeichnen. Während ich das Porträt mit Bleistift kopiere, erkenne ich die Gesichtszüge ihrer jüngsten Tochter wieder; ich sehe, von wem Anita den Mund, die Nase hat, von wem die stolze Haltung und das Funkeln in den Augen. Als ich ihr die gerahmte Zeichnung schenke, ist sie fast zu Tränen gerührt.

Sie hängt sie im Flur neben dem Telefon auf, aber dort bleibt sie nicht lange allein. Nachdem Domenico auf einen weiteren Whisky vorbeigeschaut hat, schenkt er ihr eines seiner Gemälde, eine kleinformatige Ansicht von Gragnano. Als Anita es auf der Fußmatte vor der Wohnung findet, ohne auch nur ein Kärtchen, schreit sie vor Freude auf. Vielleicht ist es ja dieser liebenswerte Anblick ihres Geburtsortes inmitten der Monti Lattari neben dem Bild ihrer Eltern, was ihr jedes Mal, wenn Daniele sie anruft, um sie anzuflehen, es doch noch einmal mit ihm zu versuchen, die Kraft gibt, den Hörer aufzuhängen.

»Ich sag's dir«, erklärt sie mir eines Tages, »wenn das so weitergeht, klemm ich das Telefon ab.«

Da Jesús mir ständig in den Ohren liegt, wie todlangweilig es bei ihm daheim sei, lade ich ihn eines Tages zu uns zum Mittagessen ein. Er und Anita sind sofort ein Herz und eine Seele, es herrscht ein Einverständnis, das auf ihrer gemeinsamen katholischen Bildung gründet und sich in zahlreichen Anspielungen manifestiert, die sie mit schalkhaftem Lachen anbringen. Sie sind die allerdicksten Freunde. Viele ihrer Doppeldeutigkeiten bekomme ich gar nicht mit, aber ich stimme trotzdem in ihr Gelächter ein und bin froh, zumindest insofern meinen Beitrag zu Anitas ungebremster und mir vollkommen neuer Heiterkeit geleistet zu haben, als ich sie schlicht und ergreifend mit Jesús bekannt gemacht habe. Sie verabreden sich für den kommenden Freitagabend zu einem Discobesuch in Sorrent. Anita ist sicher, auch Luisa zum Mitkommen überreden zu können.

Am Montag nach der Religionsstunde erkundigt sich Mariagiulia, wie ich mich verkleiden werde. Aufs Geratewohl antworte ich: »Vielleicht als schwarze Katze.«

»So eine Art Catwoman? Super Idee!«

In Wahrheit hatte ich die Halloweenparty fast vergessen. Aber meine impulsive Antwort kommt mir sehr gelegen, da ich nun ganz einfach mit den schwarzen Klamotten, die ich ohnehin habe, ein Kostüm zusammenstöpseln kann. Ein Rolli, enge Jeans und fertig. Fehlen nur noch ein paar schwarze Ohren.

»Ich kann es kaum erwarten, dass endlich Samstag ist!«, ruft Mariagiulia. »Rat mal, wie ich mich verkleide!«

»Als Gespenst?«

»Nein, wo denkst du hin. Ich gebe dir einen Tipp. Als die Frau, die das perfekte Bindeglied zwischen der griechisch-ptolemäischen und der lateinischen Welt darstellt.«

»Tut mir leid, keine Ahnung.«

»Kleopatra!«

Während sie mir von ihrem Kostüm erzählt – dem Schlangenarmband, der Tunika und der Kopfbedeckung (»Wenn ich es schaffe, meine verdammten Locken zu glätten, brauche ich gar keine Perücke«) –, kommt mir der Gedanke, dass ich, wenn ich mehr Zeit und vor allem mehr Lust gehabt hätte, prima als Sif hätte gehen können, als jene Göttin der Erde und der Fruchtbarkeit, von der meine schwedische Freundin offensichtlich den Namen hat.

Aus dem Buch mit den nordischen Sagen, das ich als Kind immer und immer wieder gelesen habe, mochte ich vor allem die Geschichte, in der Sif, der schönsten aller Göttinnen, im Schlaf das Haar abgeschnitten wird. Langes blondes Haar, schimmernd wie ein Weizenfeld in der Sonne – und tatsächlich ist es Sif, die das Korn reifen lässt, nachdem die Regengüsse ihres Ehemanns, des Himmelsgottes Thor, es haben keimen lassen.

Welch Grauen, welch an Ohnmacht grenzendes Entsetzen muss Sif verspürt haben, als sie am Morgen mit kahl rasiertem Schädel erwachte. In dem Buch wird nur die Reaktion des Ehemanns beschrieben, ein Schock, der sofort rasender Wut weicht. Thor, liebevoll zu Frau und Kindern und großzügig gegenüber seinen Gästen, gerät außer sich, wann immer ihm jemand ein Unrecht antut. Wutentbrannt, aber zielsicher schleudert er seinen magischen Hammer, der den Gegner in tausend Stücke zerschlägt, um anschließend, wie ein glühender Bumerang, in seinen eisernen Handschuh zurückzukehren.

Nur Loki, der Gott der Hinterlist, kann Sif einen derartigen Streich gespielt haben. Thor brennt voller Ungeduld darauf, ihm die Knochen zu zermalmen, bis Loki ihm verspricht, von den Gnomen, die im Wald leben und geheime Zauberkünste beherrschen, goldenes Haar spinnen zu lassen. Zum Glück wächst das neue Haar, das noch güldener leuchtet als das alte, sofort an Sifs Kopf an, deren verlorene Kräfte nun wiedererwachen, ja noch stärker werden.

»Und außerdem nehme ich noch Ohrgehänge aus Perlen, wie sie Kleopatra bei ihrem berühmten Abendessen mit Marcus Antonius getragen hat«, unterbricht Mariagiulia meine Gedanken. »Keine echten Perlen, natürlich, so können wir ausprobieren, ob sie sich in Cola auflösen.«

Anita hat sich in unserem Alter bereits ein Brautkleid nähen lassen und dem gesamten Dorf gezeigt, dass sie sich von niemandem schikanieren lassen würde. Wir sind dagegen nur kleine Mädchen, die Verkleiden spielen. Die Italienischlehrerin betritt den Klassenraum, und meine Banknachbarin verstummt, richtet artig den Blick nach vorn.

* * *

Als ich Anita von der Party erzähle, ist es bereits Freitagabend. Sie steht vor dem Bügelbrett in der Küche, in eine Dampfwolke gehüllt, und macht mir Vorhaltungen. Das hätte ich ihr eher sagen sollen, sie hätte mich zu einem Freund gebracht, der ein Geschäft mit derlei Dingen habe, aber das schließe morgen Mittag, und wir würden das am Vormittag nicht schaffen, nach so einem Tanzabend, ohne auf den nötigen und wohlverdienten Schlaf zu verzichten, und deshalb müsse sie mir Katzenohren aus Stoffresten machen.

»Kannst du denn auch nähen?«

»Ja, natürlich«, antwortet sie ein wenig genervt und hängt eine frisch gebügelte Hose auf einen Bügel. »Aber lass mich erst mal schauen, ob ich überhaupt schwarzen Stoff dahabe. Ansonsten können wir das vergessen. Du kannst derweil schon mal dieses Hemd hier für Riccardo bügeln. Er will nachher auch ausgehen.«

»Mit Federica?«

»Was weiß ich, wir wollen es hoffen.«

Während sie sich mit schlurfenden Schritten entfernt, starre ich verwirrt auf das Bügelbrett mit dem ausgebreiteten schwarzen Hemd und dem weißen Aufdruck auf Englisch, der keinen Sinn ergibt. Das Bügeleisen wartet auf mich, stößt Dampf aus seinen Nasenlöchern wie ein nervöses Pferd. Ich greife danach und fange an, damit über den Hemdrücken zu fahren.

Noch vor ihren Schritten höre ich Anitas Lachen. »Was machst du denn da, Fri'? Hast du noch nie ein Männerhemd gebügelt?«

Sie legt den schwarzen Filzstreifen auf den Tisch, nimmt mir das Bügeleisen ab und erteilt mir nun Anschauungsunterricht. Ihre gebräunten, weinrot lackierten Finger streichen gekonnt den Stoff glatt. Man fängt beim Kragen an, beseitigt jede Knitterfalte mit sanftem Druck, um dann direkt zu den Manschetten überzugehen, die zuerst von innen, dann von außen gebügelt werden. Das Eisen gleitet nun, der Nahtlinie folgend, den Ärmel hinauf bis zur Achsel, dann wieder hinunter, hin und her, bis er spiegelglatt ist, ohne jedoch die für das Publikum unsichtbare Rückseite zu vernachlässigen. Das Vorderteil, die Brustseite, scheint einfach zu sein, ein einziges Stück Stoff, doch ausgerechnet hier ist große Geschicklichkeit gefragt. Man muss die Spitze des Bügeleisens vorsichtig um die Knöpfe gleiten lassen, die zwar stabil wirken, in Wahrheit jedoch empfindlich und halb durchsichtig sind und bei der kleinsten Berührung anfangen zu schmelzen. »Du musst flink, aber beherrscht sein«, sagt sie. »Wie bei einem Tango, bei dem du mit deinen Füßen so dicht wie möglich an denen des Tanzpartners bleibst, ohne sie dabei jemals zu berühren.« Erst danach kommt die Rückseite dran, die Schulterpasse, aus der alle Knitter beseitigt werden, und dann der breite Rücken, wobei das Hemd nun weich und glatt wie Butter unter den Händen zerfließt. »Es ist sehr wichtig, einem Mann die Hemden bügeln zu können, nur so kannst du ihn aus dem Haus lassen und sicher sein, dass er einen guten Eindruck in der Welt hinterlässt und alles glatt für ihn läuft.« Sie hängt Riccardos Hemd auf und zieht den Bügeleisenstecker. »Heute Abend brauchen wir keine Hemden mehr zu bügeln, aber hast du dir fürs nächste Mal gemerkt, wie es geht?«

»Ich hab's mir gemerkt.«

»Schön. Jetzt wollen wir uns fertig machen. In einer knappen Stunde kommt Luisa, und dann holen wir Gesù* ab.«

Ich fange an zu lachen. »So nennst du ihn?«

»Wie soll ich ihn denn bitte sonst nennen?«

In ihrem Zimmer schlüpft sie in einen schwarzen paillettenbestickten Rock und eine schwarze Chiffonbluse mit Blumenstickerei auf der Brust und vervollständigt ihren Look als

---

* Sprich: Dschesù. Die italienische Entsprechung für spanisch: »Jesús« und deutsch: »Jesus« (A. d. Ü.).

argentinische Tänzerin mit goldenen Ohrringen und einer Kette aus bunten Steinen. Offenbar sitzt der Glockenrock nicht mehr so eng an der Taille wie zuvor. Sie hat vielleicht zwei, drei Kilo abgenommen. »Siehst du, dass mir die Zigaretten gut bekommen?«, sagt sie, bevor sie mich in mein Zimmer schickt, damit ich mir etwas Schönes zum Anziehen suche.

Ich habe nur ein einziges Kleid, das infrage kommen könnte und das ich in den letzten Monaten nie anhatte, aber als ich es anprobiere, bekomme ich den Reißverschluss nicht zu. Ich habe zugenommen. Ich winde mich heraus, um mich im Spiegel zu betrachten, mit krausgezogener Stirn, vor Wut, aber auch vor Anstrengung, mich in diesem pummeligen Mädchen mit dem blauen Slip wiederzuerkennen. Am liebsten würde ich dieses Mädchen erwürgen. Sie hatte neue Erfahrungen sammeln wollen, aber ohne dabei aufs Ganze zu gehen, bloß darauf bedacht, in den sicheren Grenzen der Küche zu verharren; sie hatte Hunger auf das Leben, hat aufbegehrt – gegen Amerika mit seinen wohlbehüteten Vororten, seinem Tofu und seinen Bambuspflanzen –, aber nicht mit Taten, sondern nur mit dem Mund … Nicht einmal mit Worten, denn dieses dumme Ding ist unfähig, Nein zu sagen, unfähig, irgendetwas Interessantes von sich zu geben, kann nichts als zuschauen, wie die Welt an ihr vorüberzieht; sie hatte es eilig, heranzuwachsen, und ist – welche Energieverschwendung! – nicht mit der Seele, sondern nur mit dem Körper gewachsen. Und das hier ist der Preis, den sie zu zahlen hat.

Ich ziehe mich wieder an und sage Anita, dass ich fertig bin. Sie schaut mich entrüstet an. So könne ich ja wohl schlecht tanzen gehen, aber wenn ich wirklich nichts anderes hätte, werde sie Luisa bitten, ein wenig eher zu kommen und mir etwas Schickes mitzubringen.

Auch ihre Freundin ist schwarz gekleidet, mit einem Dekolleté, das ihren langen Hals zur Geltung bringt, und mit Kajal, das ihre Katzenaugen betont. Auch für mich hat sie ein schwarzes Kleid dabei. Vielleicht sollen wir uns alle drei als Halloween-Katzen verkleiden oder auf eine Beerdigung gehen, denke ich, und während ich es anziehe, überkommt mich tatsächlich eine Düsterkeit, von der ich zwar weiß, dass sie typisch pubertär ist, die ich aber dennoch nicht abstreifen kann. Das Kleid passt mir. Luisa findet, es betone meine Brüste, Anita erklärt mich für schön.

Im Auto friere ich an den Beinen. Jesús kann sich glücklich schätzen, dass er Hosen anhat. Völlig aufgekratzt und eingehüllt in eine Wolke aus Aftershave, beugt er sich vor, um mit den beiden vorn sitzenden Freundinnen zu scherzen. Eigentlich würde ich am liebsten sofort zurück nach Hause, wenn nicht das nächtliche Panorama wäre, das meinen Blick wie ein Magnet anzieht. Eine Lichterkette umschließt den Golf, der so spiegelglatt ist, dass er aussieht wie aus schwarzem Samt. Es ist nicht dasselbe Meer wie am Tage, sondern eine dunkle Fläche ohne Tiefe, vielleicht ja bloß ein gewaltiges Loch. Doch kurz hinter dem Hafen sehe ich ein Boot über einem grünlich schimmernden Streifen Wasser schweben. Die würden Aale fischen, erklärt mir Anita, die während der Nacht aktiv seien.

Die Häuser enden. Am Kap erhebt sich, wie zum Abschied, ein altes, längliches, an einen Kontrollturm erinnerndes Fabrikgebäude. Je weiter wir den Ort hinter uns lassen, desto deutlicher kommt mir zu Bewusstsein, dass Castellammare die letzte Ebene, die letzte Anlaufstelle vor einer gebirgigen Küstenlandschaft ist, die sich vom Monte Faito aus wie ein Arm in die Länge streckt. Der Strand ist zu Ende, und vielleicht bekommen wir keine weiteren Strände mehr zu Gesicht, denn nun führt die Straße zwischen Felswänden hinauf, immer weiter weg von jener Bucht, die – wie ich erst jetzt, beim Anblick der kleinen, ihre Form nachzeichnenden Lichter, bemerke – einer Umarmung gleicht.

Wir gelangen in einen Tunnel. Gelbliches Licht dringt zusammen mit stickigem Dunst in unser Auto, es herrscht eine merkwürdig ausgelassene Atmosphäre, die jegliche Falten aus Luisas erregtem Gesicht verschwinden lässt. Im Berginneren führt die Straße exakt geradeaus, und Anita gibt Gas. Doch schon bald werden wir wieder in die Nacht hinausgespuckt, landen auf derselben, sich über den Meeresklippen entlangwindenden Straße. Ich zwinge mich, nicht hinabzuschauen. Mit den Augen folge ich der langen Reihe roter Rücklichter, deren Teil wir sind, oder betrachte die senkrechte Felswand, die jedes Mal, wenn ein Wagen aus der entgegengesetzten Richtung kommt – ein Glücklicher, der zum Schlafen nach Hause fährt –, von weißem Scheinwerferlicht erhellt wird. Der Fels selbst ist hell, vielleicht Kalk oder Dolomit, wie Umberto erklärt hatte, und beim Anblick der rauen Oberfläche – aus jedem Spalt wächst ein rosmarinähnlicher Strauch – habe ich das Gefühl, mich besser auf der Straße verankern zu können. Dann folgen Olivenhaine und weitere liebliche, vertrauenerweckende Dinge. Jedes Mal, wenn wir durch eines der malerischen Dörfchen kommen – und davon gibt es ziemlich viele, wie zum Beispiel Vico Equense –, frage ich mich, ob wir am Ziel sind, aber ich hüte mich, eine derart naive Frage zu stellen.

In Sorrent herrscht Nachtleben, und das drückt meine Stimmung nur noch mehr. Die Pflastersteine sind von tausend Lichtern erhellt, und tausend Absätze klappern darüber, als sei die Nacht nicht das Ende des Tages, sondern lediglich der Anfang, als sei nicht schon fast Spätherbst, sondern Hochsommer. Ich frage mich, ob sich in diesem Sträßchen oder an jenem Plätzchen wohl das Hotel befinden mag, in dem Daniele seine Braut und das noch ungeborene Kind verlassen hat.

Unser Ziel ist der Kalimera Club, der, mit Neonschild versehen, über gleich drei Tanzsäle verfügt und verspricht, jedem Musikgeschmack entgegenzukommen, jeden Wunsch zu erfüllen. Wir wählen die Piano Bar, die zum Garten hin liegt. Anita und Jesús mischen sich sofort unter die Tänzer, schlittern über den Boden, der so schwarz und blank ist wie der Flügel. Sie tanzen eine Art Foxtrott. Anita dürfte die Schrittfolge als junge Frau auf den Dorfbällen gelernt haben, bei Jesús weiß ich es nicht. Luisa und ich setzen uns, ich mit einem Birnensaft, sie mit einem Baileys.

»Magst du mal kosten, Frida? Es ist zwar Whisky, aber er wird dir schmecken.«

»Nein, danke.«

»Komm schon.«

Ich nehme einen Schluck. »Der schmeckt wirklich süß.«

»Siehst du?«

Luisa hat ihr unsicheres Lächeln abgelegt, als wolle sie noch etwas hinzufügen und zögere, ob der richtige Zeitpunkt gekommen sei. Sie raucht und verfolgt mit den Augen die tanzenden Paare und ihre verliebten Gesten. Man merkt, dass auch sie gern tanzen würde, man sieht es an ihrem taktschlagenden Fuß, der jedoch nicht dem Rhythmus der Piano Bar folgt. In dem Saal unter uns dröhnt Technomusik, die das Glastischchen zum Vibrieren bringt.

»Komm, lass uns zusammen nach unten gehen«, fordert sie mich nach der Zigarette auf.

Im Tiefparterre leuchtet zuckend der farbige Fußboden auf, als würde er auf die Bewegungen der wie hypnotisiert darauf herumstampfenden Menge reagieren. Es riecht nach

Rauch und Schweiß und irgendetwas anderem Undefinierbaren. Endlich wird mir warm, und die Musik weckt Lust zum Tanzen, dennoch folge ich Luisa nicht, die sich in das Gewühl unbekannter Menschen drängt. Noch immer drückt die Last meiner schlechten Stimmung, meines eigenen Körpers auf mir, und ich kann mich einfach nicht daraus befreien.

Nach einer Weile gehe ich wieder nach oben. Ein Herr fordert mich zum Tanzen auf, aber ich tue so, als könne ich kein Italienisch. Auch Anita und Jesús winken mir auffordernd zu, doch dann lassen sie es zum Glück sein. Ich beobachte sie vom Tisch aus. Sie sehen aus wie ein echtes Paar, sie blutjung, mit straffen Beinen und leichtem Rock, der bei jeder Drehung schwingt. Hinzu kommt, dass Jesús älter wirkt, als er ist: Er hat ein bisschen Bauchansatz und etwas Bartwuchs über der Oberlippe, und er zieht die Stirn kraus wie ein kampfeslustiger Jäger, der seine Beute im Visier hat.

Irgendwann wird *Viento del arena* gespielt. Jesús gerät in Ekstase, fängt an zu singen, mit hoher Stimme und in einem merkwürdig sinnlichen Spanisch. *Ay li,* keine Ahnung, was das bedeutet. Er läuft ein paar Schritte rückwärts und streckt die Arme nach Anita aus, berührt kaum den blanken Boden mit den Schuhen. Er streift darüber wie diese Eidechsen, die übers Wasser laufen können und die tatsächlich Jesus-Christus-Eidechsen genannt werden, und seine Tanzpartnerin erwidert jede noch so winzige Bewegung der Füße, Arme, des Beckens mit der Geschmeidigkeit eines verführerisch flatternden Schmetterlings. *Ay li li li li.* Es ist eine Art Rumba, das weiß ich nur, weil ich den Videoclip der Gipsy Kings gesehen habe, aber ich glaube, dass Anita und Jesús ihre Schrittfolgen frei erfinden und allein der Eingabe ihrer Körper folgen. Sie klatschen gleichzeitig in die Hände, schauen sich an, aber nicht wie zwei Menschen verschiedener Generationen und

Nationalitäten, die sich erst zum zweiten Mal in ihrem Leben begegnen, sondern wie ein altes Liebespaar, das dieselbe Nummer wie immer darbietet und daher Lust hat und sich das Recht herausnimmt, mal ein wenig zu variieren. *Ay li li li li li li li li.* Jetzt ruft Jesús nach ihr, aber er nennt sie nicht Anita oder *Mamma* Anita, sondern *Mamacita.* Vielleicht weiß sie nicht, dass das einfach nur »kleine Mama« bedeutet, und nicht etwa »fesche Biene«, vielleicht weiß sie es aber auch und macht sich nur ihren Spaß daraus. Jedenfalls antwortet sie ihm, indem sie seinen Namen ruft. »Oh *Mamacita, Mamacita*!«, ruft er, und sie erwidert: »Oh Gesù, Gesù!«, und ihr Spiel wird immer intensiver durch das rasende Schlagen der Hände und Füße, ihrer und der all der anderen Tänzer, die den unsichtbaren Fingern des Pianisten gehorchen, bis sie in einem filmreifen Orgasmus den Höhepunkt erreichen und ich gezwungen bin, den Blick abzuwenden.

Es folgen ein Walzer und weitere langsame Tänze, und mich überkommt Müdigkeit. Ich bin erleichtert, als Anita verschwitzt vor mir auftaucht, um mir zu sagen, dass es Zeit sei, zu gehen, dass man nur noch Luisa finden müsse. Ich erkläre mich bereit, ein Stockwerk tiefer nach ihr zu suchen.

Ich entdecke sie sofort, sie ist nicht länger ein Automat in der namenlosen, sich sklavisch im Rhythmus wiegenden Menge. Sie hat die Arme um den Hals eines großen blonden Mannes geschlungen, der ihre Taille umfasst. Seine riesigen weißen Hände bilden einen starken Kontrast zu ihren schmalen schwarzen Hüften. Ich störe sie nicht, schaue ihnen aber auch nicht länger zu, sondern eile wieder hinauf zu Anita und erkläre ihr knapp, dass Luisa noch nicht so weit sei. Nachdem sie ein großes Glas Wasser hinuntergekippt und sich auf der Toilette ein wenig frisch gemacht hat, geht sie selbst die Freundin holen.

Auf der Rückfahrt starrt Luisa durch das Wagenfenster hinaus, versunken in die schillernde Landschaft; ich selbst schlafe fast ein. Ohne uns weiter zu beachten, reden und scherzen Anita und Jesús miteinander, platzen vor Lachen, und ich frage mich, wie das mit der wütenden Phase der Trauer zusammenpasst, auf die sie bei der Rückfahrt von Gragnano angespielt hatte. Noch verwirrter bin ich, als sie begeistert verkündet, nun zwei amerikanische Kinder zu haben.

Als ich endlich im Bett liege, merke ich, dass ich zum ersten Mal seit meiner Abreise Heimweh verspüre. Ich gebe mich der Traurigkeit hin, bin zu erschöpft, um mich dagegen zu wehren. Anita ist schon ausgezogen, als sie zu mir kommt und sich auf meine Bettkante setzt, um mir Gute Nacht zu sagen. Sie schlägt nicht meine Decke um, wie es meine Mutter getan hat, als ich klein war, aber irgendwie beruhigt es mich, sie ungeschminkt und im Halbdunkel neben mir zu wissen. Ich gestehe ihr, dass ich todmüde bin, viel zu müde, um morgen Abend auf die Halloweenparty zu gehen.

»Wart nur ab, wenn du erst einmal ausgeschlafen hast, fühlst du dich wieder fit.«

»Nein, ich will da nicht hin.«

Der mitfühlende Ausdruck verschwindet plötzlich aus ihrem Gesicht, die Stimme wird hart. »Das kommt nicht infrage. So etwas macht man nicht.« Ich sei der Ehrengast, sagt sie, es sei ungehörig, ja geradezu flegelhaft, nicht hinzugehen, also müsse ich hin. Die schwarzen Filzohren werde sie mir nähen und am Kopf befestigen, ob ich wolle oder nicht. Sie droht mir sogar, mir einen Schwanz zu basteln.

»Bitte, Anita, ganz ehrlich, ich schaff das nicht. Ich verbringe den Abend daheim bei dir.«

»Ich bin nicht da.«

»Wohin gehst du?«

»Ich habe zu tun.«

»Was hast du zu tun?«

»Das ist meine Sache.« Sie presst die Lippen aufeinander und nestelt am Ausschnitt ihres Nachthemdes herum, wie neulich, als Ricky den Schnüffler gespielt hat. Mit einem Schlag wird sie wieder sanft, erklärt mir, ich solle mir keine Sorgen machen, sie werde mich bis kurz unter die Burg begleiten, und nach der Party bräuchte ich sie nur anzurufen, sie werde mich abholen kommen, egal ob um ein oder zwei Uhr nachts. Ich würde bestimmt meinen Spaß haben. Es sei die ideale Gelegenheit, Freundschaft mit meinen Klassenkameraden zu schließen, anstatt ständig mit älteren Frauen zusammenzuhocken, anstatt vorzeitig zu altern, ohne überhaupt mit dem Leben begonnen zu haben.

6

Man fühlt sich eher wie auf einer Tauffeier als auf einer Halloweenparty, bei all den kleinen, überall im Saal verteilten weißen Lichtern, den Leinentischdecken und den freundlichen Gestalten – einem Zebra, einem Mönch, einem Kaninchen, einer Krankenschwester –, die kein bisschen angetrunken wirken. Es gibt reichlich Coca-Cola, ebenso Fanta und Häppchen. Man hat das Gefühl, durch einen botanischen Garten zu spazieren, umschlossen von einer Art Gewächshaus an der Außenmauer der Burg; wir bewegen uns inmitten junger Olivenbäume, die aus dem Steinboden wachsen. Draußen noch mehr Bäume, die die Sicht auf den Golf verschönern, und weit oben Ausschnitte eines Nachthimmels, der im trüben Schein der Stadt die Farbe von Pfirsicheis hat.

»Du amüsierst dich doch hoffentlich?«, fragt mich Kleopatra im Vorbeigehen.

»Ja, danke, Mariagiulia. Das ist wirklich ein fantastischer Ort.«

»Kannst du dir vorstellen, dass diese Burg in den Dreißigerjahren vollkommen verlassen, ja fast eine Ruine war?« Sie fährt mit ihren Erklärungen fort, allerdings nicht in ihrem gewohnten Klassenraumgeflüster, sondern laut schreiend, um den Michael-Jackson-Song im Hintergrund zu übertönen:

Ein Privatmann habe sie restaurieren lassen und ihr zu ihrem alten Glanz als Festung der Aragón zurückverholfen. Hier funktioniere so etwas leider nur auf diese Weise, sprich: privat. »Warum, glaubst du, dass die Erdbebenspuren hier drin praktisch vollkommen verschwunden sind, während man überall sonst in Castellammare nur warten und hoffen kann?« In der Burg, so erklärt sie mir weiter, gebe es noch viele andere, kleinere Säle und Gänge, Innenhöfe und Zimmer, wobei in einem von ihnen vermutlich der große Boccaccio nach einem üppigen Bankett genächtigt habe; doch die meisten Räume seien unzugänglich. Dass sie diesen Saal hier zu einem günstigen Preis habe mieten können, verdanke sich nur der Tatsache, dass ihr Vater der Freund eines guten Bekannten des Eigentümers sei und außerdem niemand Lust habe, um diese Jahreszeit, bei dieser Hundekälte, zu heiraten. »Hundekälte ist nur so dahergesagt, Hunde gibt's hier oben nicht, keine Angst, kleine Miez.« Sie reicht mir einen Plastikbecher mit Orangenlimonade, und als gute Gastgeberin und großzügige Königin, die sie verkörpert, eilt sie weiter, um sich um das Wohl der übrigen Gäste zu kümmern.

Ich unterhalte mich mit meinen Klassenkameraden aus der drei B. Der volle Saal lässt vermuten, dass auch Leute von außerhalb unseres Gymnasiums da sind, möglicherweise sogar etliche, aber das ist schwer zu sagen, denn ich habe selbst Mühe, meine eigenen Klassenkameraden zu erkennen, da wir alle verkleidet sind. Hin und wieder denke ich an Anita, daran, wo sie nun sein mag, nachdem sie mich vor dem schmiedeeisernen Burgtor abgesetzt hatte. Ich plaudere und lache, immer mit dem Gedanken, dass ich mich amüsieren muss, um ihr später etwas erzählen, ihr bestätigen zu können, dass sie im Grunde recht hatte. Irgendwann im Lauf des Abends gehe ich hinaus, um ein bisschen frische Luft zu schnappen.

Auf der breiten Terrasse sind kaum Leute, nur ein paar rauchende Piraten und zwei Tiere, die im Dunkel eines Olivenbaumes herumknutschen. Ich lehne mich an das Mäuerchen, das an einen sanften Abhang grenzt, einen terrassenförmigen Olivenhain, der sich hinab bis zum Hafen von Castellammare erstreckt. Von hier oben wirkt der Ort weit weg, wie ein vom Meer gebremster Lichterstrom. Die Partymusik dringt gedämpft zu mir, und dank meines dicken Wollpullovers und meiner warmen Filzohren spüre ich weder die Kälte noch die neuen Rundungen meines Körpers. Ich könnte es bis Mitternacht hier aushalten, bis es spät genug ist, um Anita anzurufen.

»Hallo.« Ein als Höhlenmensch verkleideter Junge hat vertraulich seine Ellenbogen neben mir auf das Mäuerchen gestützt. Mit derselben ungezwungenen Vertraulichkeit fragt er: »Warum genießt du die schöne Aussicht ganz allein?«

»Ich genieße nicht die Aussicht, sondern schnappe nur ein bisschen frische Luft.«

Ich drehe mich um, damit ich ihn besser sehen kann. Er ist groß, trägt ein zweigeteiltes Tigerkunstfell. Die kräftigen Schultern sind nur notdürftig von einer Art wollhaarigem Mammutfellmantel bedeckt. Im krassen Gegensatz dazu hat er sein tiefschwarzes gegeltes Haar straff nach hinten gekämmt, sodass die hohe Stirn mit dem spitzen Haaransatz zur Geltung kommt. Nein, ich habe ihn noch nie zuvor gesehen, dessen bin ich mir ganz sicher, trotz der schwarzen Farbe überall auf seinem schmalen Gesicht, die vielleicht eine Art urzeitlichen Dreck darstellen soll, aber eigentlich nur seine Blässe betont. Mir fällt ein, dass auch ich geschwärzte Wangen habe, von der Wimperntusche, mit der Anita mir Schnurrhaare aufgemalt hat.

»Bist du eigentlich eine Katze oder eine Maus?«

»Eine Katze.«

»Du siehst eher aus wie eine Maus.«

»Und du bist ein Höhlenmensch. Ein Neandertaler?«

»Ein was?«

»Ein Neandertaler, diese Menschenart, die ausgestorben ist …«

»Ach, glaubst du an diese komischen Ideen?«

»Was für komische Ideen?«

»Dass wir früher Affen waren und noch früher Amöben oder Mikroben oder was auch immer sie uns da für einen Scheiß einreden wollen«, sagt er mit starkem Dialekteinschlag. »Hör zu, ich war noch nie Schimpanse und werde es auch nie sein.«

»Aber das ist keine komische Idee, sondern die Entwicklung der Welt, die Evolution.« Ich rede mir ein, dass er mich nur auf den Arm nehmen will, wie Umberto das gern tut, wobei dieser Junge hier weder dessen Leichtigkeit noch das Funkeln in den Augen hat.

»Sieh dich doch bloß um. Alles nur Lug und Trug, eine gewaltige Täuschung. Diese alberne Party, das Geklimper, diese Mamasöhnchen von Piraten mit ihren Augenklappen und dem Plastikschwert, die sich einen Joint drehen und rumgackern wie Gänse. Hör mir auf. Weißt du, was echte Piraten machen? Sie kapern Schiffe, erstechen die Seeleute, raffen sich alles Gold, was sie kriegen können, und wenn irgendwo in der Ecke ein jammerndes Mädchen hockt, wird es vergewaltigt.« Angewidert beugt er sich vor. »Aber ich hab schon verstanden, was für eine du bist. Du bist eine, die zu allem Ja und Amen sagt, die sich einen Haufen Blödsinn erzählen lässt und alles schluckt.«

»Was willst du denn damit sagen?«, erwidere ich und richte mich auf, um zum Fest zurückzukehren. Ich erwarte keine

Antwort, und ich lege auch keinen Wert darauf, in dieser absurden Diskussion mit einem Unbekannten die Oberhand zu behalten.

»Ich hab schon verstanden, was für eine du bist«, wiederholt er, ohne den Blick von seinem Städtchen in der Ferne abzuwenden. »Du magst nur die Argumente hören, die dir in den Kram passen, die man dir in der Schule beibringt. Wetten, dass du auf dem altsprachlichen Gymnasium bist?«

Ich sage nichts, habe ihm bereits den Rücken zugewandt.

»Wo willst du hin? Komm zurück«, ruft er mit plötzlich sanfter Stimme und hält mich an der Hand zurück. Seine Haut ist warm und weich wie die eines Kindes. »Ich muss dich was Wichtiges fragen.«

»Hör mal, ich kenne dich doch gar nicht.«

»Eben. Wie heißt du?« Er lässt meine Hand los, offenbar davon überzeugt, meine Aufmerksamkeit zurückgewonnen zu haben. »Siehst du, dass es eine wichtige Frage war?«

Ich stoße ein genervtes Schnauben aus.

»Komm schon. Ich heiße Raffaele. Sag mir, wie du heißt, und lass uns noch ein bisschen zusammen die großartige Aussicht genießen. Allein ist's nur halb so schön.«

Ich weiß nicht, weshalb ich zu dem Mäuerchen zurückkehre, ihm meinen Namen sage. Ganz klar ein Fehler, denn er fragt mich sofort, ob ich Ausländerin sei, und ich muss die ganze übliche Leier abspulen, über meine Herkunft und den interkulturellen sprachlichen Austausch im ökumenischen Rahmen, und nach unserem Gespräch über Evolution erscheint mir all das als peinlicher Widerspruch. Doch Raffaele bringt es zum Lächeln, seine vollen Lippen öffnen sich, und eine Reihe großer, gleichförmiger Zähne kommt zum Vorschein.

»Dann kennst du also Hong Kong!«

»Wen?«

»Hong Kong, den Chinesen. Der ist doch auch mit deinem Verein hergekommen.«

»Meinst du Huang? Aber der stammt aus Taiwan.«

»Und wo ist der Unterschied? Wir nennen ihn so, den Namen hat er sich verdient. Starker Typ, dieser Hong Kong, ist zwar klein, aber hat echt Eier.« Er erklärt mir, dass er und Huang zusammen auf die technische Fachschule gingen oder, besser gesagt, gegangen seien, bis man ihm einen Verweis erteilt und vorläufig vom Unterricht suspendiert habe, weil er mit dem Geschichtslehrer in Streit geraten sei. Aber wenn sie ihn diesmal wieder durchrasseln ließen, werde er das Jahr nicht wiederholen, nein, er werde nie wieder einen Schritt in diese Schule setzen. Mit achtzehn Jahren könne er verdammt noch mal tun und lassen, was er wolle.

Ich betrachte seine breiten Schultern, die dünne Fettschicht, die ihn vor der Kälte schützt, aber auch die Muskeln darunter zur Geltung bringt. »Du siehst älter aus.«

»Ich bin achtzehn, ich schwöre es. Du glaubst mir nicht, weil ich groß und kräftig bin. Aber ich habe noch keinen Bart, schau!« Wieder greift er nach meiner Hand, diesmal, um damit über sein Gesicht zu streifen, wobei er langsam eine Diagonale beschreibt, vom Wangenknochen bis zum Kinn. »Wenn ich einen Bart hätte«, flüstert er, »würdest du mich für einen echten Urmenschen halten.«

Ich ziehe meine Hand zurück. Seine Haut war weich und lebendig, fast glühend, und sie hat schwarze Spuren auf meinen Fingerspitzen hinterlassen.

»Und wie alt bist du?«

»Sechzehn.«

»Ich habe dich für jünger gehalten. Du siehst aus wie ein kleines Mädchen.«

Keine Ahnung, warum ich nicht einfach verschwinde, statt hier mit diesem unverschämten und anmaßenden Typen herumzustehen, der an Kreationismus glaubt und schlechteres Italienisch spricht als ich. Und ich weiß auch nicht, warum ich ihm nun herausfordernde Blicke zuwerfe, ob deshalb, weil er sich von mir hat streicheln lassen, ohne dass ich es wollte, oder weil mir diese gestohlene Liebkosung, dieses merkwürdige Gefühl seiner fremden, glatten Haut irgendwie gefallen hat; oder gar deshalb, weil er mich als kleines Mädchen bezeichnet und damit in mein Innerstes geblickt hat, in den tiefsten und schmerzlichsten Winkel, und somit nicht seine Haut, sondern meine Seele entblößt ist. Ich weiß nur, dass sich sein Mund zu einem immer einvernehmlicheren Lächeln verzieht, je länger ich ihn anschaue und seine Augen ihre *Sanpaku*-Natur enthüllen. Laut einiger Vertreter fernöstlicher Medizin ist *Sanpaku* – ein Wort, das auf Japanisch »dreifach weiß« bedeutet und jene Augen bezeichnet, bei denen unterhalb der Iris Weiß zu sehen ist – ein Zeichen für körperliches und seelisches Ungleichgewicht des jeweils Betroffenen, der wegen möglicher Fehler in diesem oder einem anderen Leben ein tragisches Ende nehmen wird. Jedes Mal, wenn mein Stiefvater es an einem seiner Patienten oder Anhänger sah, stellte er bedauernd fest: »Schade, er wird jung sterben.«

Als Raffaele mich auffordert, kurz mit ihm mitzukommen, ohne mir zu sagen, wohin, folge ich ihm.

* * *

In dem Gedränge hat niemand auf die Katze und den Höhlenmenschen geachtet, die bis zum Ende des Gewächshauses vorgedrungen und durch eine Seitentür entschlüpft sind. Nun schieben wir uns Stück um Stück die felsigen Wände eines gewölbten Gangs entlang. Ich folge Raffaele, der riesengroß aussieht im schlechten Licht und mit dem pelzigen Mantel, der mit jedem seiner festen und behänden Schritte anders schimmert. Der Stollen ist lang, ewig lang, und wird immer feuchter, als würde er uns mitten ins Berginnere führen. Doch plötzlich endet er, und wir erklimmen eine steile Treppe, die in einen dunklen Saal mündet, nur erhellt von einem Notlicht und dem nächtlichen Schimmer, der durch ein vergittertes Fenster weiter oben hereindringt. Der Saal ist klein, ohne Möbel, die Wände sind aus rohem Stein, und dennoch erahnt man seinen herrschaftlichen Glanz – an den gewölbten Flügeltüren, dem steinernen Kamin, den Schatten der Kandelaber und dem bittersüßen Geruch von verkohltem Holz und Wachs.

»Meinst du, wir dürfen überhaupt hier sein?«

»Wieso, willst du etwa zurück auf dieses beschissene Fest?«

»Nein, aber Mariagiulia hat gesagt, die anderen Säle seien …«

»Ah, Mariagiulia hat gesagt …«, äfft er mich nach mit spöttischer Stimme nach, bevor er zu singen anfängt: »*Oh Maria Giulia, da dove sei venuta? Alza gli occhi al cielo, fai und salto, fanne un altro.*«[*] Neben dem erloschenen Kamin hält er inne. »Diese Streberin von deiner Freundin, die sich für wer weiß wen hält, aber ein Niemand ist. Ein Niemand. Wer hier bei uns wirklich was zählt, verschafft sich zu jedem Saal Zugang, ohne dafür die Brieftasche zu zücken.«

Ich weiß nicht genau, was er damit meint, aber eines ist mir inzwischen klar. Dass er heute Abend hier ist, muss reiner Zufall oder irgendeinem schweren Irrtum geschuldet sein. Seine Fremdheit auf dieser Party, sein Ausgeschlossensein aus der

---

[*] Italienisches Kinderlied, dt: »Oh Maria Julia, wo kommst denn du her? Hebe die Augen zum Himmel, mach einen Sprung, mach noch einen!« (A. d. Ü.).

guten Gesellschaft, zu der auch ich nicht gehöre – wobei ich zu keiner Schicht dieser alten, für mich so neuen, von unbegreiflichen Gesetzen regierten Welt gehöre –, beunruhigt mich auf seltsam angenehme Weise. Doch hier drinnen ist er kein Ausgeschlossener. In diesem leeren und dennoch heimeligen Saal, in jenem schwachen Licht, das jede Kammfurche in seinem Haar und das ehrwürdige Profil seiner Nase zur Geltung bringt, stützt Raffaele den nackten Arm auf das Wandbord, als sei er der Burgherr. Als gehöre ihm der in den Felsen gemeißelte Kamin, ihm der schmiedeeiserne Feuerhaken, ihm die niedrigen lackierten Stützbalken. Hier drinnen besitzt er eine Kraft, die mich erzittern lässt.

»Es ist nur, weil ich nicht gern in Schwierigkeiten geraten würde.«

»Geraten würde«, wiederholt er spöttisch und dreht sich um wie zu einem im Dunkeln sitzenden Gast. »Na, hör sich einer die an!« Dann heftet er seinen Blick auf mich und sagt mit geheimnisvoller Stimme: »Hör mal, wenn du nicht in Schwierigkeiten geraten willst, hättest du nicht mit mir gehen dürfen.«

»Wie meinst du das?«

»Damit meine ich, dass du nicht wissen kannst, was für einer ich bin. Ich könnte ein Drogensüchtiger, ein Psychopath oder ein Killer sein.« Mit den Fingern schiebt er meine Katzenohren nach hinten, bis das Band, das sie zusammenhält, die Spannung verliert und auch die Haarklammern abrutschen. Er lacht. »Aber keine Angst, ich bin ein Gentleman, siehst du das nicht? Das einzig Gefährliche in dieser Burg sind die Gespenster.«

Diesmal lache ich.

»Du glaubst mir nicht? Weißt du, dass genau hier das berühmte Engelszimmer ist?«

»Der Name klingt nicht sehr Furcht einflößend«, sage ich, während ich das Band aus den Haaren winde und Ohren und Haarklammern in die Tasche stopfe.

»Er flößt dir keine Furcht ein, weil du die Geschichte dahinter nicht kennst«, erwidert er in gewichtigem Ton. Das Engelszimmer, beginnt er zu erklären, sei das Schlafzimmer einer früheren Burgfrau gewesen, die man »die rote Frau« nannte. Niemand habe später mehr im Engelszimmer schlafen können: Jeder, der es betrete, verspüre eine merkwürdig feindselige Gegenwart, eine bösartige Kraft, die einen überfalle und in die Flucht treibe. Und es gebe Leute, die beschwören könnten, eine Frau – wunderschön, mittleren Alters, mit einem langen purpurroten Kleid und einem bitteren Zug im Gesicht – reglos am Eingang zur Burg gesehen zu haben, als habe sie dort auf jemanden gewartet. Es hieß, das sei ebenjene rote Frau, die Jahrhunderte zuvor verstorben war.

»Wann?«

»Was weiß ich. Vor ewig langer Zeit – reicht dir das?« Im Kern, so fasst Raffaele für mich zusammen, sei es die Geschichte zweier Familien, der Anjou und der Aragón, die sich die Herrschaft streitig machten. Erstere hätten bewaffnete Männer geschickt, um die Burg der Aragón zu erobern, wodurch sie die Befehlsgewalt über das gesamte Gebiet und die Kontrolle über den Handel erlangt hätten. Eigentlich hätte es ein fairer Kampf zwischen zwei Familien sein sollen, eine Schlacht bis aufs Blut, die der Stärkere gewinnt, wie es die Natur nun einmal vorsehe. Doch wegen einer Frau seien die Dinge anders gelaufen. Die rot gekleidete Edeldame aus dem Hause Aragón habe den Truppen der Anjou aus freien Stücken die Tore zur Festung geöffnet, die diese daraufhin mühelos eroberten. Hinter diesem hinterhältigen Akt der Burgfrau habe sich kein politisches Motiv verborgen, sondern es waren

Gefühle im Spiel: Sie hatte den Kopf für einen der feindlichen Ritter verloren. Ein Verrat der übelsten Sorte.

»Aber sie hat ihn geliebt«, wende ich ein.

»Wer schert sich denn um die Liebe? Der einzig wahre Wert ist die Familie, und die hat sie verraten. Nach hiesiger Mentalität kann man so einer Unglückseligen nicht verzeihen, das ist eine Frage von Loyalität, und den Preis hat in jedem Fall sie zu zahlen.« Und sie habe ihren Preis bezahlt, und wie, denn nachdem der Ritter in die Burg gedrungen war, sie vielleicht sogar gevögelt hatte, habe er sie verlassen. Aus Verzweiflung über ihre unerwiderte Liebe und vor Scham ob des begangenen Fehlers habe sich die rote Frau vergiftet. »Vielleicht hat sie es genau hier im Engelszimmer getan«, endet er. »Und – hast du jetzt Angst?«

»Eine faszinierende Geschichte.«

»Ah, ich merke schon, dass ich dich falsch eingeschätzt habe! Du gehörst zu denen, die krasse Geschichten mögen. Bist du sicher, dass das Altsprachliche die richtige Schule für dich ist?«

Zum dritten Mal greift er nach meiner Hand, aber diesmal drückt er sie, lässt mich die tropische Feuchtigkeit seiner Handfläche spüren, die ganze exotische Kraft seiner Finger, und bringt mir zu Bewusstsein, wie unbestreitbar klein meine Finger im Vergleich dazu sind. »Komm mit.« Er führt mich an der Hand in Richtung einer massiven Treppe am Ende des Raumes. Er läuft bedächtig, als wolle er nicht die Toten wecken, nicht ihren ewigen unergründlichen Zorn erregen, und flüsternd erklärt er mir: »Viele Leute, die nachts in der Burg waren, haben schreckliche Stimmen gehört, die einem das Blut in den Adern gefrieren lassen.«

»Und was sagen diese Stimmen?«, frage ich im Flüsterton zurück, während wir die ersten steinernen Stufen erklimmen.

»Hm, keine klaren Sätze, nur Klagelaute, grauenhaftes Gelächter, manchmal auch ...«

Er stößt einen ohrenbetäubenden Schrei aus. Er dauert nur wenige Sekunden, Zeit genug, um die dicke Luft im Saal zum Explodieren zu bringen und meiner Brust ein theatralisches Kreischen zu entlocken, während ich vor lauter Entsetzen, das er so tückisch in mir ausgelöst hat, seine Hand umklammere. Er bricht in lautes Gelächter aus.

»Was hast du getan? Ich wäre beinahe gestürzt!«

Er unternimmt einen halbherzigen Versuch, sein Lachen zu unterdrücken, sich nicht länger auf meine Kosten zu amüsieren, aber seine überbordende Heiterkeit, seine mangelnde Selbstbeherrschung machen mich nicht etwa wütend, sondern übertragen sich auf mich. Vielleicht sind es aber auch nur der sinkende Blutdruck und die nachlassende Anspannung nach dem Schrecken, jedenfalls lachen wir schon bald alle beide wie die Verrückten im Halbdunkel.

»Es hat dir also gefallen, gib's zu.«

»Schon ein bisschen.«

»Guter Ort zum Heiraten, was?«

Am Ende der Treppe befindet sich eine Rundbogentür. Raffaele dreht am Knauf: Sie ist abgeschlossen. Er dreht erneut, diesmal mit Kraft, wobei er sein gesamtes Körpergewicht gegen das Holz presst, vergeblich.

»Egal, lass uns umkehren«, schlage ich vor. »Hast du dir gemerkt, wie wir hier wieder rauskommen?«

Er antwortet mir nicht, hat eine Rechnung mit dieser Tür zu begleichen, die keinen Millimeter nachgeben will. Er rüttelt an dem Knauf, droht ihr im Dialekt, tritt ein paar Mal dagegen. Merkwürdigerweise schüchtert mich dieser Wutausbruch nicht ein, ich bin viel zu neugierig, den wahren Grund seiner rohen Entschlossenheit zu erfahren und zu sehen, was sich hinter dieser Tür verbirgt, was er mir unbedingt zeigen will. Ich bin fast sicher, dass er schon andere Mädchen hierhergeführt hat, und dieses Gefühl lässt meine Neugierde nur noch wachsen. Je mehr er sich hineinsteigert und flucht, desto heftiger wird meine Wissbegierde. Ich wünsche mir, Raffaele möge den Kampf gegen diese verdammte Tür gewinnen, sie wie einen morschen Buchenstamm in tausend Splitter zerschlagen.

Plötzlich lässt er ab und wendet sich keuchend an mich: »Gib mir diese Dinger, die du in den Haaren hattest.«

»Die Ohren?«

»Nein, Mann! Diese Spangen, diese Nadeln oder wie zum Teufel ihr die nennt.«

»Was hast du vor?«

»Gib her und sei leise. Das wirst du schon sehen.«

Ich fische sie für ihn aus der Tasche. Mit bemerkenswerter Geschicklichkeit biegt er sie zurecht, formt mit dem Eifer eines Vorschulkindes zwei Buchstaben aus Metall: ein großes L, gefolgt von einer Art q. Dann führt er sie mit seinen großen, glatten Händen in das Schloss ein, einen nach dem anderen, vorsichtig wie ein Elektriker. Doch die Notbeleuchtung ist nur schwach, zwingt ihn, blind herumzuhantieren, und entlockt ihm immer unflätigere Schimpfwörter. Nach einer Weile richtet er sich auf und holt tief Luft, um seine Ruhe, vielleicht auch seine Haltung zurückzugewinnen. Ohne Licht sei es schwieriger als sonst, rechtfertigt er sich, wie beim Vögeln im Dunkeln, wenn man den empfindlichen Punkt der Möse suche, sich nicht auf die Augen, sondern nur auf die Berührung verlassen könne. Er versucht es erneut. Offenbar hat ihm der Vergleich geholfen, denn als er diesmal seinen Buchstabenschlüssel im Schloss herumdreht und dabei sanften Druck ausübt, kommt das erlösende Klicken des Türknaufs, der endlich nachgibt.

Bevor er die Tür aufstößt, reicht er mir die Haarnadeln zurück. Ich finde es kein bisschen schlimm, dass er sie mir unwiederbringlich verbogen hat, so, wie ich es auch nicht schlimm finde, dass er immer fehlerhafter mit mir spricht, unanständige Ausdrücke benutzt und mir Anweisungen erteilt, ohne mich ein einziges Mal beim Namen zu nennen. Auch ich habe ihn noch nicht Raffaele genannt. Vielleicht ja weil wir uns erst seit einer halben Stunde kennen – oder seit anderthalb Stunden, ich bin nicht ganz sicher –, vielleicht aber auch, weil man zwischen diesen Felsmauern, die von den Sünden der Vergangenheit gezeichnet sind, die guten Manieren und höflichen Wendungen genauso schnell ablegt wie das Gefühl für die Zeit und wir deshalb unausweichlich in eine anachronistische, fast anonyme Vertraulichkeit gedrängt werden. Hier drinnen sind wir nicht länger Individuen mit Namen, Herkunft und Sprache, sondern schlicht und einfach ein Mann und eine Frau im Urzustand.

＊

Die Tür führt in einen Gang, in dem es nicht einmal ein Notlicht gibt. Um ihn zu durchqueren, vertrauen wir auf ein einzelnes vergittertes Fenster und auf unsere Hände, seine und meine, die über den groben Fels tasten und sich hin und wieder zufällig berühren. Wir gelangen an eine Wendeltreppe, Stufen, die einer höheren Geometrie gehorchen und echte Konzentration erfordern. Hier dürfen wir garantiert nicht sein. Aber wohin auch immer wir gerade unterwegs sind, vielleicht gar in den Himmel, habe ich das sichere Gefühl, nicht umkehren zu können, den einzig möglichen Weg zu nehmen.

Als wir daher einen Absatz erreichen und vor einer Tür landen, diesmal aus Metall und Respekt einflößend, folgere ich mit schmerzlicher Enttäuschung, dass wir nun in gewisser Weise ans Ende des Abends gelangt sind und ich niemals zu Gesicht bekommen werde, welche Überraschung dieser Unbekannte für mich auf Lager hatte. Doch die Tür geht fast von allein auf und schenkt uns die Nacht in all ihrer schimmernden Pracht und durchdringenden Feuchtigkeit.

»Die braucht nicht abgeschlossen zu werden«, sagt er mit lächelndem, nun wieder gut erkennbarem Gesicht. »Nicht einmal der beste Ninja der Welt würde es schaffen, von außen hier reinzukommen. Auch Bruce Lee nicht oder gar Hong Kong.«

Wir stehen auf einer Mauer, die sich im rechten Winkel bis zu einem der Burgtürme erstreckt. Irgendwo weit unten ist die fröhliche Party, die wir seit Langem zurückgelassen haben und die vielleicht schon dem Ende entgegengeht. Musik und Lachen dringen wie aus weiter Ferne zu uns, gedämpft wie unter einer Glasglocke. Wir laufen den schmalen Wehrgang entlang, streifen mit den Händen über die kalten Ziegel der Schutzmauer. Ich begehe den Fehler, hinabzusehen. Rechts liegt der stufenförmig von der Terrasse hinabführende Olivenhain, dichte, buschige Bäume, die selbst von hier oben noch aussehen wie ein ungemachtes Bett, das im Falle eines Sturzes den Aufprall abfedern würde. Links ein schwindelerregender Überhang.

»Das hier war die alte Stadtgrenze. So heißt es. Früher reichte sie bis zum Meer, wo sie mit einem weiteren Turm verbunden war.«

Tatsächlich führt uns der Wehrgang über eine Reihe von Stufen sanft in Richtung Hafen hinab. Ich sehe die dicht gedrängten Lichter der Schiffswerft und die Piers, die sich wie

Fangarme eines riesigen Kraken ins schwarze Wasser erstrecken, lauernd und begierig selbst noch um diese Uhrzeit, und die vielleicht die wahre Ursache für das Schimmern der Nacht, ihr pfirsichfarbenes Licht sind. Doch plötzlich ist die Mauer zu Ende, schwebt wie eine amputierte Gliedmaße im Nichts. Wir bleiben stehen. Man hat das Gefühl, am Bug eines Schiffes zu stehen, von unsichtbaren Wellen umgeben, die unser zartes Gefährt umspielen, mit dem tsunamigroßen Monte Faito im Hintergrund, einem Berg aus schwarzem Wasser, der hinter unserem Rücken anschwillt.

»Stell dir vor, wie viel Blut, wie viel Tod und Zerstörung die einstigen Wachtposten von hier oben beobachtet haben müssen. Feindliche Soldaten, die Feuer und Pfeile schleuderten, sarazenische Piraten, die landeten, um zu plündern, zu morden, Sklaven gefangen zu nehmen … Kannst du dir das vorstellen?«

Raffaele stellt sich hinter mich, vielleicht, um mich vor dem leichten Wind zu schützen, der hier oben weht, oder vor seinen eigenen Worten, die grausame Bilder heraufbeschwören, vielleicht aber auch nur, um mir das großartige Panorama besser zeigen zu können, das sich ringsum darbietet. Es ist so schön, dass ich kein Wort herausbringe. Ich frage mich, ob das seine Überraschung war, ich frage mich, wie viele Mädchen er schon hier heraufgeführt hat, um sie mit einem dieser berühmten Sonnenuntergänge von Castellammare in Erstaunen zu versetzen.

»Dir ist kalt.« Er hat mir keine Frage gestellt, sondern eine Feststellung gemacht, er, der mir so nahe ist, dass er das Beben spüren kann, das meine Wirbelsäule, meine Schenkel erfasst. Er streift seinen Mammutmantel ab und legt ihn mir über die Schultern. Unverhüllt, wie er nun ist, schlingt er die nackten, fast unbehaarten Arme um mich, als wolle er sich wärmen. Er flüstert mir ins Ohr: »Dort unten, am Ende des Hafens, wohne ich.«

»In der ehemaligen Altstadt?«

Ich merke, dass er nickt, sein samtweicher Kiefer drückt gegen meine Schläfe, gegen mein vom Wind und dem gelösten Band zerzaustes Haar. Ich sollte mich nicht in den Arm nehmen lassen, ich habe ihn gerade erst kennengelernt und weiß noch nicht, ob er mich fasziniert oder abstößt, aber ich bin wie gelähmt und habe nicht die Kraft, die warme Umschlingung unserer Körper aufzulösen.

»Mein Zuhause kann man von hier oben nicht sehen, nur hören.«

»Wie meinst du das?«

»Schsch«, macht er. »Hör genau hin … Hörst du sie?«

»Was, die Party?«

Er zieht sein Gesicht ein Stück zurück und schreit ins Leere: »Du sollst nicht auf diese Scheißmusik von irgendwelchen Scheißkids hören, die lachen und großtun, statt längst daheim in ihren Betten zwischen seidenen Laken zu liegen!« Er senkt die Stimme. »Nein, hör zu, wie die Vesuviana vorbeifährt.«

Er hat recht. Von irgendwo dort unten höre ich das vertraute Rauschen des Zuges, einem Band gleich, das aus einer Öse gleitet, ein sich öffnender Morgenmantel, begleitet von einem rhythmischen Ticken wie von einem Schaukelstuhl. »Jetzt höre ich sie auch.«

»Die Hochgleise führen direkt an meinem Haus entlang, die Züge fahren praktisch an unseren Köpfen vorbei. Meine Mutter ist halb taub und achtet nicht darauf, aber ich höre sie zu jeder Tages- und Nachtzeit.«

»Wie schön.« Ich merke sofort, dass ich etwas Dummes gesagt habe. Für jemanden, der in einer verrufenen Erdrutschgegend lebt und zwischen wer weiß was für schäbigen Laken schläft, ist das Zuggeräusch dem Schlaf sicher nicht gerade zuträglich, sondern macht ihn eher unmöglich.

Er antwortet nicht, eine Art Schwermut hat sich seiner bemächtigt. Ich bin mir nicht ganz sicher, denn ich kann weder sein Gesicht sehen, noch maße ich mir an, in diesen merkwürdigen Kopf hineinschauen zu können. Es ist eher eine veränderte Stimmung, die ich an seiner Körperspannung spüre, so, wie er gemerkt hat, dass mir kalt war, ohne dass ich einen Ton gesagt hätte. Ich spüre es an seiner Brust, die verhärtet ist unter dem Tigerfell, an dem kürzeren Atem, dem nachlassenden Druck der Arme.

Schließlich sagt er: »Das dürfte der letzte Zug in dieser Nacht gewesen sein, Richtung Sorrent.«

Es ist wirklich spät geworden. Zeit, diesen exponierten Punkt zu verlassen, in die Wirklichkeit zurückzukehren, ein Telefon zu suchen. Raffaele bietet mir an, mich nach Hause zu bringen, und wider besseres Wissen willige ich ein.

* * *

Obwohl Raffaele beschwört, den Führerschein zu haben, fährt nicht er, sondern ein Freund, der zu alt wirkt, um auf eine Schülerparty eingeladen zu werden. In der Tat ist er nicht verkleidet, und er raucht mit schweigender Gewichtigkeit, wie ein Vater, der stundenlang im Auto vor dem Tor gewartet hat. Der andere Freund, der vorne sitzt, ist dagegen kostümiert, allerdings ziemlich spärlich: Er trägt einen Cowboyhut und ein Halfter, ansonsten ganz normale Klamotten. Dafür scheint seine Pistole echt zu sein.

Ich sitze hinten, friere auf den kunstledernen Sitzen und wegen des nun heruntergelassenen Wagenfensters, das den

Zigarettenrauch absaugt und erbarmungslos Frischluft herein-spuckt. Außerdem hat sich Raffaele neben mir wieder den Mantel genommen. Ich werfe ihm verstohlene Blicke zu, während wir in den nächtlich dunklen Ort hinabfahren. Um diese Uhrzeit, so aus der Nähe, verliert Castellammare seinen Charme: Das trockene Licht der Straßenlaternen bringt jeden Riss in den Häuserfassaden, jede Schmiererei auf den herab-gelassenen Rollgittern, jede Plastikflasche, die über den nar-bigen Asphalt rollt, zum Vorschein. Während der Wagen durch die engen Gassen fährt, gleitet das Licht über Raffaeles Gesicht, gelbe Striche, Dreiecke, Rauten, die seine ohnehin mit schwarzen Schlieren überzogene Haut noch ungleichmäßiger wirken lassen.

Nur der Höhlenmensch und der Cowboy reden, in schwer verständlichem Dialekt. Ich spitze erst die Ohren, als ich höre, dass der Name Mariagiulia fällt. Hast du gesehen, was dieser Scheißunschuldsengel für ein Gesicht gezogen hat, als sie ge-merkt hat, dass die Amerikanerin mit uns geht? Sie äffen ihre Stimme nach, imitieren mit schauspielerischer Präzision ih-ren empörten Gesichtsausdruck. Arme Kleopatra, sie hat ihr Reich verloren!

Sie wechseln erst ins Italienische, als sie auf Rimini zu spre-chen kommen, und Raffaele beeilt sich, mir zu erklären: »Wir waren gestern Abend in Rimini in der Diskothek. Ich bin erst heute Nachmittag wiedergekommen. Hab seit zwei Tagen nicht geschlafen.«

»Deshalb lassen wir ihn nicht ans Steuer«, sagt der Cow-boy.

»Der Stumme da fährt«, ergänzt Raffaele mit leiser Stimme. »Der ist von der Camorra. Aber ich nicht, keine Sorge.«

»Mallorca war jedenfalls amüsanter«, wirft sein redseliger Freund ein. »Weißt du noch?«

Raffaele erklärt mir, dass sie im vergangenen Sommer zwei Wochen Urlaub auf der spanischen Insel verbracht und dort mit reiferen einheimischen Frauen angebändelt hätten.

»Die älteste hat er sich geangelt«, wendet sich der Cowboy in bewunderndem Ton an mich.

»Ja, aber dafür war deine hübscher«, tröstet ihn Raffaele. »Ah, wir sind an der Piazza Spartaco. Wie hieß noch mal die Straße, wo du wohnst?«

Am liebsten würde ich sagen, dass sie mich hier rauslassen sollen, dass ich das letzte Stück allein gehe, aber ich weiß, dass sie das niemals zulassen würden.

»Hier rechts.«

»Die Straße kenne ich gut«, sagt Raffaele. »Hier habe ich mich mal mit ein paar Leuten geprügelt, die dann im Auto weg sind.«

Stimmt das? Die Geschichte ergibt keinen Sinn, so wenig Sinn wie die Diskothek in Rimini, der Chauffeur aus der Halbwelt, die leichten spanischen Frauen. Das alles ist pure Angeberei. Hofft er etwa, mir auf diese plumpe Art zu imponieren, mich zu beeindrucken, wie er es zuvor mit seinen Gespenstergeschichten versucht hat? Jetzt bin ich sicher: Er stößt mich ab. Als ich auf dem Vorplatz vor dem Haus aus dem Wagen steige und er mich einlädt, am nächsten Tag eine Runde auf dem Moped mit ihm zu drehen, behaupte ich daher, ich hätte keine Zeit.

»Musst du irgendwohin?«, fragt er mich, aus dem Wagenfenster gelehnt. »Ich bring dich hin.«

»Morgen ist Allerseelen, da gehe ich mit meiner Gastmutter zum Friedhof«, antworte ich, auf diese kleine Lüge zurückgreifend, denn Anita hat mir schon gesagt, dass sie nicht so oft zum Grab der Eltern gehe, sondern sie lieber lebendig in ihrem Herzen behalte.

»Und was macht ihr da auf dem Friedhof, wenn nach dem Tod nichts kommt? Für die Seelen beten bringt verdammt noch mal nichts.«

»Das sagt der gute Katholik«, wirft der Cowboy kichernd ein.

Raffaele lacht hingegen nicht, ein düsterer Schatten hat sich über seinen Blick gelegt. »Ich werde nie wieder einen Fuß auf einen Friedhof setzen. Ich bin da nicht mal hin, als mein Vater gestorben ist.« Er blickt mich mit bitterer, fast schon hypnotischer Eindringlichkeit an. »Was machst du nächsten Samstag?«

»Weiß ich noch nicht.«

»Samstagabend hole ich dich hier ab, und dann nehme ich dich mit auf eine richtige Party.« Er fängt an, das Fenster hochzukurbeln, und verkündet noch im selben Atemzug durch den Spalt: »Wir sehen uns um halb zehn.«

Der Wagen fährt mit quietschenden Reifen an. Ich weiß nicht, ob wir verabredet sind oder nicht. Hoffentlich nicht. Ich bin froh, doch noch auf das Halloweenfest gegangen zu sein, sonst hätte ich niemals so hautnah die Burg von Castellammare erlebt, in Begleitung eines Mannes, der so voller Widersprüche steckt: anmaßend und zärtlich, jähzornig und umgänglich, grausam und zuvorkommend, respektlos und konventionell, ruhig und rastlos. Vielleicht hätte ich niemals einen Einwohner der Altstadt kennengelernt. Obwohl ich mir so wenig Mühe mit meiner Verkleidung gegeben hatte, habe ich mich für ein paar Stunden wirklich verwandelt gefühlt: Ich war nicht länger in diesem Körper mit seinen Unvollkommenheiten, in diesem Kopf mit seinen Verknotungen, ich war eine andere. Aber ich wünschte, die Sache wäre damit beendet. Ein merkwürdiger, unvergesslicher Abend, eine abgeschlossene Erfahrung fürs Tagebuch, ein Stück Leben, das es einzuordnen gilt. Vielleicht werde ich wieder anfangen zu schreiben.

Leise drehe ich den Haustürschlüssel, um Signora Assunta oder ihre Tochter Mena nicht zu wecken. Es ist sicher schon nach eins. Gestern um diese Uhrzeit habe ich im Bett gelegen, wild entschlossen, nicht auf diese Party zu gehen, um es mir im letzten Moment, dank Anita und ihrem sanften Druck, doch noch anders zu überlegen. Und plötzlich taucht eine Erinnerung auf, etwas, das ich in der Biografie über Frida Kahlo gelesen hatte und was mir damals als nebensächliches Detail erschienen war. Der Regenschirm.

An jenem 17. September 1925 war die damals achtzehnjährige Frida zunächst nicht in den Bus gestiegen, der dann mit einer Straßenbahn zusammenprallte – wobei sie für immer von jenem Handlauf gezeichnet werden sollte, der sie, nach ihren eigenen Worten, durchbohrte »*como la espada a un toro*«[*] –, sondern in einen Bus, der früher abfuhr. Sie hatte neben ihrem Verlobten Alejandro Platz genommen und wartete ruhig darauf, dass der Motor anspringen würde, während sie durch das Fenster auf ihr geliebtes Mexico-Stadt blickte, das in sanfte Regenschleier gehüllt dalag. Plötzlich bemerkte sie, dass sie den Schirm in der Schule vergessen hatte, so stiegen die beiden jungen Leute im letzten Moment aus und rannten zurück zur Schule, um ihn zu holen. Als sie keuchend wieder an die Haltestelle kamen, war der erste Bus bereits abgefahren, und ein zweiter, sehr viel vollerer wartete auf sie. Die beiden mussten sich einen Platz ganz hinten suchen, eingehüllt in den intimen, aber nicht unangenehmen Dunst der trocknenden, regenschweren Kleider. Doch Frida hatte den Schirm wieder, sie war sicher froh darüber, hat ihrem Alejandro zu-

---

[*] Dt.: »wie das Schwert einen Stier« (A. d. Ü.).

gelächelt, einem jungen Mann aus gutem Hause und mit guten Absichten. Wenig später fuhr der Bus los; allerdings nicht, um sie nach Hause zu bringen, sondern um auf diese unerbittlich ihren Gleisen folgende Straßenbahn zuzusteuern, ihrem Schicksal entgegen.

7

Am nächsten Morgen ist Anita kein bisschen sauer, dass ich sie nicht angerufen habe, sondern freut sich, dass mich ein paar Jungs »aus dem Gymnasium« nach Hause gebracht haben – genauso formuliere ich es, wobei ich den Unterschied zwischen Gymnasium und Fachschule als unbedeutend beiseiteschiebe, so, wie ich auch den zwielichtigen Typen hinter dem Steuer besser unerwähnt lasse – und es freut sie auch, dass einer von ihnen zufälligerweise mit Huang, dem Taiwanesen, befreundet ist. Sie stellt nicht viele Fragen und erklärt am Ende gähnend: »Hauptsache, du hattest deinen Spaß.«

Abgesehen davon hat Anita in diesen Tagen ganz anderes im Kopf. Wie das so oft in kleinen, eng vernetzten Städtchen der Fall ist, hat ihr Chef erfahren, dass sie wieder Single ist, und macht ihr nun auf penetrante Weise den Hof. Und wie sollte man es ihm verübeln? Ich stelle ihn mir vor wie aus einem Comic, ein schmerbäuchiger, arroganter Typ mit Zigarre im Mund und den Füßen auf dem Schreibtisch, die in albernen Socken stecken, während Anita, gleichsam entblößt in ihrem Schmerz und ihr Wesen offenbarend, mit ihrem drahtigen Körper und ihrer unverblümten Sprache den Stolz einer Schiffbrüchigen an den Tag legt, was sie nur noch unerreichbarer werden lässt. Doch auf die indiskreten Vorschläge des Chefs reagiert sie nicht etwa empört, wie sie es eigentlich tun könnte, da sie das Arbeitsrecht doch in- und auswendig kennt. Vielleicht will sie die Sache lieber privat regeln, um ihn vor den Kollegen nicht bloßzustellen. Allerdings habe ich angesichts ihrer Gespräche, die sie mir beim Mittagessen Wort für Wort wiedergibt, den Eindruck, dass sie ihn nicht unbedingt diplomatisch, sondern eher kokettierend von sich weist – und zwar nicht etwa, um sich am männlichen Geschlecht zu rächen, sondern einfach, weil sie Spaß daran hat. Jedenfalls funktioniert ihre Strategie: Sie hat es geschafft, für Weihnachten weitere Urlaubstage und für diesen Monat einen Lohnvorschuss auszuhandeln.

Eines Tages, als wir allein beim Essen sitzen, schenkt sie mir ein goldenes Armband. Statt gerührt zu sein, macht mich das Geschenk eher verlegen. Ich bin in einem Hippiemilieu aufgewachsen, in dem jedes Zeichen von Materialismus abgelehnt wurde; der einzig echte Schmuck, den ich besitze, ist ein Silberring, den mir meine Mutter geschenkt hat, der Rest sind Ketten aus Glasperlen und bunten Muscheln. Obwohl ich Anitas Handgelenk heimlich bewundere, bleibt Gold für mich doch ein augenfälliges Metall, ein Symbol für allzu große, zum Scheitern verurteilte und in die Korruption mündende Ambitionen, eine Verherrlichung der *Conquistadores* und des Blutes. Und dieses Armband ist ganz besonders edel, 18-karätig, wie Anita mir bekräftigt, während sie es an meinem Handgelenk befestigt.

Es ist ein bisschen zu weit: Meine Handgelenke sind dieselben dürren Äste wie immer, ungeachtet meiner Gewichtszunahme (die niemand zu bemerken scheint). Ich betrachte das Goldarmband aus der Nähe. Es besteht aus einem dichten Geflecht, sodass es sich wie eine Schlange windet, und ist von einer satten Farbe, die urtümliche Begehrlichkeiten weckt. Es ist wunderschön. Ich weiß nicht, wie ich ihr danken soll.

»Du brauchst dich nicht zu bedanken«, antwortet sie. »Du sollst es nur immer tragen. Auch wenn du nach Amerika zurückgehst, damit du dich jedes Mal, wenn du es siehst, an deine neapolitanische *Mamma* erinnerst.«

Ihre Augen sind feucht geworden, deshalb beteure ich eilig: »Ich werde es immer tragen, ganz bestimmt.«

Zum Glück konnte ich verhindern, dass sie meinetwegen weint, und so kehrt sie fröhlich ins Büro zurück, jedoch erst nachdem sie sich beim Friseur die Haare tönen und legen lässt. Sie kommt spät zurück, da sie auch noch zur Maniküre geht. Zu Abend gibt es ein eher leichtes Sommeressen: in Wasser getauchte Frisella mit frischen Tomaten und Olivenöl. Aus dem Kühlschrank holt sie ein Stück Salami, das sie in Scheiben schneidet und mir auf den Teller legt.

»Willst du gar nichts?«, frage ich.

»Iss du, ich habe keinen Hunger heute Abend.«

»Machst du Diät?«

»Ich war noch nie besonders gut im Diätmachen, Fri', ich esse einfach zu gern«, erklärt sie, während sie die Tomaten auf dem Teller mit der Gabel im Kreis herumdreht. »Und es liegt nicht so sehr an den Zigaretten, weißt du, denn ich habe schon früher geraucht und war nicht gerade dünn. Nein, es gibt nur zwei Gründe, weshalb eine Frau den Appetit verliert: wegen zu großer Traurigkeit oder zu großem Glück.«

»Bist du noch traurig?«

»Nein«, erwidert sie und schnalzt mit der Zunge, um jeden Zweifel zu vertreiben.

»Dann bist du also glücklich.«

Anita sieht mich mit einem rätselhaften, mir unergründlichen Ausdruck an. »Nein, das habe ich nur so dahergesagt.«

Am nächsten Tag essen wir Spaghetti Aglio e Olio und ein paar Büchsensardellen aus dem hintersten Winkel des

Vorratsschranks. Der Kühlschrank ist fast leer, praktisch weiß von innen. Und seit Montag bleibt Umberto zum Essen im Restaurant und Ricky vermutlich bei seiner Verlobten. Ich fange an, mir ein wenig Gedanken zu machen. Ist Anita mit ihrer Arbeit und den Terminen beim Friseur und der Kosmetikerin wirklich so eingespannt, dass sie keine Zeit hat, beim Metzger oder Gemüsehändler vorbeizuschauen? Dann kommt mir der Gedanke, dass es vielleicht keine Frage von Zeit, sondern von Geld ist. Aber ich kann mir einfach nicht vorstellen, dass ein Erwachsener an den Punkt gelangen könnte, kein Geld mehr im Portemonnaie zu haben und von der Bank nicht auf wunderbare Weise einfach neues Geld zur Verfügung gestellt zu bekommen. Ich habe noch nie in meinem Leben gearbeitet – außer das eine Mal, als mich ein Mitglied unserer Gemeinde dafür bezahlt hat, Werbematerial für einen seiner Yogakurse in Briefumschläge zu stecken und zur Post zu bringen –, doch jetzt sehe ich mich mit der Tatsache konfrontiert, wie viel das Leben kostet. Auch mein Leben. Verstohlen betrachte ich mein Goldarmband, das schimmert wie eine kleine, schmerzliche Erleuchtung.

Ich gehe in mein Zimmer und nehme aus einem Kästchen alle Lire, die ich besitze, zusammen fünfundvierzigtausend – Scheine, die mir viel zu bunt erscheinen, um echt zu sein. Ich kehre zurück in die Küche und lege sie auf den Tisch.

»Was ist das da?«, fragt Anita, den Blick über den Besen hebend, mit dem sie winzige Häufchen aus Krümeln und Hundehaaren zusammenfegt.

»Nimm das, ich brauche es nicht.«

»Und ob du das brauchst. Du musst Bücher und Anziehsachen kaufen, mit Freunden Kaffee trinken oder Pizza essen gehen. Wir schaffen das schon, mach dir keine Sorgen, der

Gehaltsscheck kommt morgen oder übermorgen. Schlimmstenfalls leihe ich mir was von Luisa.«

»Dann nimm es für den Eintritt in die Diskothek in Sorrent. Du hast bestimmt für uns alle bezahlt.«

»Aber ich kenne dort alle, da muss ich doch nichts bezahlen.«

»Ich bestehe darauf.« So etwas sagen Erwachsene, ich kenne das aus dem Fernseher, der in der Küchenecke steht, und kaum ist es mir über die Lippen gerutscht, ist es mir auch schon peinlich.

»Kommt nicht infrage«, erwidert sie, stemmt den Besen auf den Boden wie ein Schwert auf den Felsen und fängt an, mir im Dialekt eine Standpauke zu halten. Eine Mutter sei eine Mutter, und Kinder seien Kinder, das sei ein unumstößliches Gesetz, und wenn sie kein Geld von ihren Jungs annehme, so wohl erst recht nicht von mir, die ich viel kleiner sei, und wehe, ich würde dieses Geld für Lebensmittel ausgeben, denn sie habe von diesem Verein und vor allem von meiner Mutter, die mich zur Welt gebracht habe, den Auftrag erhalten, sich um mich zu kümmern, und wenn sie das versprochen habe, werde sie es tun, Schluss, aus, basta.

Diskussionen sind zwecklos. Ich muss einen indirekteren Weg finden, um für meinen Aufenthalt zu zahlen oder zumindest diese Notlage zu überbrücken.

Eine Möglichkeit bietet sich mir schon am Tag darauf, als Mariagiulia mich nach der Schule zu sich zum Mittagessen einlädt, wobei sie mir versichert, dass sie das schon lange vorhabe, jetzt jedoch etwas Wichtiges mit mir besprechen müsse. Sie wohnt in einem schicken Haus in der Hauptstraße, direkt neben der Bank, dort, wo die Abkürzung zum Stadtpark vorbeiführt. Die Wohnung hat weiß getünchte Wände und helle Bodenfliesen, überall sind Perserteppiche und Enzyklopädien. Wenn das Erdbeben bis hierher gelangt ist, so hat es jedenfalls keine Spuren hinterlassen. Und beim Anblick der Porzellanvasen und des gläsernen Esstischs scheint eines klar zu sein: In diesem Haus hat niemand Angst davor, dass es noch mal so weit kommen könnte.

Mariagiulia und ich dürfen keinen Finger krumm machen, sollen uns nur die Hände waschen und am Tisch Platz nehmen, zusammen mit der kleinen Schwester, die mir tausend Fragen stellt, und dem etwas hinfälligen Großvater, der bei ihnen lebt. Der Vater, ein Rechtsanwalt, arbeitet über Mittag. »Keine Komplimente«, sagt die Mutter, während sie uns überschaubare Portionen an Pasta und Kichererbsen, Rinderfilet und marinierter Zucchini auftut und sich bei jedem Gang bei mir entschuldigt: Wenn die Tochter ihr eher Bescheid gesagt hätte, wäre sie in der Lage gewesen, etwas Besonderes kochen zu können. »Ich hoffe trotzdem, dass es dir schmeckt.« Durch die durchsichtige Tischplatte werfe ich hin und wieder einen Blick auf meine übereinandergeschlagenen Beine und meine gefalteten Hände.

Nach dem Essen fasst Mariagiulia mich am Handgelenk, sagt: »Was für ein hübsches Armband«, und führt mich in ihr Zimmer. Ich habe es mir genauso vorgestellt: herzförmige Kissen, Urlaubsfotos, eine große Plüschmickymaus, Buntstifte, Tagebücher. Sie fordert mich auf, mich neben sie aufs Bett zu setzen, und fragt: »Kanntest du diese Jungs, mit denen du am Samstagabend weggegangen bist?«

»Ja, ich habe sie auf der Party kennengelernt.« Das ist eine Verallgemeinerung: In Wahrheit weiß ich nichts über die beiden anderen, aber ich spüre die Notwendigkeit, meine Freundin zu beruhigen, die jetzt eine ernste Miene aufgesetzt hat.

»Du musst wissen, dass ich sie nicht eingeladen habe, ich versuche immer noch, herauszufinden, wer sie mitgebracht hat. Ich wollte nicht in der Schule mit dir darüber reden, weil es eine ernste Angelegenheit ist.« Diese Kerle und ihresgleichen würden jeden Abend im Park rumhängen, Stress machen und sich aufspielen. Allein ihre Nachnamen sagten alles. Wirklich gefährliche Leute, fügt sie in gewollt melodramatischem Ton hinzu, Leute, die stehlen, mit Drogen handeln und irgendwann im Gefängnis landen oder in einer Schießerei enden. »Du darfst dich nicht auf sie einlassen, Frida. Schwöre mir, dass du dich nie wieder mit ihnen triffst.«

Ich erinnere mich an die Schwüre, die meine Freundinnen und ich uns gaben, als wir klein waren, stählerne Pakte, die sich nicht brechen ließen, es sei denn, man kündigte definitiv die Freundschaft auf. Meine besten Freundinnen und ich vollzogen sogar das Ritual der *Blood Sisters*, der Blutsschwestern. Dazu musste man sich am Unterarm oder der Hand die Haut aufritzen und die eigene Wunde an die der Freundin halten, um durch die Vermischung des Rots die Schwesternschaft zu besiegeln, nach der wir uns sehnten, die uns das Schicksal jedoch genetisch nicht zugebilligt hatte. Nur, dass wir nie genug Mut aufbrachten, mit dem Werkzeug, meist einem Buttermesser oder einem kleinen Zweig aus dem Garten, tief genug hineinzustechen, um das Blut wirklich zum Fließen zu bringen. Wir zögerten, nicht nur aus Angst vor dem Schmerz. Wir litten an mangelndem Glauben – dem Glauben an die Festigkeit und somit die Beständigkeit unseres Bundes sowie dem Glauben an die Kraft des Rituals, das diesen besiegeln sollte –, und so begnügten wir uns damit, unsere oberflächlichen, kaum merklichen Verletzungen zu vereinen und dabei das Beste zu hoffen.

»Okay, ich schwöre, dass ich sie nicht mehr treffen werde«, sage ich zu Mariagiulia, wobei ich bereits irgendwo unter der Oberfläche spüre, dass das nicht wahr sein wird.

* * *

Als ich nach Hause komme, ist Anita gerade wieder ins Büro gegangen, aber Umberto ist da, der an diesem Abend keine Schicht hat und mich auffordert, den Kühlschrank zu öffnen, um sein Werk zu bewundern. Abends speisen wir alle zusammen wie die Könige, sogar Sally bekommt Seezunge. Anita lässt keine einzige Bemerkung über die Einkäufe des Sohnes fallen, zumindest nicht in meiner Gegenwart, aber vielleicht hat sie schon mit ihm geschimpft oder sich bei ihm bedankt. Erst am Ende unserer Mahlzeit bemerkt Umberto mein Armband.

»Was ist das? Ist es neu?«

»Das hat mir *Mamma* geschenkt.«

Er dreht sich zu Anita um und fragt in drohend heiterem Ton: »Und wo ist mein Goldarmband?«

»Ach komm«, erwidert sie. »Du magst doch überhaupt kein Gold.«

»Hätte ich mir ja denken können. So läuft das immer«, seufzt Umberto.

»Wie läuft das immer?«, fragt Anita trotz des gewollt niedergeschlagenen Tones des Sohnes mit kämpferischer Stimme.

»Ich stehe immer am Ende deiner Prioritätenliste. Schon gut, habe verstanden, ich komm schon allein zurecht, lassen wir das.«

»Nein, raus mit der Sprache. Was willst du damit sagen?«

»Was ich damit sagen will: Weißt du noch, wie du Riccardo ein neues Fahrrad gekauft hast und mir nicht?«

»Umbe', nicht schon wieder diese Geschichte!«

Als der Streit ausbricht, ist es fast eine Erleichterung. Ricky habe Geburtstag gehabt, verteidigt sich die Mutter, außerdem habe Umberto bereits ein Fahrrad besessen, aber dieses Rad, protestiert er, sei völlig verrostet gewesen, mit verbogenem Lenker, weitergereicht von der Cousine und obendrein in einer fürchterlichen Farbe.

»Und was willst du?«, schnaubt Anita. »Soll ich dir zu Weihnachten etwa ein neues Fahrrad kaufen?«

»So, damit kommen wir zum Kern«, erklärt Umberto betont resigniert. »Siehst du, was ich für ein Pech hatte, ausgerechnet an Weihnachten geboren zu sein? Die Geschenke bleiben immer dieselben, es werden nicht etwa doppelt so viele.«

»Dafür hast du am selben Tag Geburtstag wie unser Erlöser.«

»Schöner Trost!«

Als alle beide in Gelächter ausbrechen und die possenhafte Natur des Streites offenbaren, bin ich froh, nicht zuletzt auch deshalb, weil die Diskussion auf angenehme Weise von meinem Armband abgelenkt hat. Aus Versehen bringe ich selbst später am Abend erneut die Sprache darauf, als ich ihn nämlich, während wir zusammen den Abwasch erledigen, dafür lobe, dass er so großzügig eingekauft hat.

»Ich habe ja gar nicht mein eigenes Geld ausgegeben«, erwidert er mit gesenkter Stimme und leicht beschlagenen Brillengläsern, während er seine Mutter im Blick behält, die das Tischtuch mit Desinfektionsmittel bearbeitet. »Praktisch mein gesamter Verdienst landet auf einem Sparkonto; damit will ich irgendwann ein eigenes Restaurant eröffnen.«

»Und wie hast du das dann gemacht?«

Er presst die Lippen aufeinander, um wie ein Bauchredner zu mir zu sagen: »Erinnerst du dich, wie sie das Armband, das Daniele ihr geschenkt hatte, in den Müll geworfen hat?«

»Ja, natürlich.«

»Nun, an besagtem Abend, nach der Arbeit, habe ich es da wieder rausgefischt und für magere Zeiten wie diese aufgehoben. Und gestern habe ich es zu Geld gemacht. Was hätten wir heute sonst essen sollen, gebratenes Gold?« Er wäscht mir den Schaum von den Handgelenken, um dann mit fast mütterlicher Fürsorge hinzuzufügen: »Selbst wenn all das nur dazu gedient hat, dass Mama dir dieses Geschenk machen konnte, bin ich doch froh darüber.«

Über lange und verschlungene Umwege ist Danieles Armband also in gewisser Weise zu meinem geworden. Oder, aus einem anderen Blickwinkel betrachtet, wir drei haben heute Abend den bittersten Brocken in Anitas Leben geschluckt und verdaut. Sie versteht es wirklich, zu leben, in den Tag hinein und ohne Bedauern, sich von Liebe ernährend und das Leben ganz und gar auskostend.

* * *

Raffaele weiß nicht, wo er klingeln muss und in welchem Stockwerk ich wohne, theoretisch könnte ich mich also einfach nicht von ihm abholen lassen. Doch ohne genau zu wissen, weshalb, fälle ich, nachdem ich am Samstagmorgen mit Sally draußen war, den Entschluss, mit ihm auf diese Party zu gehen, sofern er tatsächlich um halb zehn unten vor der Tür steht. Anita freut sich darüber. Sie ist lediglich ein bisschen beunruhigt über meine ausweichenden Antworten, als sie mich fragt, wo die Party stattfinde, wie mich dieser Junge abholen komme, mit dem Auto oder zu Fuß, und wie er mit Nachnamen heiße.

Ich ziehe Luisas Kleid an, das ich ihr noch nicht zurückgegeben habe, und gehe nach unten. Mit dem Jackenkragen schütze ich meinen Mund vor der durchdringenden Feuchtigkeit des Abends, aber ich muss nicht lange warten. Raffaele taucht hinterm Steuer eines Wagens auf – ein anderer als beim letzten Mal – und steigt sofort aus, um mir mit altmodischer Geste die Beifahrertür aufzuhalten. »Gut schaust du aus«, sagt er. Er selbst ist elegant, auch was die Kleidung betrifft: Er trägt einen langen Mantel, schwarz wie die Hose und so weit aufgeknöpft, dass man den eng anliegenden weißen Pulli darunter sehen kann. Weiß ist auch sein Gesicht, von einer Blässe, die einen krassen Gegensatz zu seinem nachtschwarzen Haar bildet. Vielleicht ist er sogar schön.

»Hast du Angst vor mir?«, fragt er mich, während ich es mir neben ihm bequem mache.

»Nein.«

Hinter uns sitzt ein Pärchen, das herumknutscht. Sie ist stark geschminkt, sie wirkt nicht wie eine Gymnasiastin. Wir begrüßen uns mit einem Ciao. Ich schaue nicht sie, sondern Raffaeles Bein an, auf dessen kräftiger Form sich die Bügelfalte abzeichnet und das jetzt aufs Gaspedal drückt.

»Was auch immer die Leute erzählen«, sagt er, den Blick auf die Straße geheftet, »ich bin nicht von der Camorra. Die von der Camorra sind allesamt Verbrecher. Ich gerate manchmal in Wut, das stimmt, aber dann streite ich mich, und basta.« Er fährt. Der Wagen holpert über ein Schlagloch und entlockt der Frau hinter uns einen kleinen empörten Schrei.

»He, pass doch auf!«, ruft der Typ.

»Ganz ruhig, ich mach schon nichts kaputt«, erwidert Raffaele, wobei man nicht weiß, ob er auf den geliehenen Wagen oder auf das Mädchen Bezug nimmt.

Wir erreichen das Ende des Stadtparks und parken unweit des Hafens auf einem kleinen, baumbestandenen Platz, wo Straßenlaternen ein trauriges Licht auf eine Kirche werfen.

Die Party findet im obersten Stock eines der angrenzenden Häuser statt. Am Eingang nimmt uns ein Mann die Mäntel ab, mustert uns professionell von Kopf bis Fuß – eine Art Durchsuchung ohne jeglichen Körperkontakt. Vielleicht ist das gar keine Party, sondern ein Privatclub. Doch von innen sieht es eher wie eine Wohnung oder wie eine Kunstgalerie aus: ein großes Wohnzimmer mit abstrakten Gemälden, wütenden Skizzen in Schwarz und Rot à la Jackson Pollock und schwarzen Ledersofas an den Wänden. In der Mitte tanzt eine dichte Menge, die das Paar, das mit uns im Auto war, sofort in sich aufsaugt; männliche und weibliche Gestalten undefinierbaren Alters heben die Arme, als wollten sie die Seifenblasen fangen, die schubweise aus einer Maschine geschossen werden. Ein gleichförmig aufflackerndes Licht lässt die Bewegungen ihrer Gliedmaßen wie abgehackt wirken, während die Musik auf sie einhämmert. Wo auch immer die Wohnungseigentümer sind, sie müssen jedenfalls ziemlich tolerante Nachbarn haben.

Raffaele führt mich in eine Ecke, wo eine kleine Küche ist, in der sich, abgesehen von Unmengen alkoholhaltiger Flaschen, nichts weiter befindet. Ein Barkeeper mit Krawatte fragt uns, was wir wünschen, jedenfalls meine ich das zu verstehen, doch die Musik verhindert jede normale Kommunikation. Um ihm zu antworten, muss Raffaele ihm etwas ins Ohr flüstern. Aber vielleicht ist es auch nur ein Zeichen der Vertrautheit zwischen den beiden, denn bevor sich der Barkeeper umdreht, um in irgendeinem der Schränke nach etwas zu suchen, versetzt er ihm einen freundschaftlichen Klaps und nennt ihn Ralph.

»Ralph? Habe ich das richtig gehört?«, frage ich ihn, fast schreiend. Der Name kommt mir vollkommen unpassend vor für einen Achtzehnjährigen aus der Gegend von Neapel.

»So nennen mich alle, die mich gern mögen.«

»Und wer mag dich nicht gern?«

Wahrscheinlich hat er mich nicht gehört. Er wechselt noch ein paar Worte mit dem Barkeeper, dann will er wissen, was ich nehme. Er selbst hat einen Manhattan bestellt. Ich wolle nichts trinken, antworte ich, aber als er darauf beharrt, nenne ich das Einzige, was mir einfällt. Einen Baileys.

Wir setzen uns auf ein Sofa vor einer großen Glasfront, die das mondäne Partyvergnügen abtrennt von dem feierlichen Ausblick auf den Golf. Mein Baileys schmeckt wie Tiramisu, steigt mir jedoch sofort zu Kopf. Raffaeles Schenkel drückt mit warmer Vertraulichkeit gegen meinen, aber ich habe nicht den Mut, mich zu ihm umzuwenden. Stattdessen starre ich wie gebannt auf das Meer an Seifenblasen, die einen Moment lang ihre Freiheit genießen, bevor sie anfangen umherzuirren und ihren unvermeidlichen Sinkflug zum Boden beginnen, wo diejenigen, die es bis dorthin schaffen, von unzähligen Füßen zertrampelt werden. Manchmal verliere ich sie im pulsierenden Licht aus den Augen. Dort in der Menge entdecke ich zwei Mitschüler aus meinem Gymnasium: Ich hoffe, dass sie mich nicht erkennen.

Raffaele lässt seinen Cocktail auf dem Tischchen neben uns stehen und fordert mich zum Tanzen auf. »Vielleicht später«, sage ich, aber er ist nicht beleidigt. Im Gegenteil, er scheint nichts anderes erwartet zu haben. Forsch stürzt er sich in die Menge und fängt an, mit einer Gruppe von Mädchen zu flirten. Er fasst sie um die Taille, dreht sie herum, lacht und zeigt dabei seine großen, fast übergroßen weißen Zähne. Hier ist er in seinem Element und spielt sich auf, ein Verhalten, von dem ich dachte, dass er es hassen würde wie die Pest. Ein weiterer Widerspruch auf meiner Liste: Raffaele ist überschwänglich und strahlend, die Seele dieses Festes. Und die Mädchen sind geradezu hingerissen wie von einem Sommerglanz; unter seinen großen Händen werden sie biegsam, wiegen sich in den Hüften und versuchen, die Seifenblasen zu erhaschen, die ihm auf das glatt rasierte Gesicht oder das streng gekämmte Haar fallen. Ich verspüre eine Verwirrung, die ich nicht zu benennen vermag.

Ein Junge aus meinem Gymnasium erkennt mich und setzt sich neben mich. Ich kenne seinen Namen nicht, er hingegen meinen schon. »Du auch hier, Frida!«, ruft er begeistert und fängt an, Mariagiulias Party zu loben, auf der er offenbar ebenfalls war. »Mit wem bist du denn heute Abend hier?«

»Mit Raffaele«, antworte ich und deute vage auf die Tanzfläche.

Er schaut mich mit unverhohlener Missbilligung an. Doch was auch immer er gerade sagen wollte, es kommt ihm ein völlig Unbekannter zuvor, der sich nähert und mir mitteilt: »Du sollst zu Ralph.«

Ich gehe zu ihm, die Mädchen zerstreuen sich. Trotz des unerbittlich wie eine Sirene flackernden Lichts sieht man deutlich, dass sein Gesicht sich verdüstert hat.

»Interessierst du dich für den?«

»Wen?«

»Diesen Schwachkopf, der neben dir gesessen hat.«

»Er ist nur ein Schulfreund. Eigentlich noch nicht mal ein Freund.«

»Aber du hättest ihn gern zum Freund.«

»Nein, absolut nicht.«

»Weißt du, was das für einer ist?«, fragt er, wobei er durchdringende Blicke in Richtung Sofa wirft. »Den habe ich vor zwei Jahren in einem Billardsalon zusammengeschlagen.« Sein Mund nähert sich meinem Ohr, um mir zu erzählen, dass sie eines Nachmittags eine Freundschaftspartie gespielt hätten, wobei er, Raffaele, natürlich am Gewinnen gewesen sei. Aus Rache habe dieses Arschloch dann den Queue so angewinkelt, dass die Kugel, die eigentlich ins Loch sollte, in die Luft gesprungen sei. Die Nummer sieben, daran könne er sich noch genau erinnern, eine rote Kugel, die ihn direkt über dem Auge getroffen habe. Benommen habe er sich an die Stirn gefasst und dann die Hand betrachtet, die ebenfalls rot war. Er habe geblutet. Um ein Haar wäre er durch diesen Vollidioten blind geworden, und dass er ihn daraufhin verprügelt habe, ohne sich seine weinerlichen Entschuldigungen anzuhören, habe sich dieser Kerl absolut selbst zuzuschreiben. All das erklärt er mir mit angestrengtem Flüstern, das immer wieder angenehm warme Explosionen und ein Kitzeln in meinem Ohr erzeugt. Schließlich fragt er mich: »Hast du schon mal gesehen, wie Blut vergossen wird?«

»Ich glaube nicht.«

»Die Farbe ist wunderschön.«

Ich weiß nicht wie, aber bei alldem haben wir angefangen zu tanzen, einen langsamen Tanz, der nicht zu der Musik passt. Ich höre sie fast nicht, so laut ist sie aufgedreht: Es ist eher ein Vibrieren, das den Körper erfasst, tief und rhythmisch wie das Schnurren einer Katze. Raffaele legt die Hände um meine Taille, nicht unbekümmert, wie er es zuvor bei den anderen Mädchen getan hat, sondern bewusst und abwägend. Und fast ohne es zu merken – vielleicht bin ich ja betrunken –, schlinge ich die Arme um seinen Hals.

»Ich habe noch die Narbe auf der Augenbraue«, wispert er. »Fühl mal.«

Diesmal muss ich meine Hand nicht führen lassen. Mit den Fingern fahre ich über die borstigen Haare seiner linken Augenbraue, verharre an dem toten Punkt, wo sie nicht mehr wachsen, eine Linie aus glatter und gleichzeitig harter Haut.

Fast bekommt man Lust, ein Küsschen daraufzudrücken, um diese kleine, alte Verletzung zum Verschwinden zu bringen.

Wortlos schauen wir uns an. In der Menge, dem Meer aus Seifenblasen, sind wir allein. Ohne jegliche Scheu mustere ich sein Gesicht: die feine Linie seines spitzen Haaransatzes, die durch ihre bedauernswerte Form verdammten Augen, die zu einem Grinsen verzogenen, vollen Lippen, Eindrücke, die im blinkenden Licht kommen und wieder verschwinden. Im Grunde habe ich keine Ahnung, wer dieser Mann ist, vielleicht ein Gewalttäter, und ich weiß auch nicht, ob ich ihn jemals wiedersehen werde. Doch jetzt verstärken seine Hände den Druck, seine Fingerspitzen pressen sich in mein Fleisch, zwischen die Rippen, und statt ihn wegzustoßen, drücke ich mich enger an ihn, an seine Brust, als wolle ich mich dort anschmiegen, wie sein enger Pullover aus feiner weißer Baumwolle, als wolle ich unseren zeitlosen Tanz so lange ausdehnen wie nur irgend möglich.

Plötzlich tritt einer neben mich und fordert mich zum Tanz auf. Raffaele platzt heraus: »Was? Was? Willst du etwa mit ihr gehen?« Der Zauber ist gebrochen.

Er führt mich an der Hand zu der Glasfront; eine unsichtbare Tür führt auf eine großzügige Terrasse. Die plötzliche Kälte und die relative Stille lassen mich wieder zur Besinnung kommen. Vor uns liegt der Park, danach kommt gleich das Meer, schwarz wie eine Öllache hinter den auffällig angestrahlten Palmen. Raffaele und ich beugen uns über das Geländer aus Glas, so zart wie ein Champagnerglas. Die Straße unter uns, die lange Reihe aus roten und weißen Scheinwerfern macht mich ganz schwindlig.

»Was für eine tolle Wohnung«, bemerke ich.

»Die ist ein kleines Vermögen wert. Der Eigentümer ist ein Freund von mir.«

»Verstehe.«

»Was verstehst du schon?«, spuckt er in die Nacht hinaus. »Du glaubst mir immer noch nicht, dass ich nicht von der Camorra bin, oder?«

»Ehrlich gesagt, ich weiß es nicht. Aber warum ist es dir so wichtig, dass ich dir glaube?«

»Weil du nicht wie die anderen bist. Du bist gut.«

Ich weiß nicht, ob ich beleidigt sein soll oder nicht. Der salzige Wind bläst mir die Haare ins Gesicht, seidige Strähnchen im Wechsel mit Strähnen so peitschend wie Gras. Unten hört man eine Hupe, dann zwei.

»Hier sind zu viele Leute, die mich kennen. Alle grüßen mich. Die einen sind Freunde, die anderen habe ich zusammengeschlagen.« Er wendet den Blick von dem schmucken Städtchen ab, um mich anzuschauen. »Aber dich werde ich nicht anrühren, glaub mir. Stell dir vor, ich bin einer, der sich vor alten Mütterchen fürchtet.«

Ich lache. »Ach komm.«

»Wirklich. Hast du diese schwarz gekleideten Frauen im Kopf, mit ihren Gesichtern voller Bitterkeit und Falten, die aussehen wie getrocknete Pflaumen? Da bekomme ich echt Gänsehaut – du nicht? Die können dich beschimpfen, dich schlagen, und du kannst, verdammt noch mal, nichts dagegen tun. Du musst es einstecken, und basta. Als meine Mutter mir den Kiefer zertrümmert hat, habe ich auch nichts gesagt. Ich bin einfach still geblieben.« Er habe der Mutter nicht gehorcht, erklärt er mir, und wutentbrannt habe sie ihm einen Teller ins Gesicht geschmissen, einen dieser länglichen Teller, auf denen man Fisch serviere. Es sei ein Fastentag gewesen.

Was für seltsame Geschichten er mir erzählt, seltsam und schmerzlich. Bisher habe ich ihm mit nüchterner Anteilnahme, mit fast literarischer Distanziertheit zugehört, doch jetzt trifft mich das Leid geradezu körperlich. Mein Magen zieht sich krampfhaft zusammen, eine dumpfe und irgendwie vertraute Übelkeit, wie vor einer Kapitulation, und nun gilt es nur noch, dem Schlag standzuhalten, sich dem Schmerz hinzugeben.

»Spürst du das hier?«, fragt er mich, auf seinen Kiefer deutend.

»Man sieht fast nichts«, antworte ich, während ich mit einer Geste, die wie ein echtes Streicheln wirken könnte, der Linie seiner Narbe folge, die über sein Gesicht verläuft.

»Jetzt sieht man es nicht. Aber wenn ich irgendwann Bart habe, wird mir an der Stelle keiner wachsen.« Er wendet den verschleierten Blick in Richtung Meer. »Früher war meine Mutter sanfter, aber nach dem Tod meines Vaters ist sie böse geworden.«

Wir stehen Schulter an Schulter, Stoff an Stoff, sodass ich spüren kann, wie sich seine Muskeln förmlich zusammenziehen. »Du wirkst angespannt«, sage ich zu ihm und strecke eine Hand aus, um ihm die Schulter zu massieren. Ich weiß selbst nicht, warum ich das tue, warum ich so etwas Banales sage, als sei er mein Ehemann, der nach einem langen Arbeitstag nach Hause kommt. Ich weiß nur, dass es schön ist, diese feste, aber nachgiebige Masse unter dem feinen Stoff des Pullovers zu kneten. Und er mag es. Er schließt die Augen und atmet tief ein, bevor er sich mit einem neuen und unergründlichen Ausdruck mir zuwendet.

Er nähert sein Gesicht dem meinen, küsst mich aber nicht. Er drückt die Nase gegen meine wie zu einem Inuitgruß, um sie dann sanft zu reiben, von rechts nach links, von links nach rechts, als versuche er, mein Gesicht zu streicheln, ohne die Hände benutzen zu dürfen, die gefesselt sind. »Ich rühr dich nicht an«, wispert er. Unsere Lippen berühren sich kaum, sein nach Wermut duftender Atem vermischt sich mit meinem zu einem weißen Hauch, doch noch immer küsst er mich nicht, murmelt nur immer wieder: »Ich rühr dich nicht an, ich rühr dich nicht an.« Vor und zurück, vor und zurück. Es ist die Bewegung des Hakens vor dem Maul des Fischchens, und ich habe nur ein vages Bewusstsein von dem berechnenden Spiel, das er treiben könnte, von der Möglichkeit, dass er mich nur reizt, vielleicht ja, um in ein paar Sekunden einen fürchterlichen Schrei auszustoßen, wie er es auf der Burg getan hat, und dann in befriedigtes Lachen auszubrechen. Nein, er wird mich niemals küssen, oder vielleicht doch, das Warten ist quälend. »Ich rühr dich nicht an«, wiederholt er immer wieder, und irgendwann halte ich es nicht mehr aus und öffne den Mund.

Das ist die Falle, die er mir gestellt hat, kein Schrei, sondern die lautlose Explosion eines gierigen und besitzergreifenden Verlangens. Sein Mund war bereit, hat auf mich gewartet, und nun saugt er mich auf mit all seinem verborgenen Hunger, all seiner possessiven Kraft. Er will mich verschlingen, jetzt begreife ich, er will sich meiner bemächtigen.

»Was für ein poetischer Ort«, sagt ein Typ, der mit einem Mädchen am Arm die Terrasse betritt. »Die reine Poesie.«

»Verdammter Idiot«, murmelt Raffaele in die Luft und greift nach meiner Hand, um wieder hineinzugehen.

* * *

Der Rest des Abends vergeht in einem Wirbel aus Seifenblasen und Drehungen, die vom Alkohol beflügelt werden, aber ich tanze nicht und trinke auch nichts mehr, meine Bauchschmerzen sind zu stark. Erst als ich zu Hause bin und mich ganz leise ins Bad begebe, um niemanden aufzuwecken, merke ich, dass ich meine Tage bekommen habe. Genau zum richtigen Zeitpunkt: Es ist nur ein kleiner roter Fleck. Aber jeder Fleck erinnert an das erste Mal.

Ich war zwölf. Am Morgen glich es eher einem Rinnsal als einem Fluss, unerwartet, aber vernachlässigbar, wie das erste Tröpfeln eines blitzneuen Wasserhahns, sodass man fast glauben konnte, das Ganze würde sich mit minimalem Zutun von selbst lösen. Erst in der Schule, während der Biologiestunde, als die Lehrerin uns die Fotosynthese erklärte, kamen mir Zweifel.

Es war so, wie wenn man träumt, pinkeln zu müssen, und für kurze Zeit ein Gefühl der Befreiung, der tiefen Entspannung verspürt, bevor sich im animalischen, stets wachen Teil des Gehirns der Gedanke einschleicht, dass man besser rasch aufstehen sollte, wenn man nicht in einem durchnässten Bett erwachen will. Tatsächlich überkam mich einen Augenblick lang eine Art Wohlbehagen, als ich das Blut feucht und weich zwischen meinen Schenkeln heraussickern spürte. Erst in einem zweiten Augenblick kam mir zu Bewusstsein, dass meine dünne Slipeinlage niemals genügen würde, um es zurückzuhalten, und nicht nur das. Im Nullkommanichts waren meine Unterhose und meine Hose – meine Lieblingshose aus lila Samt – durchweicht. Durchweicht und festgepappt an meiner Haut, wie wenn man versucht, durch einen Fluss zu waten.

Mein Selbsterhaltungstrieb erwachte, aber ich war wie gelähmt. Ringsherum saßen meine Klassenkameraden, in geordneten Bankreihen, den Blick auf die Tafel geheftet, auf die unsere Lehrerin, eine große Frau mit breiten Schultern und dichtem schwarzem Haar, gerade ein Blatt zeichnete. Auch ich hatte den Blick nach vorn gerichtet, wagte es nicht, nach unten, auf meinen Schoß zu sehen. Das war ohnehin überflüssig, denn ich wusste bereits, wie gewaltig das Missgeschick war, in das ich mich manövriert hatte.

Endlich klingelte die Schulglocke. Alle Jungs und Mädchen schnappten sich ihre Hefte und verließen den Unterrichtsraum, um zur nächsten Stunde zu eilen. Nur ich stand nicht auf. Die Lehrerin kam zu mir.

»Der Unterricht ist zu Ende, Frida. Du kannst gehen.« Doch sie muss das Entsetzen in meinen Augen gesehen haben, denn sie fügte sofort hinzu: »Fühlst du dich nicht gut?«

Ich sagte kein Wort, es genügte, vorsichtig ein Bein zur Seite zu schieben, um sie begreifen zu lassen. Sie zuckte unmerklich zusammen. Ich saß in einer Blutlache.

»Okay, bleib hier.«

Ohne viel Aufhebens ging sie zur Tür, um mit ihrem kräftigen Körper und energischen Gesten die Schüler zu vertreiben, die als Nächste in den Unterrichtsraum mit seinen falschen menschlichen Skeletten und den Terrarien mit echten Schildkröten drängten. Dann schloss sie ab. Durch das Glasfensterchen in der Tür sah ich die unbekannten Köpfe der größeren Schüler, die darauf brannten, zu erfahren, welche Schwierigkeit, welch dringender Notfall sie daran hinderte, den Unterrichtsraum zu betreten. Wir alle liebten die Biologiestunde, so, wie wir Notfälle liebten: Es war so schön, den Ekel beim Sezieren von Fröschen zu überwinden, und schön war auch, beim Sexualkundeunterricht das Lachen zu unterdrücken.

Dann nahm die Lehrerin ihren Mantel und kam wieder zu mir. Ich begriff nicht, mir war doch gar nicht kalt. Oder vielleicht doch, meine Beine zitterten. Ihr Mantel war schön, lang, schwarz und mit Satin gefüttert. Als sie ihn um meine Schultern legte, verschwand ich darin wie in einem dieser

Mäntel, die von Zauberkünstlern benutzt werden. Jetzt begriff ich auch, weshalb, aber ich sagte trotzdem: »Nein, nein.« Ich wollte ihn nicht schmutzig machen.

Beim Aufstehen merkte ich, wie meine Knie nachgaben, als sei ich vollkommen blutleer. Der Mantel reichte mir bis zu den Knöcheln. Die Lehrerin legte einen Arm um meine Schulter und drückte mich an sich, während sie mich mit Trippelschritten zur Tür führte. Schon bald würde ich im Krankenzimmer sein, der Hausmeister würde alles reinigen, und niemand würde etwas davon wissen, nur sie und ich.

Bevor wir den Unterrichtsraum verließen, drehte ich mich noch einmal zu meinem Stuhl um. Die Sitzfläche war vollständig rot, schrecklich und gleichzeitig wunderbar, von einer Farbe so intensiv wie die glühendsten Valentinsherzen.

8

Eines Nachmittags, während ich gerade allein die Wohnung aufräume, höre ich von der Straße jemanden nach mir rufen. »Frida! Frida, wo steckst du?« Ich trete auf den Balkon. Es ist Raffaele, der mich anstrahlt. »Los, komm runter! Wir drehen eine Runde auf dem Moped.«

Trotz der heiseren Stimme, die durch das in die obersten Stockwerke gerichtete Schreien noch rauer klingt, spürt man seine freudige Gewissheit, dass ich Lust habe, mit ihm zu kommen. Er fragt mich nicht. Seine anmaßende Art, diese Abwesenheit jeglichen Zweifels lassen mein Herz schneller schlagen. Eilig ziehe ich die Jacke über, versuche, mir einzureden, dass ich nicht etwa ihm zuliebe runtergehe, sondern nur, damit er aufhört zu rufen und die Nachbarn nicht anfangen, herauszuschauen und Fragen zu stellen, wo Anita doch praktisch noch nichts davon weiß.

Doch als ich ihn so im Tageslicht sehe, weicht jegliche Sorge. In Jeans und Jacke wirkt er sehr viel jungenhafter. Und er ist schön, unbezweifelbar schön. »Nächstes Mal kannst du die Gegensprechanlage nehmen.«

»Ah, es gibt also ein nächstes Mal?«, antwortet er mit zufriedenem Lächeln, denn unbeabsichtigt habe ich mich auf alles eingelassen. »Und welcher Name?«

»Palomba.«

»Palomba, warum hast du das nicht gleich gesagt? Ich habe diese hässliche Hexe aus dem Erdgeschoss gefragt, und sie wollte es mir nicht sagen«, erwidert er verächtlich, wobei ich nicht weiß, ob er die Mutter oder die Tochter meint.

»Und wie heißt du mit Nachnamen?«

Er sagt es mir, dann führt er mich zu dem flammenroten Moped, das auf dem Vorplatz steht. An seiner stolzen Miene erkenne ich, dass er das Fahrzeug nicht geliehen hat. Er steigt auf und sagt, ohne sich umzudrehen: »Rauf mit dir!« Es ist das erste Mal, dass ich ein echtes Motorrad besteige. Ich habe das Gefühl, auf einem Pferd zu sitzen, und ich schwanke, als Raffaele den Ständer hochklappt. »Halt dich an mir fest.« Meine Arme schlingen sich um seinen festen, leicht über das Moped gebeugten Körper, bis sie den weichen Bauch berühren; er setzt seine Sonnenbrille auf und startet mit lautem Aufheulen den Motor.

Wir scheinen durch die Straßen zu fliegen. Keiner von uns trägt einen Helm, auf unseren Köpfen gibt es nur das Licht der sinkenden Sonne und das Streicheln des Windes. Ringsum weht die Wäsche von den Balkonen, bunt wie Winterfrüchte, Menschen bahnen sich ihren Weg kreuz und quer durch die Autos, die aus unserer luftigen Höhe wie Sardinenbüchsen aussehen. Wir überholen alle, von jeglichen Verkehrsregeln entbunden. Das Moped ist schneller als die Gedanken, und am liebsten würde ich schreien und kreischen wie in der Achterbahn. Ich presse mich an Raffaele, mit den Armen und dann auch mit den Beinen.

Als wir den Park erreichen, bremst er, um oberhalb der alten Straßenbahngleise zu parken. Zu Fuß laufen wir das kurze Stück zum Musikpavillon, der mit seinen schmiedeeisernen Schnörkeln und dem dichten Geflecht der kahlen Bäume der belebteste Punkt der ganzen Strandpromenade ist. Dahinter liegen flach der Golf und ein monochromer Himmel, der keine Spur eines Sonnenuntergangs verrät. In der Bar Spagnuolo wimmelt es von Menschen, hauptsächlich Männern. Während wir die Tischchen im Freien passieren, wird Raffaele von einigen Anwesenden mit einem Winken oder freundschaftlichen Nicken begrüßt. Einmal, so erklärt er mir mit lauter Stimme, habe er in dieser Bar jemanden verprügelt, der ihm blöd gekommen sei. Es sei um die Zeit des Aperitifs gewesen, und man habe nicht mehr gewusst, welche Gläser mit Campari und welche mit Blut gefüllt waren. Der Typ habe ihn auf Knien und mit pathetischer Stimme angefleht: »Bitte hör auf, ich schwöre, ich tue es nie wieder.« Raffaele fällt wieder in seinen gewohnten Bariton zurück, um mir zu versichern: »Aber Gewalt ist das letzte Mittel. Zuerst versuche ich zu reden.«

Ein Typ in auffällig geschnittenem beigem Herrenanzug und mit breiten, kantigen Schulterpolstern kommt auf uns zu wie ein wandelndes Dreieck. Aus der Nähe bekommt seine Erscheinung fast etwas Weibliches mit den vorstehenden Wangenknochen, den gemeißelten Augenbrauen und der gebräunten Haut, die glänzt, als sei sie eingefettet. Ohne Umschweife und ohne mich zu beachten, fängt er an, in derart schnellem und hitzigem Dialekt auf Raffaele einzureden, dass man meinen könnte, es sei die Fortsetzung eines kurz zuvor unterbrochenen Gesprächs. Nachdem sie sich verabschiedet haben, erklärt mir Raffaele, das sei sein Cousin gewesen.

Wir schlendern weiter. Im Vorbeigehen grüßt mich einer, ein Freund von Umberto, an dessen Namen ich mich nicht mehr erinnere. Ich grüße zurück.

»Wer war das? Kennst du den?«

»Ach, niemand«, antworte ich eilig.

Wir spazieren an den stillgelegten Straßenbahngleisen entlang. Keine Ahnung, ob er ein Ziel im Auge hat. Hin und wieder lässt er Kommentare wie »Der da ist der Besitzer der größten Yacht der gesamten Halbinsel von Sorrent« oder »Die da ist ein Pornostar aus Neapel« fallen. Viele Passanten grüßen ihn, manche mit einem leichten Kopfnicken, andere mit freudigem und ehrerbietigem Handschlag. Manche treten beiseite, um ihn vorbeizulassen. Die Frauen – Ehefrauen oder Verlobte am Arm ihrer Männer, zwei spazierende Freundinnen – legen dagegen keinerlei Zeichen von Ehrerbietung an den Tag, sondern mustern ihn stattdessen, teils mit unverhohlenem Vergnügen. Trotz der Jeans sieht er aus wie ein gestandener Mann und entspricht ganz und gar nicht dem Bild des jungen Rowdys, das Mariagiulia gezeichnet hat. Mir kommt es vor, als sei ich mit einem Schauspieler oder bekannten Sänger unterwegs, während ich irgendeine Unbekannte, eine von vielen bin. Neben ihm bin ich praktisch unsichtbar, hier in der Öffentlichkeit nimmt er nicht mal meine Hand; doch an seiner Seite fühle ich mich sicher, beschützt vor wer weiß welcher Gefahr.

Ein Stück weiter sitzt ein einsamer Fischer vor den Früchten seiner Arbeit: Fische, die noch nach Luft schnappen, Calamari, Weichtiere. Er hat die blauesten Augen, die ich jemals gesehen habe, und eine Haut wie eine zerknautschte Tüte. Offenbar hat er viel Sonne in seinem Leben gesehen, aber ich wüsste gern, ob er wohl auch nachts zum Aalfischen geht.

»Was ist das da?«, frage ich, aber nicht an den Fischer, sondern an Raffaele gewandt.

»Meeresschnecken.«

»Schmecken die gut?«

»Die sind eklig. Um sie zu essen, muss man mit einem Zahnstocher in der Schale herumpulen. Aber ich kenne ein Lokal, wo man richtig gut Meeresfrüchte und so Sachen essen kann, mit megaschönem Blick über den Golf. Da gehen wir demnächst hin, und dann lass ich dich wie eine Königin speisen.«

Er wendet sich ab, schlägt den Weg zurück zum Moped ein. Bald werden wir wieder allein sein, ich werde den Wind im Haar spüren. Als wir an der Bar Spagnuolo vorbeikommen, macht er mich auf einen Mann in weißem Anzug und mit braunem Strohhut aufmerksam. »Das ist der Boss von Castellammare«, erklärt er mir in demselben neutralen Ton, in dem er mir gesagt hat, dass es sich um Meeresschnecken handelt. Während wir uns auf dem dröhnenden Moped entfernen, behalte ich den Boss im Blick. Er wirkt wie ein Gentleman aus einer anderen Zeit, einem Film entsprungen. Er grüßt einige Herren am Eingang des Lokals, als sei er der Besitzer; lächelnd fasst er sich an den Hut.

* * *

Wir lassen den Stadtpark hinter uns, gelangen dorthin, wo sich die Ortschaft wie eine Klinge zu verjüngen beginnt. Raffaele fährt nicht sehr schnell, er will nicht, dass mir auch nur das geringste Detail des Schauspiels vor unseren Augen entgeht: nicht etwa das verlassene Hotel, die Hafengebäude und Parkplätze, hinter denen das Meer verschwindet, sondern der Monte Faito, der noch in der Sonne erstrahlt, und darunter der in seinem Schutz liegende Häuserstreifen und die Burg, die inmitten ihrer Grünanlagen thront.

»Das ist mein Viertel«, sagt er. Die Worte verlieren sich im Wind. »Scanzano. Aber wir nennen es die Bronx.«

Er biegt ab, um sich im Schritttempo in eine schattige Gasse zu zwängen. Er nimmt die Sonnenbrille ab. Es ist, als seien wir plötzlich in eine Regenwolke geraten. Ich schmecke feuchte

Erde im Mund, einen Geschmack nach Rost und Stein, vermischt mit häuslicheren Gerüchen nach Wäsche, Abwasser, Bratenfett. In einer Einzimmerwohnung im Erdgeschoss brutzelt eine Alte irgendetwas, eingehüllt in knisternden Dampf; mitten auf der Straße spielen ein paar Kinder mit einem ausgebleichten Tennisball. Sie unterbrechen ihr Spiel, um Raffaele zu begrüßen.

Hier hat alles Miniaturformat, wie Pilze im Wald. Kleine Kirchen, kleine Geschäfte, niedrige Häuser, von denen der Putz blättert, um die unzähligen darunterliegenden erdigen Farbschichten freizugeben. Selbst die Autos sind hier kleiner und an die Umgebung angepasst. Die Passanten tragen dunkle Kleider, aber vielleicht wirkt das im schwachen Licht nur so. Die Gässchen umschließen uns mit ihren niedrigen Bogengängen und den feuchten Laken, dem im Rinnstein sprießenden Unkraut und den kreuz und quer parkenden Autos, die uns zum Abbremsen zwingen, sodass Raffaele immer wieder den Fuß auf den Boden setzen muss, damit das Moped nicht umkippt. Keine Ahnung, wie sie hier noch Platz für die Vesuviana gefunden haben. Ich sehe sie nicht, aber ich höre ihr metallisches Rattern bei der Abfahrt oder Ankunft.

»Wohnst du hier in der Nähe?«

»Ein Stück weiter, hinter der Piazza Orologio«, erwidert er, wobei er sich umwendet, um mir sein schönes Profil zu zeigen und wie selbstverständlich eine Hand auszustrecken und meinen Schenkel zu tätscheln.

Ich drücke mich an ihn, ohne zu wissen, weshalb, vielleicht ja, weil ich fürchte, auf dem Moped das Gleichgewicht zu verlieren, oder weil mir kalt ist oder weil ich plötzlich von dem Wunsch beseelt werde, seine vom Zugrattern erbebende Wohnung zu betreten und ihn auf die Stelle zu küssen, wo seine Mutter ihn verletzt hat. Ich weiß gar nichts mehr.

»Hier sind immer die Nutten«, erklärt er, mit dem Kinn auf ein Lokal deutend, durch dessen weit geöffnete Türen die Winterluft hereindringt. In einer Art Entree hängt ein Poster von Madonna im Leopardenbody an der Wand, darunter steht ein auberginefarbenes Kunstledersofa, auf dem, breitbeinig wie ein Mann, eine dicke rothaarige Frau sitzt. In dem dahinterliegenden, orange getünchten Raum sehe ich niemanden. »Alle Mädchen sind schon in den Betten oben in den Zimmern«, erklärt er mir. Nur eine steht draußen, sie zeichnet sich kaum ab gegen die Außenmauer, an der sie in ihrem Minirock lehnt und raucht, schmal und vielleicht sogar hübsch unter all den Schichten von Make-up. »Ciao Rosa!«, ruft Raffaele ihr zu, und sie ruft zurück: »Ciao, mein Schatz.«

Die Gasse wird breiter, öffnet sich zum Hafen hin. Er stellt den Motor ab. Es ist schön, die Sonne wiederzusehen, obwohl ihr Leuchten kaum mehr als ein Abschiedsgruß ist. Sie hat ihren Sturz ins Meer angetreten und den Himmel zartorange gefärbt. Wenn wir ein bisschen hierbleiben, denke ich, können wir den Sonnenuntergang sehen. Oder auch nicht, denn der Horizont liegt hinter einem Militärschiff und den Kränen der Schiffswerft verborgen, die steif und krumm aussehen wie riesige Vogelscheuchen.

Mein Fremdenführer hat mich sowieso nicht deshalb hergeführt. »Das hier ist die Piazza Fontana Grande«, sagt er, während wir vom Moped steigen. »Das einstige Herzstück von Castellammare.« Um ihm das zu glauben, erklärt er mir, müsse ich mir all die Sprayereien und die kreuz und quer parkenden Autos wegdenken. Ich dürfe nicht den von der Brunnenwand blätternden Putz beachten und nicht die baufällige Kolonnade vor der kleinen Kirche, beide von der Farbe einer faulenden Kaktusfeige und beschattet von den ersten Bäumchen des Monte Faito. Und ebenso wenig dürfe ich auf den hohen Zaun rings um das alte Brunnenbecken achten, fährt Raffaele mit gekränktem Stolz fort, nicht auf das Unkraut, das die riesige Steinkugel in der Mitte überwuchert, oder das stinkende Wasser, in dem Abfälle und Mückenlarven schwimmen. Nein, ich müsse die Augen schließen und mir vorstellen, dass hier einst – von den achtundzwanzig in der ganzen Welt bekannten Wassersorten der antiken Stadt Stabiae – das süßeste Wasser von allen sprudelte. Hier habe ein großes klares Becken gestanden und ein Stück weiter eines für die Pferde und noch eines, in dem die Hausfrauen die Wäsche wuschen. Es sei auch das kühlste Wasser von allen gewesen, ein unterirdischer Fluss aus den tiefsten Schichten des Berges, sodass die Obsthändler im Sommer ihre Früchte und Kokosnüsse hineingetaucht hätten, um sie frisch zu halten. Es habe so viel Wasser gegeben, dass es aus den Bädern überquoll und sich mit dem Saft der Wassermelonen und den schwarzen Kernen vermengte, um langsam zum Hafen zu rinnen, wo sich die Süße im salzigen Wasser des Meeres auflöste.

»Es muss ein wunderbarer Ort gewesen sein«, sage ich.

»Und jetzt herrscht nur noch Trostlosigkeit.«

Bis vor sechs Jahren habe man das Meer von dem kleinen Platz gar nicht gesehen – Raffaele kann sich noch gut an das Gebäude erinnern, das die Sicht auf breiter Front versperrte, den Palazzo Fezza, der, wie fast alle schönen Dinge dieser Stadt, dem Erdbeben zum Opfer gefallen ist –, doch das Meer sei die letzte Mündung, in die alle Thermalquellen fließen, wobei die berühmteste die Quelle *L'Acqua della Madonna* sei. »Sie entspringt dort unten«, erklärt er mir, auf eine kleine, am Hafen vertäute blaue Barke deutend, genau dort, wo die Wellen den Asphalt lecken. Deshalb werde sie von manchen auch nicht *L'Acqua della Madonna*, Wasser der Madonna, sondern Wasser der Seefahrer genannt, zumal das Wasser wegen seiner speziellen chemischen Zusammensetzung besonders haltbar sei. Bis heute würden die Bewohner von morgens bis abends dorthin pilgern, um ihre Korb- oder Plastikflaschen gratis zu füllen und sich ihre Schuhe oder Schlappen unter dem nie versiegenden Strahl zu reinigen. Die Alten seien ganz verrückt danach, behaupteten, es sei harntreibend und gut gegen Nierensteine. Die Jungen würden es lieber abgefüllt kaufen, zusammen mit einer Packung Lupinen an den Kiosken oder Buden in der Nähe, die um die Jahreszeit leider alle geschlossen hätten.

»Und wie schmeckt das?«

»Weißt du nicht, wie Lupinen schmecken?«

»Doch«, entgegne ich, allerdings nicht, weil ich diese Böhnchen, die aussehen wie dicke Maiskörner, schon einmal gekostet hätte, sondern um seinem spöttischen Lachen zuvorzukommen, das ich bereits in seinem Gesicht erkenne. »Ich meinte den Geschmack des Madonna-Wassers.«

»Lass mal, das ist ziemlich spezielles Wasser, säuerlich und stark auf der Zunge prickelnd.« Er wird ernst, heftet seinen Blick auf meine Augen. »Ich nehme nur Gutes in den Mund.«

Er hat es auf Neapolitanisch gesagt, in einer Mischung aus Grobheit und Zärtlichkeit, die mein Herz erbeben lässt.

»Ob gut oder schlecht, alles Wasser kommt jedenfalls vom Monte Faito.« Er deutet hinauf in die Berge, denen wir so nahe gekommen sind, dass man ihre Größe nicht erfasst; nicht einmal die Burg kann man mehr sehen, die sich laut Raffaele direkt über uns befindet. »Erinnerst du dich, wie ich dir erzählt habe, dass der Mauergürtel einmal bis zum Meer reichte? Nun, der Turm stand genau hier.« Er habe zur Bewachung der Quelle gedient und sei der erste Turm gewesen, von dem aus man die angreifenden Sarazenen sehen konnte, die, mit gezückten Säbeln und Krummsäbeln, schreiend und blutrünstig die Küste gestürmt hätten, um die letzten dort verbliebenen Bewohner in die Flucht zu schlagen, hinauf auf den Monte Faito, wo sie sich wie verschreckte Ziegen zwischen den Felsen versteckt hätten. Die Reste des mittelalterlichen Turms hätten bis kurz nach dem Krieg überdauert, ehe sie dem Bau einer Fabrik hätten weichen müssen.

Hingerissen höre ich ihm zu. Was er da erzählt, sind echte Märchen, wunderbar und düster, von Ungeheuern und Hexen bevölkert, Geschichten, die er wer weiß woher hat, ausgeschmückt, umgestaltet und mit einer ganz eigenen melancholischen Patina überzogen. Vielleicht ist er ja deshalb mit seinem Geschichtslehrer in Streit geraten? Wie auch immer es tatsächlich gewesen sein mag, mir gefällt Raffaeles Version jedenfalls am besten.

»Wer hat dir all das beigebracht?«

»Mein Vater. Er konnte kein Italienisch, aber er wusste eine Menge Dinge und war ein sehr guter Erzähler. Aber ich möchte nicht so enden wie er.« Er steigt wieder auf das Moped und fordert mich auf, ebenfalls aufzusteigen. »Ich bring dich nach Hause, sonst denkt deine neapolitanische *Mamma* noch schlecht über mich.«

Das stimmt, es wird bereits dunkel. Das Blau der Nacht senkt sich herab und mir fällt ein, dass ich nicht einmal einen Zettel geschrieben habe, um Anita Bescheid zu sagen. Wir nehmen den Weg zurück in die Altstadt, in der hier und dort kleine elektrische Lichter angehen, und gelangen auf die Piazza, in deren Nähe er wohnt. Bevor wir erneut auf die Straße zum Hafen einbiegen, dreht Raffaele zwei, drei schwindelerregende Runden um den Uhrenturm, als wolle er mich daran gemahnen, wie wenig Zeit mir noch in Castellammare oder wie wenig Zeit uns allen auf dieser Erde bleibt. Und noch ehe die Geschwindigkeit seines Mopeds es rechtfertigen würde und noch bevor er mich dazu auffordert, klammere ich mich an ihn, presse meine Brust gegen seinen festen Rücken, gegen die weichen Daunen seiner Jacke.

* * *

Anita will mehr über den Jungen wissen, mit dem ich ausgegangen bin, das sei sie meinen Eltern schuldig. Im Neonlicht der Küche fragt sie mich nach seinem Alter und danach, welches Gymnasium er besucht. Als sie erfährt, dass es in Wahrheit nur die technische Fachschule ist, presst sie die Lippen zusammen, als wolle sie sich selbst verbieten, etwas zu sagen, das aus dem Mund einer Sozialistin ziemlich unpassend wäre. »Und weißt du, wo er wohnt?«

»Nicht so genau, aber ich glaube, in der Nähe der Piazza Orologio.«

»Piazza Orologio?«, ruft sie mit etwas zu lauter Stimme und zieht die Stirn in Falten, um dann, als habe sie nicht recht gehört, zu wiederholen: »Piazza Orologio? In der Altstadt?« Sie spricht warnend meinen Namen, doch dann gewinnt sie rasch die Fassung zurück, verscheucht jegliche Spur von Leidenschaftlichkeit aus ihrem Gesicht und jeglichen theatralischen Einschlag aus der Stimme. »Und wie heißt dieser junge Mann mit Nachnamen, wenn ich fragen darf?«

Als ich ihn ihr nenne, lässt sie den Blick über die Zimmerdecke streifen wie über die Seiten eines Telefonbuchs. »Es gibt zwei Familien in Castellammare mit diesem Nachnamen. Könnte sein, könnte auch nicht sein.« Sie zündet sich eine Zigarette an, das ist ein gutes Zeichen. »Empfindest du etwas für ihn?«

»Ich glaube schon.«

»Ich muss dir diese Fragen stellen. Ich will nicht, dass du leidest, denn dann leide ich auch, verstehst du?«

»Ja.«

»Vielleicht verstehst du es nicht wirklich, aber eines Tages, wenn du selbst Mutter bist, wirst du es verstehen.« Sie bläst den Rauch aus. »Pass auf dich auf, Tochter.«

Dabei ist es Anita, die auf sich aufpassen muss. Eines Abends klingelt Domenico an der Gegensprechanlage, als sie gerade aus der Dusche steigt. Notdürftig schminkt sie sich ein wenig, aber sie ist noch im Bademantel, dem kurzen aus türkisfarbenem Satin, als sie ihn ins Wohnzimmer lässt. Wie sie so neben ihm auf dem Sofa sitzt, mit nassen Haaren und blauem Kajalstift, der die warme Farbe ihrer Augen betont, erscheint sie mir wie die soeben dem Meer entstiegene Venus. Und tatsächlich schaut der Cousin, der eigentlich keiner ist, sie wie vor Glück verzaubert an, verzehrt sie geradezu mit Blicken, wobei er sich alle Mühe gibt, die Augen nicht allzu lange auf ihren glatten und stets gebräunten Beinen verweilen zu lassen, die sie mal streckt, mal übereinanderschlägt, wohl wissend, welche Macht sie ausüben. Daran, wie wenig sich Anita darum schert, dass der Saum ihres Bademantels allzu sehr nach oben rutscht, und an ihrem warmen, gelösten Lachen merke ich, dass die beiden schon zusammen geschlafen haben, vielleicht sogar mehr als einmal.

Ich sage nichts zu ihr, so, wie sie nichts zu mir sagt, als ich eines Tages spät von der Schule komme und sie allein zu Mittag essen muss. Raffaele hatte mich mit seinem Moped vor dem Gymnasium abgeholt, zum Glück nachdem Mariagiulia bereits um die Ecke gebogen war. »Ich bring dich nach Hause«, hatte er gesagt, doch dann war er einfach weitergefahren, dorthin, wo die Häuser anonym und die Straßen leer werden, jenseits des Bahnübergangs, bis wir an die Autobahn in Richtung Pompeji gelangten. In dieser Gegend sind die Straßen zwar verlassen, aber dafür schnurgerade, vielleicht war er deshalb mit mir dorthin gefahren, und mein Gott, wie schnell er fuhr, als würden wir von der Polizei gejagt und hätten einen Selbstmordpakt geschlossen; schon allein deshalb ist es besser, dass Anita nicht näher fragt. Aus Angst hatte ich meine Arme ganz fest um seine Taille geschlungen und die Augen zugekniffen, um mich vor dem schneidenden Wind zu schützen und um dem Tod nicht ins Auge zu blicken. Schließlich hielt er neben einem Artischockenfeld. Nirgendwo eine Menschenseele, nur ein altes, verlassenes Landhaus und ein Müllcontainer. Er küsste mich. Der Himmel war tief und wolkenverhangen, der Kuss lang und ausdauernd. Er küsste mich, als wenn ein Regisseur uns in Augenschein nähme und wir es auf ganz bestimmte Weise tun müssten, mit sichtbar gierigem Verlangen. Es war ganz bestimmt kein durch die reife Geduld einer spanischen Liebhaberin veredelter Kuss, aber er war auch nicht unangenehm, mit diesen außen prallen, innen so weichen Lippen, der kühnen, verlangenden Zunge, und ich erwiderte diesen Kuss voller Neugierde und in dem Wunsch, zu begreifen, worauf er es anlegte. Denn wohin auch immer er ginge – so würde ich Anita am liebsten sagen –, ich würde ihm folgen. Etwas später kam ein Typ mit seinem Mofa vorbei und rief irgendetwas Anzügliches, was ich nicht verstand, woraufhin Raffaele sich von mir löste, um dem so nahen, aber tauben Himmel entgegenzuschreien: »Kann man denn, verdammte Scheiße, nicht einmal ein bisschen in Ruhe mit seiner Freundin zusammen sein?«

Anita scheint all das zu ahnen, aber sie sagt nichts, sondern erzählt mir, während sie noch etwas Lippenstift fürs Büro aufträgt, lediglich eine Sache, die Domenico ihr gestanden habe, dass nämlich der schlimmste Tag in seinem Leben der Hochzeitstag von ihr und Carmine gewesen sei. »Wie schön er das gesagt hat, findest du nicht?«

»Wunderschön.«

»Ach, noch was. Wenn du Gesù morgen in der Schule siehst, erinnere ihn dran, dass wir ihn zum Mittagessen erwarten. Und sag ihm, dass er ja nichts mitbringen soll, sonst kann er was erleben.« Sie lacht. Das Telefon klingelt, aber sie verlässt die Wohnung, ohne abzuheben; sie weiß ohnehin, wer dran ist.

An einem Sonntag fahren wir zum Mittagessen in das kleine Häuschen, das Luisas Ehemann Salvatore geerbt hat, oben auf den Ausläufern des Monte Faito. Je höher wir uns die gewundene Straße hinaufschlängeln, desto weiter verschwindet das Meer hinter den Kurven, während Castellammare sich mehr und mehr auszudehnen scheint, sich dann aber als nur eine von unzähligen Ortschaften entpuppt, die fast nahtlos ineinander übergehen, einer Tatamimatte gleich, die sich bis zum Vulkan hinaufzieht. Anita hat den Blick fest auf die von dürren Buchen und Kastanien überschattete Straße gerichtet und erklärt mir, dass Salvatore mit diesen Landwochenenden versucht, seine Frau und die Tochter an die Vorstellung zu gewöhnen, in das Haus umzuziehen, sobald er es mit seiner Hände Arbeit instand gesetzt hat, ein Weg, um in ihnen die Begeisterung für dieses abschüssige, aber durch sein Zutun verschönerte Grundstück zu wecken, auf das er sich zurückgezogen hat. Die Flasche Weißwein und die Muscheln auf dem Rücksitz, die in ihrer Plastiktüte klappern wie Kastagnetten, sind also eigentlich ein Einweihungsgeschenk für das Haus.

»Ist Luisa damit einverstanden?«

»Nein. Aber vorläufig hat sie beschlossen, seinem Wunsch nachzukommen. Sie will keine Probleme.«

Das Haus sieht aus wie eine Berghütte. Es ist aus Stein, überschattet von einer uralten Pinie, die im Wald darüber wächst, doch es hat einen kleinen, terrassenförmigen Garten, der zur Sonnenseite in Richtung Castellammare liegt. Die Luft ist trocken, es duftet nach Holz. Rechts erkenne ich den Pyramidenberg wieder und schließe daraus, dass irgendwo dazwischen Gragnano liegen muss. Salvatore führt uns herum, zeigt uns stolz seine Orangenbäume und Blumenkohlbeete und etwas beiläufiger die Kürbisse und die Rüben, die zwischen den welken Blättern aus der Erde lugen, wie Figuren aus einem meiner veganen Kindheitsalbträume.

Salvatore trägt schlammverkrustete Gummistiefel und einen dicken Wollpullover. Er ist stark behaart. Sein krauses Kopfhaar hat eine undefinierbare Farbe, der dichte Pelz, der unter den aufgekrempelten Ärmeln hervorwuchert, bedeckt die gesamten Unterarme und reicht bis zu den letzten Fingergliedern. Obwohl er sich extra rasiert hat, ist ein aschfarbener Schatten in seinem Gesicht zurückgeblieben, der bis zu den Wangenknochen hinaufreicht. Aber ich kann mir denken, dass man beim Rasieren an einem bestimmten Punkt einfach sagen muss: Es reicht. Er sieht aus wie ein Yeti. Seine Stimme hingegen ist eher dünn, und seine Augen sind scheu und so grau wie ein Wolkenhimmel.

Ich habe gar nicht bemerkt, dass die anderen mich im Garten mit ihm allein zurückgelassen haben und ins Haus zurück sind, um Muscheln zu putzen, froh darüber, das Band zu kappen, das sie hier draußen festhielt. Ich merke es erst, als er sich mir nähert und mich fragt: »Wie findest du mein Grundstück?«

»Sehr schön.«

Salvatore kratzt sich am Kopf, im Hintergrund gackert ein Huhn. »Meinst du, Luisa wird hier oben leben wollen?«

»Vielleicht, aber es ist ein bisschen weit weg vom Büro.«

Er senkt die Stimme. »Sag mal, stimmt es, dass sie zurzeit so viel arbeitet? Und deshalb abends immer so spät nach Hause kommt?«

»Das weiß ich nicht«, antworte ich, und ich weiß wirklich nicht, wieso er nicht Luisa selbst oder zumindest Anita danach fragt. Vielleicht ja deshalb, weil introvertierte Männer aus irgendeinem mir unbekannten, aber vermutlich mit meiner Andersartigkeit zusammenhängenden Grund in mir einen sicheren Bezugspunkt in ihrem Gefühlswirrwarr sehen. »Das weiß ich nicht«, wiederhole ich, denn mir kommt wieder das Bild von Luisa ins Gedächtnis, wie sie in der Diskothek mit diesem nordisch aussehenden Mann tanzt, genau wie Raffaele und ich, eng umschlungen und auf eine andere Frequenz geeicht, und ich verspüre das dringende Bedürfnis, das Gespräch mit ihrem Mann abzubrechen.

Wir essen Spaghetti mit Muscheln in der noch nicht fertig renovierten Küche. Salvatore hat noch keine Heizkörper installiert, aber eingehüllt in ein halbes Schaf, spürt er die Feuchtigkeit im Haus nicht, genauso wenig wie Anita, die vor Lebenshunger glüht. Ist es dieser Mangel an Komfort, weshalb Gemma, die Tochter, ihren Eltern gegenüber so genervt wirkt? Wobei sie die beiden nicht etwa bei jeder unbeholfenen Geste des Vaters, bei jedem gezwungenen Lächeln der Mutter mit Blicken durchbohrt, sondern einfach so tut, als seien sie tot. Sie spricht nur mit mir, will von Chicago, von New York erfahren. Sie fragt mich, ob ich jemals in London gewesen sei, und weigert sich, den zweiten Gang zu essen, Huhn, das auf dem eigenen Grundstück gezüchtet wurde. »Das Fleisch ist dunkel«, sagt sie angewidert. »Es schmeckt nach Kaninchen.«

Gemma hat dieselben wilden Haare wie ihr Vater, notdürftig von einem rosafarbenen Gummiband zusammengehalten.

Doch während ich Kaffeeschaum mache und Luisa mich für meine deutlichen Fortschritte lobt, bemerke ich, dass ihre Augen von derselben Form und derselben tiefgründigen Klugheit sind wie die der Mutter. Als die Erwachsenen hinausgehen, um wer weiß was für ein neues Gartengerät zu bestaunen, murmelt sie mit träger Stimme und jede Silbe betont in die Länge ziehend: »Was für ein Drecksloch.«

»Gefällt es dir hier nicht?«

»Hier ist überhaupt nichts. Ich kann hier nicht mal meine Freunde treffen; die haben unten im Park heute garantiert ihren Spaß. Papa hat sich geschnitten, wenn er meint, ich würde mit ihnen hier heraufziehen, das kann er vergessen. Da geh ich lieber zu meinen Großeltern.« Allerdings nur bis zum Abitur, präzisiert sie, denn danach werde sie weit weg von hier leben: in London, Paris, ganz egal wo.

»Und was wird deine Mutter dazu sagen?«

»Mir doch egal, was sie denkt. Sie ist eine Heuchlerin«, erwidert Gemma, ehe sie mit all der gegen beide Eltern aufgestauten Wut beginnt, eine lange Liste ihrer Fehler aufzuzählen, wobei sie den eher sanften Vater scheinbar verschonen will.

»Ich finde Luisa eigentlich lieb, elegant und gebildet …«

»Was du nicht sagst.«

Ich glaube, dass keine Tochter in unserem Alter ihrer Mutter ähneln möchte, egal wie außergewöhnlich sie sein mag. Töchter sehen ihre Mütter gezwungenermaßen aus einem zu dichten Blickwinkel, wie in einem Spiegel, und zum Vorschein kommen nur die verfluchten gemeinsamen Unzulänglichkeiten. Gemma drösel sie voller Abscheu auf: die wässrige Farbe der Augen; das feine helle Haar, das wie ein Nonnenschleier hinabfällt; die verstohlene Art, wie sie jedes Mal die Nase hochzieht, wenn sie im Wohnzimmer auf

Videokassette Mizoguchis *Die Legende vom Meister der Roll-bilder* schaut und die Szene mit dem Tod wegen Ehebruchs kommt; die Verschlossenheit ihrer Stimme, wenn sie beteuert: »Mir geht es gut, mir geht es gut.« Nein, die Tochter will die Fehler der Mutter nicht wiederholen: Sie will es anders machen, will eine andere sein.

* * *

Raffaeles Mutter lerne ich per Zufall kennen, an einem trüben Tag, an dem er mich mit dem Moped von der Schule abholt, nicht mehr direkt vor dem Eingangstor, sondern an einem abgelegeneren Punkt ein Stück die blassorange Mauer hinunter. Wie selbstverständlich umschlinge ich seine Taille, mein Körper weiß es von ganz allein, ohne dass ich darüber nachdenken muss. Wir fahren am bleigrauen Meer entlang, halten aber nicht beim Park. Auf Höhe des Musikpavillons setzt er die Sonnenbrille auf, ohne sich auch nur zur Bar Spagnuolo umzuwenden, die wir unbemerkt hinter uns lassen. Offenbar hat er anderes vor. Ich trage den Ranzen auf dem Rücken wie ein Schulmädchen. Es hat angefangen zu regnen, ein feiner, aber durchdringender Niesel, der sich in meinen ungeschminkten Wimpern verfängt und sich auf meine Labello-Lippen setzt. Aber insgeheim bedaure ich es ein bisschen, dass wir nicht dort gehalten haben. Ich muss gestehen, dass es mir neulich ein unbeschreibliches Vergnügen bereitet hat, in den Blicken der Passanten ihre Ängstlichkeit, ihre Begehrlichkeit oder ihre Abneigung zu lesen und zu sehen, wie die Masse vor Raffaele zurückwich.

Von einem Augenblick zum andern wird aus Niesel Regen, ein unerwarteter Wolkenbruch, den ich jedoch als etwas Vorhersehbares, Unabwendbares wahrnehme. Raffaele beschleunigt, bis wir die Piazza Orologio erreichen, wo wir uns in die Gässchen zwängen. Ich weiß nicht, warum er das tut, und ich frage ihn nicht. Das Dach aus vergessenen Wäschestücken schützt uns vor dem nun unablässigen Regen, der mir die Haare an den Schädel klebt und mir in den Mund fließt, tröpfchenweise und sanft, wie wenn man einem Kranken zu trinken gibt. Wahrscheinlich sehe ich aus wie damals als kleines Mädchen, als ich hohes Fieber hatte und fast ins Delirium gefallen wäre – einer der wenigen Augenblicke, an denen ich in meiner Erinnerung die Kontrolle verloren habe. Zum Glück kann er mich nicht sehen, er fährt mit gesenktem Kopf und beugt sich über das Straßenpflaster, das schwarz und glänzend ist wie eine Wasserschlange.

Plötzlich bremst er, dreht sich zu mir um und erklärt mir, wobei seine Worte vom Tosen des Motors und des Regens halb verschluckt werden, dass er das Moped hierlassen und das Auto eines seiner fünf Geschwister nehmen werde, um mich nach Hause zu bringen.

»Fünf?«

»Zwei Brüder und drei Schwestern«, präzisiert er. »Alle schon erwachsen.«

Er biegt in ein Gässchen ab. Am Ende steht ein zerfallenes Haus. Als habe es jemand in der Mitte durchgesägt, fehlt die komplette Vorderfront sowie ein guter Teil der Wohnungen, und nur die Rückwand der verschiedenen Schlafzimmer, Küchen und Wohnzimmer ist zu sehen. Diese dem schlechten Wetter preisgegebenen, gut erkennbaren Rechtecke sind nichts anderes als abstrakte Verweise auf gelebte Leben; an Persönlichem ist nur die durchnässte Tapete zurückgeblieben. Manche sind jeden Morgen mit vertikalen Streifen aufgewacht, andere mit Blümchen; manche haben sie selbst ausgewählt, andere haben sie wie ein notwendiges Übel ertragen.

Wir halten vor einem großen unlackierten Holztor. Raffaele öffnet die Türflügel, lässt zuerst mich hinein und folgt dann mit seinem Moped, das er mit dem sanften Druck seiner regennassen Hände am Lenker schiebt. Wahrscheinlich wohnt er hier oder vielleicht auch sein Bruder. Triefend und mit pitschnassem Rucksack warte ich, während er sein Fahrzeug abstellt, das in der Dunkelheit des Eingangs, in dem es offenbar keinen Strom gibt, seine schöne rote Farbe verloren hat. Im schwachen Licht, das durch den noch offenen Türflügel hereinfällt, mustere ich das grobe und ungleichmäßige Mauerwerk des Hauseingangs, der lediglich durch ein Sammelsurium an Briefkästen und die nach oben führende Treppe darauf schließen lässt, dass hier Menschen wohnen. Es riecht muffig und nach gebratenem Knoblauch. Man hat das Gefühl, in einer Höhle oder einem Stall zu sein, mit einer einzigen Öffnung zu einer unwirtlichen Welt.

»Brennholz?«, frage ich ihn und deute auf den Stapel, neben dem er geparkt hat.

»Das ist fürs *Fucaracchio*.«

»Für was?«

Das sei das Feuer in der Nacht der unbefleckten Empfängnis, erklärt er, das in jedem Stadtviertel wie in einer Art Wettkampf entzündet werde. Gewinner sei, wer den höchsten Stapel aufschichte und ihn am eindrucksvollsten zum Brennen bringe. In knapp einer Woche werde man auf der Piazza Fontana Grande mit dem Aufstapeln des *Fucaracchio* beginnen, aber die Kinder aus dem Viertel sammelten schon seit September Holz, und er, Raffaele, habe ihnen die Erlaubnis gegeben, einen Teil hier im Hauseingang zu lagern. »Dieses Jahr gewinnen wir, da bin ich sicher.«

»Machst du denn mit?«

»Als kleiner Junge schon, jetzt nicht mehr.«

»Und was gewinnt man?«

»Was man gewinnt? Den Ruhm.«

Er steckt den Schlüssel ein, um sich das Haar glatt zu streichen, das von einer dünnen glänzenden Schicht aus Pomade und Wasser überzogen ist. Im verfrühten Dämmerlicht sticht seine hohe weiße Stirn hervor. Es ist bestimmt schon zwei Uhr: Ich muss nach Hause, wir müssen uns beeilen und das Auto des Bruders holen, wo auch immer es ist. Doch hier drinnen herrscht keinerlei Eile. Wo sollten wir hin bei dem Regen? Er prasselt unermüdlich, ein betäubendes Geräusch, das mein Verantwortungsgefühl zunichtemacht, alle Pläne, die ich hatte, falls ich denn je welche hatte.

»Aber das Feuer ist schön anzuschauen«, sagt er, und schön sei es auch, das Benzin verpuffen zu hören und den Feuerball entstehen zu sehen, und ebenso schön der Anblick der Flammen, die aufloderten und die ganze Konstruktion umzüngelten, überall eindrängen und sie allmählich instabil werden ließen. Doch der schönste Moment sei der, wenn am Ende alles, was man so mühsam und liebevoll errichtet habe, in sich zusammenbreche.

Ich werfe einen Blick auf die Ausbeute an Stämmen, Pflöcken, Marktkisten und kaputten Schränken, die vermutlich voller rostiger Nägel stecken. »Und deine Nachbarn haben nichts dagegen?«

»Was sollen sie denn sagen?«, antwortet er finster, bevor er lächelnd seine Zähne entblößt, die im matten Licht schimmern. Betont langsam streckt er die Hand nach mir aus, um die beiden oberen Knöpfe meiner Jacke zu öffnen. »Du bist total durchnässt.« Ein Regentropfen hat sich aus meinen Haaren gelöst und läuft, einem kalten Finger gleich, meinen Nacken hinunter. Raffaeles Finger ist dagegen warm, als er der Rundung des klatschnassen Halsausschnitts meines Pullis, der schrägen Linie meines Schlüsselbeins folgt. »Und außerdem ist es kalt«, fügt er hinzu und senkt die Stimme. »Wenn ich in dir doch das Feuer entzünden könnte.«

Mein ganzer Körper wird von einem Zittern erfasst, als würde ich ein schönes Lied zum allerersten Mal hören. Mir ist durchaus klar, dass dieser Satz eine plumpe Anmache sein könnte und vielleicht schon öfter mehr oder weniger erfolgreich zur Anwendung gekommen ist, doch ich bin absolut sicher, dass er ihn noch nie zuvor gesagt hat. Nein, dieser anzügliche und etwas merkwürdig klingende Satz ist weniger Zeichen einer verdammten Rednergabe oder eines untrüglichen Charismas als vielmehr ein weiterer Beweis seiner Unfähigkeit, sich zu zügeln oder zurückzuhalten. Er lässt sich von seinen Trieben lenken. Wenn er Lust hat, etwas zu tun, tut er es, wenn er etwas denkt, sagt er es. Niemand hat jemals so mit mir gesprochen, so ungehobelt und aufrichtig zugleich. Plötzlich merke ich, dass ich ihn um seine Triebhaftigkeit beneide, sie mir zu eigen machen will, doch merkwürdigerweise raubt mir diese Bewusstwerdung jegliches Fünkchen an Spontanität.

»Und dieses Haus da am Ende der Gasse?«, murmle ich schließlich. »Ist das durch das Erdbeben zerstört worden?«

»Wie viele Fragen du immer stellst«, sagt er ungeduldig und zupft mit den Fingern an meinem Pulli. »Ich erzähl dir mal ein bisschen, wie es in der Bronx zugeht, okay? Wenn es hier regnet, ich meine, wenn es richtig stark regnet, werden nicht nur die kleinen Mädchen nass, die mit ihren dünnen grünen Wollpullis und ihren Büchern über Darwinismus vorbeikommen. Auch der Monte Faito wird nass, und dann lässt er seine Lawinen auf uns los. Erde, Steine, Schlamm, all das Zeug. Manche sagen, das liege vor allem an der illegalen Abholzung. Hier in der Gegend ist die Camorra, wusstest du das etwa noch nicht?« Der Ton ist höhnisch, aber von einem zufriedenen Grinsen untermalt. Im Grunde gefällt es ihm, wenn ich keine Ahnung habe. »Doch in dem Fall war es gut, dass der Schlamm das Haus eingerissen hat, weißt du? Da lag ein Fluch drauf. Mal sehen, vielleicht erzähle ich dir die Geschichte irgendwann.«

»Ich liebe deine Geschichten.«

»Ah, du liebst mich?«

»Das habe ich nicht gesagt.«

»Du hast es nicht gesagt, aber gedacht.«

Er ist mir ganz nahegekommen, ich kann seinen Geruch wahrnehmen, ein ganz eigener Geruch, weder gut noch schlecht. Er öffnet einen weiteren meiner Knöpfe. Mit den Händen, mit den Augen, als wolle er nach und nach die Schichten meines Seins freilegen. Ich lasse ihn gewähren. Aber ich fürchte, dass er, wenn er mich weiter aufknöpft, trotz des Halbdunkels meine vor Kälte steifen Brustwarzen bemerken wird, die hervorstehen wie Knospen auf einer Wiese. Der Regen erschüttert das Haus und die gesamte Welt mit der immer heftiger werdenden Gewalt eines Unwetters, aber hier sind wir in Sicherheit, in diesem innersten Raum, losgelöst aus Zeit und Jahreszeit, in diesem grundlosen Fieberzustand. Mir kommt zu Bewusstsein, dass wir zum ersten Mal seit jener Nacht, in der wir in die Burg eingedrungen waren, allein sind. Es war richtig von ihm, mich nicht noch einmal in den Stadtpark oder auf eine Party mitzunehmen. Die Zweisamkeit tut uns gut. Und unser natürliches Element ist die Dunkelheit, der Ort, wo alles wahrhaftiger ist, auf das Wesentliche reduziert.

Wir küssen uns, wie wir uns noch nie geküsst haben. Ohne jemanden in der Nähe, der uns beobachtet, kann der Kuss sich frei entfalten. Frei von vorgegebenen Vorstellungen, wie er zu sein hätte, und frei von unseren eigenen Gedanken, wie wir ihn gern hätten. Ein Kuss, der nichts beweisen will und nichts verlangt, außer geküsst zu werden und nach langem Winterschlaf erneut zu erwachen, ganz egal wer die beiden sind, die ihn zu neuem Leben erwecken. Wir könnten Ehemann und Ehefrau sein, Verbrecher und Prostituierte, zwei waghalsige Freundinnen, zwei streunende Hunde. Es lässt sich nicht mehr unterscheiden, wer Jäger und wer Beute ist, wem diese Lippen gehören, wem diese Zunge: Diese Unterscheidungen zählen nicht mehr. Alles löst sich in den geheimsten und empfindsamsten Tiefen des Fleisches auf. An diesem verregneten Nachmittag, in diesem dunklen Winkel eines baufälligen Hauses im alten Stadtzentrum von Castellammare di Stabia erleben wir eine Ewigkeit, wie sie Millionen von Lebewesen vor uns erlebt haben, komprimiert in einem einzigen neuralgischen Punkt. Ein Kuss ist ein Strudel im Raum, ein schwarzes Loch, das die Zeit verzehrt, so, wie wir uns gegenseitig verzehren, Stück für Stück, ungeordnet und langsam, als hätten wir den ganzen Abend vor uns. Und jeder Bissen vervielfacht nur den Hunger, einen Hunger, der, wie ich spüre, bodenlos sein könnte – so wie sein Mund, der sich zart und verletzlich wie eine Wunde für mich öffnet, unstillbar, vielleicht sogar ohne jegliche Hoffnung. Und dennoch versuche ich, meinen Hunger zu stillen und ihn gleichzeitig zu heilen, meine und seine Leere auszufüllen, und vielleicht ist das ja auch der Grund, weshalb er jetzt kaum wahrnehmbar stöhnt.

»Dieses verdammte Zeug aus Taiwan.« Eine Frau hat den Hauseingang betreten und hantiert mit der Bespannung ihres Regenschirms herum. »He, Raffaele, wie geht's?«, ruft sie, während sie mit einer knisternden Einkaufstüte an uns vorbei- und auf die Treppen zuläuft. Sie ist klatschnass und außer Atem, weil sie so gerannt ist.

»Alles gut«, erwidert er ebenfalls atemlos, obwohl er weder gerannt noch Treppen gestiegen ist. Wir sind es alle beide.

* * *

Seine Wohnung liegt im zweiten Stock, und sie ist die Quelle des Knoblauchs, dieses Geruchs nach Armeleuteessen. Sie besteht nur aus einem einzigen mickrigen, offenen Raum mit einer Küche in einer Ecke. Auch hier brennt kein Licht, vielleicht folgt man hier einem ungeschriebenen Gesetz, es nicht vor 17.30 Uhr anzuschalten, egal wie das Wetter ist. Das einzige elektrische Licht stammt von zwei Lämpchen an den Seiten einer unscharfen Farbfotografie, die sich bei genauerem Hinschauen als das Porträt eines schnauzbärtigen Mannes erweist – vermutlich Raffaeles Vater –, das wie ein Heiligenbildchen gerahmt ist und, auf ein Spitzendeckchen gebettet, auf einem Möbel thront. An der Wand dahinter hängt ein Holzkreuz, dessen Enden knollig wie Zwiebeln sind.

»Ich hole die Schlüssel, dann gehen wir«, sagt er zu mir, ehe er in dem einzigen Schlafzimmer verschwindet.

»Esst ihr was?«

Die Frage kommt aus der Küche. Es ist die Mutter, obwohl man sie eher für die Großmutter halten könnte. Schwarz gekleidet hockt sie vor einem sauberen Spitzentischtuch, ein Zeichen dafür, dass das Mittagessen schon eine Weile her ist. Sie hält ein Buch in den Händen und trägt ein Silberkreuz um den faltigen Hals. Unter dem Tisch lugen zwei Beine in blickdichten Strümpfen hervor, dick wie entrindete Baumstämme und ohne die geringste Spur einer Vertiefung an den Knöcheln. Ich kann mir denken, dass sie wegen dieser Schwellungen, sei es Fett oder ein Ödem, nicht aufgestanden ist, als wir das winzige Wohnzimmer betreten haben.

»Ich nicht, danke, Signora.«

»Es ist noch ein bisschen Pasta mit Tomatensoße übrig«, sagt sie in monotonem Dialekt und mit einer Stimme so plump wie ihre Beine.

»Ich geh gleich nach Hause zum Essen.«

»Wie du willst.«

Sie ist auf höfliche Art gleichgültig, vielleicht ja schon abgestumpft durch die moralisch verwerfliche Gegenwart all der vielen »Freundinnen«, die ihr Jüngster, der sich nicht einmal die Mühe gemacht hat, uns einander vorzustellen, vermutlich mit nach Hause bringt. Ich höre ihn wütend im Schlafzimmer herumstöbern. Wer weiß, ob er dort schläft oder hier in dem schmalen Bett im Wohnzimmer, das unter einer gehäkelten Überdecke versteckt ist; wer weiß, ob sie in diesen wenigen Räumen all ihre Kinder großgezogen hat.

»Wo hast du Rinos Autoschlüssel hin?«, schreit Raffaele auf Neapolitanisch.

Die Mutter antwortet ihm mit einem unverständlichen Geschrei, das ihren Mund verzerrt. Ihr fehlen mehrere Zähne, eine Reihe kleiner Türen, die ins Nichts führen. Tatsächlich sind auch ihre Wangen eingefallen, aufgesaugt von jener Leere. Im Gesicht sieht sie fast wie verhungert aus, all ihr Gewicht ist in den tieferen Teil des Körpers gesackt, einer unüberwindbaren Schwerkraft gehorchend. Aber wie hat es eine so wehrlose, vielleicht gar körperlich behinderte Frau geschafft, einen derart großen und kräftigen Sohn zu verletzen? Er sieht ihr kein bisschen ähnlich, vielleicht hat er ja mehr von seinem unscharfen Vater mitbekommen.

Das Buch, das sie liest, ist die Bibel, keine Ahnung, wie sie das bei dem schwachen Licht und dem Regen schafft, der gegen die Scheibe hinter ihrem Rücken peitscht. Ein offenbar gern benutztes Buch, den schwarzen Rändern nach zu urteilen, die überall dort zu sehen sind, wo die Finger mechanisch über die Seiten, so hauchfein wie meine gezeichneten Knoblauchhäute, gestrichen sind und unweigerlich ihre Fettspuren hinterlassen haben.

»Meinst du diese Schublade hier?«, fragt Raffaele, während er zu uns zurückkommt und nun in dem mit Spitzendeckchen verzierten Möbelstück herumkramt, das, wie ich jetzt bemerke, eine Kommode voller Damenkleidung ist. Er legt eine derart übertriebene Energie an den Tag, dass er fast den Verstorbenen zu Fall bringt und die Wut der Mutter erregt. »Da sind sie aber nicht«, ruft er frustriert, ehe er erneut verschwindet.

»Wasser?«, fragt sie mich, und ich bin einen Augenblick lang verwirrt, denke, sie meine den Regen. »Was zu trinken?«

»Nein, danke, ich habe keinen Durst.«

Sie scheint das nicht zu bedauern. Im Gegenteil. Mit dumpfer Miene blickt sie mich an, ohne jegliche Regung, ohne die Spur eines Gefühls. Mitten im Lärm des Unwetters höre ich ein Getöse, Chaos, das sich auf Chaos häuft. Die Fensterscheiben zittern aufgeregt in ihren Rahmen. Draußen, auf Augenhöhe, schnellt die auf Hochgleise gelegte Vesuviana entlang. Mit anhaltendem metallischem Kreischen ziehen ihre pompejanisch roten Waggons in Richtung Sorrent vorbei – dieselben, mit denen ich frisch aus Colle di Tora hier eingetroffen bin –, durchbohren mit ganzer Kraft den grauen Regenvorhang und das kümmerliche Elend dieses Viertels. In der Bronx gibt es keine Haltestellen. Raffaeles Mutter schaut sich nicht nach ihr um; ihr regloses Gesicht verrät nicht einmal, ob sie das rasche Vorbeifahren bemerkt hat. Vielleicht ist sie tatsächlich taub, vielleicht kann aber auch der 14-Uhr-19er einfach keinen Eindruck mehr auf sie machen, nachdem sie schon lange von tausend bunten Zügen zurückgelassen worden ist.

Mein Held kommt triumphierend mit den Autoschlüsseln zurück und bringt mich im Regen nach Hause. Auch am Abend und am nächsten Tag hört es nicht auf zu regnen. Es regnet eine ganze Woche lang.

9

Viele Tage vergehen, ohne dass Raffaele mit seinem Moped vor dem Gymnasium auftaucht. Es regnet so stark, dass mich sein Fernbleiben eigentlich nicht erstaunt, dennoch fange ich an, mich zu fragen, was er eigentlich den ganzen Tag treibt, da er doch nicht mehr auf die technische Fachschule geht, und wie er die Abende verbringt, an denen das Unwetter erbarmungslos über dem Stadtpark niedergeht und jegliche Spur von Unreinheit verwischt. Ich hege starke Zweifel, dass er zu Hause bleibt, um kalte Pasta zu essen und die Lektüre von Johannes 6.63 über sich ergehen zu lassen. Und ich frage mich, ob er sich mir gegenüber in irgendeiner Form verpflichtet fühlt. Wir haben uns nichts geschworen, haben unsere zukunftslose Beziehung nicht einmal benannt, aber es ist, als hätten wir ein stillschweigendes Abkommen, einen Blutpakt geschlossen. Ich frage mich, ob das, was ich empfinde – ein Gefühl der Unvollständigkeit, das mich innerlich verzehrt wie eine dunkle Gier nach Zigaretten, die ich nie geraucht habe –, bedeutet, dass er mir fehlt.

Eines Nachmittags holt mich Anita auf dem Rückweg vom Büro mit dem Auto von der Schule ab, aber schon bald bleiben wir im Verkehr stecken. Das hektische Hin und Her der Scheibenwischer lässt das gesamte Auto leicht ins Schwanken geraten. Durch das regennasse Seitenfenster betrachte ich das

Aquarell der in den Straßen hängenden Weihnachtsbeleuchtung, ihr zerfließendes und zerrinnendes Rot, Grün und Blau. Schmelzende Schneeflocken, fallende Sterne.

Anita ist nachdenklich. Sie regt sich nicht über den absurden, von Menschen und Autos verursachten Verkehrsstrom auf, obwohl es allen Grund dazu gäbe; sie sucht nicht einmal mit den Augen nach einer regelwidrigen Möglichkeit, ihn zu umfahren. Nur hin und wieder drückt sie kurz, fast reflexhaft auf die Hupe.

»Mir kommen allmählich Zweifel wegen Domenico«, beginnt sie nach einer Weile.

»Hast du ihn nicht mehr lieb?«

»Ich habe ihn sehr lieb, Frida«, erwidert sie und verzieht die apfelroten Lippen zu einem sanften Lächeln. Nie zuvor habe sie einen so zärtlichen, fürsorglichen und hingebungsvollen Mann gekannt. Im Gegensatz zu Daniele sei er eine aufrichtige Person, vollkommen unfähig, andere zu täuschen oder zu belügen. Das habe bestimmt mit seiner Feinfühligkeit als Maler zu tun; Künstler hätten eine reine Seele. Er verlange nie etwas von ihr, außer möglichst oft in ihrer Nähe sein zu dürfen. »Im Bett zeigt er sich übrigens genauso großherzig. Die Art, wie ein Mann mit dir schläft, verrät viel über ihn.«

Nervös rutsche ich auf dem Sitz hin und her, wünschte, dem Gespräch eine andere Wendung geben zu können. »Warum dann die Zweifel?«

Seine Frau, so Anita, schöpfe allmählich Verdacht. Eines Nachts sei er nach Hause gekommen, als sie schon im Bett lag. Während er sich im dunklen Zimmer auszog, wollte sie wissen, wo er gewesen sei. Er habe sich neben sie gelegt und geantwortet: »Ich war mit einer Frau zusammen. Wir sind zum Essen ausgegangen und haben dann ein Hotelzimmer genommen und miteinander geschlafen.« Doch seine Frau habe ihm nicht geglaubt und geantwortet: »Du willst mich ja nur wütend machen.« Dann hätten sie sich auf die Seite gedreht und seien eingeschlafen. Und doch hatte er ihr die Wahrheit gesagt.

»Wart ihr im Hotel?«

»Wo sonst?« Sie legt eine Pause ein. »Die Wahrheit ist schwer einzusehen, selbst wenn man sie dir um die Ohren haut. Wahrheit ist etwas, das dich niemand lehren kann, du kannst nur von allein draufkommen. Sie ist ein bisschen wie ein Kind, das in deinem Leib heranwächst. Selbst wenn du eine Hebamme hast, die dich begleitet, oder einen Ehemann, der dir, wie heutzutage üblich, die Hand hält, bist es am Ende du, die gebären muss. Du allein.«

»Da hast du recht.«

»Aber das stammt gar nicht von mir. Sokrates hat das gesagt. Er spricht tatsächlich vom Gebären, obwohl er ein Mann ist.«

Der Verkehr rollt langsam weiter, wir kommen vier, fünf Meter vorwärts. Nur Anita ist in der Lage, auf so gekonnte Art eine Perle antiker Weisheit mit einer modernen Ehebruchsgeschichte in Verbindung zu bringen.

»Er hat auch gesagt, dass man nicht passiv akzeptieren solle, was die Gesellschaft als gut und als böse erachte. Du musst mit deinem eigenen Kopf darüber nachdenken, da es nicht nur Schwarz und Weiß gibt, wie man dir weismachen will.« Sie zündet eine Zigarette an, stempelt einen roten Kuss auf den Filter. »Sokrates hatte schon im fünften Jahrhundert vor Christus alles begriffen. Ich meine, was hat es gebracht, sich das Hirn zu zermartern, wie all die Philosophen nach ihm, Jahrhundert um Jahrhundert? Aber versuch mal, das Umberto zu verklickern.«

Sie stößt ein ironisches Lachen aus und stellt den Scheiben-wischer aus. Das sei Energieverschwendung. Rasch hüllen uns die Tropfen in der Fahrerkabine ein und überziehen die Windschutzscheibe mit Regentränen.

»Ich tue niemandem etwas Böses an, Fri', versteh das bitte«, fügt sie hinzu und öffnet das Seitenfenster einen Fingerbreit, um den Rauch abziehen zu lassen. Die Beziehung mit ihrem Cousin sei ein Geschenk, das sie ihm mache, und nichts wei-ter, die Verwirklichung eines Traumes, den er seit seiner Jugend hege. Ja, sie müsse zugeben, es helfe auch ihr, die Wun-den ihres Herzens zu heilen, aber Domenico dürfe es nie wieder wagen, das Wort Scheidung in den Mund zu nehmen, sonst sei alles aus. »Seine Kinder sind noch klein und dürfen nicht leiden und ebenso wenig seine Frau. Ich kenne sie, sie ist ein guter Mensch und verdient es nicht, in einem Dorf wie unserem als geschiedene Frau zu leben, auch wenn die Liebe zwischen Domenico und ihr schon seit Langem versiegt ist.«

»Vielleicht war es keine wahre Liebe.«

»Was ist schon wahre Liebe? Vielleicht weiß ich das gar nicht mehr.«

Sie raucht schweigend. Nur das Geräusch von Tropfen auf Glas, von Schuhen in Pfützen und Hupen auf der Piazza ist zu hören. Ich warte darauf, dass sie noch etwas hinzufügt, etwas Archaisches und Universelles über die Liebe, etwas, woran ich mich klammern kann, denn jetzt weiß ich, dass ich daran glauben möchte, auch um den Preis, dass es schmerzlich für mich werden könnte.

»Zu Fuß wären wir schneller«, schnaubt sie und stellt mit einer Hand den Scheibenwischer wieder an, mit der anderen das Radio.

Stoßweise kommen wir voran, während wir dem Ende eines Songs von Pino Daniele lauschen, gefolgt von einer

Werbung für Pandoro mit Schokoladencremefüllung. Dann kommen die Lokalnachrichten. »... *Für den Rest der Woche werden in der gesamten Provinz starke Niederschläge erwartet, mit erhöhter Erdrutschgefahr in bestimmten Gebieten, wie Castellammare di Stabia ...*«

»Da pfeifen wir drauf.«

»*... in den frühen Morgenstunden kam es in der Altstadt zu einem Erdrutsch, in dessen Folge die Bewohner zweier Häuser evakuiert werden mussten. Die Schlammlawine forderte keine Todesopfer, doch es bestehen wenig Aussichten auf die so-genannten* Fucaracchi, *die traditionellen Feuer in der Nacht der Unbefleckten Empfängnis, die als Symbol der Stadt der Quellen gelten ...*«

»Ah«, sagt Anita, legt ihre Merit in den Aschenbecher und schaltet in den Zweiten. »Genau dort, wo dein Verlobter wohnt.«

»Wir sind nicht verlobt«, antworte ich mit einem Knoten in meinem vom Rauch ganz trockenen Hals.

»Wenn du meinst«, kommentiert sie mit filmreifer Stimme, wobei es ihr endlich gelingt, sich in den Reigen auf der Piazza Spartaco einzufädeln. Ihr kühler norditalienischer Tonfall verletzt mich. Mir wäre es lieber, sie hätte mich angefahren, den Schrei herausgelassen, den ich selbst unterdrückt habe.

* * *

Raffaele lässt sich nicht einmal blicken, als die Mitternachtsfeuer die Oberhand über das Wasser gewinnen und sich das schlechte Wetter mit vereinzelten Schauern, dem letzten Geifern des Verlierers, aus der Stadt zurückzieht. Ich vergehe vor Sehnsucht, aber auch vor Sorge bei dem Gedanken, dass eines der vom Erdrutsch betroffenen Häuser seines sein könnte, und gleichzeitig hege ich den schändlichen Wunsch, dass es genau so sein möge. Bilder aus Schauerromanen und von Stichen aus dem neunzehnten Jahrhundert steigen in mir auf. Ruinen unter wolkenschwerem Himmel. Bloß liegende Metallkabel, schlammverdreckte Spitzendeckchen. Und mittendrin er, mit unversehrtem Körper, aber blutverschmiertem Gesicht angesichts der blinden Wut des Berges. Ich, die ich mich zu ihm beuge, um seine Stirn zu küssen, die Wangenknochen, den Mund, um all seine Wunden mit der Süße meines Speichels, dem Salz meiner Tränen zu heilen.

Ich beschwöre diese apokalyptischen Szenen herauf, und ich befürchte, ich tue es nur, weil mir alles andere nur noch schlimmer erscheint: dass es ihm nämlich in Wahrheit gut gehen könnte, genau wie seinem Haus, und dass er mich schlicht vergessen hat. Dass er schon das nächste Mädchen am Wickel haben könnte, gut aussehend und tough, vielleicht gar Rosa, die Prostituierte, die ihre Schenkel auf seinem roten Moped, mit dem er durch die düstere Bronx jagt, fest an ihn presst. Dass er abends wieder im Park vorbeischaut, aufrecht in seinem schwarzen Mantel und blass im toten Licht der Sterne. Im Sturm meiner Gedanken bin ich wie erstarrt und komme nicht darauf, das Naheliegendste zu tun, nämlich zu Fuß in die Altstadt zu gehen und mich mit eigenen Augen zu überzeugen.

Doch eines Tages, nachdem die Schulglocke das letzte Mal geläutet hat, höre ich das Dröhnen seines Motorrades. Ich packe die Bücher in den Ranzen und renne hinaus. Dort ist er, unversehrt, fast strahlend. Er lächelt wie ein Schauspieler, vielleicht sogar zufrieden, dass er mich so lange hat leiden lassen. An diesem so oberflächlichen und gleichzeitig so tiefgründigen Mund scheint mir die ganze Doppelbödigkeit seines Lebens erkennbar zu sein.

»Steigst du nicht auf?«

»Nein.«

»Komm schon, steig auf. Ich habe eine Überraschung für dich.«

Die Neugierde ist stärker als der Stolz, der Körper stärker als der Geist. Er fährt schnell. Meine Beine haften an seinen wie Papier auf Kleister. Wie sehr er mir gefehlt hat. Er wird erst langsamer, als wir in sein Viertel gelangen. Die einzige Spur der Katastrophe besteht aus einer dünnen Schicht Schlamm auf dem Pflaster und ein wenig Schutt, Abfällen und Zweigen, die sich in den Winkeln der Gässchen häufen, als sei dort ein kleiner Fluss vorbeigerauscht. Die Luft ist rein, reglos und matt wie nach einer Grippe. Und sein Haus ist intakt. Wir lassen das Moped im Hauseingang zurück, ohne hinauf in die Wohnung zu gehen.

»Komm. Wir gehen zu meiner Schwester Tiziana.«

»Zur Mittagszeit?«

»Es ist niemand da.«

Wie stets nach einer Runde auf dem Moped passen meine Füße nicht mehr recht auf den Boden; die Schuhe sind ungewohnt gummiartig, die Schritte unwirklich wie bei einem Mondspaziergang. Unser Weg führt sanft bergauf, den Bergen entgegen, die sattgrün im Sonnenlicht leuchten. Ich fühle mich leichtfüßig, auf unantastbare Weise glückselig, und dennoch gibt einem das Licht dort oben, mit uns hier unten im Schatten, das traurige Gefühl, etwas zu verpassen. Unter einem angegrauten Hauseingang bleibt Raffaele stehen und verschafft uns mit einem klimpernden Schlüsselbund Zutritt. Vielleicht hat er auch diese Schlüssel aus irgendeiner Kleiderschublade gezogen.

»Fürchtest du dich?«

»Vor dir?«

»Vor diesem Haus.«

Der Eingang ist mit Erde verdreckt und wird von einem komplexen Holzgerüst, ähnlich einem mittelalterlichen Katapult, gestützt, während die von Stromzählern und bloßliegenden Kabeln verdeckte Wand an die Eingeweide eines Roboters erinnert. »Schon das Erdbeben hat ihm ganz schön zugesetzt«, erklärt er mir und ergänzt, dass sich bereits ein Jahr zuvor ein Gesims gelöst und um ein Haar einen Passanten erschlagen hätte, der ausgerechnet in dem Moment vorbeigekommen sei, dass es sich dann aber auf der Straße aufgelöst habe zu einer Wolke aus Staub so fein wie Kokain. Der Erdrutsch der letzten Woche sei nur ein weiterer Schlag gewesen. Eine Ladung Schlamm, die sich hinter dem Gebäude ergossen habe und in die Wohnung des Witwers im Erdgeschoss eingedrungen sei, bis die Badewanne vollgelaufen und das gesamte Gebäude in Mitleidenschaft gezogen worden sei, das nun als unbewohnbar gelte. Seine Schwester, ihr Mann und die Kinder seien zusammen mit allen anderen Familien evakuiert worden. Im Laufe der Woche habe er, Raffaele, ihr geholfen, vorläufig in einem Hotel auf dem Monte Faito unterzukommen, denn das Opfer kehre immer zu seinem Peiniger zurück. Und das sei auch der Grund gewesen, warum er sich nicht habe blicken lassen. Es hieß, das Haus könne von einem Tag auf den anderen zusammenstürzen.

»Komm mit.«

Er fasst mich an der Hand, und wir steigen ein baufälliges Treppenhaus hinauf, kommen an einem Kinderwagen vorbei, der auf einem Treppenabsatz abgestellt ist, violett und von einer Schicht Kalkstaub überzogen, sowie an einem Bildstock, der Pater Pio geweiht ist, mit künstlichen Mohnblumen, die in einem dieser Nutellagläser stecken. Die Wohnung seiner Schwester befindet sich im vierten und letzten Stock.

Noch ist der Strom nicht abgestellt. Raffaele drückt den Schalter in dem bananengelben mit Nägeln gespickten Flur. Alles ist entfernt worden: Bilder, Fotos, das Telefon. In ihrer kahlen Nacktheit zieht mich die Wohnung in ihren Bann: Zum Glück muss ich Anita, die den ganzen Tag auf einer Versammlung in Neapel ist, nicht anrufen, um ihr mein unvermeidliches Zuspätkommen anzukündigen. Ohne Eile dringe ich in die leere Hülle der Wohnung vor, halte Ausschau nach den Spuren der Familie, die hier bescheiden, aber würdevoll gelebt hat. Es sind nicht viele Spuren, Raffaele hat ganze Arbeit geleistet. Der Klappstuhl in der leeren Küche, ein orangefarben kariertes, mit Tomatensoße beflecktes Geschirrtuch. Der rote Plüschfuchs im Wohnzimmer mit seinem zerzausten Schwanzfell auf dem von der Wand gerückten braunen Kunstledersofa. Die Filzschreiberaufschriften auf den ringsum gestapelten Kisten und Kartons: *Sommerkleider Ciro, Rechnungen usw.* Der schwarze Schimmel zwischen den falschen Terrakottafliesen. Die wirren Laken auf dem Ehebett, wie aus dem Kontext gerissen nach jenem albtraumhaften Erwachen. Die halb herabgelassenen Rollläden, gleichsam zum Zeichen der Trauer. Die Flasche mit dem Waldfrüchteschaumbad im Badezimmer – und überall ein vager Geruch nach Windeln und Steinpilzen.

»Die Wohnung war frisch renoviert. Sie gehört der Schwiegermutter, aber meine Schwester hat alles herrichten lassen, als sie geheiratet hat. Falls das Haus nicht vorher zusammenkracht, muss ich übermorgen wieder her, um Türgriffe, Lampen und all das abzumontieren.« Er hat breitbeinig auf dem Sofa Platz genommen, als würde ihn allein schon der Gedanke daran ermüden. Dann schiebt er angewidert den Fuchs beiseite, um sich auszustrecken, und klopft auf das freie Stück

Kunstleder neben sich. »Warum stehst du da rum? Komm her, lass mich nicht leiden.«

Während ich eben noch Tizianas Wohnung mit meinen fremden Schritten und indiskreten Blicken entweiht habe, strecke ich mich nun mit der berauschenden Gewissheit, eine Grenze überschritten zu haben, neben ihrem Bruder aus. Das Sofa knarrt unter uns, vielleicht ist es aber auch der Fußboden oder das Mauerwerk oder das wacklige Fundament des Hauses. Wir drücken uns aneinander, küssen uns innig. Wir liegen auf einem Floß, schweben auf einem zugefrorenen See, dessen Eis jeden Moment brechen kann, eine abrupte Bewegung genügt. Das bloße Gewicht unserer Körper könnte es bersten lassen, unsere Wärme es zum Schmelzen bringen. Wir könnten sterben. Doch das Einzige, was in diesem Augenblick zählt, ist, dass ich ihn vermisst habe und er mich; das gibt er mir mit seinem Mund zu verstehen, der kein Bewusstsein seiner selbst mehr hat, mit seinen Händen, die jegliche motorische Kontrolle verloren haben, während sie meine Jacke aufknöpfen, mit den Beinen, die sich um mich schlingen, als wollten sie mich am Fallen hindern.

»Das ist mein Schloss«, flüstert er mir ins Ohr, »und du bist meine Prinzessin.«

Er streicht über mein zerzaustes Haar, meinen zerknitterten Pullover, den Rücken, die Brüste. Unter seinen großen Händen werde ich klein, angenehm klein, zu etwas, das sich hochheben und herumdrehen lässt. Wir haben eine Wohnung ganz für uns, zwar baufällig und nur mit einer einzigen Lampe – der in dem zwanghaft fröhlich bunten Flur –, aber es ist unsere Wohnung, und wir haben die Schlüssel. Und nun weiß ich, worauf er es anlegt, wo wir enden werden. Ich werde von einem heftigen Zittern ergriffen.

»Du fürchtest dich wirklich«, sagt er besorgt.

»Vielleicht ist es nur die Kälte.«

»Aber liegt in Chicago nicht total viel Schnee?«

»Ja, aber die Wohnungen haben alle Zentralheizung.«

»Mist, wir haben gerade alle Gasöfen weggeschafft.«

»Ist dir denn nie kalt?«, frage ich ihn.

»Nein, ich zittere nur, wenn ich mich fürchte.«

»Vor alten Mütterchen?«

»Nicht nur«, antwortet er und betrachtet meinen Mund. Er fährt mit einem Daumen über meine Oberlippe, zieht sie in die Breite. »Ich fürchte mich vor Gespenstern.«

»Alle fürchten sich vor Gespenstern.«

»Nein, nicht alle. Mein Vater zum Beispiel nicht.«

Sein Vater Vincenzo, den alle Enzo nannten, sei als junger Mann sehr arm gewesen, beginnt er zu erzählen, mit löchrigen Schuhen und löchrigen Taschen und in ständigem Wettkampf ums Überleben. Als man ihm anbot, gemeinsam mit einem Freund Nachtwache auf einem von Dieben heimgesuchten Friedhof zu halten, habe er daher, ohne zu zögern, eingewilligt. Von diesem Friedhof, der etwas außerhalb des Dorfes nahe jenen Gleisen lag, die Gragnano mit dem Rest der Welt verbinden, verschwanden nachts Blumenvasen, die gerahmten Fotografien der Verstorbenen, Rosenkränze, alles. Nichts bleibe heilig, wenn man Hunger habe. Die beiden jungen Männer waren nicht mit Waffen ausgerüstet worden; sie sollten nur die Nacht dort verbringen, an einem gut sichtbaren Punkt im Freien schlafen. Um die Leute abzuschrecken, brauche man eigentlich nur Haltung zu zeigen, aber man müsse wirklich daran glauben, dürfe keine Unsicherheit verraten, denn sonst sei alles umsonst.

Raffaeles Vater schlug vor, die erste Schicht einer schwülen Sommernacht in der schlichten, kühlen Marmorkapelle zu verbringen, aber seinem Freund gefiel die Vorstellung nicht, gleichsam auf den Toten zu schlafen. So lagerten sie also unweit davon auf dem harten Gras, inmitten der von Votivkerzen erhellten Gräberreihen. Enzo tat, als schliefe er, doch in Wahrheit beobachtete er die orangeroten Flammen, die in der reglosen Luft flackerten, und lauschte den Grillen, die lauthals um die Wette zirpten. Dabei behielt er den Freund im Auge, der ihm den Rücken zugedreht hatte, bis dieser zu schnarchen begann. Nun erhob er sich ganz leise und versteckte sich in der Kapelle. Er fing an zu stöhnen, als sei er von tiefem Seelenschmerz ergriffen, und fuchtelte mit den Armen, die hinter der Säule aussehen mussten wie körperlose Gliedmaßen. Dann legte er sich wieder auf den Platz hinter seinem Freund, als sei nichts geschehen.

»Enzo, Enzo«, flüsterte der. »Wach auf, da ist was in der Kapelle.«

Enzo verstellte seine Stimme und antwortete verschlafen: »Was denn?«

»Ich weiß nicht. Etwas, das sich bewegt und jammert.«

»Ein Dieb?«

»Nein«, erwiderte der Freund benommen. »Nichts …« Und nach ein paar Minuten schlief er wieder ein.

Enzo stand abermals auf und lief in die Kapelle, wo er erneut mit den Armen zu rudern begann und noch täuschend echter stöhnte als zuvor. Diesmal brauchte er gar nicht zu dem Freund zurückkehren, denn der war aufgesprungen und schreiend vor Angst aus dem Friedhof gerannt. Enzo blieb den Rest der Nacht und alle folgenden Nächte dort und kassierte auf diese Weise den gesamten Lohn allein.

»So war mein Vater als junger Mann. Er hat sich jeder Herausforderung gestellt; er war mutig, erfinderisch, charismatisch. Er konnte sich in die Menschen einfühlen, blickte in

218

die Seele, deshalb fiel es ihm leicht, sie zu überzeugen und auf seine Seite zu ziehen. Und er war sehr beliebt, blieb immer ruhig und hielt sein Wort. Er hatte alles Zeug dazu, ein echter Signore zu werden. Er hätte der Boss von Castellammare werden können, wenn er nur gewollt hätte.« Raffaele blickt zur Decke und fasst sich mit einer Hand an die hohe Stirn. »Stattdessen ist er ein Niemand geworden.«

Vincenzo habe nicht den richtigen Nachnamen, nicht die richtigen Bekannten gehabt, so Raffaele. Er gründete eine Familie und fand Arbeit in der Zementfabrik, in diesem verfallenen – heute von Dealern, Dieben und Huren bevölkerten – Industriekomplex mit dem Schornstein, den ich sicher schon auf der Straße nach Sorrent gesehen hätte und der Castellammare wie mit einem Stinkefinger begrüße. Die Fabrik war nach endlosen unnützen Streiks geschlossen worden, als Raffaele sechs Jahre alt war und es acht hungrige Mäuler zu stopfen galt. Das alles war in den Siebzigerjahren, als sein Namensvetter mit dem brisanten Nachnamen – Raffaele Cutolo – die uneingeschränkte Herrschaft innehatte, also in jenen Jahren, in denen Arbeitslosigkeit noch einen Wendepunkt markieren und die Chance bieten konnte, sich den Kreisen der organisierten Kriminalität anzuschließen und eine der vielen Gelegenheiten beim Schopf zu packen, die wie Gewehrkugeln durch die Luft schwirrten und wie Koks verpufften. Aber Enzo hatte sich dem Leben längst gebeugt, schenkte Gewerkschaften, Heiligen und dem eigenen Gewissen Gehör. Kein Dreck klebte an diesen Händen, mit denen er über die Köpfe seiner Kinder streichelte und Raffaele hin und wieder fünfhundert Lire in die Tasche steckte, jene Fünfhundertlirescheine, auf denen eine griechische Nymphe zu sehen war, die sich in eine Quelle verwandeln wollte, nur um ihre Jungfräulichkeit nicht an einen Verehrer zu verlieren, der noch dazu ziemlich gut aussah. Enzo nahm eine andere Stelle als Arbeiter in einer Fabrik für Tomaten-konserven an, und ein Jahr bevor das Irpinia-Erdbeben mit all seinen Ausschreibungen für den Wiederaufbau ihm Ge-legenheit zum Aufstieg hätte bieten können, starb er bei der Arbeit an der Metallpresse an einem Herzinfarkt. Sein Ge-sicht habe ausgesehen wie blutverschmiert, wie von einem Pistolenschuss aus nächster Nähe zerschmettert, so Raffaele, dabei seien es nur zerquetschte Tomaten gewesen. Er war ei-ner, der alles hätte erreichen können, stattdessen verreckte er vollkommen unbemerkt, wie ein Weibsbild, wie ein Sklave.

»Ich dagegen möchte als Padrone sterben«, sagt Raffaele, den Blick auf die immer dunkler werdende Zimmerdecke ge-heftet.

Mir kommt es vor, als sei er mit einem Mal weit weg, ver-krochen in seine Gedanken, und um ihn dort herauszuholen, küsse ich ihn. Wir küssen uns lange, bis die ersten Sterne zwi-schen den Spalten der Rollläden blinken, bis wir genug haben von unserer Zweisamkeit und der Dunkelheit.

»Ich bring dich nach Hause«, sagt er zu mir. »Ich muss mich bald fertig machen.«

»Wo musst du denn hin?«

»In den Park.«

* * *

Das Haus der Schwester stürzt weder dieses noch die nächs-ten Male ein. Viele Tür- und Fensterbeschläge verschwinden und auch die Kinderbetten, doch sperrige Objekte wie das Sofa und das Ehebett bleiben. Tag um Tag hält das Haus stand. Raffaele ist derart zuversichtlich, dass er sogar sein Motorrad in dem abgestützten Hauseingang abstellt. Immer sorgloser streifen wir durch die Wohnung, manchmal barfuß, trinken Wasser aus dem Hahn und benutzen die Toilette. Auch mit den einzuhaltenden Zeiten nehme ich es immer weniger genau. Eines Abends schaffe ich es nicht, rechtzeitig vor Anita nach Hause zu kommen, und auch für einen Zettel oder einen entschuldigenden Anruf ist es zu spät.

Wutentbrannt wartet sie in der Küche auf mich, die Hände in die Seiten gestemmt und mit zusammengepressten Lippen, die sie nur öffnet, um drei kurze, harte Worte hervorzustoßen: »Wo warst du?«

»Entschuldige, Anita, ich habe die Zeit vergessen. Ich wollte nicht, dass du dir Sorgen machst.« Und bis auf das Detail des unbewohnbaren Hauses erzähle ich ihr alles, zuversichtlich, dass sie Verständnis haben wird. Wer außer ihr könnte besser unseren Wunsch nach ein bisschen Privatsphäre, nach einem ruhigen Ort nur für uns verstehen? Und ist das nicht allemal besser als diese Partys mit Alkohol und lauter Erwachsenen?

»Ist dir eigentlich klar, dass Raffaele aus einer Verbrecherfamilie stammt?«, erwidert sie stattdessen.

»Das musst du mit dieser anderen Familie verwechseln. Raffaeles Familie ist arm, sein Vater war Arbeiter.«

»Was hat das mit dem Vater zu tun? Auch wenn die Camorra versucht, sich umzustrukturieren, ist sie doch ganz anders als die Cosa Nostra, nicht diese Dynastie, wie du sie aus *Der Pate* kennst, die von Generation zu Generation weiterbesteht. Die kriminellen Kreise sind hier weniger beständig, sie lösen sich permanent auf und bilden sich neu. Es gibt unzählige verschiedene Clans, die ständig neue Bündnisse eingehen. Eine Familie, die früher das Sagen hatte, zählt möglicherweise gar nichts mehr. Sie bringen sich gegenseitig in ihren Fehden um, deshalb gibt es andauernd Schießereien in

Castellammare und all das Blutvergießen auf unseren Straßen. Alle wollen sie hier das Alphamännchen spielen, ich sag's dir, die sind wie Wölfe, die sich gegenseitig zerfleischen.« Sie wirft einen Blick auf das Körbchen in der Ecke. »Pardon, Sally. Wölfe sind lange nicht so schlimm. Das sind Barbaren, skrupelloses Pack, das alles tut, nur um die Kontrolle über die Geschäfte zu behalten.«

»Von welchen Geschäften sprichst du?«

»Von welchen Geschäften, Fri'? Drogen, Ausschreibungen, Wucher, Prostitution, das ist kein Scherz. Wenn deine Mutter wüsste, auf was für Leute du dich da einlässt … Ich darf gar nicht dran denken! Wer soll ihr sagen, dass du mit einem Mitglied aus einem aufsteigenden Camorra-Clan verlobt bist?«

»Raffaele gehört nicht zur Camorra.« Doch während ich das sage, regen sich, gleich einer Schlange, Zweifel in meinem Inneren.

»Ah, Raffaele nicht?«, ruft sie sarkastisch. »Hör zu, Frida, ich habe mich umgehört, und ich weiß Bescheid. Ich habe viele schöne Dinge über ihn erfahren. Dass er rumläuft und den Schnösel spielt, mit Markenklamotten und einem nagelneuen Moped, das ihn ein ordentliches Sümmchen gekostet haben dürfte. Dass er sich Raffa nennt. Dass er Leute einschüchtert und verprügelt, einen sogar krankenhausreif geschlagen hat. Dass er nicht dieselbe Schule wie Hong Kong besucht, sich aber oft abends mit ihm trifft, um Kokain mit ihm zu sniffen. Von wegen Kulturaustausch.«

Scham macht sich in meinen Adern breit, darüber, dass ich so wenig weiß, ein kaltes Gift, das mich schmerzlich durchdringt. Verzweifelt klammere ich mich an ein inkorrektes, aber belangloses Detail ihrer Nachforschungen. »Huang«, sage ich.

»Was?«

»Er heißt Huang, der Junge aus Taiwan.«

»Ob 'Uang oder 'Ong Kong, das interessiert mich nicht!«, erwidert sie barsch, den Hauchlaut am Namensanfang verschluckend. »Das Einzige, was mich interessiert, bist du. Es ist meine Pflicht, dich zu beschützen.«

Das sind mütterliche Worte. Ich spüre, wie die Anspannung nachlässt, dafür jedoch die Aufmerksamkeit zum wundesten Punkt wandert. Zum Kokain, dem weißen Gift. Für mich ist es wie ein Schock, wie Verrat. Aber wer weiß, ob es stimmt: Ich habe ihn nie zugedröhnt, noch nicht einmal betrunken gesehen, und es kommt mir sehr unwahrscheinlich vor, dass der kleine und schmächtige Huang harte Drogen konsumieren soll. Außerdem, so meine Überlegung, wenn Raffaele tatsächlich aus einer Camorra-Familie stammt, weshalb sollte er sich dann so abmühen, seine Fähigkeiten zu beweisen und jemanden darzustellen? Nein, Anita kennt ihn nicht so, wie ich ihn kenne, sie weiß nicht, dass all das in Wahrheit Fassade ist, dass er kein Wolfsherz hat. Das sind in etwa die Worte, mit denen ich ihn in Schutz nehme, wobei ich seinen Hang zur Gewalt nicht leugnen kann. Es ist etwas, das ich weder begreife noch gutheiße, und dennoch spüre ich, dass es mir insgeheim, in den verborgensten Winkeln meiner Seele gefällt. Seine gewalttätige Seite erregt mich. Das gestehe ich nicht einmal mir selber ein, es ist eine primitive, nicht in Worte fassbare Empfindung.

»Hör zu, Fri', das ist tatsächlich eine politische Frage«, wendet Anita ein. »Du musst dich entscheiden, auf welcher Seite du stehst. Auf der Seite der Sozialisten oder auf der Seite der Faschisten. Der Arbeiter oder der Ausbeuter. Der Guten oder der Bösen.«

»Lautet so die Rede von Sokrates?«

»Welche Rede?«

Ich schaue ihr fest in die mit blauem Kajal betonten Augen. »Die über Gut und Böse? Über Schwarz und Weiß? Über das Denken mit dem eigenen Kopf?«

Ich sehe, wie ihre Augen flackern, sehe sie schwanken wie Barken auf offener See. Jetzt schweigt Anita. Dann macht sie eine merkwürdige Geste. Sie hebt die Hände, als wolle sie die Luft vor mir erwürgen, dazu knurrt sie wie ein bedrohter Hund. Danach verlässt sie mit betont lautem Schritt die Küche.

Unglaublich, ich habe gewonnen. Ich habe in einer Diskussion mit ihr die Oberhand behalten, sie mit ihrem eigenen Argument geschlagen. Das nagende Gefühl in meinem Inneren löst sich auf, mein Körper wird von einem unerwarteten Wohlbehagen durchdrungen. So muss sich Umberto nach einem ordentlichen Streit mit seiner Mutter fühlen.

* * *

Um mir den ökumenischen Geist näherzubringen oder vielleicht auch nur, um mich mehr an zu Hause zu binden, besteht Anita immer öfter darauf, dass ich nicht nur Jesús, sondern auch die anderen Jugendlichen des Austauschprogramms zum Mittagessen mitbringe. Ich lade Sif ein, aber nicht Brenda, zu der ich keine richtige Beziehung habe, zumal ich fürchte, Anita könne sie zu einer weiteren amerikanischen Tochter erklären. Doch als meine Gastmutter Sif bei Tisch mit Fragen über Schweden löchert, wird mir klar, dass die Nationalität keine Rolle spielt. Für Anita sind wir allesamt amerikanische Töchter und Söhne, Heimatlose, Findelkinder. Und unsere Gegenwart weckt in ihr erneut jenen Hunger nach der Welt, mit dem sie geboren wurde, einem Hunger, so ausdauernd wie ein Fluss, der sich seinen Weg durch den Felsen zum Meer bahnt, und so mitreißend wie die Räder des Zuges, mit dem die Pastasciutta nach Norden gelangt.

Sif spricht beneidenswert gut Italienisch. Das wundert mich nicht. In Colle di Tora wusch sie sich weder wie eine Deutsche, noch ging sie oft zum See runter. Meistens sah ich sie an dem wurmstichigen Küchentisch vor einer aufgeschlagenen Grammatik hocken, die Finger wie dünne Zweige um eine Tasse schwarzen Tee geschlungen und den Schwanenhals leicht vorgebeugt, der durch das jungenhaft kurz geschorene dunkle Haar noch betont wurde. Auch jetzt, vor ihrem Teller mit den eingelegten Auberginen, ist sie unnahbar schön wie eine Göttin. Nicht wie die nordische Göttin in ihrer güldenen Pracht, sondern wie Sif, die, ihrer äußerlichen Macht beraubt, erwacht und nicht einmal »ach« sagt. Sie ist von einer schmucklosen, geduldigen, winterlichen Schönheit. Der noch nicht ausgeblichene Ansatz ihrer Haare hat die Farbe von feuchter Erde, von Humusboden, von dem, was darunterliegt.

Ich kann mich nicht sattsehen an ihr, während sie zurückhaltend und gewandt auf Anitas Fragen antwortet. Ich studiere ihre Gesten, ihre Kleidung, ihre Gesichtszüge auf der Suche nach dem Schlüssel, um mich in sie zu verwandeln.

»Warum hast du mich nicht viel eher mit diesem wunderbaren Mädchen bekannt gemacht?«, wirft mir Anita plötzlich vor, während sie noch etwas Brot aufschneidet. »Da wart ihr in Colle di Tora so dicke miteinander, und hier in Castellammare trefft ihr euch überhaupt nicht mehr?«

»Was für ein seltsamer Sommer«, bemerkt Sif.

»Inwiefern seltsam?«, fragt Anita.

Sie zögert. »Insofern, als unsere Gruppe hauptsächlich aus jungen, vielleicht ein wenig naiven Ausländerinnen bestand in einem Dorf voller arbeitsloser Männer. Das war bisweilen ziemlich heftig.« Jetzt wendet sie sich an mich: »Wie hieß noch mal dieser Typ, den du mit dem Messer bedroht hast?«

»Mit einem Messer?«, ruft Anita ungläubig.

Nicht einmal ich selbst kann das glauben, die Erinnerung daran habe ich vollkommen verdrängt. Doch jetzt explodiert sie in meinem Kopf, die Episode erscheint vor meinem inneren Auge, längst vergangen und stumm wie ein alter Schwarz-Weiß-Film. Ein Mann um die dreißig, mit dichten Augenbrauen und gekränktem Blick. Alfonso, Alfredo, Albano, irgendein derartiger, in meinen Ohren arabisch anmutender Name. Breitbeinig hockt er an unserem Holztisch, hat sich, wie so viele andere Verehrer, in unser abgeschiedenes Haus eingeschlichen und legt dieselbe Dumpfheit an den Tag, mit der er mir seit Wochen nachstellt: in der Bar Carlo, auf der Hauptstraße, auf der Piazza. Dieser Geck, der das Wort »Nein« nicht versteht, zumindest nicht aus meinem schuldbewusst lächelnden Mund, jenes doppeldeutige Nein einer Ausländerin, die weiß, dass sie kein Recht hat, an diesem für römische Urlauber bestimmten Ort zu verweilen, und die ihn anfangs, am Strand, zu sehr hat gewähren lassen. Sein säuerlicher Achselschweiß, herb wie Kaffee, sein endloser Wortschwall, vermutlich im Dialekt, mit dem er mir seine Zuneigung aufdrängen will, und ich, die ich mich in der Nachmittagshitze verhasple, nach der richtigen Redewendung suche, der korrekten Konjunktion, um ihn aus der Küche zu vertreiben, in der alle möglichen Arbeiten zu verrichten sind. Der sprachliche Frust, der sich plötzlich in meinem Kopf zusammenballt und zu bersten droht, meine sonnenheiße Hand, die sich das kleine gezahnte Messer vom Tisch schnappt, an dem noch Krümel, Butter und dunkelrote Kirschmarmelade kleben. Die zitternde Klinge, die wie eine Pistole auf seine Brust gerichtet ist, auf sein trashiges T-Shirt mit der Aufschrift *Manhattan Man.*

Ja, Sif hat recht, es war ein Scheinparadies. Das Einzige, was es zu erinnern lohnt, sind diese riesigen, ungeniert entblößten Titten und das verschmierte, auf das Herz jenes Rüpels gerichtete Messer. Der Sommer war nicht so, wie ich gedacht habe, ich bin nicht die, die ich gedacht habe. Ich bin eine, die Illusionen zerstören, den Spiegel zerschlagen kann. Ich bin die dunkle Metapher in einem Gedicht, ich bin der Lastwagen voller Margeriten.

* * *

Anitas Vermittlungsversuche nutzen wenig, denn bereits am Tag nach dem Mittagessen mit Sif treffe ich mich wieder mit Raffaele, und wir wandern vom Sofa ins Ehebett. Als ich ein weiteres Mal spät nach Hause komme, ist die Kommode in meinem Zimmer ausgeräumt, und alle meine Kleider liegen auf dem Bett. Ich gehe in die Küche, um Anita zu fragen, was los ist. Mit knappen Worten, so dumpf wie das Klacken des Messers, mit dem sie Zwiebeln klein schneidet, erklärt sie mir, dass sie es gewesen sei, die meine Kleider herausgezogen habe. Ich hätte sie nicht ordentlich in die Schubladen geräumt, wie versprochen. Blusen hätten mit einzelnen Socken zusammengelegen, BHs mit Hosen, die Pullis seien einfach so hineingestopft gewesen, ohne sie zusammenzufalten, hier ein paar Unterhosen, da ein paar Unterhosen. Das müsse jetzt alles ordentlich einsortiert werden. »Komm mit, ich zeig dir, wie.«

Ich folge ihr in das kleine ausgeräumte Zimmer, verspüre dieselbe Verlegenheit wie am ersten Tag, als sie meine schmutzigen Füße inspiziert hat. Aber dieses Mal findet sie meine unverhohlene Barbarei nicht lustig. Sie befiehlt mir, mich sofort an die Arbeit zu machen, hält mir die schlimmste Standpauke meines Lebens, schlimmer noch als die stumme Szene, die mir meine Mutter machte, als ich das einzige Mal in meinem Leben gestohlen hatte, mit sieben oder acht Jahren. Eine bittersaure Abfuhr. Tränen steigen mir in die Augen, brennend vor Scham, oder vielleicht ist es nur die Zwiebel, die noch an ihren Händen haftet. Nachdem sie verschwunden ist, bleibe ich lange Zeit in meinem Zimmer, um meine schlichten Mädchenkleider zu sortieren, von denen mich keines zu trösten vermag.

Nach einer Weile zieht der süße Duft von in Butter gedünsteter Zwiebel zu mir herüber, und Anita schaut herein, um mir zu sagen, dass das Abendessen fertig sei. Dann setzt sie sich auf das leer geräumte Bett und bittet mich um Verzeihung. »Du hast nichts Böses getan, Fri, du bist nur in einen Jungen verliebt. Es ist meine Schuld, ich bin ein wenig nervös momentan.«

Ich setze mich neben sie. »Wieso denn?«

»Nichts Schlimmes, ich bin ein bisschen überfällig.«

»Überfällig?«

»Mit meiner Regel.«

An ihrem Gesichtsausdruck kann ich nicht erkennen, ob sich tief in ihrer Seele insgeheim Vorfreude auf eine mögliche Schwangerschaft verbirgt, auf das Mädchen, von dem sie immer geträumt hat. Sie zieht etwas aus der Kitteltasche und reicht es mir.

»Was ist das?«

»Ein Präservativ.«

»Danke, so was brauche ich nicht.«

»Natürlich brauchst du es. Nimm es. Glaubst du etwa, mit meinen Söhnen hätte ich es anders gemacht, als es für sie das

erste Mal so weit war? Ich habe ihnen alles haarklein erklärt.«
Sie erhebt sich. »Wasch dir die Hände und komm dann zum
Essen. Wir beide sind heute Abend allein. Magst du Piselli˟?«

Ich bejahe, denke jedoch mit einer gewissen Erleichterung,
dass ich keinen großen Hunger und auch sonst keine besonderen Gelüste habe. Ganz im Gegensatz zu Anita.

˟ Dt.: »Erbsen«, umgangssprachlich auch in der Bedeutung von »Pimmel«
  verwendet (A. d. Ü.).

10

Die Weihnachtszeit entpuppt sich als echter Kultur- und Sprachaustausch. Anita nimmt sich einen Tag frei, um mit Jesús und mir die Ausgrabungsstätten von Pompeji zu besuchen. Wir kommen umsonst rein, weil sie den glatzköpfigen Mann am Eingang kennt, der ihr derart dankbar für die Hilfe bei der vorzeitigen Pensionierung seines Cousins ist, dass er uns sogar die Schlange mit den Engländern in ihren weißen Söckchen und der Kamera um den Hals erspart. »Du bist großartig, *Mamacita*«, sagt Jesús und lässt das R kräftig rollen. An einem Abend geht sie mit Sif und mir »Pizza am laufenden Meter« essen, in einem Lokal in Vico Equense mit dem Beinamen »L'Università della Pizza« – die Pizza-Universität –, unweit der Gleise der Vesuviana. Mit von der Partie sind auch Luisa und ihre Tochter Gemma, die die vielseitige Sprachbegabung meiner schwedischen Freundin nutzt, um sich ein wenig in Französisch zu üben. Die Pizza ist rechteckig und so lang wie ein Tischläufer, und am Ende müssen wir uns die Reste einpacken lassen wie ganz gewöhnliche Amerikaner. Heiligabend und den ersten Weihnachtsfeiertag verbringen wir bei den diversen Brüdern und Schwestern von Anita, bei denen sich so viele Schwager und Schwägerinnen, Neffen und Nichten drängen, dass niemand darauf achtet, wie viel ich esse oder nicht. Ich frage mich, ob Raffaele dieselbe Verwandtschaftsrunde dreht, ob seine großen Hände über irgendwelche dunkelhaarigen Kinderköpfe streicheln, ob sie ihn »Onkel« nennen, obwohl er eigentlich noch zu jung dafür ist.

Daheim bei Letizia erklärt mir Umberto, dass die italienische Gesellschaft in zwei Arten von Personen unterteilt sei, nämlich die Panettone-Fans und die Pandoro-Fans. Er sagt es mit diesem ironischen Lächeln, das so oft auf seinen schmalen Lippen erscheint, als müsse er mühsam ein Lachen unterdrücken oder als lutsche er Lakritz. Riccardo und die Mutter gehörten beispielsweise zu der Masse an Konsumenten, die dem Panettone den Vorzug gäben, wohingegen er logischerweise jener Schar kluger Köpfe angehöre, die die erleseneren Qualitäten des Pandoro zu schätzen wüssten. Den luftigen Teig, das zarte Vanillearoma, die feine Puderzuckerschicht, die dem Ganzen eine zusätzliche Note verleihe.

»Willst du einen faden Kuchen wie Pandoro mit einem Gebäck voller kandierter Früchte gleichsetzen?«, hält Anita dagegen. »Rosinen, Orangeat und Zitronat? Panettone ist ein Festtagsgebäck, der einzig wahre Weihnachtskuchen.«

»Es geht echt nichts über Rosinen«, bekräftigt Ricky mit vollem Mund.

»Hört mir auf«, entgegnet Umberto. »Panettone ist ein totales geschmackliches Durcheinander, ein Kuchen, der sich nicht entscheiden kann. Außerdem weiß jeder, dass das Pandoro-Rezept wesentlich älter ist, es geht auf die Zeit von Plinius dem Älteren zurück. Übrigens dem Namensgeber deines Gymnasiums, Frida. Los, sag diesen Barbaren deine Meinung. Ich weiß, dass du eigentlich auch Pandoro-Fan bist, stimmt's?«

Um ihn nicht im Stich zu lassen, schlage ich mich auf Umbertos Seite, aber in Wahrheit bin ich unentschlossen. Denn während ich mir einbilde, dem schlichten und reinen Geschmack des Pandoro den Vorzug zu geben, steigt der Verdacht in mir auf, insgeheim doch Panettone-Fan zu sein, also zu den Menschen zu gehören, die, wie die bunt gescheckten Steinfliesen in Anitas Wohnungsflur, aus tausend verschiedenen Teilen bestehen, zu jenen Menschen also, die Gefallen an den Widrigkeiten des Lebens finden.

Zwischen einem Besuch und dem nächsten begleite ich Anita auf den Wochenmarkt, wo das Frischobst nunmehr getrockneten Aprikosen und Datteln gewichen ist, die neben anderen unverderblichen Lebensmitteln wie Linsen, Stockfisch und Nüssen feilgeboten werden. Aber wir sind hier, um rote Glücksbringer-Unterhosen für Silvester zu kaufen. Anita ersteht auch für mich welche. Sie bestehen aus einem Stück Synthetikspitze, so leuchtend rot wie ein Feuerwehrauto. Während sie darauf wartet, dass der Verkäufer das Wechselgeld herausgibt, erklärt sie mir, dass sie ihre Tage am Ende doch noch bekommen habe. Heftige Blutungen mit starken Krämpfen, was die Vermutung nahelege, dass es eine frühe Fehlgeburt gewesen sein könnte. Das sei nichts Besonderes, versichert sie, bisweilen würde die Natur eben einfach aussortieren, so, wie ein Apfelhändler die gammligen, von Hagel oder Dürre verunstalteten Früchte wegwerfe. Manchmal habe eine vorzeitig beendete Schwangerschaft allerdings damit zu tun, dass Spermium und Ei nicht zusammenpassten, ein Zeichen dafür, dass die Liebe keine Früchte tragen könne, dafür, dass es an spirituellem Einverständnis mangele. Manche Verbindungen seien von vornherein aussichtslos, zum Scheitern verurteilt.

»Siebentausend. Bitte sehr, Signora.«

»Die Geschichte mit Domenico muss ein Ende haben«, befindet Anita, während sie die abgegriffenen Geldscheine in ihrer Brieftasche verstaut und mir die Tüte mit den Slips reicht. »Ich habe ihn sehr, sehr gern, aber ich muss die Kraft aufbringen, ihn zu verlassen.«

»Er wird darüber sehr traurig sein.«

»Ich weiß, genau wie ich. Aber Domenico ist Teil meiner Vergangenheit, gleichsam ein offengelassenes Kapitel. Und ich muss jetzt nach vorn schauen, muss an meine Zukunft denken.«

Vielleicht täusche ich mich, aber mir kommt es vor, als habe Anita soeben zum Horizont geblickt, dem zwischen den Marktbuden aufschimmernden Silbermeer entgegen. Von dieser erhöhten Inlandsperspektive aus ist es nicht länger die Bucht von Castellammare. Es ist ein ferneres, unendlich viel weiteres Meer, eine unterirdische Wasserquelle, die überquillt und die Welt überschwemmt, bis sie den Himmel berührt.

Zu Hause in meinem Zimmer probiere ich den Slip vor dem Spiegel an. Er drückt sich in die Haut, und die Spitze kratzt, aber ich bin bereit, die Unbequemlichkeit und Anstößigkeit einen Tag lang in Kauf zu nehmen, um mir dafür ein ganzes Jahr lang Glück zu sichern. Zu Silvester will ich mit dem Schicksal verhandeln, doch danach werde ich es akzeptieren, und basta. An dem Abend, an dem Raffaele und ich zum ersten Mal miteinander schlafen, ist der rote Slip längst in einer der ordentlich aufgeräumten Schubladen verschwunden, und ich trage eine meiner verwaschenen Baumwollunterhosen, zusammen mit dem Goldarmband.

* * *

»Du bist eine von den Scheinschlanken«, ist das Erste, was er zu mir sagt.

»Was heißt das?«

»Dass du mit Kleidern dünn aussiehst, aber ordentlich was an dir dran ist.«

Ich bezweifle, dass er so mit seiner Spanierin gesprochen hat, die hätte ihm bestimmt was anderes erzählt. Und nachdem er den Panzer der Markenklamotten abgelegt hat, sieht auch er selbst ganz anders aus. Wie er so dasteht, auf der anderen Seite des Bettes, wirkt sein Bauch weich wie unsere Kissen, die Arme sind wenig ausgeformt, der Slip spannt. Auf der im Zwielicht des Zimmers dunklen Brust flackern orangefarbene Flecken, das Licht einer durch die Rollladenritzen dringenden Straßenlaterne, eine Körperhälfte scheint durch den grellen Flur wie vergilbt. Dennoch erahnt man die Reinheit seiner Haut, die weiße Leinwand unter dem Nachtstück à la Monet. Er hat sich seiner Kleider entledigt und schlüpft nun unter die Laken, die bereits nach unserem durch die Kleidung gedrungenen Schweiß und nach Schimmel riechen. Auf der dünnen Überdecke sehen unsere Jacken und aufgeknöpften Hemden aus wie auf dem Bett in Ohnmacht gefallene Menschen.

»Kommst du nicht?«, fragt er mich und hebt das Laken zu einer Art Höhle.

»Findest du mich hässlich?«

»Aber nein, ich mag's, wenn was dran ist. Außerdem gebe ich mich nur mit schönen Mädchen ab.«

Der Gedanke, dass er schon mit anderen Frauen zusammen war, tröstet mich. Ich bin in guten Händen. Ich strecke mich neben seinem Körper aus, der so unbehaart ist wie bei einem zu schnell gewachsenen Kind. Seine Beine streifen über das Laken, umschlingen sanft, aber begierig meine schmalen Hüften. Ich spüre die Kraft seiner unter der Fettschicht begrabenen Muskeln, die Macht seines glatten, aber entschlossenen Körpers, eine Python, die mich umarmt. Mit langsamen, feuchten Küssen ergreift er von mir Besitz, und ich lasse mich von ihm verschlingen.

Das also ist Sex. Der Augenblick, in dem der Geist endlich seinen permanenten inneren Dialog beendet und sich auf das basale und undefinierbare Empfinden einlässt. Es ist ein ungegliederter Raum, ein urzeitliches Stöhnen, eine sich öffnende Zwischenwelt. Eine lebendige Metapher, eine Traumszene, ein kleiner Tod. Mir erscheint es seltsam, dass zwei so unerfahrene Menschen, die sich noch nicht ganz aus den Fängen der Pubertät freigestrampelt haben und die wahrscheinlich noch nicht einmal ineinander verliebt, sondern nur voneinander geblendet sind, all das in sich bergen. Doch unsere Gesten, die zwar unvorhersehbar und nicht zu steuern sind, aber bereits unzählige Male vor uns vollzogen wurden, gehören in Wahrheit nicht uns. Sowenig, wie unsere Körper uns gehören, die lediglich ein Werkzeug sind, durch das die Welt sich verwirklicht, während wir nichts weiter tun, als uns ihrem Willen zu beugen. Vielleicht ist das der Grund, weshalb ich weniger von körperlicher Lust, sondern eher von einem Gefühl der Ausgeglichenheit, der Harmonie und Verbundenheit erfüllt bin. Er hat sich vollkommen an mich geschmiegt, heftet seine schweißfeuchte Haut an meine, ohne eine Fläche auszulassen, und dennoch bin ich es, die ihn verschlingt, die ihn aufnimmt wie eine Zufluchtsstätte. Vor meinen Augen taucht ein Bild auf, ein Druck des *Taijitu*, des *Ying* und *Yang*, das neben der üppig mit Bambus begrünten Glasfront bei mir zu Hause hängt. Ich habe dieses schwarzweiße Symbol nie gemocht, da es auf die Visitenkarten meines Stiefvaters gedruckt ist, doch jetzt ergibt es plötzlich Sinn. Was leer ist, wird erfüllt, was im Übermaß vorhanden, findet einen Abfluss. Sex ist eine Welt, die ihr verlorenes Gleichgewicht zurückgewinnt, sich neu ordnet. Ich ahne, dass dieser Akt mit dem Mann meines

Lebens, sofern es ihn gibt, etwas Göttliches haben muss. Und ich ahne, dass meine Seele, um wachsen zu können, den Körper braucht. Sie hat keine Wahl.

Als ich in den frühen Morgenstunden nach Hause komme, schlüpfe ich, warum auch immer, zu Anita ins Bett. Sie schnarcht sanft.

* * *

Das vertraute Dröhnen dringt am Ende der Pause an mein Ohr, als Mariagiulia und ich soeben das lange Fasten mit zwei gleichen, kleinen, in Plastik eingeschweißten Snacks beendet haben, während andere ihren Hunger angeblich mit einer Zigarette stillen. Aus dem Augenwinkel sehe ich draußen Raffaele auf seinem Moped sitzen, das mit laufendem Motor unter einem Baum steht. Ich eile über den von Sonnenlicht und Zigarettenqualm erfüllten Pausenhof zum Schultor.

»Was machst du hier?«

»Ich bin heute ein bisschen eher gekommen, um dich abzuholen.«

»Ich habe noch zwei Stunden.«

»Wen interessiert das? Die prüfen doch garantiert nicht deine Anwesenheit, wo du gar nicht von hier bist. Und was für einen Scheiß verpasst du schon, Latein, Philosophie?« Er grinst spöttisch und mit unverhohlenem Vergnügen. Hinter dem Torgitter ist er von unerreichbarer Schönheit, wie ein unschuldig Gefangener. »Komm schon, wäre echt ein Jammer, sich einen so schönen Tag entgehen zu lassen. Lass uns eine Runde drehen, es gibt da einen Ort, den ich dir zeigen will.«

»Noch eine Überraschung?«

»Sozusagen.«

Ich drehe mich um, schaue auf die schwarze, graue und braune Masse der eingemummelten Schüler. Vielleicht bin ja ich die Gefangene. »Gib mir fünf Minuten.«

Das Klingeln ruft uns in die Klassenzimmer zurück. Von unserer Schulbank beobachtet Mariagiulia wortlos, wie ich hastig die Lehrbücher zusammensammle, und nickt bloß, als ich sie höflich bitte, mich zu decken. Erst als ich an der Tür bin, bricht sie das Schweigen. »Triffst du dich etwa mit dem?«

»Ja.«

»Also, dann ciao.«

»Ciao.«

Raffaele fährt mit mir zum Park, aber wir halten nicht an; wir halten nicht einmal in der Halbwelt seines Viertels, das wir nur durchqueren, um in eine alte bergauf führende Straße abzubiegen. Eigentlich ist es eher eine Schneise als eine Straße, die sich schleppend zum Monte Faito hinaufzieht, holprig und gewunden wie Gedärm. Die Kehren sind derart eng, dass sich das Moped jedes Mal zur Seite neigt, und nie erreichen wir genug Tempo, um dieses wunderbare Gefühl einer glatten, fast nicht existenten Straße zu erzeugen. Das Fahrzeug hüpft auf der unebenen Oberfläche, ich spüre jedes Schlagloch wie eine Leere im Magen, während wir immer höher hinaufgelangen, die aus den dritten und vierten Stockwerken der Häuser hängenden Laken unter uns zurücklassen, bis wir von oben auf die Dächer der Bronx blicken, so, wie man zärtlich auf die Köpfe kleiner Kinder mit ihren krummen Scheiteln und widerspenstigen Haarsträhnen blickt. Hier oben beglückt uns die Sonne mit ihrer großzügigen Wärme, fast als würde der Berg selbst sie verströmen. Doch inzwischen sind wir ihm so nahe, dass wir nicht einmal den Gipfel sehen.

Die Häuser werden flacher, zerstreuen sich, und die Straße führt nun längere Abschnitte geradeaus. Wir be-

schleunigen. Die mittelalterliche Burg ist ein Spielzeug-
modell hinter unserem Rücken. Die kahlen Bäume ziehen
über uns vorbei wie ein Spitzenschleier; die Luft ist ein
Lichtflimmern, ein funkelnder Feuerschein. Ein Hund bellt
wie ein heiserer Hahn, oder vielleicht ist es auch umge-
kehrt. Hin und wieder lehne ich meine Wange an Raffaeles
Rücken, um die kleiner werdende Stadt und das wachsende
Meer zu betrachten, um seinen Geruch, der nach ich weiß
nicht was duftet, einzusaugen.

Irgendwann taucht hinter den stacheligen Bäumen die leb-
hafte Fassade einer riesigen Villa auf, rosafarben und abblät-
ternd wie alter Nagellack.

»Und wo sind wir hier?«

»Das ist die Reggia di Quisisana«, antwortet er, ohne sich
umzuwenden, während wir uns von den beiden Reihen der
selbst im Winterschlaf gewaltig wirkenden Bäume leiten lassen. Wir fahren langsam, da der Boden von einer glitschigen
Schicht modriger Blätter überzogen ist. Raffaele bringt das
Fahrzeug zum Stoppen und tritt den Ständer herunter. »Das
Schloss heißt Quisisana, ›qui si sana‹, ›hier wird man gesund‹,
verstehst du? Die Bergluft, die die Königsfamilie hier oben
schnupperte, war heilsam, während die Armen unten in der
Stadt an der Pest verreckten … Schau dir nur an, wie gesund
das jetzt alles wirkt. Sieht aus wie eine alte Irrenanstalt.«

Wir sind vor dem verschlossenen Eingangstor des Königs-
palastes abgestiegen. Ich sehe Unkraut auf dem Dach sprießen, Fester ohne Fensterscheiben, wie Augen, die geblendet
wurden, nachdem sie Zeugen von irgendwelchen schreck-
lichen Ereignissen geworden waren. Und dennoch verspürt
man einen gewissen Frieden hier oben, wie in einer Zauberwelt, einem durch die Stille der Berge bewahrten Andenken.
Das Holztor ist morsch, vielleicht gar aus den Angeln ge-

hoben, eine leicht zu erobernde Schatzkammer. Aber Raffaele versucht es erst gar nicht, vielleicht ist das nicht der Ort, den er mir zeigen will.

Er lehnt an dem Motorrad, das erhitzt ist wie ein Hund nach einem weiten Lauf. Er erklärt mir, früher seien während der Sommermonate die Adligen hier heraufgekommen, um die frische und wohltuende Luft zu genießen, die man seit Römerzeiten zu schätzen wusste. Es sei ein Ort der Erholung, der Sommerfrische und der Jagd gewesen, mit Reitställen, Gehöften, Unterkünften für die Bediensteten und einem Turm, zusätzlich zu den hundert Gästezimmern, die mit Stuck, Gemälden und Möbelstücken auf goldenen Füßen ausgestattet waren. Das Zimmer des Königs sei das größte von allen gewesen, fährt Raffaele fort, mit Zugang zu einer Terrasse so groß wie der Riesenpool aus *James Bond 007 – Diamantenfieber*, nur nicht mit Blick auf so eine blöde Wüste, sondern auf den schönsten und geschichtsträchtigsten Golf der ganzen Welt.

»Schließ die Augen und stell dir die Szenerie vor«, fährt mein Guide fort, während seine Finger mein Gesicht berühren, von den Wimpern bis zu meinen Zähnen streichen.

Jeden Sommermorgen erwacht der König neben seiner jungen Braut, die nackt zwischen den aus dem Orient importierten Seidenlaken schlummert, und öffnet die Terrassentür, um seine Lungen mit Reinheit und seine Augen mit Schönheit zu füllen. Er frühstückt, trinkt heiße Schokolade aus hauchfeinen Porzellantassen und stopft sich mit nelkengespickter Schweinelende und allen nur erdenklichen Delikatessen voll. Dann geht er in den Wäldern rings um das Schloss spazieren, die so suggestiv sind, dass sie keinen Geringeren als Boccaccio dazu inspiriert haben, eine seiner zotigen Novellen dort spielen zu lassen, und die längst zu märchenhaften Gärten umgestaltet wurden. An seinem Lieblingsbrunnen hält er inne, setzt sich auf eine Marmorbank, die angenehm kühl ist unter seinem weichen Hintern, und beobachtet die Wasserspiele, die die besten Architekten seiner Zeit zu seiner Erheiterung ersonnen haben, wobei sie sich die gewaltigen Wasserströme des Monte Faito zunutze machten. Schließlich erhebt er sich, um den Duft des frischen Wassers zu genießen und sich in dem Becken zu spiegeln. Er bewundert seinen Frack aus Goldbrokat, seine gepuderte Perücke und lächelt zufrieden, wohl wissend, dass er Herr über all das ist, über jedes Himmelbett und jedes Ölgemälde im Schloss, jede Nymphenstatue und jede Libanonzeder im Park, ja sogar Herr über die Natur. Und er bückt sich, um eine japanische Mispelfrucht aufzuheben, die ihm vor die Füße gekullert ist.

»Du hast die Augen nicht zugemacht.«

»Aber ich höre dir genau zu. Von welchem König sprichst du?«

»Was weiß ich, alle zusammen. Erinnerst du dich an die Geschichte der beiden Familien, der Anjou und der Aragón? Jedenfalls verbrachten die Sieger hier oben ihre Ferien. Die waren schließlich nicht blöd.« Später hätten die Aragón sich das Schloss zurückgeholt, dann seien die Spanier gekommen; alle hätten sie versucht, dieses Stückchen Paradies zu erobern. Die miesesten Eigentümer seien Privatleute gewesen, Investoren, die es zum Hotel umfunktionierten und die vielleicht sogar froh waren, dass Diebe bereits die gesamte Einrichtung entwendet und die Zimmer auf diese Weise modernisiert hatten. Doch das letzte Wort habe das Erdbeben gehabt, bei dem das Schloss wie ein Kartenhaus in sich zusammengestürzt sei. Stuck, Gesimse, Freitreppen, Dachgeschosse, alles kaputt. Seit Jahren dringe Wasser und Vegetation ein, seit Jahren bestrafe das Gebirge die königliche Residenz für ihren Ehrgeiz, für ihren Traum vom Glanz. Es schlage, vergewaltige, bespucke sie. Selbst die großartigen Parkanlagen seien unter Unkraut und Wurzelwerk erstickt, von Schmierereien und Abfällen verunstaltet. Er selbst habe es mit eigenen Augen ansehen müssen, als er vor einigen Jahren mit ein paar Freunden heraufgekommen sei, um in Ruhe einen Joint zu rauchen.

Ich stelle mich auf die Zehenspitzen, um ihn auf Augenhöhe zu küssen, Becken an Becken. Das Moped hält unserem Gewicht stand. Weit und breit kein Leben, bis auf diese Vögel, die nicht vorsorglich anderswo überwintern. Ich höre ihr Zwitschern, spüre seine Hände um meine Taille, spüre die Wärme und Bitterkeit seines Träumermundes. Ich wünschte, er würde mich nehmen, jetzt, hier und sofort, oder besser noch in dem verwilderten Garten, in den der Wald eindringt und der von Drogensüchtigen verunstaltet wird, ich wünsche mir, dass er auf der feuchten Erde mit mir schläft und die trockenen Blätter auf unserer Haut haften, dass wir auf den Anstand, aufs Präservativ pfeifen.

»Komm, lass uns weiterfahren«, sagt er.

»Wohin bringst du mich?«

»Auf den Gipfel des Monte Faito, dorthin, wo es nicht mehr weiter raufgeht.«

* * *

Ein wenig später, im Schatten gelegen, taucht ein Schild auf. *Straße gesperrt,* lese ich enttäuscht. Nirgends eine Metallschranke, nur ein langer, wackliger Ast, der an der Durchfahrt hindert. Doch ein Stück entfernt erahnt man den miserablen Zustand der Straße, die mit Ästen, Steinen und Schlaglöchern übersät ist und in der Kurve enger wird, da ein Teil der Fahrbahn abgerutscht ist.

Raffaele hält, ohne den Motor abzustellen. »Warte kurz.« Er steigt ab, um den Ast beiseitezuschleifen und ihn mit einem dumpfen Aufprall in den darunterliegenden Wald zu schleudern. Er reibt sich die Hände und nimmt wieder auf dem Sattel Platz.

»Du willst doch nicht da rauf?«, wende ich ein.

»Warum nicht?«

»Das Schild …«

»Na und? Das hängt da schon seit ein paar Jahren, die Leute fahren hier trotzdem durch, mit dem Moped, mit dem Auto. Im Winter ist irgendein Depp mal im Schnee stecken geblieben, aber im Sommer ist das echt eine bequeme Straße. Hier kommen sogar Familien rauf, um Pilze zu sammeln oder zu picknicken. Ansonsten musst du nämlich über Vico und einen irren Umweg fahren.«

»Und all die Äste und Steine?«

»Die sind wahrscheinlich mit dem letzten Regen runtergekommen. Der Staat kümmert sich nicht um die Instandhaltung? Okay, dann kümmern wir uns selber drum, besser so. Dann bleiben die Berge wenigstens in unserer Hand.«

Das überzeugt mich nicht. Die Luft ist hier schon ziemlich kalt und das Gelände unwirtlich, kein liebliches Belvedere mehr, sondern felsige Abhänge, an denen es nur noch ein paar karge Kastanien, Buchen und Eichen schaffen, Halt zu finden. Selbst die Straße schafft es nicht. Ganze Abschnitte der Leitplanken haben der Sogwirkung des Tals nachgegeben, während die Stützmauer auf der anderen Seite zum Teil von den Wurzeln ebenjener Bäume zerfressen ist, denen sie eigentlich Einhalt gebieten sollte.

»Es ist nicht gefährlich, ich bin bei dir«, beharrt er. Doch die Räder seines Mopeds bleiben stehen. »Aber wenn du nicht magst, kehren wir um. Sag's mir einfach.«

»Wie weit ist es?«

»Dreizehn Kilometer.«

Er gibt mir eine Entscheidungsgewalt, die ich nicht haben will. Mir wäre es lieber, er würde die Zügel in den Händen behalten, wie er es immer getan hat, vor allem jetzt, wo wirklich etwas auf dem Spiel zu stehen scheint. Auf dem Motorrad sind wir so schutzlos, ohne Helm, ohne irgendwas. Wir könnten in einem Loch stecken bleiben oder gegen einen Felsen prallen, wir könnten ins Schleudern geraten, über den Lenker fliegen, uns den Schädel einschlagen, hinabstürzen. Doch die Sonne leuchtet hinter den kahlen Bäumen, und ich spüre meine Angst anschwellen wie eine riesige Welle, die mich vorantreibt, auf dem vielleicht schon vorherbestimmten Weg.

»Nein, lass uns weiterfahren.«

Zum Glück fahren wir langsam. Mir kommt es vor wie ein Ausritt auf dem Pferd, und Raffaeles Körper ist tatsächlich so angespannt wie ein Hengst, der versucht, den Hindernissen, dem Erdreich und den Felsbrocken auszuweichen, die vermutlich für die vielen kleinen Krater im Straßenbelag verantwortlich sind. Früher sei es ein Maultierpfad gewesen, erklärt er mir, ein Privatweg, der im Winter genutzt wurde, um den Schnee, der sich auf dem Gipfel angesammelt hatte, auf kleinen Eselskarren abzutransportieren und unten in der Stadt zu verkaufen. »Damals konnte man nicht einfach so den Kühlschrank anstellen.« Bis vor nicht allzu langer Zeit habe es hier auch Reitergehöfte gegeben, die jedoch inzwischen verfallen und die Pferde verwildert seien. Wenn wir Glück hätten, könnten wir das dumpfe Stampfen ihrer Hufe auf dem trockenen Laub hören oder auch das Getrampel einer Kuh oder eines Schafes, die dasselbe Schicksal teilen müssten.

Allerdings sehe ich hauptsächlich menschliche Spuren. Lange zerschnittene Kabel, vielleicht Telefon- oder Stromleitungen, die nichts mehr mit niemandem verbinden. Den Pfeiler einer Drahtseilbahn, der sich unbegreiflicherweise aus den Felsen erhebt und einen flüchtigen Blick auf die ferne Stadt freigibt. Abfälle. Alte, unleserliche und von Kugeln durchsiebte Straßenschilder. Eines kann man noch lesen, aber es ist eingewachsen in einen uralten Stamm: *Waldbrandgefahr*. Ich finde es seltsam, dass ein Berg, der so viel Wasser ausspeit, in der Lage sein soll, auch Feuer hervorzubringen.

Spuren von Menschen, ja – aber hier ist ein Niemandsland, eine Grenze zum Unbekannten. Zu viel Stille, zu viel Reglosigkeit, die Bäume stehen unbewegt wie Wachposten. Die Rinde der Eichen ist eine runzlige Haut, die Brüstung ist morsch und faulig wie das Gebiss eines alten Riesen. Und tatsächlich wird der Gipfel des Faito »il Molare«, der Backenzahn, genannt, jener unförmige, durch die Wut des Herkules freigelegte Felsen. Doch wer weiß, ob wir es bei dem Tempo jemals dort hinaufschaffen. Raffaele bremst vor dem soundsovielten Ast ab und schafft es, ihn durch ein geschicktes Ausweichmanöver zu umfahren. Mein Schuh berührt den rauen Stein der Brüstung, ich schließe die Augen, um nicht hinabzuschauen. Ein Sonnenstrahl streift mein Gesicht.

»Einer, der hier den Wagen abgestellt hat, um Pilze zu sammeln, hatte zerstochene Reifen, als er zurückkam.«

»Wieso das?«

»Die wollten ihm eine kleine Botschaft senden.«

»Wer?«

»Vielleicht irgendwelche Killer, die sich nach einem Angriff im Wald versteckt hielten, aber wahrscheinlich eher die alten Besitzer des Gebirges.« Hier oben habe schon immer eine archaisch ländliche Camorra das Sagen, Leute, die das Gelände nutzten: illegal errichtete Häuser, Marihuanaplantagen, Brennholz.

»Wieso? Ist Brennholz denn so kostbar?«

»Hast du nicht gesehen, wie viele Pizzerien es in Castellammare gibt?«

Wir passieren einen gewaltigen Felsblock, der sich vielleicht während der letzten starken Regenfälle gelöst hat und nun auf seinen grausamen Absturz ins Tal wartet. So wie diese alten Schilder vom Rost werde ich von der Sorge zerfressen, dass es ein Fehler gewesen sein könnte, sich auf diese Straße zu wagen. Der reine Irrsinn. Doch je weiter wir vorankommen und uns unserem Ziel nähern, desto sinnloser erscheint mir die Umkehr.

Am Ende entscheidet die Straße für uns. Ein ganzer Baum liegt quer und macht alle Hoffnung auf ein Vorwärtskommen zunichte. Wer weiß, wie viel Sonnenschein, welch atemberaubende Aussicht uns auf dem Gipfel erwartet hätte! Raffaele unternimmt nicht einmal den Versuch, den gewaltigen Stamm beiseitezuschaffen: Nur ein Halbgott wäre dazu imstande. Manchmal fälle die Camorra einen Baum, erklärt er mir, gerade rechtzeitig, um die Wagen der Ordnungshüter zu stoppen; manchmal sei aber auch die Natur am Werk, aus ihr ganz eigenen Gründen. Er wirkt nicht verärgert, nicht einmal enttäuscht, lediglich ehrerbietig angesichts jener Grenze, die eine unermessliche und unergründliche Macht gezogen hat. Ohne zu fluchen und mit nur kurz aufheulendem Motor wendet er, um den Weg in die entgegengesetzte Richtung zu nehmen.

* * *

Schnee ist auf dem Gipfel des Monte Faito gefallen wie Puderzucker auf einem Pandoro. Dunkle Wolken ballen sich darüber und bilden einen Kontrast dazu, so wunderschön, dass man es malen und an Touristen verkaufen könnte. Die Tage sind sehr kalt. Eines Abends, nachdem wir gerade den Tisch abgedeckt haben, taucht Luisa auf, eingemummelt in Daunenjacke und Schal, aber dennoch zitternd. Und nicht nur das: Sie ist auch außer Atem, ihr Haar ist zerzaust, der Kajalstift verschmiert.

»Was ist los, Lui'?«, fragt Anita und lässt sie am Tisch Platz nehmen.

Als einzige Antwort wickelt die Freundin den langen schwarzen Schal ab. Sie tut es langsam, eine Windung nach der anderen, der düstere, aber schicksalsergebene Striptease einer frisch vermählten Braut in der ersten Hochzeitsnacht, denn der Beginn einer Ehe ist für eine Frau vielleicht auch das: eine Trauer.

»Sag nicht, du hast …«

Sie hat einen Knutschfleck: Von denen habe ich in den Fluren meines Gymnasiums in Naperville schon mehr als einen stolz zur Schau tragen sehen. Doch Anita betrachtet dieses rotviolette Liebeszeichen nicht mit Bewunderung, sondern mit dem kritischen Blick eines Hausarztes.

»Du warst unbedacht. Wieso hast du nicht auf mich gehört?«

Luisa schüttelt den Kopf, vergräbt ihn in den Händen. Sie weint leise, lehnt all die Last ihres Kummers auf ihre schmalen Handgelenke. Ich biete an, Kaffee zu kochen, ich weiß nicht, was ich sonst tun soll.

»Gute Idee«, sagt Anita zu mir, während ich mich erhebe. »Du hast da ein ziemlich dickes Ding abbekommen, Luisa, echt wie bei einem Teenager. Warum hast du ihm nicht rechtzeitig Einhalt geboten?«

»Ich habe mich hinreißen lassen«, erwidert die Freundin wenig überzeugt. »Aber was soll ich jetzt machen? Meine Haare sind zu kurz, um den Fleck zu verdecken.«

»Er ist jedenfalls ganz schön auffällig«, bemerkt Anita. Ich fülle die Espressokanne bis zum Ventil mit Wasser. »Vielleicht ein Halstuch? Oder einen Rollkragenpulli?«

»Und was soll ich nachts machen? Und am Morgen, wenn wir alle zusammen frühstücken?« Ich höre das Klicken ihres Feuerzeugs, die lange nachdenkliche Pause, die folgt. »Was meinst du, wie lange man das sieht?«

»Keine Ahnung. Ein, zwei Wochen.«

»Oh Gott«, ruft Luisa. Ich glaube, ich habe das Kaffeemehl zu sehr gepresst, doch jetzt ist es zu spät.

»Aber die eigentliche Frage lautet: Wie lange willst du dieses Lügengebäude noch aufrechterhalten und so tun, als herrsche eitel Sonnenschein? Du liebst deinen Mann nicht, okay, du liebst ihn nicht, so etwas kommt vor. Aber du musst es ihm sagen. Denn so behandelst du ihn wie einen Schwachkopf, und das hat er nicht verdient. Ich sag dir das nicht zum ersten Mal: Gestehe alles, wasch dein Gewissen rein, gib deinem Leben eine Wendung.«

»Es ist eigentlich weniger Salvatore, um den ich mir Sorgen mache. Wir könnten uns auch trennen, vielleicht ist der Zeitpunkt gekommen. Das Problem ist Gemma.« Wieder fängt sie an zu weinen, begleitet vom Summen des blauen Gasflämmchens. »Wenn sie rausfindet, dass ich mich auf einen anderen Mann eingelassen habe, wird sie in ihren zukünftigen Beziehungen für immer gezeichnet sein«, fährt sie mit gebrochener Stimme fort. »Sie durchlebt gerade eine sehr heikle Phase. Die Tatsache, dass ich ihren Vater betrogen habe … Sie wird mir nie verzeihen. Sie wird mir den Rücken zukehren, ich werde sie verlieren.«

»Sie steht mehr auf der Seite des Vaters, das stimmt.« Das ist eine schwere, geradezu aussichtslose Diagnose. Anita fügt dem nichts hinzu. Luisa bläst den Rauch weg, der Kaffee blubbert leise hervor.

»Ich bitte dich, hilf mir. Ich muss bald nach Hause, bin schon spät dran. Hast du Make-up oder irgendwas?«

»Was? Du, die du dich niemals schminkst, willst plötzlich dein Gesicht bemalen? Da bist du sofort ertappt.« Anita schnalzt mit der Zunge, während der Kaffeeduft sich in der Küche verbreitet.

»Lass mich kurz überlegen.«

Wir setzen uns wieder in Dreierformation an den Tisch, jede in einer anderen Haltung, wie die drei Frauen, die Picasso um einen Brunnen herum gemalt hat. Ich habe beschlossen, den Akt des Schaumschlagens, der mir allzu fröhlich erscheint, zu überspringen, dennoch bleibt das Kaffeeritual davon scheinbar unberührt, jedenfalls hilft es uns, die Gedanken zu sammeln, auszurichten und wie Schwerter zu schärfen.

»Öl«, sagt Anita plötzlich und stellt die Tasse ab.

»Was?«

»Olivenöl.« Sie geht zum Herd, schnappt sich die Flasche mit Extra-Vergine und dann ein Töpfchen, das, in dem sich Umberto immer seinen Frühstückstee kocht. Unbeholfen gießt sie etwas Öl hinein, kippt die Flasche so, dass Luftblasen hineinsteigen. Sie zündet die Herdflamme an, die gelblich züngelt, bis schließlich ein Prasseln zu hören ist. »Komm her«, sagt sie und greift nach einem Suppenlöffel. »Es wird ein bisschen wehtun, aber das ist schnell vorbei.«

»Was hast du vor?«, fragt die Freundin, die inzwischen ebenfalls aufgestanden ist.

»Du erzählst ihm, wir hätten Calamari frittiert.«

»Du weißt, dass ich nicht gut lügen kann, Anita. Ich bin zwar gut darin, zu schweigen und die Dinge *nicht* zu benennen, aber wenn ich mir etwas ausdenken soll …«

»Willst du deine Tochter traumatisieren? Willst du, dass es zu einem Bruch kommt?«

»Nein.«

»Dann hör auf mich. Du hast daheim bei Anita Calamari frittiert, als plötzlich das Öl aus der Pfanne gespritzt und auf deinem Hals gelandet ist.«

Luisa seufzt und tritt näher, hebt das Kinn zur Decke, und verdreht schon mal die Augen wegen des zu erwartenden Schmerzes und des erbarmungslosen Neonlichts. Sie zuckt kaum merklich zusammen, als das heiße Öl ihre bereits bläuliche Haut berührt. Sie hat in den Wehen gelegen, das hier ist nichts dagegen. Doch die Tochter, die Tochter ist alles, für sie kann man jeden Schmerz ertragen. Ein grünliches Rinnsal läuft über ihren langen, winterlich blassen Hals, verfängt sich in ihrem Pulli. Anita wirkt zufrieden mit dem erzielten Ergebnis, und voller Inspiration schwingt sie den Löffel, um die Freundin, ihre kleine Brust und die schmale Taille nach den Regeln der Kunst mit Öl zu bespritzen.

»So, fertig. Die Situation ist gerettet, dein Pulli leider nicht.«

»Danke, Anita, tausend Dank«, sagt sie bewegt.

»Jetzt gehst du nach Hause und schmierst Salbe drauf. Sonst bleiben noch Narben zurück.«

Kaum hat Luisa die Tür hinter sich zugezogen, will ich von Anita wissen, wieso sie die Freundin dazu anhält, der eigenen Familie Lügen aufzutischen, obwohl man in einer Beziehung doch aufrichtig sein sollte. Sie erklärt mir, dass in dem Fall eine Lüge das klügste und beste Mittel sei: »So ähnlich wie bei dir, als du vorgegeben hast, gläubig zu sein, um herkommen zu dürfen, was in der Tat gut so war.« Und außerdem, so fügt sie hinzu, sei die Kraft einer tiefen Freundschaft unter Frauen stärker als alle Tugenden der Welt. Das sei ein heiliger, ewiger Bund. Selbst wenn alles andere den Bach runtergehe – Ehe, Liebschaften, Karriere, der Körper –, blieben doch immer die Busenfreundinnen, die »Zwillingsschwestern«, wie sie sagt. Und natürlich die Kinder.

Nach der Enttäuschung, die ich Mariagiulia bereitet habe, hat, glaube ich, auch sie begriffen, dass uns in Wahrheit nur eine Zweckbeziehung, eine flüchtige Freundschaft verbindet. Dass sie mir eines Tages unter der Schulbank eine Einladung zu einem Karnevalsfest reicht, im März in einem Lokal in Sorrent, ist daher nur ein weiterer Beweis ihrer Wohlerzogenheit, ein Pflichtakt, den sie sehr gekonnt vollzieht.

* * *

Eines Nachmittags spaziere ich mit Sif durch sanften Nieselregen, der den Schnee auf dem Monte Faito geschmolzen hat, als uns ein Mann mittleren Alters, aber mit fast kahlem Kopf zu verfolgen beginnt. Um ihn abzuschütteln, aber auch, um uns besseren Schutz als den zu verschaffen, den unser einziger Regenschirm zu bieten hat, gehen wir in eine Cafébar. Doch der Kerl bleibt uns auf den Fersen. Er wird es auf meine wunderschöne schwedische Freundin abgesehen haben, denke ich, doch während er zwischen all den nassen Mänteln versucht, in Deckung zu bleiben, hat er die Augen auf mich geheftet. Er ähnelt einem streunenden Hund, mit anbiederndem Blick und den wenigen, durch den Regen an der Kopfhaut klebenden Haarsträhnen, und wie ein Hund schleicht er durch die Menge, um meinen Hintern zu begrabschen. Ich drehe mich ruckartig um und bohre ihm die Spitze meines Regenschirms in den Schenkel, die unüberlegte Geste eines Ritters mit gezücktem

Schwert, wobei ich allerdings ziemliche Kraft aufwende. »Zicke«, zischt er, »was fällt dir ein.« Das Mahlwerk der Kaffeemaschine brummt, während mein Verehrer einen seiner behaarten, bis zum Äußersten gestreckten Finger auf mein Gesicht richtet, als wisse er nicht, was ihn davon abhalten solle, mir ein Auge auszustechen. Er macht mir keine Angst, er macht mir gar nichts. Ich betrachte seinen glitschigen Kopf, das schwarze Büschel, das aus seinem Hemdkragen sprießt und bis zum Adamsapfel reicht. Irgendwo habe ich gelesen, dass Kahlköpfigkeit einem Überschuss an Testosteron und somit einer exzessiven Männlichkeit geschuldet sei.

Eine unbedeutende Episode, an die ich nicht mehr denke, bis mir Raffaele eines Abends, im Bett seiner Schwester, erklärt, er habe diesen Mistkerl, der mich angebaggert habe, aufgespürt und ihn sich vorgeknöpft. »Entschuldige, Ralph, ich wusste nicht, dass sie deine Freundin ist!«, habe er gewimmert. »Ich schwöre dir, das habe ich nicht gewusst!«

»Hast du ihn geschlagen?«

»Nein.«

Ich frage ihn nicht, wie er von der Sache erfahren hat, und auch nicht, warum er jetzt so mit mir schmollt, wo ich doch nur mich selbst und auch Sif verteidigt habe.

»Und wo hat dich dieses Weichei begrabscht?«, fragt er mich.

»Am Hintern. Aber nur so …«

»Wie so?«

»Ganz kurz.«

Er beruhigt sich und küsst mich, aber er bleibt düster, bis er in mich eindringt und alles aus unseren Köpfen verschwindet. Nachdem er sich im Bad frisch gemacht hat, schlüpft er wieder unter das Laken und legt sich hin, auf einen Ellenbogen gestützt.

»Warum gehst du eigentlich jeden Tag zur Schule, wo du doch gar keine Prüfungen ablegen musst? Schwänz doch einfach so wie ich, dann können wir von morgens bis abends zusammen im Bett bleiben.«

»Aber das Gymnasium gefällt mir.«

»Und wieso?«

»Weil man da einen Haufen interessanter Dinge lernt.«

»Lass mich hören, was das alles für interessante Dinge sind«, sagt er, wobei er meine Stimme nachahmt.

Ich erzähle ihm von der letzten Griechisch-Übersetzung. Ein Abschnitt aus einem Epos von Hesiod aus dem siebten Jahrhundert vor Christus, wo es um Aphrodite geht, die aus den ins Meer geworfenen Genitalien des Uranus entstanden war. Diese trieben weit aufs offene Meer, in die bewegte See, »und ringsherum Gischt ... aphrós, also Schaum«, flüsterte meine fleißige Banknachbarin, den Stift umklammernd, »und weißer Schaum trat aus dem göttlichen Glied hervor ... nein, besser quoll hervor ... und daraus wurde ein Mädchen geboren ...« Später, daheim, hatte ich aus Umbertos Regal einen Band der Enzyklopädie herausgezogen, um noch mehr über die Göttin der Liebe und der Schönheit zu erfahren.

Alles hatte seinen Anfang in dem gewaltigen Abgrund namens Chaos genommen. In dieser Leere entstanden Gaia, die Erde, und Uranus, der Sternenhimmel, und aus ihrer Verbindung gingen die Titanen hervor, von denen der stärkste Kronos, die Zeit, war. Letzterer entthronte seinen Vater in einem grausamen Kampf, und aus den Blutstropfen des Uranus erwuchsen göttliche Geschöpfe, aus seinem kastrierten Glied wurde ein Mädchen geboren. Aphrodite stieg aus dem Meer empor, aus jenem feuchten und bewegten Umfeld, das der Ursprung allen Lebens ist, jener ewigen Kraft, die die Welt vorantreibt. Insofern sind wir alle Kinder der Aphrodite, doch sie selbst hat keine Mutter, sondern ist den Wellen entstiegen, eingehüllt in einen Schaumschleier, dem Samen ihres Vaters. Als Göttin des Himmels sowie des Meeres wurde sie, sobald ihre anmutigen Füße den Strand berührten, auch zu einer Erdgottheit: Göttin zahlreicher Pflanzen und Blumen, des Frühlings, der allumfassenden Kraft der Natur. Und als solche wird sie selbst in einer Kultur, in der Kriege, Helden und Blut verehrt wurden, nicht entthront wie Uranus von seinem Sohn Kronos und dieser wiederum von seinem Sohn Zeus. Dennoch ist sie von einem verstümmelten Körper gezeugt worden, löst den Trojanischen Krieg aus, bemächtigt sich der Seelen durch eine wilde Leidenschaft, die keine Ruhe lässt.

Aber in ebendieser Wandelbarkeit verehrt man sie. Sie bestraft jeden, der ihre Macht nicht anerkennt, verweigert ihm die Freuden der Liebe, doch gleichzeitig heilt sie die Wunden mit Nektar und belohnt die Treuen, indem sie ihre Fantasie befeuert und ihnen die Schönheit des Beischlafs enthüllt. Sie greift sowohl auf Zauber und Liebestränke zurück als auch auf verführerische Gesten: ein Lächeln, ein Wort. Sie ist eitel und großzügig, jähzornig und betörend, untreue Ehefrau und ergebene Liebhaberin. Eine mehrdeutige Göttin, die einfach viele Namen haben muss. Aphrodite die Lächelnde, die Goldene, die Grausame. Königin, die ihrem ganzen Volk gehört. Jungfrau, die eins in sich selbst ist. Ränkeschmiedin, Beschützerin der Kurtisanen, Männerzerstörerin. Die mit dem schönen Gesäß, die der Schifffahrt Wohlgesonnene. Die, die niemals altert.

»Glaubst du wirklich an den ganzen Scheiß?«, fragt mich Raffaele.

»Ich glaube nicht daran. Mir gefällt die Geschichte, fertig aus. Sie ist allemal besser als diese Story von Gott, der in sieben Tagen die Welt erschaffen hat, und von Eva, die aus Adams Rippe entsteht.«

»Aber ich sage dir, dass es genau so gelaufen ist.«

Was für eine naive Behauptung, denke ich, aber ich fange keine Diskussion an: Selten habe ich ihn so aufrichtig vertrauensvoll gesehen. Mir kommt der Gedanke, dass die beiden Mythen vielleicht gar nicht so verschieden sind: die Frau, die aus der Wunde eines Mannes entsteht. Ich frage bloß: »Hast du die Bibel gelesen?«

»Nein, du?«

»Ich auch nicht.«

Mein Geständnis muss ihm irgendwie Genugtuung bereiten, denn nun küsst er mich mit großer Leidenschaft, streicht mir über den nackten Rücken und durchkämmt dann mein Haar mit seinen kräftigen Fingern, nach denen ich so verrückt bin. Aber es ist zu spät, um nochmals miteinander zu schlafen, vielleicht sind wir auch einfach zu müde.

»Gehst du gar nicht mehr in die Schule?«

»Die Sache mit dem Verweis ist längst vorbei«, erwidert er, wobei er zur Decke blickt und sich durch das gegelte, im Halbdunkel glänzende Haar streicht. »Aber ich habe beschlossen, keinen Fuß mehr in diese Lügenfabrik zu setzen.«

»Und was machst du dann den ganzen Tag?«

»Was ich mache? Ich denke an dich.«

11

Anita hat sich mit mir in der Bar Spagnuolo verabredet, ausgerechnet dort, sie hat extra früher Feierabend gemacht. Ich hatte schon befürchtet, sie müsse mir etwas Wichtiges mitteilen, doch wie es scheint, hat sie bloß Lust auf einen Kräutertee. Wir sitzen im Innenraum, umgeben von weißem Stuck und blauem Samt, dort, wo einst die großen Intellektuellen philosophierten und wo wir jetzt über dies und das plaudern. Anita schert sich nicht um das Gedeck, eine große Abzocke in Umbertos Augen, und bestellt sogar ein wenig Mürbegebäck. Während sie Honig in ihren Tee rührt, erzählt sie mir en passant, dass sie mit ihrem Cousin Schluss gemacht hat.

»Hast du also die Kraft gefunden?«

»Na ja, die Umstände haben mich ein wenig genötigt.«

»Welche Umstände?«

»Er schaffte es nicht mehr, mit seiner Frau zu schlafen. Das war's dann.«

Auch Anita hatte zum Schluss keinen Sex mehr mit ihrem Mann gehabt, denn Lust vorzutäuschen, so erklärt sie mir, sei eines der unangenehmsten Dinge auf der Welt. Es mache aus einer Ehefrau eine Nutte. Doch hin und wieder sei sie nicht darum herumgekommen, ein Mann sei schließlich ein Mann, und in dem Fall habe sie zumindest versucht, eine weitere Schwangerschaft zu vermeiden, zumal Abtreibungen damals illegal gewesen seien. Man brauche ja nur die Tage zu zählen, das funktioniere immer. Fast immer.

»Aber wolltest du nicht eine Tochter?«

»Schon, aber nicht mit Carmine.«

Von Anfang an sei ihre Ehe ein Machtkampf gewesen, erklärt sie mir, langwierig und mühselig wie die Belagerung Trojas. Die ersten Schlachten, um die Einrichtung der Wohnung, die Ausgaben, die Namen für die Kinder, hatte ihr Mann gewonnen, aber sie habe die Oberhand in Sachen Führerschein behalten, was damals geradezu unglaublich war in Gragnano, aber auch in Castellammare, wohin sie wenig später zogen. Dieses rosafarbene Stück Papier und der gebrauchte weiße Käfer hätten ihr eine bis dahin unbekannte Freiheit gewährt, erinnert sie sich. Der durchs Wagenfenster dringende Wind habe mit ihrem frisch gefärbten Haar gespielt, und sie habe Lust bekommen, die Kinder einzuladen und loszufahren, immer weiter, ohne anzuhalten, bis nach Neapel oder Rom oder darüber hinaus.

Doch der heftigste Kampf sei der um die Arbeit gewesen. Anita kann sich noch genau an das Datum erinnern, als sie ihre Stelle bei der Gewerkschaft bekam, denn am Tag zuvor waren die ersten Menschen auf dem Mond gelandet. Nach endlosen Diskussionen hatte Carmine klein beigeben müssen, aber von dem Tag an behielt er jede ihrer Bewegungen unter Kontrolle. Wo warst du, was hast du gemacht, wen hast du getroffen? Abgesehen von ihrer beharrlichen Zeitungslektüre, habe sie keinerlei außereheliche Interessen gehegt, und je gründlicher sie die soziopolitische Situation in Italien und im Ausland erfasst habe, desto schlechter sei die Stimmung daheim geworden. Die Trennung war bitter, da nicht einvernehmlich. Carmine habe gedroht, ihr die Kinder zu entziehen, und es seien schwierige Jahre gefolgt. Um ihr Gehalt und die mageren Unterhaltszahlungen aufzubessern, habe sie abends im Bett Krägen für Damenblusen gestickt oder gehäkelt.

»Am Ende hatte ich meine Unabhängigkeit, Fri', aber ich habe sehr dafür gelitten. Jeder Mensch und auch jedes Tier hat das Recht auf Freiheit, und dennoch begreifen selbst heute noch viele nicht dieses einfache Prinzip.«

Während Anitas Bericht habe ich immer wieder ängstlich zu der großen Glastür hinter ihrem Rücken gespäht, durch die man auf die Tischchen draußen blickt. Es ist die Zeit des Aperitifs, wir befinden uns auf Raffaeles Terrain, und ich fürchte ein Treffen zwischen ihm und meiner neapolitanischen *Mamma*. Gleichzeitig lege ich es vielleicht sogar darauf an. Ich wünsche mir, zwischen all den Gestalten und Bäumen einen Schimmer Haargel zu entdecken, eine weiße Kinnlade, ein Stückchen Mantel; mir würde schon ein kantiges Schulterpolster seines Cousins genügen, das früher oder später zu ihm führen würde, vielleicht gar direkt vor den beleuchteten Musikpavillon. Ich würde sie unbemerkt von meinem samtigen Meer aus beobachten, während sie sich, wie in einem Stummfilm, mit merkwürdigen Gesten und rätselhaftem Lächeln unterhielten. Es wäre ein ziemlicher Schock, die Kluft zwischen dem Jungen im Ehebett und dem Camorra-Mitglied aus dem Stadtpark zu erkennen, Zeuge dieser beiden unversöhnlichen, einen zarten Augenblick lang sich überlagernden Welten zu werden, sich tatsächlich die Unmöglichkeit all dessen vor Augen zu führen. Ja, ich suche nach Raffaele, ich will mich von diesem Gefühl zerschneiden lassen wie von einer Rasierklinge, will diesen Schlag ins Gesicht entgegennehmen.

»Sieh mal einer an, wer da ist«, ruft Anita mit einer Kinnbewegung, während sie in einen Mürbekeks beißt. »Der da, mit der Mütze.«

Ich drehe mich um. Ein Mann um die fünfzig steht vor einem reservierten Tisch. Er sieht aus, als würde er von einer Kanzel predigen, doch die Leute lachen, er hat gerade etwas Geistreiches gesagt.

»Ein richtiges Unikum«, sagt sie leise. »Eigentlich heißt er Giorgio, aber alle nennen ihn George, den Iren.« Er hat tatsächlich einen rötlichen Bart, und seine Augen funkeln unter einer karierten Mütze hervor, sein Dandy-Look wird durch eine Weste und ein grünes Jackett vervollständigt. »Ah, er hat mich gesehen, er kommt zu uns.«

Der sogenannte George hat sich von der Gruppe seiner Zuhörer verabschiedet, trommelt noch einmal mit den Fingern auf ihren Tisch und nähert sich nun uns. »Die schöne Signora Anita«, ruft er, küsst sie zur Begrüßung, setzt sich zu uns und nimmt sich einen Sternenkeks mit kandierter Kirsche. Dann ergeht er sich in einem buddhistisch anmutenden Monolog. Seine gesamte Liebe auf eine einzige Person zu konzentrieren, sei falsch, konstatiert er, während er sich mit seinen geröteten Fingern, an denen ein Ehering prangt, die Krümel aus dem Bart wischt. Das sei eine Zwangsvorstellung, die einen nur den Kopf verlieren lasse. Weise Wesen würden ihre Liebe hingegen mit der ganzen Welt, mit allen Freunden, den Vögeln, den Blumen, dem Himmel teilen. »Soll ja keiner leer ausgehen!«

Anita lacht vergnügt. Schade, dass ich unbedingt widersprechen muss: Am Ende gebe ich nur verworrene Verallgemeinerungen von mir, die mir im Nachhinein etwas peinlich sind.

Nach einer Weile entschuldigen wir uns und beginnen den komplizierten Prozess des Wiederankleidens: Mäntel, Schals, Hüte. Es ist spät geworden, Sally braucht ihr Futter.

Beim Verlassen der Bar Spagnuolo hören wir ihn hinter unserem Rücken weiterreden. »*Alle donne strane piace il salame***«*, rezitiert der Ire, der, wie mir Anita, sobald wir draußen sind, erklärt, in dem Ruf stehe, der einzig treue Ehemann von ganz Castellammare zu sein.

* * *

Das Telefon nimmt seinen hämmernden Rhythmus der ersten Tage bei Anita wieder auf, aber es ist nicht jedes Mal Daniele und auch nicht Domenico. Einmal, als ich den Besen zurück ins Badezimmer bringe, beobachte ich sie im Flur, wie sie in den Hörer spricht und dabei das Kabel um den Finger wickelt, die hypnotische Bewegung einer häkelnden Hand, die Masche um Masche an ihrer Zukunft webt. Das sei nur ein Kollege, erklärt sie mir am Ende des Gesprächs, ein Anwalt, den sie auf einer Versammlung in Neapel kennengelernt habe. Er lebe in Rom, stamme aber aus Parma; ein sehr gebildeter und politisch interessierter Mann, aber bloß ein Freund.

An einem Spätnachmittag kommt Raffaele mich abholen und erklärt mir, wir müssten der Schwester etwas im Hotel vorbeibringen. Es kann kein Gegenstand aus dem unbewohnbaren Haus sein, denn es ist so klein, dass es in die Plastiktüte passt, die er mir in die Hand drückt. Beim Anfahren lässt er den Motor aufheulen. Das Hotel liegt oberhalb der Schiffswerft, die, von hinten gesehen, all ihre verzwickten Geheimnisse offenbart und direkt an die Panoramastraße hinauf zur Burg grenzt. Von hier oben ist das Meer lang und grau wie ein Fluss, und die Berge werden durch eine Steinmauer zurückgehalten, auf der das Hotel wie ein lustiger Auswuchs wirkt. Es kann mehrere Sterne vorweisen. Die eigentliche Mafia sci

---

* Ein anzüglicher Spruch, der wörtlich übersetzt lautet: »Merkwürdige Frauen mögen gern Salami.« (A. d. Ü.).

der Staat, erklärt Raffaele, während wir parken, deshalb könne er es sich leisten, die evakuierten Familien aus Castellammare im Hotel unterzubringen, zumindest solange Winter sei und keine Touristen herkommen wollten.

»Und wo sollen sie im Frühling wohnen?«

Er antwortet nicht: Mit einem ernsten Nicken begrüßt er den Mann an der Rezeption, der offenbar daran gewöhnt ist, dass er gelegentlich vorbeischaut. Der schicke Flur wirkt vielversprechend, aber das Zimmer sieht aus wie ein Feldlager. Auf dem Boden verteiltes Spielzeug, leere Mineralwasserflaschen und überall Klamotten, wie Spruchbänder ausgebreitet auf dem ungemachten Bett, dem Nachttisch aus Holzimitat, ja sogar vor dem Fenster, wo sie den romantischen Anblick des Golfs und die scheußliche Sicht auf die Werft versperren. Es riecht nach Putzmittel und Minestrone. Der kleine Junge, der uns die Tür geöffnet hat, ist zu seinem Schwesterchen aufs Ehebett zurückgeklettert, um mit einem Taschen-Pac-Man herumzufummeln und bei jedem Sieg und bei jeder Niederlage laut zu schreien.

»Seid ein bisschen leiser«, mahnt Raffaeles Schwester mit niedergeschlagener Stimme im Dialekt, während sie auf dem Tisch ein Hemdchen zusammenlegt. Das Muster auf dem Plastiktischtuch, Seepferdchen und Muscheln, wird von Brotkrümeln und Stapeln zusammengefalteter Kinderkleidung durchbrochen. Raffaele reicht ihr die Plastiktüte. Darin sind einige in Metzgerpapier gewickelte Dinge, vielleicht Wurstwaren, vielleicht auch etwas anderes, das Tiziana in einer Ecke verstaut, ohne es auszupacken. Ein Wimmern ist zu hören, woraufhin sie in das kleine, fensterlose Zimmer nebenan verschwindet und mit einem verschlafenen Baby in hellblauem Strampler auf dem Arm wieder herauskommt.

Aus demselben Zimmer taucht der Cousin auf, vielleicht

hat auch er ein Nickerchen gehalten. Er erinnert an einen Kleiderbügel, mager und mit steifen Schultern, auch ohne seinen Dreiecksanzug. Während er ein paar eilige Worte mit Raffaele wechselt, betrachte ich seine langen Wimpern, das geschnitzte Gesicht, die feuchte Haut. Er ist schön wie ein Mädchen, wahrscheinlich ist er schwul. Raffaele folgt ihm in die dunkle Kammer, ich höre, wie dort drinnen der Fernseher angeschaltet wird.

Ich setze mich zu Tiziana, die das Baby stillt. Ihr Alter ist schwer zu schätzen. Sie hat dieselbe samtige Haut wie ihr Bruder, doch sie wirkt bereits gealtert, verbraucht und weggeworfen, ein Eindruck, der durch die Erschöpfungsfurchen um die Nase, die violetten Augenringe, die ungewaschenen Haare hervorgerufen wird. Auch wüsste ich nicht zu sagen, wie viele Monate das Baby alt ist, vielleicht drei, vielleicht fünf. Sein Kopf ist mit feinem schwarzem Flaumhaar bedeckt, und es gibt kleine Sauggeräusche von sich, während das Händchen nach dem dünnen Stofftuch greift, das sich die Mutter schamhaft über die Schulter gelegt hat. Mit dem Fäustchen fasst es den Stoff und lässt dann wieder locker, rhythmisch wie ein verspieltes Kätzchen, wodurch es jedes Mal ein kleines Stück der hellen Mutterbrust entblößt. Vielleicht sollte ich mich Tiziana vorstellen, eine Unterhaltung beginnen. Aber ich weiß nicht, was ich sagen soll. Dass ich mit ihrem Bruder in dem Bett schlafe, in dem diese Kinder gezeugt wurden? Dass wir uns anschließend in ihrem Bidet frisch machen und wie Könige durch die leeren Zimmer streifen, während sie zu fünft hier drinnen wie Vieh hausen? Aus dem Fernseher dringt vorgetäuschtes Stöhnen herüber, die obszönen Geräusche eines Pornofilms. Absolut eindeutig. Ich richte meinen Blick auf die summende Neonlampe, auf den hinter der Wäsche versteckten Sonnenuntergang.

»Magst du Kinder?«, fragt sie mich und hebt den Kleinen hoch, um ihm auf den Rücken zu klopfen, bis er einen zarten Rülpser von sich gibt. Diese Geste hat sie bestimmt schon tausendmal gemacht, und mit derselben Selbstverständlichkeit legt sie ihn mir in die Arme.

Er ist warm und satt und riecht nach Milch. Und wie schwer er ist. Er ist drall, und das Fleisch lugt aus dem Strampler und unter der Windel hervor. Er wiegt viel mehr als eine Katze derselben Größe, er ist schwer wie ein Schatz. Ich habe Angst, er könnte mir herunterfallen. Der harte und mit spitzem Spielzeug übersäte Fußboden löst beunruhigende Fantasien aus wie ein urzeitliches Chaos, er zieht auf magische Weise den Blick an wie ein im Hinterhalt lauerndes Unglück. Doch das Baby schaut mich vertrauensvoll an, mit klaren, festen Augen, zwei Kieseln in einem Fluss.

»Er heißt Vincenzo«, erklärt sie. Wie der Großvater.

»Er ist superhübsch«, antworte ich und reiche ihn ihr zurück. »Gefällt dir das Hotel?«

»Es ist nicht schlecht«, erwidert sie mit einem Schulterzucken. »Wir machen das Beste draus.« Doch ohne Küche mit drei kleinen Kindern sei es ziemlich chaotisch. Außerdem würden sie hier oben ohne Auto festsitzen, da ihr Mann es jeden Tag brauche, um zur Arbeit zu kommen. Manchmal komme er erst spät am Abend zurück, sehr spät. Aber einem Mann könne man schlecht sagen, er solle nicht mit Freunden ausgehen, nicht Karten spielen. Man könne es ihm nicht übel nehmen, dieses Zimmer sei wie eine Gefängniszelle.

Raffaeles Schwester spricht langsam, überlegt bei jeder Deklination: Vielleicht liegt es am Italienisch, vielleicht aber auch nur an der Müdigkeit. »Los, gib's mir, gib's mir!«, hört man die fickrige Stimme einer Frau aus dem Nebenzimmer, doch Tizianas Gesicht verrät keinerlei Anzeichen von Missbilligung, lediglich stillschweigende Erduldung. Männer sind nun einmal so, was will man da machen. Ich hingegen fühle mich verletzt, und zwar mehr durch den schlechten Geschmack bei der Wahl des Senders als durch die Tatsache, dass mich mein Freund hier mit den Kindern zurückgelassen hat, um sich an der Möse einer Vulgärschauspielerin sattzusehen, die garantiert viel hübscher ist als ich. Vielleicht glauben die beiden, etwas ganz Unerhörtes zu tun, er und der schwule Cousin, vielleicht überwinden sie den Abscheu, um jemandem irgendetwas zu beweisen, denn sie haben die Tür offen gelassen. Vielleicht schaut Raffaele sich das bloß an, um mich eifersüchtig zu machen.

Kurz darauf kommt er heraus und tritt ans Bett, um seinen Neffen und Nichten den Kopf zu küssen. »Onkel, wie hübsch sie ist«, sagt das Mädchen und zeigt auf mich. »Wie heißt sie?« Doch mein Name bleibt ein weiteres seiner wohlgehüteten Geheimnisse, denn in diesem Augenblick führt er mich hinaus.

Unterdessen hat sich die Sonne hinter die Landzunge zurückgezogen. Wir verfolgen sie auf der Straße, die hinunter zum Meer, in Richtung der Halbinsel von Sorrent führt, obwohl wir wissen, dass es zwecklos ist: Um diese Uhrzeit werden wir sie nicht mehr erwischen. Raffaele gibt trotzdem Gas. Er rast, als wolle er etwas herauswaschen aus seinem Kopf mit dem im salzigen Wind straff nach hinten wehendem Haar, das die Stirn in all ihrer Noblesse entblößt.

Er wird langsamer, als wir so dicht am Meer sind, dass man es rauschen hört. Wir parken das Moped auf dem schmalen Gehweg und steigen eine Steintreppe hinunter; Raffaele hilft mir, über ein rostiges Gatter zu steigen, das zaghaft den Zugang zum Strand versperrt. Er besteht aus schönen runden Kieselsteinen, die in unsere Schuhsohlen drücken und bei jedem Schritt knirschen. Hier unten herrscht verfrühte Dunkelheit, es ist die letzte Bucht von Castellammare, mit dem Monte Faito im Rücken. Wir laufen am Meeresufer entlang. Zwischen den grauen Kieseln erspähe ich Terrakottascherben, Kronkorken, Meeresglas. Die Schicht darunter besteht aus schwarzem Sand. Das Wasser spielt Fangen mit unseren Schuhen, dann zieht es sich wieder zurück wie ein neugieriges, aber scheues Tier. Raffaeles Schuhe sind aus schönem Glattleder, richtige Herrenschuhe.

Im Sommer, sagt er, sei dieser Strand voller halb nackter Körper mit unbedeckten Titten und Schwänzen, auf Sonnenstühlen aneinandergereiht wie Würste. Obwohl die Gemeinde darauf beharre, dass es ein öffentlicher Strand sei, verlangten die Betreiber der illegalen Anlage Eintrittsgeld. Nur nicht von seinem Cousin, der umsonst reinkomme und sich übrigens vor dem Sonnen überall mit Butter einreibe, sogar seine dumme Fresse, um brutzelbraun zu werden wie ein Brathähnchen. Früher sei man hier mit der Vesuviana hergekommen, dort oben an der Straße, aber die Haltestelle sei stillgelegt worden, als das Zementwerk, in dem sein Vater gearbeitet hatte, schließen musste.

Ich betrachte die Silhouette der Fabrik im Hintergrund. Aus diesem Blickwinkel sieht man, dass sie zwei Schornsteine hat. »Sieht gar nicht aus wie ein Stinkefinger.«

»Eher wie die *Corna*. Aber vom Pech sind wir dennoch verfolgt.«

Wir setzen uns auf die glatten, kühlen Kiesel, Raffaele hinter mir. Er umklammert mich mit seinen Knien, den Armen,

---

* Dt.: »Hörner«, Bezeichnung für die in unterschiedlicher Bedeutung verwendete vulgäre Geste der Hand mit erhobenem kleinem Finger und Zeigefinger (A. d. Ü.).

schützt mich vor den Bergen, aber nicht vor dem Wind, der vom Golf her weht, ein ruhiger, ununterbrochener Lufthauch. Ich wünschte, er würde mich noch fester drücken, jede Lücke zwischen unseren Körpern schließen, jede Diskrepanz überwinden. Aber heute Abend ist das nicht möglich. Lange lauschen wir dem gleichmäßigen Seufzen des immer dunkler werdenden Meeres, betrachten die zerfranste Linie aus weißem Schaum. Das Wasser streicht über die Kiesel wie Finger über einen Haufen Edelsteine, wirbelt sie durcheinander und ordnet sie jedes Mal auf andere Weise neu.

»Vermisst du deinen Vater?«, frage ich ihn.

»Es ist schrecklich, ohne Vater aufzuwachsen, wirklich schrecklich.« Er nimmt einen Stein in die Hand, wiegt ihn ab. »Das einzig Gute ist, dass ich als Halbwaise keinen Militärdienst leisten muss.« Ich spüre, wie sich sein Körper anspannt, und tatsächlich springt er einen Augenblick später auf und klopft sich die Hose sauber.

Welch merkwürdiger Zufall, dass ich, als er mich nach Hause gebracht hat, Anita am Küchentisch mit einem Brief in der Hand antreffe, der an Riccardo adressiert ist. »Er ist einberufen worden«, sagt sie mit großen Augen. »In zwei Monaten muss er nach Como.«

* * *

Dass er jetzt sauer ist, liegt an mir. Wieso hatte ich ihn nur dorthin mitnehmen wollen? Ich hätte mir denken können, dass es so endet. »Dreckspack«, murmelt er mit zusammengebissenen Zähnen, während er sich wütend zwischen den Autos hindurchschlängelt, als seien sie schuld an dem Verkehr, was ja so ist, und als hätten sie sich extra dort platziert, um ihn am Weiterkommen zu hindern. In der Dämmerung bringt an jeder Ampel der Widerschein sein Gesicht zum Leuchten, ich spüre, wie sich seine Bauchmuskeln anspannen angesichts der sportlichen Herausforderung, der er sein Moped unterzieht. »Verdammt noch mal!« Sobald wir anfahren, gibt er Gas, sodass mein Körper sich von seinem löst. Ich klammere mich an ihn, um nicht auf die Straße zu fliegen, nicht in den Abgasen unserer Flucht zurückgelassen zu werden. Aber ich weiß nicht einmal, wo er mich hinbringt, vielleicht ja nach Hause, um mich loszuwerden wie eine unangenehme Vorstellung.

Eigentlich wollte auch ich anfangs gar nicht zu dieser kleinen Geburtstagsfeier einer meiner Klassenkameradinnen, einer gewissen Stefania. Ich bekam erst Lust dazu, nachdem ich Raffaele davon überzeugt hatte, mich zu begleiten. »Das wird lustig«, sagte ich sogar zu ihm. Und als wir vor der einbruchssicheren Tür standen, überkam mich bei dem Gedanken daran, nicht etwa mit einem Gymnasiasten, sondern mit einem echten Mann in schicker Kleidung zu erscheinen, ein regelrechter Anflug von Euphorie. Durch die Tür hörte man irgendwelches Gedudel, das ihn die Nase rümpfen ließ, begleitet von schallendem Gelächter, das genauso gut von Mariagiulia hätte stammen können. Bereits an diesem Punkt hätte ich begreifen müssen, hätte seine Hand fassen und ihm sagen müssen: »Lass uns abhauen.« Aber dazu war es zu spät. Schon waren Schritte im Flur zu hören, das Klacken des Schlosses, und die Hausherrin, schick frisiert und mit Goldohrringen, forderte uns wohlanständig auf: »Bitte, kommt herein.«

»Danke, Signora.«

Wir waren noch nicht durch die Tür, als sie ihren Blick auf Raffaele heftete. Das Lächeln entglitt ihrem Gesicht, erstarrte zu einer Maske. »Bist du mit diesem Jungen gekommen?«, fragte sie mit besorgter, aber derart lauter Stimme, dass das ganze Treppenhaus vibrierte.

Es muss dieser alarmierende Ton gewesen sein, der ihren Mann auf den Plan rief. Er war plötzlich aufgetaucht und erfasste die Situation mit einem einzigen durchdringenden Blick. »Was hast du hier zu suchen? Verschwinde gefälligst!«, schrie er auf Hochitalienisch. »Du bist hier nicht willkommen, verstanden? Hast du verstanden?«

Die Frage, wie ein gutbürgerlicher Familienvater und seine Hausfrauengattin einen der Jungs aus dem Stadtpark identifiziert hatten, ging angesichts der absoluten Grauenhaftigkeit der Szene einfach unter. Der Kerl brüllte, ohne sich um die im Hintergrund feiernden Schüler zu scheren; sein Gesicht war gerötet und wutverzerrt, die Adern am Hals geschwollen. Ich hatte noch nie einen Erwachsenen gesehen, der so außer sich war vor Wut, so wild entschlossen, jeglichen Anstand, jegliche Würde fahren zu lassen, um wie eine Bestie die eigene Familie zu beschützen. Mit seinem bohrenden Blick ließ er Raffaele nicht aus den Augen, der wortlos zurückgewichen war und bereits wieder die Treppen hinabstieg.

Seine Ehefrau betrachtete mich mit einer Mischung aus Mitleid und Abscheu, als sei ich ein Opfer: »Tut mir leid, meine Liebe ...«

»Kein Problem, hab schon verstanden«, gab ich zur Antwort, drückte ihr das kleine Geschenk für die Tochter in die Hände und eilte Raffaele hinterher, dessen Schuhe mit dem unerbittlichen und gleichförmigen Rhythmus einer Kriegstrommel auf den Granitboden schlugen.

»Verzeih mir«, würde ich ihm jetzt am liebsten sagen. Aber es bietet sich keine Gelegenheit zum Sprechen inmitten all des Gehupes, all der lärmenden Menschen, auf dem immer wieder im Stau stecken bleibenden, vor sich hin knatternden Moped. Raffaele biegt unvermittelt ab und zwängt sich in eine unbefahrene Querstraße, wo er über den Asphalt brettern kann. Er kann sich nicht an diesen wohlanständigen Eltern auslassen, zumindest nicht heute Abend vor ihrem schönen Haus, deshalb lässt er sich an der Straße aus, an dem Gehweg und am Motor seines geliebten Motorrads.

Seine Wut erlischt nur für einen kurzen Augenblick, als wir um die Ecke biegen. »Die Straße gefällt mir nicht«, sagt er und wendet. »Wir müssen hier weg.«

»Warum? Ist hier was passiert?«

»Nichts!«, stößt er hervor und lässt den Motor aufheulen. »Das ist meine Sache.«

Nicht einmal in der Wohnung seiner Schwester will er darüber reden, er will mich bloß zum Bett schieben, mir die Hose ausziehen, meinen Hals mit kleinen Bissen übersäen. Sein Feuer überrascht mich, meine Angst erregt mich. Ja, ich will, dass er mich so nimmt, unverhofft, noch im Wollpulli und mit einer Socke am Fuß. Ich will, dass er all seine Wut in mir versenkt wie in einem Boxsack, dass er all seine Demütigung in mir erstickt wie in einem Kissen. Am Ende stößt er ein ersticktes Stöhnen aus und starrt mich keuchend, mit leerem, abwesendem Blick an. Ohne sich aufzurichten, zieht er das Präservativ ab.

»Weißt du, was ich gestern Abend gemacht habe?«, fragt er mit einem Lächeln, das aussieht wie ein höhnisches Grinsen. »Ich habe ein Mädchen kennengelernt, hab sie hierhergebracht und die ganze Nacht mit ihr gevögelt.«

»Das glaube ich dir nicht.«

»Ah, du glaubst mir nicht? Sie war ziemlich gut, lange Haare und Titten so groß wie Luftballons. Echt heiß.«

Ich bin sicher, dass er lügt. Seine Worte sind zu unpersönlich, wie aus einer Pornozeitschrift, und dennoch treffen sie mich wie ein Faustschlag in die Magengrube.

»Was sagst du dazu, wenn ich mit einer anderen hier schlafe?«

»Hast du es getan oder nicht?«

»Was glaubst du?«

Ich begreife nicht, welches Spiel er spielt, vielleicht will er mir zeigen, wie es ist, gedemütigt zu werden, vielleicht will er mich bluten lassen für meinen gewaltigen Fehler. »Ich glaube nicht. Aber vielleicht macht es dir ja Spaß, es zu tun.«

»Natürlich macht es mir Spaß. Ich bin ein Mann und kann schließlich nicht mein gesamtes Leben mit einer einzigen Frau vergeuden.«

»Hör auf, du willst mich nur quälen.«

»Ehrlich gesagt, will ich nur schlafen. Ich bin total müde nach dieser wilden Nacht.« Er dreht mir den Rücken zu, sodass mir nur noch der Anblick der Knitterfalten seines fein gestreiften Hemdes bleibt. Welche Gleichgültigkeit, welche Grausamkeit! Am liebsten würde ich nach Hause gehen. Im Halbdunkel spüre ich, wie sich meine Augen mit Tränen füllen, ein warmer Quell. Aus Stolz halte ich sie zurück, aber offenbar glänzen sie trotzdem, denn als Raffaele sich nun mit einem Ruck umwendet, ruft er: »Ah, du bist eifersüchtig, wusste ich's doch! Du liebst mich.«

»Also stimmt es gar nicht?«

»Nein. Ich wollte dich bloß auf die Probe stellen, schauen, was du machen würdest.«

»Was ich machen würde? Ich würde dich verlassen.« Das ist zweifellos die falsche Antwort, wenn er mit seiner Probe – auf die er mich ausgerechnet an dem Abend stellt, an dem er definitiv aus unserer Gesellschaft ausgestoßen wurde – herausfinden wollte, ob ich ihm wirklich treu bin. Ich weiß nicht, ob ich sie bestanden habe, sie überhaupt bestehen will. Ich bin verwirrt, mein klares Denkvermögen ist mir abhandengekommen, vor allem jetzt, als Raffaele anfängt, meinen Bauch zu streicheln, seine breiten Hände um meinen Nabel kreisen lässt und dazu flüstert wie ein beruhigtes Kind: »Du liebst mich, du liebst mich.« Doch ich kann nicht zulassen, dass er so einfach davonkommt, nicht nach diesem perfiden Scherz, diesem Schlag in die Magengrube. Ich sage: »Such dir ruhig eine andere, wenn du willst.«

»Aber ich will keine andere, das sind alles Plastikmädchen.«

»Was soll das heißen?«

»Diese Tussen, die alle gleich aussehen, die sich schön machen für die Disco, wo sie sich irgend so einen Idioten angeln, um ihn zu heiraten und Kinder zu kriegen. Die denken nur daran.« Er schlingt seine Arme um mich, drückt mich ganz fest, wie man eine Schwester, eine Mutter drückt. »Glaube mir«, flüstert er, »ich liebe dich …«

Es ist das erste Mal, dass er mir das sagt, und obendrein auf Neapolitanisch, als wolle er die Echtheit seiner Worte unterstreichen. Aber noch traue ich ihm nicht. »Beweis es mir.«

Er zieht den Kopf zurück. »Was soll ich machen, weinen?«

Er dreht sich auf den Rücken und schaut zur Decke. Draußen herrscht der übliche Lärm des Viertels, Schreie, Bremsenquietschen, Bälle auf dem Asphalt, Geräusche, die sich ungeordnet und stets überraschend übereinanderlagern, ein Drehbuch, das jeden Abend neu geschrieben wird. Wir haben noch nie den Rollladen hochgezogen. In unser kahles Zimmer fällt schräg das Licht der Straßenlaternen, flackert jedes Mal hell auf, wenn ein Mofa oder ein Auto auf der Straße entlangkommt, die vom Monte Faito hinabführt. Lichtperlen, die auf der nachtschwarzen Zimmerwand auftauchen und wieder verschwinden, lautlos wie Sterne, unverhofft wie Regentropfen, flüchtig wie Geistesblitze.

Vor dem Hintergrund zeichnen sich Raffaeles Umrisse ab, reglos und massiv; er ähnelt einer dieser Bronzestatuen aus Pompeji. Und nun legt er seine Finger an die Nasenwurzel und fängt an zu weinen. Zuerst ist es nur ein kaum wahrnehmbares Wimmern, doch rasch wird seine Brust von einem Beben ergriffen, sogar die Beine zittern, ja die Matratze. Ich überlege, ob er mir vielleicht nur etwas vormacht, als guter Schauspieler, der er tatsächlich ist. Doch dann beginnen die Tränen zu fließen, rinnen über die Wangen, tropfen auf das Kissen, ich kann ein Stöhnen hören. Er bedeckt das Gesicht mit den Händen und bricht in Schluchzen aus. Er weint hemmungslos. Ein Damm ist gebrochen. Und es ist kein Weinen, mit dem er mir etwas beweisen will, jedenfalls nicht mehr, er scheint vollkommen vergessen zu haben, dass ich neben ihm im Bett bin. Er weint, als sei er allein, allein auf der ganzen Welt. Ich bin verwirrt von seinem Schmerz, der so unermesslich und so düster ist, dessen Ursache ich nur erahnen kann. Ich muss an meinen Vater denken, an jenes Mal, als er, der eigentlich kaum trinkt und noch weniger redet, nach ein paar Bieren immer finsterer wurde und erklärte, die Welt sei abscheulich und das Leben eine Hölle, und wie es mir dabei den Boden unter den Füßen wegzog. Ich hatte keine Ahnung, welches Ereignis so viel Bitterkeit ausgelöst haben mochte – vielleicht der sowjetische Einmarsch in Afghanistan oder der Mord an John Lennon, aber vermutlich doch etwas Persönliches –, und ich war zu klein, um ihn nach einer Erklärung zu fragen, zu zart, um sie zu hören. Deshalb wünschte ich, Raffaele würde aufhören zu weinen, schuldig, wie ich daran bin, denn offenkundig habe ich ihn darum gebeten. Doch ich wage nicht, diesen Fluss zu unterbrechen, der alles niederreißt, was er errichtet hat auf seinem Weg, der alles zerschlägt und zermalmt. Ich lege ihm nur einen Arm um die Taille, wie ich es auf dem Moped tue, und lasse mich wortlos von seinem Zucken erfassen.

Nach einer Weile beruhigt er sich. Er trocknet sich das Gesicht mit den Händen, lächelt sogar gezwungen, als wolle er meine Sorgen vertreiben. »Tut mir leid.«

»Warum hast du geweint?«

»Wegen so vielem, Frida. Seit Jahren verspüre ich das Bedürfnis, zu weinen.«

Er umarmt mich, vergräbt sein feuchtes Gesicht in meinen Haaren. Wir fangen an, uns zu küssen, langsam, in der wohligen Wärme der vergossenen Tränen, und ohne uns dessen bewusst zu werden, sind wir plötzlich vollkommen nackt und schlafen miteinander. Diesmal bleibt er lange in mir, bis wir Gefahr laufen, das Präservativ könne überquellen von seinem gefährlichen, machtvollen, männlichen Liebestrank.

12

Und dann kehrt Jesús plötzlich nach Kolumbien zurück, um seine Großmutter auf dem Sterbebett zu sehen: Für ihn ist der Aufenthalt in Italien vorbei. Ich weiß nicht, woher er die Kraft nahm, während unseres letzten gemeinsamen Abendessens diese drei, vier schmutzigen Witze zu erzählen, und woher Anita die Kraft nahm, darüber zu lachen. »Gesù, deine neapolitanische *Mamma* ist immer hier und wartet auf dich – hast du verstanden?«, sagte sie, als sie ihn an der Tür mit einer Umarmung verabschiedete. »Und wenn du nicht zurückkommst, dann komm ich nach Kolumbien und zieh dir die Ohren lang!« Es ist ein schwerer Schlag für sie. Ich tue so, als würde ich nicht begreifen, wie sehr sie leidet, teils, weil ich auf kindische Weise ein bisschen eifersüchtig bin, vor allem aber, weil ihr Kummer vorwegnimmt, was sie bei meiner Abreise empfinden wird, ganz zu schweigen von der Rickys.

Zum Glück wird sie durch die Aufmerksamkeiten des Anwalts aus Parma abgelenkt. Emilio der Emilianer nennt sie ihn. Er sei ein intelligenter, aber unkomplizierter Mensch, erklärt sie mir, unkompliziert insofern, als er geschieden sei und keine Kinder habe. Sie hätten so viele gemeinsame Interessen, nicht nur das gesellschaftliche Engagement, sondern auch Krimis und Kreuzworträtsel. Und er sei ein guter Esser. Seine Arbeit führe ihn durch ganz Italien, und es gebe keine Region, die er nicht kenne und deren lokale Küche er nicht zu schätzen wisse. Er habe bereits mehrfach angekündigt, ihr bei seinem nächsten Neapelaufenthalt einen Überraschungsbesuch abzustatten, wie man das in Süditalien zu tun pflege, um sie in ihrer ganzen Natürlichkeit zu erleben, am besten zur Mittagszeit, damit er eine ihrer Meeresspezialitäten kosten könne.

Doch Männer haben einen ganz eigenen Instinkt, eine Art Spürsinn, und so treffe ich eines Tages, als ich aus der Schule komme, auf ihren Cousin, der unten vor dem Haus wartet. Er habe vorbeischauen wollen, da Anita in letzter Zeit nie ans Telefon gegangen sei und er sich ein wenig Sorgen um sie mache, rechtfertigt er sich, das sei schon alles. »Aber ich geh dann mal.«

Ich mag Domenico, ich mag seinen scheuen Blick und seine sinnliche Stimme, seine schwieligen Hände und den gebeugten Rücken, während er sich nun zu Fuß entfernt. Und er liebt Anita wirklich, das will sie einfach nicht begreifen. »Du kannst mit raufkommen, wenn du magst«, rufe ich ihm hinterher. »Sie wird jeden Augenblick kommen.«

Sally bellt nicht einmal, als wir die Küche betreten, so wohltuend ist auch für sie die Gegenwart Domenicos, der hingegen sich sichtlich unwohl fühlt. Er ist an den Wohnzimmerwald und an Whisky gewöhnt, hier blendet die Sonne, und es gibt ein Glas klares Leitungswasser. Er bringt keinen Ton heraus, während ich Dosenfutter in den Napf fülle. Er rutscht hin und her, aber eine merkwürdige Kraft hält ihn auf dem Stuhl fest. Endlich hören wir die Schlüssel im Schloss. Anita lächelt höflich: Sie ist alles andere als begeistert, will aber den Schein wahren, sich um jeden Preis liebenswert geben. Mit der Aufforderung an mich, schon einmal die Soße zuzubereiten und Wasser aufzusetzen, führt sie ihn ins Wohnzimmer und zieht energisch die Tür hinter sich zu. Das hätte ich mir denken können, sie gehört nicht zu denen, die ihre Entscheidungen umstoßen.

Ich bin beim Knoblauchpellen, als die Gegensprechanlage klingelt. Eine muntere Stimme mit norditalienischem Akzent verwechselt mich mit Anita. »Hallo! Lässt du mich rein, bevor das Eis ganz geschmolzen ist?« Ich drücke den Türöffner und eile dann zum Wohnzimmer, um zögernd anzuklopfen. »Was?«, ruft Anita. »Du lässt jemanden raufkommen, ohne zu wissen, wer das ist?« Aber es ist bereits zu spät. Die Mokassins knirschen auf den Stufen, und vor der quietschend sich öffnenden Tür steht ein schlanker Mann mit unglaublich blauen Augen, frühzeitig ergrautem Haar und einem rosafarbenen Polohemd mit kurzen Ärmeln, denn schließlich ist man ja im Süden. In der einen Hand eine Schale Pistazieneis, in der anderen einen Strauß roter Tulpen.

»Emilio, was für eine Überraschung!«, ruft Anita und bricht in fröhliches, ein wenig hysterisches Lachen aus. Oh mein Gott, was habe ich da bloß angerichtet!

»Verzeih mir den Überfall, Anita«, sagt er, den Cousin hinter ihrem Rücken in den Blick nehmend. »Wenn du schon Besuch hast, komme ich ein andermal vorbei, kein Problem.«

»Kommt nicht infrage. Jetzt hast du den langen Weg auf dich genommen, da werde ich dich doch nicht mit leerem Magen wieder gehen lassen.« Sie lässt ihn in der Küche Platz nehmen und raunt mir in leicht angespanntem Tonfall zu: »Hol schon mal den Tintenfisch aus dem Gefrierfach, Fri'. Ich stell währenddessen die Blumen in die Vase.«

»Ich geh dann jetzt, Anita«, hört man Domenicos tiefe Stimme aus dem Flur.

»Bleib doch da, je mehr wir sind, desto besser«, antwortet sie, aber man merkt ihr an, dass es nicht wahr ist, dass die Liebe des Cousins sie belastet, dass sie Luft braucht. Domenico entschuldigt sich und verschwindet. Vielleicht hat er ja das bekommen, was er wollte, eine Art Bestätigung, und nun schlüpft er davon, um sie still und leise zu lieben, darauf wartend, dass auch diese neue Liebe verpuffen möge.

Trotz allem verläuft das Mittagessen sehr angenehm, begleitet vom frischen Duft der Tulpen und der ansteckenden Begeisterung Emilios. Er ist nicht nur voll des Lobes für den Geschmack der Gerichte, sondern will auch wissen, wo sie herstammen und wie sie im Dialekt heißen. Er müht sich ab, die Namen auszusprechen, und lacht jedes Mal gutmütig, wenn sich ihm die Zunge verknotet. Im Grunde ist er fremd hier, vielleicht fühle ich mich ihm deshalb so verbunden. Statt ihre distanziert elegante Sprechweise an den Tag zu legen, greift Anita nach teils ziemlich schillernden und unverblümten Dialektausdrücken, als wolle sie unbedingt jene südländische Art herauskehren, die ihm so gefällt. In seiner Gegenwart kommt sie richtig in Fahrt, ich sehe sie aufblühen. Sie ist aufgekratzt und neugierig, diskutiert eher idealistisch als polemisch über Politik, stellt ihm tausend Fragen zu seinen Reisen, und Emilio erfüllt ihr gern und lebhaft ihren Wunsch, indem er uns tausend lustige Geschichten erzählt.

Umberto taucht erst zum Ende der Mahlzeit auf, gerade noch rechtzeitig, um ein paar Löffel Eis abzubekommen und eins und eins zusammenzählen zu können. Nachdem Emilio verschwunden ist, bemerkt er: »Na prima, Mama, dann bist du also von Mozzarella aus den Monti Lattari zu Parmesan aus der Reggio-Emilia übergegangen.«

Ich bin sicher, Anita würde ein Knurren ausstoßen oder der Luft einen Fußtritt versetzen, wenn sie nicht so guter Laune wäre.

* * *

Es erweist sich als einfacher, Mariagiulia mitzuteilen, dass ich leider nicht zu ihrer Party kommen kann, aber trotzdem tausend Dank, als Anita zu sagen, dass ich eingeladen bin, mit Raffaeles Kumpels Karneval zu feiern. »Ein netter Abend in Camorra-Kreisen?«, erwidert sie spöttisch.

»Er ist nicht so, wie du sagst.«

»Immer dasselbe Lied, Fri'?«

»Bitte, Anita«, sage ich und senke die Stimme. »Wir können fast nie zusammen ausgehen.«

Ihre Gesichtszüge geben einen Millimeter nach, trotz ihres harten Tonfalls. »Und wann ist diese Feier?«

»Morgen Abend.«

»Bringt er dich anschließend nach Hause?«

»Ja.«

»Und wie willst du dich verkleiden?«

»Weiß nicht.«

Sie seufzt mit unverhohlener Gereiztheit. Doch dann setzt sie sich sofort in Bewegung, fordert mich auf, mit in ihr Zimmer zu kommen, wo sie die Schranktüren aufreißt und die Schubladen leert. Sie fördert ihren gesamten Einfallsreichtum zutage: Röcke, Blusen, Tücher, alles landet auf dem Bett. Nach einer kurzen nachdenklichen Pause fischt sie einen schwarzen Paillettenrock und eine blumenbestickte schwarze Bluse heraus. Es sind dieselben Sachen, die sie bei unserem Besuch im Kalimera Club anhatte, aber ich glaube nicht, dass ihr das bewusst ist. Sie lässt mich die Kleider vor ihren Augen anprobieren.

»Du bist ganz schön hager geworden«, stellt sie missbilligend fest.

Tatsächlich sind mir die Sachen viel zu weit. In jener Disconacht hatte Anita sie mit Kurven und Rundungen ausgefüllt, doch an mir sehen sie lächerlich aus, zumal sie mich nun vor den Kommodenspiegel schiebt, um mir eine endlos lange Kette mit Türkisen um den Hals zu winden und mir lange Goldohrringe, schillernd wie unsere Schlappen, an die Ohrläppchen zu halten. Ich sehe aus wie ein Clown, aber ich bin fest entschlossen, bei allem mitzuspielen.

»Kann ich mir einen Gürtel nehmen?« Ich schnappe mir einen breiten roten Gummigürtel aus dem Kleiderstapel. Er umschließt anmutig meine Taille, betont die Glockenform des Rocks und bläht die Chiffonbrust mit Luft.

»Wie schön du bist. Du siehst aus wie eine Flamencotänzerin.«

»Sehe ich spanisch aus?«

»Warum nicht?«

Ich streiche mein Haar glatt, ziehe mit den Fingern einen Mittelscheitel und halte sie zu einem Knoten. Neben dem Spiegel steht eine Vase voller pinkfarbener Nelken, das letzte Geschenk Emilios. »Hättest du was dagegen, wenn ich mir morgen Abend fünf oder sechs von den Blüten hier nehme?«

»Wieso diese Förmlichkeit? Nimm dir alles, was du brauchst. Wo willst du sie denn hinstecken?«

Am Abend darauf sitzt Raffaele im Auto seines Bruders vor dem Haus und rümpft die Nase. »Schöne Blumen im Haar, aber was soll diese zusammengewachsene Augenbraue?«

»Ich bin Mexikanerin.«

»Verstehe ich nicht, haben Mexikanerinnen besonders starken Haarwuchs?«

»Wieso, steht es mir nicht?«

»Doch, doch«, antwortet er mit einem schrägen Lächeln, »du bist wunderschön.«

Ich weiß nicht, was ich erwidern soll. Es ist das erste Mal, dass er mir offen ein Kompliment macht, und ich fürchte, dass er mich nur veräppelt, denn heute ist jeder Scherz erlaubt. Aber nein, es ist ein instinktiver, aufrichtiger Satz, der ihn scheinbar selbst verunsichert hat, denn nun wendet er den Blick ab und dreht den Schlüssel im Zündschloss herum.

Auch er ist wunderschön heute Abend. Er hat sich als Gangster verkleidet. Weißer Mafioso-Hut mit schwarzem Band; grauer Anzug, in dem ich ihn noch nie gesehen habe, der ihm aber wie angegossen passt; schmaler Schnurrbart, den er sich selbst aufgemalt hat, mit einem Schnörkel, der an das schöne Gusseisen des Musikpavillons erinnert. Er sieht aus wie ein Filmstar aus den Dreißigerjahren. Und einen kurzen Moment lang, während wir mit Vollgas zu dem unweit des Parks gelegenen Hotel rasen, während mein Liebster mir zwischen einem Gangwechsel und dem nächsten mit nachdrücklicher Geste die Schenkelinnenseite tätschelt und der herbe Duft der Nelken das Wageninnere erfüllt, glaube auch ich, zumindest eine Nacht lang meine Rolle spielen, bis zur Morgendämmerung Spaß haben und, meinem Herzen folgend, einfach alles rauslassen zu können.

Das Hotel Miramare liegt ein gutes Stück vom Hafen entfernt, am hintersten Ende des Strandes – ein modernes Gebäude, das aussieht wie eine Zigarettenschachtel, die von einem Kugelschreiber durchlöchert wurde, mit einer Reihe kleiner runder Fenster, vermutlich den Bullaugen eines Schiffes nachempfunden. Doch von innen, an der Rezeption, wo man uns die Mäntel abnimmt, und in dem Veranstaltungssaal, der so geräumig ist wie eine Diskothek, wirkt es richtig schick. Lange blaue und violette Lichtbündel durchschneiden den Kunstnebel wie Sonnenstrahlen, die bei Sonnenuntergang durch die Wolken brechen. Sie spiegeln sich in der großen Glasfront und verhindern die Sicht aufs Meer. Eine verkleidete Menge wogt im Takt der Musik, der Saal vibriert durch die Bewegung und die Glut all der vereinten

Körper. An der Bar fließt der Alkohol in Strömen, Raffaele bestellt, ohne mich zu fragen, einen Baileys für mich. Ständig, auch jetzt, während wir am Tisch sitzen, ist er von irgendwelchen Gestalten umringt, Teufeln, Feen, Superhelden, die ihn Ralph nennen, ihm auf die Schulter klopfen und ihm irgendwas ins Ohr flüstern. Er genießt die Aufmerksamkeit, lacht freimütig, zwinkert, fasst sich an den Hut. Irgendwann zieht ihn jemand am Arm zur Tanzfläche, wo seine Worte von der Musik verschluckt werden, aber an der Bewegung seiner Lippen meine ich zu verstehen: »Warte auf mich, ich komm gleich wieder.«

Doch er kommt nicht gleich wieder. Der als Torte getarnte Whisky flößt mir nicht den Mut ein, mich unter die Feiernden zu mischen, sondern verstärkt eher ein langsames Abgleiten in Traurigkeit. Die Nebelmaschine verbreitet einen Geruch nach süßlich Verbranntem. Ich kenne niemanden, und niemand kommt auf mich zu: Vielleicht ist meine Verkleidung so gut, oder vielleicht weiß jeder, wer ich bin und dass man mich nicht anzurühren hat. Ich beobachte meinen Freund, wie er sich höllisch amüsiert, regelrecht ausflippt mit einer Polizistin in knallengen Hosen und einer bayerischen Kellnerin mit aufreizendem Vorbau. Ich hätte damit rechnen sollen, mit diesen flatterhaften Anwandlungen, den gierigen Blicken. Aber weshalb bohrt er weiter in der Wunde? Habe ich seine grausame Prüfung nicht schon bestanden? Ich stehe auf, trete auf die Glasfront zu, die uns von der Weite des Meeres trennt und kalt ist, als ich sie berühre. Draußen sehe ich weder Wellen noch Sterne, ich sehe nichts.

Nach einer Weile taucht er verschwitzt und keuchend neben mir vor dem dunklen Panorama auf. »Warum bist du denn nicht zum Tanzen gekommen?«

»Ich hatte keine Lust.«

»Ich eigentlich auch nicht.« Er zieht den Hut ab, um sich mit einer Hand über das Haar zu streichen. »Weißt du, wozu ich Lust habe?«

»Wozu?«, frage ich, ohne ihn anzuschauen.

»Dich zu küssen«, sagt er leise. »Ich habe dich noch nie mit Lippenstift gesehen, wer weiß, wie das schmeckt.«

Die Bemerkung versetzt mein Herz in Aufruhr. »Dann tu es.«

Er setzt sich den Hut wieder auf, schiebt ihn in berüchtigter Manier zu einer Seite. »Nicht hier. Sonst würden die Kumpels meine Schwäche sehen.« Er führt mich an der Hand zu einer Glastür, und wir durchqueren die Nacht bis zu einem Swimmingpool. Wie unpassend dieses blaue Wasserviereck vor dem Strand wirkt, ein von der Geometrie, von Beleuchtung und Chlor in Zaum gehaltenes Miniaturmeer. Ringsum sind ein paar Leute, Paare, die genau dieselbe geniale Idee wie wir hatten. »Verpisst euch doch alle«, murmelt Raffaele und zieht mich weiter.

Unsere Schuhe versinken im Sand, ein mit Konfetti übersäter Teppich, weich und kühl unter unseren Hintern. Das ist das wahre Leben, der frische Atem des Meeres und Raffaeles Mund, der mir den Nacken wärmt. Das Fest ist nur eine ferne Erinnerung. Ich drehe mich zu ihm, um mich von ihm küssen, mir den kirschroten Lippenstift ablecken zu lassen. Dann umarmen wir uns fest, betrachten den Golf. Als sich meine Augen an die Dunkelheit gewöhnt haben, entdecke ich die winzige Insel mit dem Rovigliano-Kastell, jene einst so erhabene Gipfelspitze des Monte Faito, die nun bloß noch eine von der unsichtbaren, aber zähen Strömung zerfressene Felsenklippe ist. Umberto hatte recht: Man muss schon etwas übertreiben, um sie als Insel zu bezeichnen, und Fantasie aufbringen, damit man dort ein Kastell sieht.

»Warum hast du dich heute Abend als Gangster verkleidet?«

»Ich bin nicht als Gangster verkleidet.«

»Als Mafioso, Verbrecher – wie sagt man?«

»Ich habe mich als Michele verkleidet.« Er stößt einen langen Seufzer aus, einer sich zurückziehenden Welle gleich. »Ein Freund von mir.«

Er habe Michele über einen seiner Brüder kennengelernt, beginnt er zu erzählen, er wurde auch Marlon genannt, wegen seiner Ähnlichkeit mit dem jungen Marlon Brando. Sobald er einen Raum betrat, habe er alle, Männer wie Frauen, mit seiner Schönheit in den Bann geschlagen. Man konnte ihn stundenlang anstarren, ohne sich sattzusehen an seinem statuenhaften Körper und seinem Adonis-Gesicht mit dem gepflegten Schnurrbart und den sinnlichen Lippen, zwischen denen er lässig eine Zigarette baumeln ließ. Er war immer nach der neuesten Mode gekleidet – Armani, Gucci, Louis Vuitton –, ohne dabei aufs Geld zu achten und niemals gleich. Er trug Anzüge aus so feinem Stoff, dass selbst Ludwig XIV. vor Neid erblasst wäre, Schuhe, so glatt poliert, dass man sie als Frisierspiegel benutzen konnte, und einen Trilby-Hut, den er so tief zu einer Seite zog, dass er fast ein Auge bedeckte. So war er. Die Frauen waren verrückt nach ihm, fährt Raffaele fort, in seiner Gegenwart wurden sie zu läufigen Hündinnen, rissen sich die Haare aus. Manche warteten unter seinem Haus und sagten Sachen wie: »Tu mir das nicht an, bitte, du weißt, wie sehr ich dich liebe«, woraufhin er mit viel Klasse erwiderte: »Nicht jetzt, Lella, reden wir ein andermal darüber.« Seine Frau war oben und wusste von nichts, sie wusste nicht einmal, was für einer Arbeit Michele eigentlich nachging. Den Frauen, die er haben wollte, brauchte er nur zu sagen: »Ich hol dich morgen um neun Uhr ab, okay?«, und sie erwiderten, ohne zu zögern: »Okay.« Was für ein Kerl, was für eine Legende.

Doch Raffaele war damals noch klein, und die Gegenwart der vielen Frauen verunsicherte ihn. Eines Nachts saß er in einem parkenden Wagen, während Michele und ein Freund hinten mit zwei Frauen herummachten. Die Mädchen hockten rittlings auf ihnen, bewegten sich auf und ab, und der Wagen schwankte wie ein Schlauchboot im Meer. Michele sagte: »Weiter, weiter, du bist super!« Aber Raffaele sah ihn nicht, konnte bloß einen Ausschnitt der Kleider oder Haare im Rückspiegel erspähen. Er vermied es, dem Blick des wie stets stoischen Fahrers zu begegnen, und schaute starr geradeaus, auf die im Hafen vertäuten, von Lichtern erhellten Yachten, auf ihre wie Nadeln in den Himmel ragenden Großmasten.

Michele war vaterlos und hegte daher eine große Zuneigung zu Raffaeles Vater und dessen Geschichten aus alten Zeiten. Auch gegenüber der Mutter, von der er wusste, dass sie streng religiös war, benahm er sich wie ein Gentleman. »Guten Abend, Schwester«, begrüßte er sie jedes Mal, wenn er Raffaele oder dessen Bruder abholen kam. Als sein Vater starb, so Raffaele, habe Michele ihm sehr zur Seite gestanden. Er habe angefangen, ihn häufiger zu besuchen, und habe ihn auch mit in die Stadt genommen. Er steckte ihm Geld zu, nicht diese magischen Fünfhundertlirescheine mit der Wassernixe obendrauf, sondern blütenreine Zehn- oder Zwanzigtausenderscheine mit den aufgedruckten Gesichtern großer Männer, die auf mutige und einzigartige Weise Geschichte geschrieben und einem ganzen Volk zu Ruhm verholfen hatten: Michelangelo, dieser Hitzkopf mit der spitzen Zunge, die ihm eine zertrümmerte Nase eingebracht hatte, und Tizian, der die Frauen malen konnte, wie Gott sie erschaffen hat, ohne ein einziges Tuch zwischen den Schenkeln. Michele habe ihm sogar einen seiner Anzüge geschenkt, die er nicht mehr trug, mit den Worten: »Noch ist er dir zu groß, ich weiß, aber irgendwann wirst du ihn tragen.«

Eines Abends, so erinnert sich Raffaele noch genau, sei er nach dem Essen bei ihnen daheim mit einer Tüte *Sigari* erschienen, jenem zigarrenförmigen Gebäck, das als Spezialität von Castellammare gilt und das er in der Bäckerei an der Piazza Orologio erstanden hatte. Sie hätten sich an den Tisch mit der Spitzendecke gesetzt und so getan, als würden sie die Dinger rauchen, wie Al Pacino. Michele konnte andere gut zum Lachen bringen, einem in düsteren Momenten das Leben erhellen. Dann habe er sich den Hut wieder auf den Kopf geschoben und mit den Worten »Wir sehen uns, Ralph, gute Nacht, Schwester!« die Zündschlüssel seines Motorrads geschnappt. Eine halbe Stunde später sei er in der Altstadt von Kugeln durchsiebt worden, die vor allem auf sein Markenjackett und sein makelloses Gesicht gerichtet waren. Deshalb habe er, Raffaele, neulich Abend nicht in diese kleine Straße einbiegen wollen. Genau dort nämlich, an der Außenmauer eines kleinen Hauses, seien noch die Spuren der fehlgegangenen Schüsse zu sehen.

»Und bisher habe ich mir noch nicht das Rauchen angewöhnt«, endet er, während er über den Sand mit dem im Dunkeln farblos wirkenden Konfetti streicht. »Ich finde den Geschmack einfach ekelhaft.«

In respektvollem Schweigen starre ich aufs Meer. Wer weiß, ob der Anzug, den er heute Abend trägt, nicht der von Michele ist. »Was hat er gearbeitet?«, frage ich flüsternd.

»Was er gearbeitet hat? Er erledigte Aufträge für den Boss.«

»Aufträge?«

»Er verkaufte Drogen, klaute dem einen irgendwas, brachte einen andern um die Ecke, solche Sachen.«

Wir sind bloß zwei Verliebte an einem Strand in der Karnevalsnacht, zwei Jugendliche, deren Schminke bei einem feurigen Kuss verwischt ist. Wir sind nicht Gangster und Mexikanerin, nicht Michele und Frida Kahlo, doch vielleicht sind wir auf dem besten Weg, es zu werden.

* * *

Das Telefon ist ein Sensor, der die Konstellationen in Anitas Liebesleben anzeigt. Manchmal klingelt es vergeblich im Flur, ein trockener Rhythmus, der zur Normalität wird, um den man sich weder kümmern noch den Hörer abnehmen muss. Manchmal schlägt er jedoch aus, und das Herz beginnt zu rasen vom raschen Hineilen. Oft ist der Blutdruck hoch. Wenn an Anitas Händen Hackfleisch klebt oder sie gerade dabei ist, sich zu schminken, in der einen Hand den blauen Kajalstift, in der anderen eine Zigarette, bittet sie mich dranzugehen: »Wenn es Emilio ist, sag ihm, dass ich in zwanzig Minuten zurückrufe«, ruft sie mir nach. »Wenn es mein Chef ist, sag ihm, dass ich für heute Feierabend habe und er nicht nerven soll. Wenn es Domenico ist, sag ihm, dass ich bei einem Dienstessen bin. Und wenn es Daniele ist, sag ihm, dass ich in eine andere Stadt versetzt wurde.«

Während ich gezwungen bin, die Erwachsene zu spielen und am Telefon zu lügen, benimmt sich Anita wie ein Teenager. Trotz all der Schnittblumen, die in ihrem Schlafzimmer duften, beharrt sie darauf, dass zwischen ihr und dem Anwalt bloß eine freundschaftliche Beziehung bestehe. »Er ist nicht mein Typ«, betont sie, »und außerdem lebt er in Rom.« Doch wenn sie von ihm spricht, strahlt ihr Gesicht. Immer öfter geht sie zum Friseur oder auf irgendwelche Versammlungen in Neapel, kommt spätabends nach Hause, um vor dem Schlafengehen schnell noch ein Stück kalte Pizza hinunterzuschlingen, notgedrungen, denn Pizza und Brot sind schlecht für die Figur. Sie isst wenig, sie muss sehr glücklich sein.

Sie lässt so viele Mahlzeiten aus, dass sie nicht bemerkt, wie viele ich auslasse. An den Nachmittagen und Abenden, die wir in Tizianas Wohnung verbringen, essen Raffaele und ich nichts. Wir ernähren uns von der Liebe. Aber ich habe einen merkwürdigen Nebeneffekt unseres unfreiwilligen Fastens entdeckt: Je weniger ich esse, desto weniger Lust habe ich, zu essen. Ich begreife, dass Hunger vor allem eine Sache des Kopfes ist: Schall und Rauch, Einbildung. Der Magen, der sich nicht länger täuscht, hört auf zu knurren, zieht sich zusammen und kehrt zu seiner Ursprungsform zurück, klein und still. Besonders offenkundig ist das Phänomen zu Beginn meines Zyklus. Während dieser zehn Tage habe ich nicht nur keinen Appetit – wenn ich etwa an den Auslagen einer Bar vorbeikomme, die auf unansehnliche Weise ihre unter Tomatensoße verschwindenden und mit welkem Basilikum garnierten Minipizzen oder ihre mit Schweinefleisch und gekochten Eiwürfeln gefüllten Panini alla Napoli darbieten –, sondern ich entwickle einen geradezu philosophischen Widerwillen gegen Essen, einen regelrecht metaphysischen Abscheu gegen den Akt der Nahrungsaufnahme. Wie absurd, sich täglich und permanent mit all dieser organischen Materie vollzustopfen, die schlecht zusammenpassende Gerüche – nach Schmalz, nach Kaffee, nach Pfeffer und Kakao – verströmt, während wir uns von Nektar ernähren und unseren Durst mit Tau stillen könnten wie die Kolibris. Während dieser Tage kostet es regelrecht Kraft, etwas hinunterzubekommen. Der Geruchssinn spielt verrückt, die Geschmackspapillen sind beleidigt von der Aggressivität all der Aromen, und jede Zelle meines Organismus bäumt sich gegen die genetische Bestimmung auf, als menschliches Wesen früher oder später dem Nagen des Hungers und den Windungen im Kopf nachzugeben.

In letzter Zeit habe ich gelernt, dass man sehr viel länger standhalten kann als gedacht, dass man die Mahlzeit, den Augenblick des Kleinbeigebens unglaublich hinauszögern kann. Manchmal ist mir das zufällig passiert, nach einem besonders bewegten oder aufregenden Tag, doch bisweilen ist es auch das Ergebnis eines harten Kampfes gegen den menschlichen Sättigungsdrang, gegen den Überlebensinstinkt. Ich muss tief in mir graben, meinem Geist eine übermenschliche Kraft abringen, von der ich nicht wusste, sie zu besitzen, eine Kraft, die imstande ist, den archaischen Trieb zu besiegen, der unserer Fortentwicklung zugrunde liegt, also die Suche nach Nahrung, die Jagd, die Landwirtschaft. Denn nach einigen Stunden überschreitet man eine Schwelle: Der Kampf ist beendet, und man gelangt in eine Dimension, in der die Idee des Hungers nicht mehr existiert. Eine Art Zwischenwelt zwischen Leben und Tod, in der es keine körperlichen Bedürfnisse mehr gibt, weder nach Nahrung noch nach Schlaf, wo keine Angst mehr vorhanden ist. Dort könnte ich alles tun, könnte die Welt zerschlagen, Tabula rasa machen und sie dann nach meinem Willen neu gestalten. Plötzlich erscheint mir die materielle Welt als das, was sie ist: als ein außergewöhnlicher Rohstoff. Die Farben der Gegenstände – der Schilder, Bäume, Autos – erstrahlen unter meinem Blick vor Leben; ihre Umrisse erzittern unter meinen Händen, als würde ich sie mit dem Pinsel zeichnen. Gleichzeitig erscheinen mir die Geräusche der Stadt gedämpft, wie ferne, fremde Stimmen, und ich wundere mich, wenn sich auf der Straße jemand nach mir umdreht. Wie kann mich jemand mit dem Blick einfangen? Ich habe einen Tarnmantel an und gleite unsichtbar durch die Menge wie eine

Magierin, eine Hexe. Ich bin trunken von meiner eigenen Willenskraft, die mich in diese Dimension geführt hat, verliebt in mein endlich sich mir enthüllendes Dasein, während ich mich flüchtig und flackernd wie eine Flamme zwischen den andern hindurchbewege. So muss sich Raffaele fühlen, wenn er mit Koks zugedröhnt ist. Das ist kein Fasten, das ist eine spirituelle Erfahrung, bei der das Abnehmen einen bloßen Nebeneffekt darstellt.

Es hat etwas Ironisches, dass ich mir ausgerechnet im Kampf wider die Natur besonders natürlich vorkomme, als sei ich endlich im Einklang mit den tieferen, gar mathematischen Gesetzen des Universums. Wenn ich in diesem Zustand bin, laufe ich mit aufrechterem Oberkörper, in der gestreckten Haltung des *Tai Chi,* auf die meine Mutter immer so viel Wert legt. Ich bin neu, eine soeben aus der Tonerde der Welt auferstandene Statuette. Ich bin leicht, ein vom Wind bewegtes Blatt, eine zum Flug abhebende Möwe. Ich bin unzerstörbar, ewig. Manchmal schlägt das Herz zu schnell, und ich laufe Gefahr, wirklich von der Erde abzuheben und davonzufliegen, in meinen ursprünglichen Zustand als Geist zurückzukehren. Und es ist nicht der niedrige Blutzucker, es ist die reine Wahrheit der Dinge.

Es ist eine Wahrheit, die nicht nur mit der nächsten Mahlzeit untergeht, sondern mir gegen Ende des Zyklus geradezu undenkbar erscheint. Jeden Monat ist das so. Ein großer Hunger überfällt mich, bodenlos, aber ohne Appetit, mitreißend, aber namenlos. Es ist kein mir eigener Hunger, aber er erscheint mir notwendig. Ich esse wie unter dem Befehl eines Marionettenspielers, beherrscht von einem anderen Wesen, vielleicht ja wie eine Schwangere. Ich esse, als würde ich jemand anderen mästen, ein Ziegenopfer auf dem Götteraltar, und ich tue es ohne große Lust, aber auch ohne Bedauern.

Dieser gesichtslose Hunger wird begleitet von einem sehr persönlichen Hunger nach Salzigem. Dieses konkrete Detail macht ihn nicht weniger drängend: Im Gegenteil, meine Gier nach Salz ist so heftig, dass sie etwas Urtümliches, vielleicht gar Devonisches hat, eine Sehnsucht nach dem Meer, dem unsere Vorfahren entstiegen sind. Wie fade die Welt ist! Vielleicht ist es nur mein Körper, der sich Gehör verschafft und versucht, ein paar der während des restlichen Monats verlorenen Pfunde zurückzugewinnen, vielleicht ist es nur eine Hormonschwankung. Jedenfalls lasse ich mich vom Hunger überwältigen, so, wie ich mich von den Krämpfen überwältigen lasse, die unweigerlich folgen. An diesem Punkt bin ich nicht länger ein freier Geist, der in der Lage ist, zu fliegen und den in einer höheren Frequenz geflüsterten Geheimnissen des Kosmos zu lauschen; ich bin nicht länger ein magisches Individuum, das im Begriff ist, mit bloßen Händen die Welt zu formen, sondern nur irgendeine Frau, die sich den leicht geblähten Bauch mit Schweinefleisch und Oliven vollstopft und der die Brustwarzen schmerzen. Eine Frau, der bewusst ist, dass sie unabwendbar an die Erde gebunden ist, mit einem Körper, der ein Geschenk, aber auch eine Last darstellt und der, ob es ihr gefällt oder nicht, Teil des unaufhaltsamen Zyklus des Lebens ist.

* * *

In der Schule werde ich immer unaufmerksamer, nur Altgriechisch interessiert mich noch wirklich. Während der anderen Stunden verkrieche ich mich in einen Roman, aber oft muss ich einen Satz drei- oder viermal lesen, ehe ich ihn verstehe: Die Worte bleiben Tinte auf Papier, ohne sich in meinem Kopf in Bilder zu verwandeln. Das Surren der Heizkörper macht schläfrig, vielleicht ist das Problem ja, dass ich nachts zu wenig schlafe. Mariagiulia versorgt mich weiterhin mit Erklärungen im Unterricht und mit süßen Snacks während der Pause, aber sie stellt keine persönlichen Fragen mehr und lädt mich nicht mehr zu Partys oder Mittagessen ein; ebenso wenig Stefania. Vielleicht ist es meine Paranoia, aber ich habe das Gefühl, als würden die Klassenkameraden mich meiden. Besser so. Nur ein Einziger, ein schüchterner und pickliger Junge, lädt mich eines Tages zum Pizzaessen ein, und um ihn nicht vor den Kopf zu stoßen, antworte ich ihm ein wenig vage: »Tut mir leid, ich kann nicht.«

An einem der Abende, an denen Raffaele mich abholen kommt, verlasse ich das Haus mit etwas Fieber, vermutlich ist es der Beginn eines grippalen Infekts, aber während wir in Tizianas Bett miteinander schlafen, rede ich mir ein, nur vor Liebe zu glühen. Danach wischt er mir die Schweißperlen von der Stirn und streichelt mir über das Haar, streicht es nach hinten, wie seines. »Liebste …«

Plötzlich sieht man ein Flimmern im Flur, dem Schatten eines Nachtfalters gleich, vielfach vergrößert von der nackten Glühbirne in der leeren Wohnung. Einmal, noch einmal.

»Hast du das auch gesehen?«, fragt Raffaele.

»Ja, der Strom?«

»Ich glaube, es war ein Schatten.« Er stützt sich auf den Ellenbogen, das Profil in gelbliches Licht getaucht.

Mir scheint es eher ein überlastetes Kabel zu sein, ein Zeichen für die in Mitleidenschaft gezogene elektrische Anlage, vielleicht hat die Enel es ja deshalb für überflüssig erachtet, den Strom abzustellen. Ich habe schon lange nicht mehr über die Unbewohnbarkeit des Hauses nachgedacht, darüber, dass es früher oder später zusammenstürzen und das absurde Sonnengelb des Flurs dem Viertel und dem Regen preisgegeben sein würde.

»Soll ich mal nachschauen, was das war?«

»Nein, bitte, bleib hier und wärme mich.«

Wir umarmen uns, aber seine Muskeln verraten Angst. Sie ist spürbar, eine leise Anspannung, die sich von seiner erstarrten Brust auf meine überträgt. Er denkt an Gespenster, das fühle ich, und um sie aus seinem Kopf zu vertreiben, drücke ich ihn fester, bis ich mir meine Brüste einquetsche und mir den Atem abschnüre. Plötzlich begreife ich, warum er mir ständig Geschichten von Geistern und von Gewalt erzählt hat: weniger, um mich zu erschrecken, als vielmehr, um seine eigene Angst zu vertreiben.

»Komm, erzähl mir eine Geschichte«, flüstere ich ihm ins Ohr.

»Was für eine Geschichte?«

»Weiß nicht, die von dem verfluchten Haus?«

»Welchem?«

»Dem am Ende eurer Gasse.«

»Ah«, erwidert er, »die erzähl ich dir ein andermal.« Noch immer nimmt ihn der Flur zu sehr in Anspruch, er lauscht angestrengt, der Körper ist zum Sprung bereit.

Und tatsächlich flackert das Licht erneut. Oder vielleicht ist es wirklich der lange Schatten eines Menschen, denn nun folgen Schritte auf der Treppe. Raffaele dreht sich schlagartig um, das Laken und die Überdecke gleiten von ihm ab. Einen Augenblick lang verharren wir reglos mit angehaltenem Atem, wie Wölfe in der Nacht, die den leisen Schritten der Jäger lauschen. Das Geräusch wird schwächer, die Schritte führen nach unten.

»Ein Einbrecher«, flüstert Raffaele und springt auf die Füße, obwohl es in dieser Wohnung nichts mehr zu stehlen gibt und ein flüchtender Dieb schlecht durch eine geschlossene Tür dringen kann, das ist unmöglich. Wenn es dagegen ein Geist ist, werden wir ihn nie zu fassen kriegen. Es gibt keinen Sinn, dem weiter nachzuspüren, dennoch schlüpfe ich mit derselben Hektik in die Kleider, um halb angezogen mit ihm die Treppen des leeren Hauses hinabzustürzen. Die Schritte sind verhallt, man hört nur das Klopfen unserer Herzen. Pater Pio folgt uns mit den Augen bis zum dritten Stock; von dem violetten Kinderwagen, der schon länger fortgebracht wurde, ist nur noch ein Kranz aus Kalkstaub zurückgeblieben. Keine Menschenseele im Eingang, die einzigen Atemzüge, die man im Dunkeln hört, stammen von uns. Wir öffnen die Eingangstür, um auf die Straße zu schauen.

Die Abendessenszeit ist längst vorbei; die Autos schlafen, die milde Luft duftet nach Pinienwald. Ungewöhnlich ist nur der Mond. Er ist fast voll und beobachtet uns mit reifer Geduld, ergießt sein milchiges Licht auf die wie von einem Meißel zerlöcherten Pflastersteine. In dem märchenhaften Licht sehen sie aus wie Schweizerkäsestücke und die Autos wie Toastbrot. Es ist eine Zauberwelt, reglos, aber lebendig. Die Knöpfe an Raffaeles Hemd gleichen kleinen Steinchen, und sein Gesicht ist weiß, seine Furcht klar. Er sieht aus wie ein verwirrter Junge, und einen Augenblick lang habe ich den Eindruck, die Geschichte werde gut enden.

»Du hast Fieber«, sagt er und betrachtet mich. Keine Ahnung, wie er das wissen kann. Vielleicht zittere ich, vielleicht bin ich verliebt.

Im Eingang hebt er mich hoch und trägt mich die Stufen hinauf. Er tut es mit der Leichtigkeit eines Herkules, eines Ritters, eines Vaters. Seit meinem achten oder neunten Lebensjahr hat mich niemand mehr auf den Armen getragen, und ich überlasse mein ganzes Gewicht dieser kraftvollen Gestalt, vertraue meinen Körper, ja mein Leben dem Mann an, den ich im nächsten Sommer verlassen muss. Ich schaue nicht hinab auf die von der Dunkelheit verschluckten Steinstufen, ich schaue in sein konzentriertes Gesicht. Tränen steigen in mir auf, ich weiß nicht, ob aus dem Gefühl der Geborgenheit oder aus Verzagtheit, ich weiß nicht einmal, weshalb ich überhaupt so bewegt bin. Es wird am Fieber liegen.

In der Wohnung legt er mich aufs Bett und zieht mich langsam aus. Auch er legt die Kleider ab und schlüpft unter die Decken, um mich an sich zu ziehen. »Gib mir dein Fieber«, flüstert er. »Bitte, gib es mir.«

»Nein, du sollst nicht krank werden.«

»Oh doch. Ich will krank werden und sterben, genau heute Abend, wo ich glücklich bin, ich will nicht mehr in dieser beschissenen Welt aufwachen. Ich will jetzt sterben, in deinen Armen.«

»Nein, Raffaele, sag so etwas nicht«, flehe ich ihn an, während meine Zähne klappern wie diese Plastikschädel zu Halloween. »Du sollst leben. Du sollst ein langes Leben haben.«

»Du verstehst nicht«, erwidert er und vergräbt sein Gesicht in meinen auf das Kissen gebreiteten Haaren. »Ich sterbe tatsächlich an dieser Liebe, ich sterbe …«

Wir drücken uns aneinander, zittern alle beide. Liegt es an der erhöhten Temperatur, dass ich mich nicht länger in meinem Körper verankert fühle, sondern losgelöst wie ein Geist? Nicht wie dieser überspannte Geist während meines Fastens, sondern einer driftenden Seele gleich, wie jene Geister, die sich nicht von den Orten lösen wollen, wie jene Bewohner der Bronx, die nicht bereit sind, ihre Häuser aufzugeben.

13

Das Moped holpert heftig durch die Gassen, der Sattel ist ein Trampolin. Normalerweise drosselt Raffaele, sobald er in sein Viertel kommt, respektvoll das Tempo, grüßt die Alten mit einem Nicken und winkt den Kindern zu. Das ist sein Reich, er kennt dessen Mängel so haargenau wie die Narben im eigenen Gesicht – jeden fehlenden Pflasterstein und überlaufenden Gully, jede Putzwasserladung und jeden tropfenden Blumentopf –, und er kann ihnen blindlings ausweichen. Doch heute jagt er hier durch wie die Polizei, halsbrecherisch und ohne auf Fußbälle und Schlaglöcher zu achten, ja als würde er es geradezu auf sie absehen. Mir tut der Hintern weh, mir tun die Arme weh, die ich um ihn geschlungen habe, alles tut mir weh. Er will mich für etwas bestrafen, das spüre ich.

Wie zur Bestätigung schmeißt er, als wir die Wohnung der Schwester betreten, die Tür hinter uns zu, reißt sich die Jacke von den Schultern und stößt einen Wutschrei aus. Dann stürzt er ins Schlafzimmer, wo er einem unserer Kissen ein, zwei, drei Faustschläge versetzt. Ich habe ein mulmiges Gefühl im Magen. Das Kissen liegt zerknüllt auf dem Bett, und Raffaele starrt darauf, mit erhobener Faust, bebend.

»Ist irgendetwas passiert?«, frage ich mit zaghafter Stimme, während ein unbehagliches, abstraktes Schuldgefühl in mir aufsteigt und ich hektisch überlege, in Gedanken hierhin und dorthin springe wie eine Maus in einem Papplabyrinth.

Er antwortet nicht, streckt die Finger, um sich durch die gegelten Haare zu streichen.

»Irgendetwas, was ich getan habe?«

»Ja«, zischt er.

»Was?«, stammle ich. »Was habe ich getan?«

»Das weißt du.«

»Nein, ich weiß es nicht. Wirklich nicht.«

Verwirrt starre ich ihn von der gegenüberliegenden Seite des Bettes aus an. Das Nachmittagslicht erhellt eine seiner Gesichtshälften in einem an Caravaggio erinnernden Spiel aus Licht und Schatten; der spitze Haaransatz markiert eindeutig die Trennlinie. Sein Gesicht ist eine tragisch-komische Maske, weiß auf der einen, schwarz auf der anderen Seite, ein Gesicht, das zu mitreißender Glut und zu eiskalter Verachtung fähig ist. Die Gegensätzlichkeit wirkt geradezu grotesk, wie das Doppelgesicht meiner Stiefschwester, wie eine Amerikanerin und ein Japaner, die versuchen zusammenzuleben.

»Soll ich dir auf die Sprünge helfen?«, fragt er auf Neapolitanisch und fügt langsam, als koste er die Bitterkeit jeder einzelnen Silbe aus, hinzu: »Der Friseur.«

»Der Friseur?«

»Ah, du stellst dich also dumm?«, ruft er mit erhobener Stimme. »Sagt dir der Name Serafino also nichts?«

Allmählich geht mir ein Licht auf wie ein Schimmer am Ende eines Tunnels. Serafino, der Junge, der in dem Friseur- und Kosmetiksalon, in dem Anita Kundin ist, eine Ausbildung macht und der mich höflich gefragt hat, ob ich ihm ein bisschen Englischunterricht geben könnte. Serafino mit den wohlgeformten Augenbrauen und den schmalen Handgelenken, der Anita nach dem Tönen immer die Haare wäscht und ihr dabei die Kopfhaut massiert und dessen einziges Ziel im Leben darin besteht, eines Tages die Kosmetikschule in London zu besuchen. Fröhlich kläre ich Raffaele über das Missverständnis auf. Gleich werden wir aufs Bett fallen und uns zusammenkuscheln wie Kinder nach einem allzu ermüdenden Spiel.

»Und du hast ihm zugesagt?«

»Ja.«

»Er will also ausgerechnet von dir Englisch lernen?«

»Keine Grammatik, nur ein bisschen Konversation.«

»Ah, ein bisschen Konversation!«, wiederholt er, sich spöttisch an ein im Dunkeln verborgenes Publikum richtend. »Er bittet meine Freundin um privaten Sprachunterricht!«

Das mulmige Gefühl ist verschwunden, vielleicht auch meine Lust, mit ihm zu schlafen. »Sorry, aber woher weißt du das überhaupt?«

»Ich habe meine Mittel, meine Spione.«

Die Nachricht überrascht mich nicht, aber sie missfällt mir auch nicht so, wie sie es eigentlich sollte. Denn während sie einerseits von geringem Vertrauen und der eifersüchtigen Befürchtung zeugt, ich könnte zu seiner Feindin werden, offenbart sie doch andererseits seinen Drang, mich zu beschützen, mich vor Brutalität, sexueller Zudringlichkeit, ja vor der Welt zu bewahren. Doch mir kommen einige Zweifel angesichts der Professionalität seiner Spione. Wenn die etwas taugen würden, hätten sie ihm klarmachen müssen, dass der Friseurlehrling eindeutig schwul ist, und zwar nicht wie Raffaeles Cousin, sondern von der Sorte, die das schlecht verbergen kann.

»Du bist eifersüchtig, ist das das Problem?«

»Nein, ich bin nicht eifersüchtig. Aber wenn du noch einmal mit ihm sprichst, kannst du nachmittags lange drauf warten, dass ich dich abhole, denn ich werde nicht kommen.«

»Du übertreibst.«

»Hör mir gut zu«, sagt er und streckt mir einen Finger entgegen. »Wenn du es tust, ist es aus zwischen dir und mir.«

Dieser Finger verletzt mich mehr als seine Drohung. »Wie, ich soll nicht mehr mit Leuten reden dürfen? Keine Freunde mehr haben?«

»Wer hat gesagt, dass du keine Freunde mehr haben darfst?«, erwidert er mit verächtlicher Miene. »Sprich, mit wem du willst, das ist mir scheißegal.«

Ein wütendes Feuer erfasst meinen gesamten Körper. Wenn das Bett nicht schon ungemacht wäre, würde ich die Laken durcheinanderwerfen, würde mit den Zähnen den von Samen, Schweiß und Tränen getränkten Stoff zerfetzen. Wäre ein Buttermesser in greifbarer Nähe, würde ich es packen und ihm in den weichen Bauch rammen, würde es zwei, drei, vier Mal herumdrehen, bis sich sein schöner Pullover rot färben und er einen echten Schmerzensschrei ausstoßen würde.

Ich schnappe mir ein Kissen und schleudere es ihm entgegen, aber er ist reaktionsschnell und fängt es im Flug ab. Bedächtig legt er es zurück aufs Bett. »Ich erklär dir jetzt mal, wie die Dinge hier laufen. Es gibt Leute, die sich bei mir einschmeicheln wollen und wie Spürhunde mit der Nase am Boden herumlaufen, um Informationen für mich zu sammeln, irgendwelche Informationen. Jeder weiß, dass du meine Freundin bist, und wenn man dich mit irgendeinem Mann sieht, wird es heißen, dass du eine Nutte bist. Die Leute hier zerreißen sich das Maul, erfinden Dinge. Unter ihnen ist tatsächlich einer, der behauptet hat, du seist mit ihm ins Bett gegangen.«

»Wer war das?«

»Das tut nichts zur Sache. Es war ein ziemliches Schlamassel, das ich da zu lösen hatte.«

»Und du hast es auf deine Art gelöst, nehme ich an.«

»Hast du immer noch nicht kapiert? Seit du mit mir zusammen bist, hat sich dein Leben verändert. Du bist so gut wie verheiratet mit mir und hast dich gefälligst zu benehmen. Ich bin ein Mann, ich muss meinen Stolz wahren.«

Ich schnappe mir das letzte Kissen in Reichweite und schleudere es ihm entgegen, diesmal treffe ich ihn mitten ins Gesicht. Ich werde diesem Kerl schon beibringen, was Sache ist, das schwöre ich mir. »Keine Sorge, ich reise bald ab!«, schreie ich. »Dann brauchst du nicht um deinen Stolz zu fürchten.«

Die Wucht meiner Worte haut ihn um, er sackt auf der Bettkante zusammen, die Ellenbogen auf den Knien, die Hände im Haar. Ich betrachte seinen gebeugten Rücken, die Wirbel, die aussehen wie in Felsen gemeißelte Treppenstufen. Ich habe Angst, er könne wieder anfangen zu weinen, denn wenn er es erneut tut, wird er in mir einen Hahn öffnen, den ich nicht mehr schließen kann, und gemeinsam werden wir ertrinken. Er weint nicht, aber seine Stimme ist bewegt, ein kleines stürmisches Meer. »Oh mein Gott, wie grausam die Liebe ist.«

Ich kauere mich vor ihm auf den Boden, binde ihm die glänzenden Schuhe auf und streife sie einen nach dem anderen ab, wie eine Ehefrau nach einem für ihn langen Arbeitstag. Ich habe das Bedürfnis, es zu tun, ohne zu wissen, weshalb. Ich habe das Bedürfnis, mich in diese Rolle fallen zu lassen, bis zum Äußersten zu gehen, so wie ich das Bedürfnis habe, unter mir die Kälte und Härte der Fliesen zu spüren. Er nimmt mein Gesicht zwischen seine großen Hände und beugt sich vor, um mich mit warmer Leidenschaft zu küssen, um mir zu verzeihen und um sich verzeihen zu lassen. Wir ziehen uns aus und schlafen miteinander, luxuriöserweise ganz ohne Zeitdruck. Anita bleibt wegen ihrer Arbeit bis morgen in Rom, und wir können die ganze Nacht zusammen verbringen, als seien wir verheiratet und als sei das hier unsere Wohnung.

Wir bleiben lange auf, reden miteinander und malen uns gegenseitig auf die nackten Rücken. Schon lange habe ich keinen Bleistift mehr in die Hand genommen, ich habe keine Zeit mehr zum Zeichnen, und nun mache ich mir einen Spaß daraus, mit dem Finger meine kindlichen und rätselhaften Kompositionen à la Kandinsky zu skizzieren. Sein Rücken ist breit, die perfekte Leinwand für meine großen Kreise und langen Flugbahnen, für meine Gedanken, die schweben und sich kreuzen wie Satelliten in ewiger Nacht. Raffaele ist sehr schlecht im Raten, oder vielleicht tut er nur so, als würde er es nicht herausbekommen, um das Spiel in die Länge zu ziehen, um das einschläfernde Vergnügen von über die Haut streichenden Fingern möglichst lange auszukosten. Er verwechselt die Burg mit einer Freitreppe, das Moped mit einem BH, den Baum mit einem bärtigen Mann. Wir lachen albern im Dunkeln herum wie zwei Kindergartenkinder, die sich in einer Abstellkammer verkrochen haben. Am Ende jeder Zeichnung streiche ich instinktiv mit dem Handrücken darüber, als würde ich Kreide von der Tafel wischen.

»Und was ist das?« Ich zeichne einen Kreis, einen Punkt in der Mitte, zwei kleine Striche, ein paar Zeichen ringsherum.

»Eine Sonne.«

»Nein. Noch mal.«

»Eine Bombe?«

»Nein!« Ich lache, dann zeichne ich erneut, mit größerer Sorgfalt.

»Ein Rad? Nein, ich weiß es nicht, noch mal.«

»Zum letzten Mal ... Aber du musst dich konzentrieren!« Ein Kreis, ein Punkt in der Mitte, zwei Zeiger, zwölf Zeichen ringsherum.

»Eine Uhr …«

Schweigen senkt sich herab, das Spiel ist zu Ende. Es wäre geschmacklos, zu reden, Sätze auszusprechen wie »Geh mit mir nach Amerika« oder »Bleib hier in Italien«. Ich presse mich mit übertriebener Kraft an ihn, als wolle ich den felsigen Abdruck seines Rückens auf meiner Brust hinterlassen. Ich will seinen undefinierbaren Geruch in die Tiefen meiner Nasenlöcher eindringen lassen, bis in mein Gehirn, um ihn in der Schatzhöhle meines Gedächtnisses, in der Stille meiner Seele zu bewahren. Über ihn werde ich niemals schreiben.

* * *

Die Tage werden wärmer, obwohl sich die Kälte in den Schattenzonen zwischen den Häusern genauso hält wie die Schneereste in den Ecken von Naperville, auch viele Wochen nach dem letzten Schneefall. Aus einer Schublade ziehe ich eine Hose aus leichtem Stoff hervor, die ich seit einem Jahr nicht mehr anhatte, und stelle fest, dass sie mir zu weit geworden ist. Erfreut, aber gleichzeitig besorgt, betrachte ich mich im Spiegel; meine Beckenknochen stehen hervor wie Felsklippen bei Ebbe. Ich nehme einen Gürtel und schnüre ihn mir um die Taille, bis sich die Hose aufbläht wie ein halb gefüllter Mehlsack. Ich muss mir eine neue kaufen, unbedingt, ich werde mich in die Bekleidungsgeschäfte wagen.

Die Schaufensterpuppen in den Geschäften im Stadtzentrum bieten sich in unverfrorenen Posen dar, beobachten mich mit ihren schläfrigen Pantheraugen. Ich finde die Kleider, die sie tragen, zu erwachsen, entweder gewollt gewagt oder unfreiwillig hausbacken, und die Farben allzu sehr dem Diktat irgendwelcher Modeautoritäten unterworfen. Vielleicht sollte ich Sif oder besser noch Brenda bitten, mich zu begleiten.

Aber ich fühle mich nicht wirklich allein. Auf jeder Piazza, in jedem Sträßchen spüre ich den beruhigenden und verstohlenen Blick von Raffaeles Spionen auf mir. Endlich entschließe ich mich, wahllos irgendein Geschäft zu betreten, wo ich sofort fröhlich von einer Verkäuferin überfallen werde, die wissen will, womit sie mir dienen kann. Aber ich weiß nicht, womit man mir dienen kann, ich weiß nicht einmal, welche Größe ich habe. Es grenzt an ein Wunder, dass ich wenig später mit einer Hose den Laden verlasse, die sowohl zur Jahreszeit als auch zu mir passt.

An einem Sonntag laden wir Sif und Brenda zum Mittagessen ein, da es gleich zweier Ausländerinnen bedarf, um die Lücke zu füllen, die Jesús hinterlassen hat. Schon am Morgen wird mit der Zubereitung der Hackfleischsoße, des Ragù, begonnen, während ich noch im Schlafanzug stecke und Umberto in Morgenrock und Pantoffeln wie ein alter Mann. Er bringt mir seine geometrische Methode des Zwiebelschneidens bei und seinen Trick, keine tränenden Augen zu bekommen, indem man sie nämlich am Abend zuvor in den Kühlschrank legt und sie kalt kleinschneidet. Tatsächlich vergießen wir keine einzige Träne, haben keinen Augenblick lang teil an jener künstlichen Trauer. Wir kochen, während Anita die Zimmer wischt, wobei die Zugluft den kalten Bleichmittelgeruch in der ganzen Wohnung verteilt und die Türen mit Nachdruck zuschlagen lässt. Anita hat Ricky gebeten, mit Sally hinunterzugehen, die heute Morgen große Mühe hatte, aus ihrem Körbchen zu kommen.

Nachdem Umberto alles in den Topf geschmissen hat, überreicht er mir das hölzerne Zepter in Form des Kochlöffels und fordert mich auf, die Soße im Auge zu behalten, während er sich duschen gehe. Sie müsse in regelmäßigen Abständen umgerührt werden, bis sie zu ihrer süßen Essenz eingekocht sei.

»Wie lange dauert das?«

»Nicht lang«, antwortet er grinsend.

»Wie lange?«

»Nur drei oder vier Stunden.«

Ich versetze ihm einen freundschaftlichen Knuff auf den Arm und fange an, die Küche aufzuräumen, wobei ich die Soße mit mathematischer Hingabe umrühre. Dann hole ich die Laken aus der Waschmaschine, die so groß sind, dass ich keine Gefahr laufe, sie in das Zementgrab fallen zu lassen. Wer weiß, wie Signora Assunta ist, denke ich, während ich die Wäscheklammern befestige; ich stelle sie mir ein bisschen so vor wie Raffaeles Mutter. Die habe ich ein zweites Mal gesehen, in derselben Andachtshaltung, an einem Nachmittag, an dem Raffaele vergessen hatte, die Schlüssel von Tizianas Wohnung mitzunehmen, und wir bei ihm daheim vorbeimussten. Später im Bett hatte er gesagt, er wolle mit mir zum Friedhof, um mir die Grabstätten von seinem Vater und von Michele zu zeigen. Ich müsse die Schule schwänzen, hatte er betont, damit wir am helllichten Tage, bei vollem Sonnenschein hinkönnten. Ich war gerührt und habe ihm versprochen, dass ich eine Entschuldigung für ein, zwei, drei oder vier Tage oder auch für eine ganze Woche fälschen würde, um ja keine kostbare Zeit mit ihm zu verlieren. »Drück mich so fest, wie du kannst«, gab er mir zur Antwort. »Fester! Spürst du es, Frida, spürst du es auch?«

Das Uhrwerk des Herzens. Unsere Brustkörbe waren fest aneinandergepresst, obwohl unsere Haut empfindlicher war als sonst, fast schmerzte durch die Glut eines inneren Feuers, das nichts und niemand zu löschen vermocht hätte. Ich hatte meine Tage, was wenig überraschend war, denn nach dem Schrecken, den es Anita um die Weihnachtszeit versetzt hatte, hatten sich unsere Zyklen nach und nach angeglichen, und ich hatte schon damit gerechnet. Wie gemein, dachte ich jedoch, während ich das Pulsieren seines Gliedes durch die beiden dünnen Stoffschichten meines und seines Slips spürte, aber wir konnten uns schlecht mit Blut besudeln, die einzigen Laken beflecken, die wir hatten, die nicht einmal uns gehörten. Es sind sinnvolle Regeln, die einem verbieten, unter bestimmten Umständen, an bestimmten Orten und mit bestimmten Leuten Sex zu haben und die Wirkung von Fleckenentfernern zu überschätzen, doch der Körper gehorcht anderen Gesetzen, Gesetzen, die uns im Blut liegen. Auch Leichen haben ein Skelett, dachte ich, während er mir die Brustwarzen leckte, doch was Leichen vom lebenden Körper unterscheidet, ist das Blut, das in den Adern fließt, der Treibstoff, der das Herz auf Touren bringt, und natürlich die Seele, die den Zündfunken liefert. Und die Seele hat keine Angst vor ein paar roten Blutkörperchen. Sie sehnt sich vielmehr danach, sich mit Monatsblut und unzensierten Worten, mit aus dem Latex quellendem Sperma zu beflecken, um neue Körper zu zeugen, neue Hüllen für die verirrten Seelen des Kosmos – die der Menschen, aber vielleicht auch die der Gorillas und Pandas und Leoparden und anderer vom Aussterben bedrohter Tiere, die keine Heimstatt finden –, oder um liebeskrank zu werden oder an Aids zu sterben, wiedergeboren zu werden. Doch all diese unausgereiften und wie Zeigefingerzeichnungen sich übereinanderlagernden Gedanken formten sich zu einem einzigen klaren Satz, während ich sein Glied in die Hand nahm, um wenigstens ihm seinen Frieden zu geben: »Ich liebe dich, ich liebe dich so sehr …«

»Willst du die Soße etwa mit Telepathie umrühren?«

Umbertos Stimme dringt noch vor dem Geruch nach Angebranntem zu mir auf den Balkon. Ich stürze zum Herd. Doch mein neapolitanischer Bruder versichert mir in väterlichem Ton: nicht so schlimm, das lässt sich beheben, man braucht nur die oberen Soßenschichten in einen anderen Topf umzufüllen und das Angebrannte mit kochendem Wasser übergießen, um es später abzukratzen.

»Tut mir leid, ich war zerstreut.«

»Woran hast du gedacht, Kleine?«

Das Ragù wird trotzdem gut, der süße Lohn für all die Geduld, doch Anita ist nicht zufrieden. Umberto habe nur Rindfleisch verwendet, während das Originalrezept halb Rind, halb Schwein vorsehe.

»Ach was«, trällert der Sohn im Dialekt. »Schweinefleisch ist ungesund.«

»Es erhöht den Cholesterinspiegel und führt zu Arterienverengung, stimmt's?«, erwidert sie trocken.

»Genau, langsam lernst du es.«

Anita verdreht die Augen und fuchtelt mit dem Wischlappen in der Luft herum. »Dann hättest du ihr genauso gut beibringen können, wie man *Ragù Napoletano* zubereitet.«

»Hättest du doch machen können, wenn du sechs oder sieben Stunden Zeit erübrigen kannst, im Topf herumzurühren. Ich habe, ehrlich gesagt, nicht so viel Lust, am Sonntag im Morgengrauen aufzustehen. Und ich tippe mal, Frida auch nicht. Hast du gesehen, was sie für Augenringe hat?«

»Die hat bloß Augenringe, weil sie nicht auf mich hört«, erwidert Anita und wirft mir einen strengen Blick zu. »Und außerdem, schau dich doch selbst mal im Spiegel an, Umbe.«

Die Diskussion wird vom Klingeln der Gegensprechanlage unterbrochen. Umberto ist kein bisschen eingeschüchtert, dass nun so viel hochwertige Östrogene in die Küche strömen; im Gegenteil, er ist ganz in seinem Element. Wie seine Mutter stellt auch er bei Tisch viele Fragen zu den Sitten und Gebräuchen in den Herkunftsländern von Sif und Brenda;

besonders fasziniert ist er von mit Wacholderbeeren zubereitetem Rentierfleisch und von den auch im Winter von Surfern wimmelnden Stränden. Er nimmt die beiden gutmütig auf den Arm, droht ihnen, eines Tages bei ihnen vor der Tür zu stehen, mit einem Rentier oder einem Neoprenanzug über der Schulter: ein abenteuerlustiger Italiener.

»Das möchte ich ja gern mal sehen, wie du dem armen Rentier den Neoprenanzug überziehst!«, ruft Anita, das Gesicht zu einem unbändigen Lachen verzogen.

Ich weiß nicht, wie viel Brenda von der ins Absurde abdriftenden Fopperei versteht: Sie ist in Castellammare nie ganz heimisch geworden, angefangen bei der Sprache. Dennoch lacht sie, ein Hollywoodlachen, das wie eine ferne, etwas unangenehme Erinnerung klingt.

»Passt nur auf, Mädels, ich werde euch wirklich besuchen. Wenn ich mir etwas in den Kopf setze, dann tue ich es auch«, sagt Umberto und fügt dann in ernstem Zitierton hinzu: »Der Mensch ist nichts anderes als die Reihe seiner Taten.«

»Und von wem stammt das?«, fragt Anita.

»Von dem größten Philosophen aller Zeiten.«

»Sokrates hätte niemals so einen Unfug verzapft.«

»Wer redet denn hier von Sokrates? Du immer mit deinen alten Griechen! Du lebst in der Vergangenheit, bring dich mal ein bisschen auf neueren Stand«, sagt er und wischt dabei den Teller mit Brot aus. »Lies mal Hegel, dann wirst du begreifen, wie die Realität tatsächlich beschaffen ist.«

»Ah, und wie ist sie beschaffen? Lass hören«, schießt Anita zurück. »Das muss uns einer erklären, der sich mit vierundzwanzig noch die Unterhosen von Mama waschen lässt.«

»Ganz einfach«, lautet die gelassene Antwort ihres Sohnes, der wer weiß wie viele Aphorismen auf Lager hat. »Das, was rational ist, ist real, und was real ist, ist rational.«

»Geh doch nach Stuttgart, du mit deinem 'egel!«, ruft sie, wie stets das H verschluckend.

Wir alle lachen, es ist ein Vergnügen, die beiden streiten zu hören. Sie tun es lustvoll, feurig, mit von der Soße roten Lippen. Ich denke darüber nach, wie ähnlich der Akt des Streitens dem Liebesakt ist. Und wie ähnlich sich Anita und Umberto letztendlich sind, nicht im Aussehen und wohl auch nicht in ihrer Lebensphilosophie, sondern in ihrem Wesen. Sie hegen dieselbe Skepsis und Neugierde gegenüber der Welt, dieselbe Leidenschaft fürs Kochen und für Auseinandersetzungen. Mir kommt auch der Gedanke, dass ich während der Philosophiestunden im Gymnasium besser hätte aufpassen sollen. Aber dazu ist es zu spät.

Nach dem Essen mache ich mich an den Abwasch, halte Brenda und Sif vom Spülbecken fern, als sei ich die Hausherrin. Umberto macht sich bereit, die beiden mit dem Auto nach Hause zu bringen, steckt den Kopf zur Küchentür herein, während ich gerade dabei bin, den verbrannten Topfboden zu scheuern. Ich strenge mich derart an, dass es mir gefühlt fast die Armmuskeln zerreißt und die raue Seite des Schwamms anfängt, sich aufzulösen. Aber es ist zwecklos, das Schwarze geht nicht ab.

»Wie soll das gehen?«, zische ich genervt, insgeheim auf seine Hilfe hoffend. Ist Umberto nicht Spezialist im Bewältigen von Küchenproblemen?

Er tritt näher, um den verbrannten Topf zu inspizieren. Mitfühlend murmelt er, dass es hart sei, wirklich hart, dass in diesem Fall nicht nur Wasser und Spüli genügten, sondern etwas Stärkeres nötig sei, etwas sehr viel Stärkeres, und dann nennt er den Namen irgendeines Mittels, einer Schmiere.

»Was für eine Schmiere?«

Er wiederholt es, aber ich verstehe ihn nicht, weil das Wasser rauscht und die Stimmen meiner Freundinnen im Flur zu laut sind. »Ja, ja, das eignet sich hervorragend zur Reinigung von Töpfen. Kann ich dir nur empfehlen.«

»Und wo ist diese Schmiere, hier in der Küche?«

»Nein, die haben wir nicht im Haus, gibt es aber zu kaufen. Wenn du magst, komm einfach mit, dann fahren wir in der Apotheke vorbei, und du holst dir das Zeug.« Zwischen seinen verzogenen Lippen verbirgt sich Spott. Reinigungsmittel kauft man nicht in der Apotheke, aber mein Gehirn kommt nicht in Fahrt, und ich lasse mich irreführen durch sein Drängen, mich zu beeilen, die Jacke überzuziehen und ihnen rasch nach unten zu folgen, sodass ich bereits dabei bin, meine Hände mit einem Lappen zu trocknen.

Doch dann geht mir ein Licht auf. Muskelschmiere! Fast ein Jahr in Castellammare und noch immer sind mir nicht alle Ausdrücke geläufig. Umberto schafft es immer wieder, mich an der Nase herumzuführen, ich weiß noch immer nicht, woran ich bei ihm bin. Ich fletsche die Zähne, während er mit zufriedenem Grinsen die Tür hinter sich zuzieht.

* * *

Dann muss Riccardo zum Militär. Anita scheint es philosophisch zu nehmen, vielleicht, um sich und ihm Mut zu machen, wobei sie insistiert, dass ihm ein bisschen Disziplin ganz guttäte. Ich hätte gedacht, dass seine Abreise mir ein wenig Erleichterung verschaffen würde – ein Bett weniger zu machen, ein Teller weniger zu spülen –, doch während ich in der Küche zum letzten Mal ein Hemd für ihn bügle, nämlich das, was er auf der Zugfahrt nach Como tragen wird, wird mir klar, dass all diese kleinen unsichtbaren Gesten, die ich für einen Menschen verrichtet habe, den ich eigentlich immer nur flüchtig zu Gesicht bekam, der einzige Weg waren, ihm meine Zuneigung zu zeigen. Während ich mit dem Bügeleisen über den Kragen fahre und mir all das zu Bewusstsein kommt, staune ich, wie sehr er mir fehlen wird, wie wenig Lust ich verspüre, ihm zu sagen: »Bügel doch selbst, ich mach derweil Urlaub auf Ibiza.«

Anita ist nur von der Nachricht erschüttert, dass er beschlossen hat, sich von Federica zu trennen, mit der Begründung, die räumliche Distanz sei eine zu harte Probe für eine Paarbeziehung.

»Was meinst du denn mit harter Probe, Ricky, wenn ihr euch doch jedes Mal sehen könnt, wenn du auf Urlaub bist? Und außerdem ist es nur für ein Jahr. Was ist schon ein Jahr, nach vier gemeinsamen Jahren? Zwischendurch könnt ihr telefonieren, euch Liebesbriefe schreiben, wo ist das Problem?«

»Geh mir nicht auf die Nerven, Mama. Ich habe mich entschieden und habe es ihr schon gesagt.«

»Oh, Ricky! Was ist dir nur in den Kopf gekommen? Und wo willst du ein anderes Mädchen hernehmen, so wunderbar wie Federica? Es geht ihr bestimmt furchtbar schlecht, oh mein Gott, ich muss sie unbedingt anrufen.« Sie fängt an, die Hände zu ringen, die Freundin ihres Sohnes zu bedauern, dass diese jetzt etwas ihr selbst so Bekanntes durchleben muss. Und wie, so fragt sie ihn, soll die Arme nun all die Jahre aufholen, die sie ihm blind gewidmet hat? Wer wird ihr die vergeudete Jugend zurückgeben? Und wie soll sie es schaffen, sich neu zu verlieben, einen anständigen Mann zu finden, mit dem sie Kinder kriegen kann?

»Genug jetzt, mit deinen festgefahrenen Vorstellungen: heiraten, Kinder kriegen, heiraten, Kinder kriegen. Außerdem ist Federica gerade mal zwanzig, verdammt!« Ricky knöpft sich das warme Hemd zu. »Wie sehe ich aus?«

* * *

An diesem Abend, nachdem wir miteinander geschlafen haben, sagt Raffaele zu mir, dass ich einen besseren Mann verdienen würde. Er sagt es ganz heiter, als würde er einen Gedanken aussprechen, über den er in den letzten Monaten nachgedacht hat. Ich betrachte sein Profil, das sich vor unserer Sternenwand abzeichnet, schön und erhaben wie eine von der Zeit verwitterte Bergkette. Ich will keinen besseren Mann.

»Soll ich dir eine Geschichte erzählen?«

»Ja«, sage ich, aber plötzlich bekomme ich Angst und drücke mich an ihn.

»Keine Sorge, in dieser Geschichte kommen weder Gespenster noch Piraten vor. Es ist eine Geschichte, in der es um die Zukunft geht.« Die ersten Tage würden hart, beginnt er ein wenig kryptisch, sehr hart. Ich würde von morgens bis abends an ihn denken, jedes Detail unserer Küsse, unserer Liebkosungen wiederaufleben lassen, und mich bei dem Gedanken, sie nie wieder wirklich erleben zu können, aufs Bett werfen und mein Weinen mit einem Kissen ersticken. Ich würde tierisch leiden. Nachts würde ich von ihm träumen, würde keine Ruhe finden. Der Schmerz erschiene mir unerträglich, aber ich würde ihn ertragen, und wie um meine Stärke zu belohnen, werde er nach einem Monat schon ein wenig nachlassen. Die Morgendämmerung wäre nicht mehr so herzzerreißend, und am Tage würde ich nicht mehr so besessen an ihn denken; es gäbe Momente, in denen ich abgelenkt wäre, in denen ich unwillkürlich lächeln müsste, etwa beim Anblick einer Dicken, die stolpert, während sie auf diesen lächerlichen Plateausandalen mit den Hüften wackelt, oder eines Kindes, das sich sein Eis von einem streunenden Hund auflecken lässt. Bereits im Herbst würde ich nur noch ab und zu an ihn denken, die Qual hätte sich in einen dumpfen Schmerz verwandelt, der in der Tiefe meines Seins schlummere wie eine Schicht toter Blätter. Ich würde schon sehen, im Jahr darauf würde nichts als eine vage Erinnerung bleiben, wie der angenehme Nachgeschmack eines Wassers, das ich einmal gekostet habe, oder der Nachhall eines schönen Wortes in einer fremden Sprache, dessen Bedeutung ich nicht mehr kenne. Mit der Zeit werde ich ihn vergessen.

»Das stimmt nicht«, sage ich. »Diese Geschichte gefällt mir nicht.«

»Hör sie dir bis zum Schluss an.« Ich werde Abitur machen, oder wie man das, verdammt noch mal, in Amerika nennt, werde auch achtzehn Jahre alt. Werde mich an der Universität einschreiben, einen Haufen interessanter Dinge lernen, immer klüger werden. Dann werde der Zeitpunkt kommen, mir einen Mann zu suchen, mit dem ich mein Leben verbringen wolle.

»Du wirst einen guten Mann finden, nicht so einen wie mich«, sagt er und küsst mich auf die Stirn. »Ich wünsche dir ein schönes Leben, Frida, ich wünsche dir alles Gute dieser Welt.«

»Ich dir auch«, antworte ich mit erstickter Stimme; die übrigen Gedanken sind Steine in meiner Kehle.

»Danke.«

Zwischen uns senkt sich Schweigen, doch das Viertel brodelt weiter vor sich hin, wie Fleischsoße auf niedriger Flamme. Eine Frau ruft »Anto'! Anto'!«, ein Mofa tuckert, eine Haustür fällt zu. Doch die Geschichte ist noch nicht zu Ende.

»Du wirst diesen guten Mann heiraten, ihr werdet zwei Kinder haben, einen Jungen und ein Mädchen. Und eines fernen Tages werde ich in die Vororte von Chicago reisen, um nach dir zu suchen. Stell dir die Szene vor«, sagt er, und in der Dunkelheit muss man dafür nicht einmal die Augen schließen.

Es ist Heiligabend, der Schnee liegt hoch. Es ist erst Nachmittag, doch der Schnee hat bereits eine schmutzig blaue Färbung, dunkel wie der Himmel, die Sonne geht zeitig unter in diesen Breiten. Aber meine Wohnung ist heimelig, mit roten Samtschleifen geschmückt und erfüllt vom Schein echter Kerzen. Auch der Weihnachtsbaum ist echt, er reicht bis zur Decke, verbreitet seinen herben und reinen Harzgeruch und ist mit kleinen Lichtern behangen, die in allen Regenbogenfarben schillern.

Meine Tochter fragt mich: »Mommy, darf ich den Stern an die Baumspitze hängen?«

»Natürlich, Liebling«, antworte ich. »Bitte Daddy darum, dass er dir die kleine Leiter holt.«

»Mommy, schau mal nach draußen!«, ruft mein Sohn dazwischen. »Es schneit schon wieder!«

Ich gehe zum Fenster. Er hat recht, kleine Flocken fallen sanft und leise in den bereits von einem weißen Laken überzogenen Garten. Das Einzige, was aus dem vielen Schnee herausragt, sind die stacheligen Spitzen der Stechpalmen, jenes Strauches mit den roten Beeren, die die Kinder so verlockend finden, wobei ich sie immer wieder ermahnen muss, dass sie giftig sind. Aber halt, dort draußen ist noch etwas anderes. Ein Mann. Nicht der Schneemann, den sie gestern gebaut haben, mit seinen Armen aus Zweigen und der Karottennase, sondern ein Mann aus Fleisch und Blut. Er trägt einen Bart, einen Schal, eine Wollmütze und einen langen Mantel. Ich kneife die Augen zusammen. Er kommt mir bekannt vor, aber ich bin unsicher, jedenfalls ist es nicht der Nachbar, der zu dieser Stunde, an diesem Festtag gekommen ist, um Schnee zu schippen. Vielleicht ist es ein Landstreicher, denke ich, während der Mann mit bloßen Händen den Schnee beiseiteschiebt, bis ein Loch entsteht, in dem er aus Zweigen, die unter dem Schnee begraben waren, und Papierfetzen, die er aus seiner Tasche zieht, ein kleines Freudenfeuer aufschichtet. Er entzündet den Stapel, wärmt sich die Hände, zieht die Mütze ab. Dann holt er ein Rasiermesser heraus und beginnt, mithilfe des ringsum schmelzenden Schnees, sich den Bart zu rasieren. Darunter kommt ein glattes schneeweißes Gesicht zum Vorschein. Die schmelzenden Flocken haben seine Haare durchnässt, die nun nach hinten gestrichen sind und seine hohe Stirn freigeben.

Ist er es wirklich? Nein, das kann nicht sein. Während der Geist auf eine Bestätigung wartet, ist das Herz in Aufruhr, der Atem stockt, der Mund ist aufgerissen. Ja, er ist es! Derweil richtet der Mann, den ich seit Jahren nicht gesehen habe, seinen Blick auf mich, die ich in dem warm erleuchteten Fenster stehe, und denkt: *Was würde ich dafür geben, eine halbe Stunde mit dir zu verbringen, dein Gesicht zu streicheln, in einem der Zimmer deiner nach Kerzen duftenden Wohnung; ich würde mein halbes Leben hergeben, nein, ich würde den Rest meines Lebens geben für eine halbe Stunde mit dir.* Und während ich verwirrt dort stehe, unschlüssig, ob ich am Fenster bleiben oder mich, so wie ich bin, in den Flockenwirbel stürzen soll, um mich ihm, zum Entsetzen meines Mannes und der Kinder, in die Arme zu werfen, erschlafft der Mann plötzlich, sinkt tot in den Schnee, da die Reise ihn erschöpft und sein Herz der Liebe nicht standgehalten hat. Und nun bleibt mir nichts, als zu starren und meinen Mund mit einer Hand zu bedecken. Es schneit, und wie es schneit! Der Schnee bedeckt den Körper des Mannes wie mit Salzkörnern, löscht sein Feuer, färbt den Mantel weiß, bis er sich nicht mehr vom Untergrund abhebt, erstarrt, eins wird mit der makellosen Landschaft ringsum. Ich betrachte ihn und breche in Tränen aus.

»Was hast du, Liebling? Alles in Ordnung?«, fragt mein Mann, der zu mir getreten ist.

»Nichts, es geht mir gut«, antworte ich. »Ich weine vor Glück … Es ist Weihnachten.«

Aber es geht mir nicht gut, es geht mir absolut nicht gut. Wie in der Geschichte vergieße ich rasche, dicke Tränen, einer warmen Dusche gleich. Ich lege mein Gesicht an das von Raffaele, um mich zu trösten, aber auch sein Gesicht ist tränenfeucht, kalte Tränen geschmolzenen Schnees. Doch als ich mich nun mit ganzer Kraft an seine Wange drücke, spüre ich, dass sie warm ist, warm und glatt. Die vollkommene Nähe ist ein Fluss, der uns mitreißt, eine Brandung, die uns ins offene Meer spült, und schon bald weinen wir beide hemmungslos, vom selben Schluchzen erbebend. Wir sind ein Platzregen, der den Berg ins Rutschen bringt, eine Quelle, die aus riesigen Korbflaschen sprudelt; wir sind brechende Wellen, die die Lederschuhe durchweichen. Salzwasser, Süßwasser, ich begreife nicht länger den Unterschied, ich weiß nicht einmal mehr, welches seine und welches meine Tränen sind. Dieser ungehemmte Flüssigkeitsaustausch erscheint mir viel intimer als alles, was wir je in diesem Bett getan haben, wir, die wir niemals gleichzeitig den Höhepunkt erreicht haben wie im Film, wenn ich ihn überhaupt jemals erreicht habe. Eigentlich hätten wir in dieser Wohnung vom ersten Abend an so weinen müssen, da wir wussten, dass wir von vornherein zum Scheitern verurteilt waren. Wer weiß, was aus unseren vereinten Tränen hätte erwachsen können, was wir hervorgebracht hätten, wenn uns nur die Zeit dazu geblieben wäre. Und nun weine ich aus Bedauern darüber, was wir verloren haben, und darüber, was wir nie bekommen werden, ich weine, und es ist der schönste Schmerz meines Lebens.

»Und am nächsten Morgen«, beginnt Raffaele nach einer Weile erneut, »rennen deine Kinder nach draußen, um im Schnee zu spielen und …«

Bei diesem makabren Bild brechen wir beide in Gelächter aus. Lachen ist letztlich gar nicht so viel anders als Weinen. Schluchzer lösen sich in Schluchzern auf, Tränen in Tränen.

»Es ist besser, du trennst dich jetzt von mir«, sagt er, wieder ernst werdend. »Je länger wir so weitermachen, desto schlimmer wird es.«

»Aber was redest du da?«

»Merkst du nicht, wie es uns jetzt geht? Versuch dir mal vorzustellen, wie das in drei Monaten sein wird.«

»Ich werde dich nicht verlassen.«

»Aber du musst es tun: Es ist ein Gnadenakt, so wie man einen sterbenden Hund tötet. Du und ich, wir hätten uns nur ein bisschen die Zeit miteinander vertreiben dürfen, mehr nicht. Aber dann habe ich mich in dich verliebt. Du weißt nicht, wie viele Nächte ich um dich geweint habe, wenn ich vom Park nach Hause kam und meine Mutter wie eine Tote schlief. Jetzt bitte ich dich, lass mich nicht länger leiden, ich habe schon genug gelitten in meinem Leben.«

Ich schüttle den Kopf im Dunkeln, küsse seine Wange, das Kinn, den Hals.

»Verlass mich, Frida«, drängt er. »Sonst bin ich gezwungen, dich zu verlassen.«

Als ich nach Hause komme, sitzt Anita mit vom Weinen gerötetem Gesicht in der Küche, die leere Zigarettenschachtel vor sich. Ihr Jüngster sei nach Norden aufgebrochen, sagt sie zu mir, nach und nach würden die schönsten Dinge im Leben verschwinden, ihre Existenz allmählich den Sinn verlieren.

14

In den nächsten Tagen lässt Raffaele sich nicht blicken, weder vor der Schule noch vor dem Haus. Eines Tages, nach Schulschluss, fälle ich eine Entscheidung. Ich laufe zu Fuß in die Bronx, zum Haus seiner Schwester. Mein Klingeln bleibt unbeantwortet. Ich nehme die paar Straßen zu seiner Wohnung, schlüpfe durch die offene Haustür. Dem Geruch nach Knoblauch und Fleisch folgend, steige ich die Treppen hinauf, bis ich sein Stockwerk erreiche. Ich klopfe, Knöchel gegen Holz.

»Wer da?«, ist die raue Stimme der Mutter zu vernehmen, begleitet von dem schwerfälligen Schlurfen ihrer Pantoffeln.

»Frida.« Ich bezweifle, dass sie meinen Namen kennt, wie ich im Übrigen auch bezweifle, dass sie mir sagen kann, wo ich nach ihrem Sohn suchen soll, falls er nicht da ist; ich bezweifle, dass er da ist.

Doch er ist da. Die Tür geht auf, und dahinter sitzt er am Tisch vor einer venezolanischen Telenovela, in der melodramatische Sätze geraunt werden. Die Gabel in seiner Hand hält inne, gerade lange genug für die Andeutung eines Lächelns, ehe sie ihre Bahn zum Mund, zu den vom Steak glänzenden Lippen beendet. Bei seinem Anblick nach so vielen Tagen der Abstinenz explodiert die Freude in meiner Brust, bringt mein Herz in Wallung.

»Setz dich«, sagt er mit vor heimlicher Freude glänzenden Augen, die all die Worte, die er in einem Augenblick der Bedrängnis ausgesprochen hat, ungeschehen macht. Auch er ist froh, mich wiederzusehen, das weiß ich, froh vor allem darüber, mich ihm zu Füßen zu sehen.

»Willst du was essen?«, fragt mich die Mutter apathisch. Ihre rosafarbene Zunge bewegt sich wie ein Regenwurm in dem fleischigen Mund.

»Ich hab nur kurz vorbeigeschaut, Signora.«

»Etwas trinken?«

»Nein, vielen Dank.«

Mit einem Schmerzensseufzer nimmt sie zwischen mir und dem kauenden Sohn vor der Bibel Platz. Wahrscheinlich hat sie schon vorher gegessen, oder es ist ein Fastentag. Der Fernseher wispert in einer Ecke, ich höre eine Synchronstimme sagen: *»Ich gehe nicht zur Beerdigung, Roberto!«* In dieser Wohnung hängt der Geruch des Todes. Das Rind auf dem Teller von Raffaele ist tot, genau wie seine Mutter mit den missgebildeten Beinen, Jesus am Kreuz ist tot und auch der von Grablichtern umrahmte Vater im Wohnzimmer. Das Einzige, was tatsächlich lebendig leuchtet, sind diese beiden elektrischen Flammen und die Augen des Sohnes. Es ist der satte Blick eines Mannes, der mich besessen hat, der in meinen Körper eingedrungen ist, bis er meine Seele berührt hat, der Blick eines Mannes, der weiß, dass er geliebt wird. Vielleicht war die Drohung von neulich Abend nur eine weitere seiner tückischen Prüfungen, und ich habe sie bestanden, indem ich mich hierhergewagt habe. Raffaele isst langsam, heftet seine von Liebe erfüllten Augen auf mich, während die der Mutter teilnahmslos über die abgegriffenen Bibelseiten wandern. Ich warte auf etwas, vielleicht auf die Vesuviana. Ja, ich warte darauf, dass ein schöner roter Zug vorbeirattert und das Haus erbeben lässt, die Fenster, das Geschirr, alles – und meinen Freund dazu treibt, aufzustehen, die Schlüssel unserer Wohnung zu nehmen, mich von hier fortzubringen. Früher oder später wird ein Zug kommen.

»Lange nicht gesehen«, sage ich.

»Ich hatte zu tun.«

Ich würde ihn gern fragen, was genau, wenn er bloß ehrlich antworten könnte in Gegenwart der Mutter, die nur bis zu einem bestimmten Punkt taub ist. Er tunkt den Fleischsaft mit Brot auf, schiebt ungeduldig den Teller weg. Sie fragt ihn, ob er Salat möchte. Als Raffaele mit einer Kinnbewegung verneint, erhebt sie sich geräuschvoll, um mit ihren runzligen Händen die Krümel vom Tischtuch zu sammeln, sie auf den Teller zu kippen und alles in der Spüle zu versenken. Dann kehrt sie schlurfend zurück zum wahren Herrn des Hauses, der längst kein kleiner Junge mehr ist, den man verdreschen kann. Auf dem Plastiktischtuch sind jetzt nur noch die Bibel und das Glas des Sohnes mit einem Fingerbreit Rotwein zurückgeblieben. Ich verspüre den Drang, danach zu greifen und es an den Mund zu führen, meine Lippen genau auf die Stelle zu setzen, wo er getrunken und einen feuchten Abdruck, den Schatten eines Kusses hinterlassen hat.

»Ich fahre morgen nach Rom«, sage ich.

»Ah«, erwidert er, und ein Hauch von Eifersucht verschleiert seinen Blick.

Hastig füge ich hinzu: »Es gibt da eine Kunstausstellung, die ich sehen will, die Gemälde von Van Gogh.«

»Der, der sich das Ohr abgeschnitten hat?«

»Ja, genau der.«

»Die Künstler sind alle verrückt.« Er dreht sich um, als wolle er eine Bestätigung seiner Mutter, die jedoch den Kopf gesenkt hält und mit monotoner Stimme eine Art Gebet anstimmt.

»Sif und ich fahren mit dem Zug hin«, präzisiere ich. »Wir fahren an einem Tag hin und zurück. Wenn du Lust hast, mitzukommen …«

Er bricht in höhnisches Gelächter aus. »Kannst du dir mich in einer Kunstgalerie vorstellen?« Seine laute Stimme hat die Mutter aufgeweckt. »Sie fährt morgen nach Rom«, erklärt er ihr in Dialekt, »und dann geht sie wieder zurück nach Amerika.«

»Ah, in Amerika lebst du«, sagt sie mit schwachem Interesse. Vielleicht hält sie mich für eine Italo-Amerikanerin, die auf Urlaub im Land ihrer Vorfahren ist, jedenfalls weiß ich jetzt mit Sicherheit, dass Raffaele ihr nie etwas über mich erzählt hat. »Gibt es in Amerika auch Bibeln?«

»Natürlich gibt es die dort, Mama, aber auf Englisch.«

»Wie – nicht dieselbe wie diese hier?«, fragt sie empört und schiebt ihre Bibel zu mir. »Kannst du die nicht lesen?«

»Natürlich kann sie die lesen«, antwortet der Sohn an meiner Stelle.

»Sag ihr, sie soll mir ein bisschen vorlesen, denn ich sehe heute schlecht.«

»Nein, bitte nicht«, flüstere ich Raffaele zu, der jedoch keine Anstalten macht, mir das zu ersparen; vielmehr habe ich das Gefühl, als wolle er mich erneut bestrafen.

»Wie – du schämst dich vor meiner Mutter? Komm schon, lies ihr vor.«

Das Buch liegt aufgeschlagen vor mir, von einem ausgefransten Goldbändchen in zwei klare Hälften geteilt. Der rissige Finger der Mutter zeigt mir die Stelle, wo ich beginnen soll. Ich hefte den Blick auf die hauchzarten Seiten, die winzigen Buchstaben: »*Und Gott, der Herr, sprach: Es ist nicht gut, dass der Mensch allein sei*«, lese ich mit größter Konzentration, als handle es sich um eine Prüfung für die Schule, »*ich will ihm eine Gehilfin machen, die um ihn sei.«* Das wird Genesis sein, denke ich mit einer gewissen Erleichterung, es ist eine der wenigen Bibelgeschichten, die ich kenne, wenn auch nur vage, doch als ich die Blicke der beiden auf mir spüre, schnürt es mir vor Anspannung fast die Kehle zu. *»Und Gott der Herr machte aus Erde alle die Tiere auf dem Felde …«* Ich stocke, meine Zunge ist aus irgendeinem Grund über die Worte »machte« und »auf dem Felde« gestolpert. Raffaele hat bei jedem meiner Fehler aufgelacht, und jetzt ist aus dem Fernseher eine seufzende Synchronstimme zu hören: *»Er will sich von mir scheiden lassen.«* »*… Tiere auf dem Felde und all die Vögel unter dem Himmel«*, beginne ich erneut, *»aber für den Menschen ward keine Gehilfin gefunden, die um ihn wäre.«* Wieder halte ich inne, suche bei Raffaele nach einer Geste des Kopfes oder der Hand, die mir gestatten würde, mit dem Vorlesen aufzuhören. Aber er hat eine offenkundig belustigte Miene aufgesetzt; er scheint die Absurdität der Szene auszukosten, die Ironie des Abschnitts, den seine Mutter für eine Skeptikerin wie mich gewählt hat: *»… Und Gott der Herr baute ein Weib aus der Rippe, die er von dem Menschen nahm, und brachte sie zu ihm. Da sprach der Mensch: Das ist doch Bein von meinem Bein und Fleisch von meinem Fleisch; man wird sie Männin nennen, weil sie vom Manne genommen ist.«* Jetzt lacht Raffaele boshaft, obwohl ich kein einziges Wort mehr falsch ausgesprochen habe, und aus dem Fernseher säuselt es: *»Aber was soll ich tun? Ich liebe ihn noch immer.«* *»Darum wird ein Mann seinen Vater und seine Mutter verlassen und seinem Weibe anhängen und sie werden sein ein Fleisch.«* Ich bin fast ans Ende der Seite gelangt, die Mutter hat die Augen wieder geöffnet, und noch immer ist die Vesuviana nicht vorbeigefahren. *»Und sie waren beide nackt, der Mensch und sein Weib, und schämten sich nicht.«*

»Gut gemacht«, sagt Raffaele ohne ein Funkeln in den Augen, dreht sich um und schaltet den Fernseher aus.

Wie gern würde auch ich mit einem Fingerdruck alles ausschalten, mich einfach ausklinken können! Vielleicht hat er mich längst verlassen, ohne dass ich es gemerkt habe. »Es ist spät«, sage ich und erhebe mich mühsam vom Tisch, wie unter Schock. »Ich muss nach Hause … zum Essen.«

Diesmal ist es Raffaele, der mich die paar Schritte zur Wohnungstür begleitet, um dort, völlig unverhofft, seinen Mund dem meinen zu nähern. Als ich verstört zurückweiche, ruft er: »Schämst du dich etwa vor meiner Mutter, mich zu küssen? Komm schon!« Und er holt mit der Hand zu einer ungeduldigen Geste aus.

Ich fühle mich verwirrt, wie in jener Halloweennacht, als er mich bis vor Anitas Haus begleitet hatte und ich nicht wusste, ob wir uns eigentlich verabredet hatten oder nicht. Ich möchte ihn küssen, ich sterbe vor Sehnsucht danach, aber nicht so. Ich muss ihn allein treffen, denn in Gegenwart der Mutter ist er ein anderer Mensch, unter Freunden ist er nochmals anders. Und während ich die Tür hinter mir zuziehe, frage ich mich, ob auch ich aus so vielen Personen in einem einzigen Körper bestehe, unterschiedlichsten Persönlichkeiten, die sich weigern, sich gegenseitig zu ergänzen.

* * *

Kaum sind wir heil am Bahnhof Roma Termini angekommen, suche ich, wie von mir erwartet, eine Telefonzelle auf und rufe Anita im Büro an. Die Telefonzelle beginnt von einem neapolitanischen Wortschwall widerzuhallen, gespickt mit Ratschlägen und Schreckensszenarien von Unfällen, Überfällen, Unannehmlichkeiten und Mangelernährung. Es ist die dramatische Stimme einer mit dem Tod ringenden Frau, die keinerlei Versuch unternimmt, sich zu beherrschen, mir ihre mütterlichen Qualen zu ersparen, um mir einen sorglosen Tag zu gewähren. Ich halte den Hörer auf Abstand zu meinem Ohr, auch weil er muffig riecht. All das ist so übertrieben, ein Vorgeschmack auf die Szene, die kommen wird, und dennoch ist es mir, glaube ich, lieber als das unterdrückte Schluchzen meiner Mutter am Flughafen O'Hare, wo uns eine aufgeregte Schar frommer amerikanischer Mädchen erwartete. Ihr edles Bemühen, mir eine Kraft zu übertragen, die sie in Wahrheit gar nicht in sich spürte, hatte in mir lediglich Schuldgefühle ausgelöst. Nur allzu sichtbar waren die Risse in ihrem mir wie ein Spiegel vertrautem Gesicht, und ich befürchtete, dass es nur eine Maske war, die in tausend Splitter zerspringen würde, sobald das Flugzeug uns an der Boardingtür verschlucken würde; ebenso wie ich befürchtete, dass meine Entscheidung, sie freiwillig für ein ganzes Jahr zu verlassen, ihr einen unsagbaren Schmerz bereitete, einen Verrat darstellte, den nur eine Mutter zu verzeihen fähig war. Anita lässt sich nun mit irgendwelchen Floskeln beruhigen: Wir würden aufpassen, Sif und ich, nicht mit Fremden sprechen, ein Panino essen und noch vor der Dunkelheit zurückkehren. »In Ordnung«, sagt sie schließlich, die Fassung zurückgewinnend. »Viel Spaß euch.«

Der Tag in Rom verläuft tatsächlich wunderbar, ohne Schwierigkeiten oder irgendwelchen Ärger, und die Van-Gogh-Ausstellung ist einfach fantastisch. Sif und ich fühlen uns wie Komplizinnen und festigen unser Bündnis. Wir geloben uns, auch nach dem Austauschjahr in Kontakt zu bleiben und uns zu schreiben und früher oder später Gelegenheit zu finden, uns wiederzusehen, ob in Italien oder in Schweden: Ich sei jederzeit willkommen in ihrem Hause in

Gävle, sagt sie, ergänzt jedoch, dass ihre Familie nicht zu denen gehöre, die Rentier mit Wacholderbeeren äßen. Auf der Rückfahrt im Zug bin ich versucht, ihr meine Liebesgeschichte zu erzählen, denn ich bin sicher, dass sie mir ohne Vorbehalte zuhören würde, und das Einzige, was mich davon abhält, ist meine Befürchtung, dass durch die laut ausgesprochene Analyse der Tatsachen ein schmerzlicher Bewusstwerdungsprozess in Gang kommen könnte, während ich an diesem Tag nur das Bedürfnis nach Hoffnung, ganz einfach nach Hoffnung habe.

Wir reden viel, über alles Mögliche, wir lachen; ich habe einen feinen, selbstironischen Sinn für Humor in ihr entdeckt. Aber es geht uns auch gut, wenn die Tunnel uns die Ohren verstopfen, uns mit Schweigen umhüllen oder wenn wir unseren Gedanken nachhängen, den Blick auf die rasch vorbeiziehende Landschaft geheftet. Ich hatte Sif einen ganzen Tag lang für mich, habe sie aus jedem Blickwinkel beobachten können, um herauszufinden, worin die ihr eigene, so besondere Magie besteht, die auch ich gerne hätte. Ich weiß es immer noch nicht. Vielleicht ist es ihre unterschwellige Schönheit, die Anmut ihrer Gesten, die Art, wie sie sich wohlzufühlen scheint in der Welt, ohne ihr wirklich anzugehören, eine Persephone, die ein paar Monate zu Besuch ist, um danach in ihre wahre unterirdische Heimstätte zurückzukehren. Es könnte auch ihre Tiefgründigkeit sein, die Art, wie sie die Worte benutzt, nicht etwa, um unbequeme und hässliche Wahrheiten mit einer Patina der Wohlanständigkeit zu verdecken, sondern um sie an die Oberfläche zu befördern, wo das Tageslicht den Dingen das Monströse nimmt und dunkle Gedanken zulässt, ihnen auf der Stelle das Bedrohliche nimmt. Ich finde meine schwedische Freundin sehr reif für ihr Alter, an ihrer Seite fühle ich mich wie ein noch unvollendetes Werk, eine aus tausend Stücken zusammengesetzte Frauengestalt, die im Begriff ist, sich aufzulösen und neu zusammenzusetzen, ein kubistisches Gemälde, eine Collage. Daher bin ich erstaunt, als mir Sif, nachdem der Zug im Bahnhof von Aversa hält und ich sie auf ein Nest mit blau gesprenkelten Vögeln unter dem Dach aufmerksam gemacht habe, mit einer Art Bewunderung erklärt: »Ich wette, aus dir wird eines Tages eine Künstlerin. Du hast einen besonderen Blick, siehst Dinge, die andere nicht sehen.«

Am Abend bei Tisch fragt mich Anita, was ich von Rom halte. Sie wolle es wissen, erläutert sie, weil Emilio der Emilianer ihr vorgeschlagen habe, zu ihr nach Rom zu ziehen. Er meinte, es sei ein Kinderspiel für eine Gewerkschafterin mit ihrer Erfahrung, sich nach Rom versetzen zu lassen. Er habe eine Eigentumswohnung, klein, aber zentral gelegen, einen Katzensprung von der University of Rome entfernt. Er wolle sie jeden Tag in seiner Nähe haben, damit liege er ihr ständig in den Ohren, denn er wolle alles Schlechte, jeden Gedanken an eine offene Gasrechnung aus ihrem Leben vertreiben, ihr jeden Wunsch erfüllen.

»Wirklich jeden Wunsch?«

»Das sagt er.«

»Wart ihr nicht einfach nur Freunde?«

»Sagen wir mal, wir sind Freunde, die vorsichtige Versuche unternehmen, sich ein bisschen besser kennenzulernen«, erwidert sie mit zusammengepressten Lippen.

»Was willst du damit sagen?«

»Meinst du, ich schaff mir ein Auto an, ohne vorher eine Probefahrt zu machen?«, platzt sie im Dialekt heraus, und wir lachen, bis uns die Bäuche wehtun.

Dann sage ich: »Er scheint mir wirklich dein Märchenprinz zu sein.«

»Nun, Emilio wäre die vernünftigste Wahl, das stimmt, ich sollte mir das schon überlegen, zumal jetzt, wo Ricky fort ist. Aber Sally braucht eine Wohnung mit Fahrstuhl, und ich kann Umberto schlecht alleine lassen. Wenn ich weg bin, mit wem soll er sich dann streiten?« Sie fängt an, mit der Zigarettenschachtel herumzuspielen. »Aber das eigentliche Problem ist vielleicht ein anderes …«

»Welches denn?«

»Domenico. Ich kann ihn mir einfach nicht aus dem Kopf schlagen.«

»Und an Daniele denkst du gar nicht mehr?«

»Nein«, erwidert sie mit einem entschlossenen Zungenschnalzer. »Daniele ist kein Gedanke, sondern ein Loch im Herzen.«

In den folgenden Tagen, während ich überall ringsum nach den kleinsten Zeichen Ausschau halte, in der Hoffnung, Raffaele möge sich blicken lassen, wird Anita immer zerstreuter. Sie räumt die Töpfe in den falschen Schrank, verliert den Autoschlüssel und braucht ziemlich lange, ehe ihr auffällt, dass ich mich nicht mehr mit meinem Freund treffe, wobei sie ohne weitere Fragen meine knappe Antwort, er habe zu tun, akzeptiert. Ich weiß nicht, ob sie nur unaufmerksam ist oder verliebt und, falls ja, in wen. Eines Tages setzt sie sich in BH und Unterhose zum Sonnen auf den Balkon. Da bemerke ich neben ihrem ausgebreiteten Handtuch Perla, die Schildkröte, wie sie den Schnabel in ein Stück Gurke steckt. Es ist Frühling, und sie ist aus ihrem Winterschlaf erwacht, wer weiß, seit wann schon. Wahrscheinlich ist sie bereits seit Wochen in der Wohnung unterwegs, und ich merke es erst jetzt.

* * *

Die Hoffnung ist ein Laken, das im Wind flattert, ein Gewebe, so lebhaft und so großflächig, dass es – wie der bulgarische Künstler Christo – Gebäude, Brücken, ganze Inseln einhüllen kann. Es umschließt und färbt die Wirklichkeit mit seiner matten Fröhlichkeit, verleiht ihr wer weiß was für schöne Zukunftsaussichten. Doch früher oder später wird es von den Elementen ausgeblichen, nutzt ab im Lauf der Zeit, und Risse tauchen auf, die Einblick geben in das, was darunterliegt, Löcher, durch die sich die Sorge einschleicht. Ist es möglich, dass Raffaele tatsächlich auf einen ganzen Sommer voller Küsse und Kabbeleien, voller Sonne und Salz auf der Haut verzichtet, dass er mich aus lauter Liebe verlässt? Ich weigere mich, das zu glauben. Doch die Sorge nistet sich still in meinem Leib ein, ein Angstknoten, der jeglichen Appetit verdirbt. Instinktiv kauert sich mein restlicher Körper um diesen kleinen Schmerz, wie um ihm Einhalt zu gebieten, ihn ruhigzustellen. Ich vermeide schnelle Schritte und rasche Bewegungen, und soweit es geht, vermeide ich auch das Sprechen. Denn wenn ich mich zu sehr bewege – so meine Überlegung, die einer ziemlich verdrehten Logik folgt –, wird sich dieser Angstknoten lockern und sich in mir vergrößern wie ein Tumor, wird überall in meinem Organismus weitere kranke Gedanken ausstreuen. Wenn ich den Mund zu weit öffne, wird den schwarzen Tiefen meines Leibes ein entsetzlicher, vielleicht gar animalischer Klagelaut entweichen; vielleicht wird auch nichts entweichen, doch werde ich Gefahr laufen, jene uranfängliche kosmische Leere in mich aufzunehmen und in meinen Körper einzulassen, jene Leere, die es tatsächlich noch immer gibt, wie man sehen kann, wenn man einmal in einer Neumondnacht in den Himmel hinaufschaut. Ich dämme das bedrohliche Chaos ein, hüte mit möglichst geringen Worten und Gesten meinen Angstknoten und befürchte gleichzeitig, dass er nichts anderes als der Keim der Wahrheit ist.

Eines Morgens halte ich es nicht mehr aus und beschließe, noch einmal in die Bronx zu gehen. Ich bin bereit, mich ein weiteres Mal zu erniedrigen, hundert Seiten aus der Bibel vorzulesen, nur um ihn wiederzusehen, ihn zur Besinnung zu bringen. Ich bereue es, ihn nicht an seiner Wohnungstür geküsst zu haben, obwohl er es erbarmungslos von mir gefordert hat; er könnte es als Ablehnung gedeutet haben. Ja, meine Entscheidung steht fest, heute, gleich nach Schulschluss, werde ich hingehen. Doch bevor ich zur Schule gehe, drückt Anita mir die Leine in die Hand. Der Hund muss raus, um sein Geschäft zu erledigen.

Da Sally sich beim Klimpern der Metallhaken und der Schlüssel nicht erhebt, kauere ich in der Ecke neben ihr nieder. Sie lässt ihre großen Ohren hängen, fleht mich mit glänzenden, unruhigen Augen an. »Was ist heute Morgen los mit dir, Kleine?«, frage ich sie. »Komm schon, jetzt drehen wir eine hübsche Runde.« Um sie zu ermuntern, knipse ich die Leine am Halsband fest, aber sie steht immer noch nicht auf. Sie bewegt die Vorderläufe, legt mir eine Pfote auf den Unterarm und kratzt mich dabei mit ihren Krallen. Ich erwidere ihre drängende Zuneigung mit einer Streicheleinheit über den samtweichen Kopf. »Willst du denn gar nicht raus, Sally?« Als sie ihren Namen und diese Wortfolge hört, bewegt sie die Pfoten, als galoppiere sie in der Luft, wobei sie kurz winselt. Irgendetwas stimmt nicht. Ich nehme ihr die Leine wieder ab und rufe Anita, die im Bad ist, um sich zu schminken. Sie versucht nun, den Hund mit teils zärtlichen, teils harschen Dialektworten zu ermuntern, aber vergeblich. Sally rutscht weiter hin und her, jault leise vor sich hin, ohne es aus dem Korb zu schaffen. Anita geht in die Hocke, greift nach ihren

Hinterläufen, die schlaff sind wie Hähnchenschenkel. »Geh Umberto wecken«, sagt sie.

Der Sohn verzichtet auf Tee und Kekse, zieht sich eilig an und hebt den Schäferhund aus seinem Korb. Er muss ziemlich schwer sein. Umberto schnaubt vor Anstrengung, während Sally geradezu fröhlich quietscht. Anita drückt mir ein Handtuch in die Hand, findet auf Anhieb die Schlüssel, ist Umberto dabei behilflich, mit seinem Fellbündel in den Fahrstuhl zu kommen. Sie brauche keinen Termin zu vereinbaren, sagt sie, als wir im Auto sitzen, der Tierarzt sei ein Freund von ihr. Heute Morgen fährt sie wie ein echter Profi, drückt oft und gern auf die Hupe, doch ich sitze mit Sally hinten und weiß nicht, warum wir so schnell fahren müssen und wozu das Handtuch gut sein soll; bis ich merke, dass es von einer lauwarmen Flüssigkeit getränkt wird. Die Blase hat sich entleert.

Schule und Büro treten rasch in den Hintergrund, die Tierarztpraxis hat soeben ihre Türen geöffnet. Auf der Liege sieht Sally uns mit fragendem Blick an, ohne sich gegen die Hände zu wehren, die ihren Rücken abtasten und die Dorsalextension der Hinterläufe testen. Die Untersuchung ist kurz, aber gespickt mit langen, grauenhaften Vokabeln. Sally leide nicht unter Arthritis, erklärt der Arzt, sondern an einer degenerativen Myelopathie, die den Rumpf- und Lendenwirbelbereich umfasse. Er erzählt uns von der Verbreitung dieser neurologischen Erkrankung bei Schäferhunden und anderen Hunderassen dieser Größe, von der Rückbildung der weißen Substanz des Rückenmarks, das dazu diene, Impulse vom Gehirn an die Gliedmaßen weiterzuleiten. Von den raschen und plötzlichen Schüben, die unweigerlich zur Lähmung führten. Von dem progressiven und unumkehrbaren Verlauf. Von der nicht vorhandenen Heilmethode.

Anita bricht in Tränen aus. Sie hat uns gegenüber nie ihre Tränen zurückgehalten, und so tut sie es erst recht nicht dem Arzt gegenüber, der schließlich daran gewöhnt ist. Er schenkt ihr sein Schweigen, ein Schulterklopfen und ein Tempotaschentuch. Und er ist nicht erstaunt, als sie ihn fragt: »Kann man nicht eine Art Rollstuhl bauen?«

»Manche entscheiden sich für die Konstruktion eines maßgefertigten Laufgeschirrs«, räumt er ein, »aber man muss auch die Lebensqualität in Betracht ziehen. Die bessere Option ist in der Regel der Abbruch.«

»Was heißt das?«

»Einschläfern, Anita.«

Der Tierarzt schickt uns Menschen auf die Straße, um ein bisschen Frischluft zu schnappen und über diese sehr persönliche Entscheidung nachzudenken. Anitas Zigarettenrauch steigt in den klaren, wunderschönen Himmel auf, unbezweifelbar ein Strandwetterhimmel. Sie raucht und weint. Umberto nimmt die Zügel in die Hand, als Herr des Hauses, der er nun mal ist. Die Rolle passt perfekt zu ihm, dem Präsidenten, dem Geschäftsführer einer billigen Trattoria, und er schlägt einen einfühlsamen, aber entschlossenen Ton an. Mit unendlicher Geduld legt er ihr die Argumente dar. Sally habe ein schönes Leben gehabt, sagt er, doch jetzt sei sie alt; man müsse abwägen, wie realistisch es sei, mit einem Laufgeschirr auf den holprigen Straßen mit ihr Gassi zu gehen, wie praktikabel es sei, sie mehrfach am Tag per Hand auf ihrem Lager umzudrehen, um ein Wundliegen zu vermeiden; man müsse an den körperlichen Schmerz denken, an ihr Recht auf Freiheit.

Das hätte er gleich sagen sollen. Bei dem Wort »Freiheit« nimmt Anita die Zigarette aus dem Mund und zertritt sie entschlossen mit dem Absatz. Sie geht hinein, um den Hund in die Arme zu schließen, den sie als Welpen aufgezogen hat und der ihr seit der Trennung von Carmine stets treu zur Seite gestanden hat, den sie fast wie eine Menschentochter liebt. Sie vergräbt ihre lackierten Finger in dem melierten Fell, küsst ihm die Ohren, die Schnauze, die Pfoten. Es ist eine herzzerreißende Szene. Sie vergießt all unsere Tränen, und Umberto und mir bleiben nur noch die letzten Abschiedsworte, ein paar letzte Liebkosungen. Langschläferin, Monsterlein, Stinktier, kleines Luder.

Ohne das Klappern der Pfoten ist die Wohnung eine Katakombe, der Korb steht stumm und mit kostbaren Hundehaaren übersät in einer Ecke. Später geht Umberto zur Arbeit, lässt mich mit Anitas Schmerz allein. Sie weint, lacht, erzählt mir unzählige Episoden aus dem Leben mit Sally, Geschichten, die sich schon bald mit ihren Erinnerungen an einen Esel namens Peppiniello vermengen. Als kleines Mädchen habe sie ihn im Garten hinter dem zum Fluss gelegenen Haus in Gragnano gehalten. Tagsüber sei er durch die Ortschaft gelaufen, beladen mit den Waren des Onkels, der Netze für die Kohlebecken anfertigte, die man unter die Betten schob. Alle männlichen Familienmitglieder hätten bei der Herstellung dieser Netze geholfen, und auch der Esel habe seinen Teil dazu beigetragen. Nachmittags, wenn Anita und ihre Geschwister aus der Schule kamen, war auch Peppiniello gerade von seinem Tagewerk zurückgekehrt. Er habe auf die Kinder gewartet, um mit ihnen zu spielen und zu futtern; sie, Anita, habe ihm oft etwas gebracht, was sie vor den Eltern habe verstecken können. Er sei ein liebevoller kleiner Esel gewesen, endet sie, während sich ihre Augen erneut mit Tränen füllen, klug wie ein Hund und herzensgut.

* * *

Mit Sallys Tod habe ich meine Entschlusskraft verloren, erneut die Bronx aufzusuchen, deshalb lade ich eines Abends Brenda und Sif in die Bar Spagnuolo ein. Ich will nicht durch den Stadtpark spazieren wie eine Landstreicherin: Ich brauche einen Vorwand, dorthin zu gehen, einen Schutzwall aus Plaudereien unter Freundinnen, um meine wahren Absichten vor Raffaele, vor seinen Kumpeln, vielleicht sogar vor mir selbst zu verbergen. Ich brauche einen Tisch, einen Stuhl, denn ich bin geschwächt durch den Angstknoten, der sich zu Verzweiflung ausgewachsen hat. Ich finde den idealen Platz für uns, im Freien, trotz der Dunkelheit und trotz der Brise, die vom Meer herüberweht und die Blätter der Palmen bewegt, ihnen dunkle Klagelaute entlockt. So habe ich es im Blick, das Meer, hinter den Schnörkeln des Musikpavillons, die mit dem Geäst der Bäume wie zu einem Fischernetz verschmelzen. Ich muss mich hier auf die Lauer legen, um das abendliche Gedränge zu durchforsten, ich muss mich konzentrieren. Sif und ich nehmen einen Tee und Brenda einen Fruchtsaft, und für uns alle bestelle ich lustig aussehendes Gebäck, von dem ich nichts essen werde.

Wir reden über wer weiß was, hin und wieder werfe ich einen verstohlenen Blick auf Brendas Armbanduhr. Die Tageszeit stimmt, ich werde ihn garantiert sehen, wenn er nicht bereits eine andere gefunden hat, mit der er sich die Zeit in unserem Bett vertreibt. Vielleicht ja eine mit zwei großen, festen Ballonen unterm Pulli, anstelle meiner winzigen weichen Brüste, an denen er gern gesaugt hat wie an sonnenreifen Pflaumen. Oh, wie grausam die Fantasie ist, wie erbarmungslos die Erinnerung!

Mein Blick wandert über den Stadtpark, in dem sich immer mehr Körper drängen. Und dann taucht er plötzlich auf, neben den von Liebenden verunstalteten Marmorstufen – *Mario, ich bin verrückt nach dir; Angela, du bist mein einziger Sinn in dieser Dreckswelt –* in Begleitung des Cousins und des Cowboys, der diesmal wie einer von der Camorra gekleidet ist. Alle drei sind gekleidet, als gehörten sie zur Camorra, das kann ich nicht länger bestreiten. Doch Raffaele ist der, dem die Verkleidung am besten steht, ein schwarzer Anzug, der ihm wie angegossen passt. Und er ist so schön, dass es wehtut. Im Licht der Straßenlaternen wirkt seine Haut blass, das Haar metallisch, der Körper wie aus Marmor, die unverkennbaren *Sanpaku*-Augen sind in die Ferne gerichtet. Er redet, gestikuliert, lacht, wer weiß, was für zotige und fürchterliche Geschichten er erzählt. Es versetzt mir einen Stich ins Herz, ich verschütte ein wenig Tee auf dem Tischtuch. Ich bin kein bisschen darauf gefasst, ihn zu treffen. Ich habe es mir anders überlegt und krieche auf meinem Stuhl in mich zusammen, um nicht gesehen zu werden.

Aber es ist zu spät: Er hat mich bereits entdeckt, hat den Blick direkt auf mich geheftet. Noch quellen die Worte aus seinem Mund, aber er scheint plötzlich wie gebannt zu sein; mechanisch bewegt er seine Lippen, behält mich im Auge wie der Falke eine Maus. Die beiden anderen zerstreuen sich, vielleicht hat er sich ja von ihnen verabschiedet, und nun ist er allein. Dennoch kommt er nicht zu mir, zieht nur die Augenbrauen hoch und neigt den Kopf, kein Gruß, sondern eine stumme Aufforderung, als rufe er mit größtmöglicher Diskretion nach einer Kellnerin; fehlt nur der halb erhobene Finger. Es ist eine herrische Geste, aber sie ist zu vertraulich, um mich wirklich zu verletzen, und ich bin zu aufgeregt, um mich ihr zu verweigern. »Entschuldigt mich«, sage ich, während ich mich erhebe. »Da vorn ist ein Freund von mir, ich bin gleich wieder da.«

Tannenduft, vielleicht ein Markenparfüm. Er fragt mich dumpf: »Mit wem bist du hier?«

»Mit ein paar Freundinnen.«

Er scheint erleichtert. »Ausländerinnen wie du?«

»Eine Amerikanerin, die andere Schwedin.«

»Die Amerikanerin, ist das die Giraffe dahinten?«, fragt er mit einer Kinnbewegung.

Brenda sticht immer aus der Menge heraus – vielleicht, weil sie so groß ist oder wegen ihres Lächelns, so unverwischbar wie die Wimperntusche –, während die wahre Königin neben ihr unbemerkt bleibt, als sei sie unsichtbar ohne ihre goldene Mähne. »Ja, das ist sie«, erwidere ich ein wenig ungeduldig angesichts der falschen Wendung, die unser Gespräch nimmt.

»Wie heißt sie?«

»Brenda.«

»Brenda. Sind eigentlich alle Amerikanerinnen hübsch?«

Wie gut er mich verletzen kann, mit wenigen spitzen Worten, so spontan und heiter vorgebracht, als handle es sich um ein Kompliment. Ich wüsste zu gern, ob er nur versucht, mich eifersüchtig zu machen, mich einmal mehr auf die Probe zu stellen, doch er mustert meine Freundin mit unverhohlener Gier.

»Kannst du sie nicht mal fragen, ob sie mit mir ausgehen will?«

»Frag sie doch selbst.«

»Komm schon, ich kenne sie doch gar nicht. Frag sie, ob sie morgen Abend Lust hat, mit mir auszugehen.«

Ich antworte nicht. Die grausame Möglichkeit, dass der Raubvogelblick von eben nicht mir, sondern tatsächlich Brenda galt, trifft mich tief. Vielleicht bin ich genauso durchsichtig geworden wie Sif, ein Gespenst inmitten der Leute; vielleicht hat Raffaele die ersten, wie er selbst gesagt hat, härtesten Tage bereits überwunden, hat unsere Geschichte vergraben wie einen Schlüssel in einer Schublade, vielleicht ja in jener Schublade unter der Fotografie des Vaters, die überquillt vor weißer und beigefarbener Altfrauenunterwäsche. Ich spüre eine Leere im Kopf, befinde mich am Rande der Ohnmacht. Der Lärm der Massen ist ein Fliegensummen; nur Brendas helle Stimme sticht heraus, ihr unnatürlicher Akzent, während sie Sif irgendetwas Lustiges erzählt, ihr gerade sagt: »Und jetzt, jetzt ...«

»Jetzt, jetzt!«, äfft Raffaele sie in anzüglicher Weise nach.

»Du bist boshaft.«

Er scheint zufrieden mit der Reaktion, die er bei mir ausgelöst hat. »Hier sind zu viele Leute«, sagt er, der Bar den Rücken kehrend. »Komm mit.«

Wir folgen den von Hunderten ziellosen Schuhen glatt polierten Gleisen, begleitet von ehrerbietigen Grüßen, die nach und nach seltener werden. Wir gelangen an das Ende der Strandpromenade, das nur schlecht beleuchtet ist, wo wir praktisch allein sind. Hin und wieder weht eine laue, salzige Brise, die die Bügelfalten seiner Hose und den Kragen seines Jacketts zum Flattern bringt. Darunter trägt er den weißen, eng anliegenden Pulli, den er auch bei der Party in der schwarz-weißen Wohnung anhatte, wo er mich zum ersten Mal geküsst hat. Die Erinnerung spielt mir merkwürdige Streiche: Ich hatte ihn nicht als so stattlich, so attraktiv im Kopf. Neben ihm verkomme ich zum Status eines Fans, farblos und traurig, zu einer Witzfigur. Ich könnte hier in Unterhosen sein, in diesen verwaschenen und ausgeleierten Dingern oder ganz und gar ausgezogen, nackt wie die Liebe. Schicht um Schicht hat er mich entblößt, und das ist, was dabei zum Vorschein kommt.

Wir gelangen zu den Karussells, die nicht in Betrieb sind. Es gibt einen gutmütigen Drachen mit gefalteten Flügeln, die

Lichter sind aus. Ein Karussell mit zwei weißen Pferdchen, die eine mit nachtblassen Sternchen übersäte Kutsche ziehen. Dort bleibt Raffaele stehen, schaut mir ins Gesicht. »Warum hast du das getan?«

»Was getan?«

»Tu nicht so, als wüsstest du von nichts.«

Ich mache einen tiefen Atemzug, sauge die feuchte Luft in mich ein, mache mich auf eine Eifersuchtsszene gefasst, deren Phasen mir nur allzu bekannt sind: Strafe, Verhör, Klärung, Wiederaussöhnung. Doch heute Abend habe ich ein zu schlechtes Gewissen, um auf das Erreichen der Endphase zu hoffen.

»Muss ich dir immer alles erklären?«

»Meinst du Serafino?«

»Ich meine die Tatsache«, skandiert er klar und deutlich, ehe er ins Neapolitanische abgleitet, »dass du mich total beschissen dastehen lässt.«

»Wir haben uns nur für eine einzige Lektion getroffen, einfach so, in der Bar neben dem Friseursalon.«

»Glaubst du, das wüsste ich nicht? Ich will wissen, warum du das getan hast.«

Ich streife mit der Schuhspitze durch eine Vertiefung im Asphalt, grabe in meinem Inneren. Habe ich es wirklich getan, um einem Jungen, dem in seiner eigenen kleinen Stadt soziale Ausgrenzung droht, das Auswandern zu erleichtern? Oder habe ich es getan, um mich gegen Raffaele aufzulehnen, mir meine Freiheit zu bewahren? Ich grabe und grabe und finde eine weitere mögliche, eher unterschwellige Erklärung. Könnte es sein, dass ich es unbewusst getan habe, um ihm einen Vorwand zu liefern, mich zu verlassen, um ihm zu helfen, seine Männlichkeit aus jenem Tränenmeer zu retten, in dem er zu ertrinken drohte, um ihm drei Monate maßlosen

Schmerzes zu ersparen? Bin ich zu einem derartigen Verzicht imstande, bin ich wirklich aus solchem Holz geschnitzt? Ich weiß es nicht. Ich weiß nur, dass die Möglichkeit, zwar unbewusst, aber doch aus Mitgefühl gehandelt zu haben, so als würde ich durch eine stärkere Persönlichkeit in mir gesteuert, mich erschüttert.

Doch nun legt Raffaele die ganze, ihm eigene Schizophrenie an den Tag. Plötzlich lässt er das Thema fallen und dreht sich auf dem Absatz um. Ein Friseur mit derart zarten Handgelenken interessiert ihn im Grunde nicht. Eine Erklärung ist überflüssig, es gilt keine Ehre zu retten: Er weiß genau, dass dieser Typ schwul ist, er weiß genau, dass ich nur ihm gehöre. Wortlos hat er dem Meer den Rücken zugekehrt, um den Park in Richtung Hauptstraße zu durchqueren. Wahrscheinlich ist er sicher, dass ich ihm folgen werde, wie gut er mich doch kennt! Doch als er meine Schritte hört, dreht er sich um und ruft: »Bist du immer noch hier?« Er macht eine rasche Kinnbewegung. »Geh zurück zu den Karussells, los!«

»Du kannst mich nicht so behandeln«, entfährt es mir.

»Wie denn?«

»Wie einen Hund.«

»Willst du sehen, wie man einen Hund behandelt? Willst du es sehen? Man bräuchte einen ordentlichen Knüppel«, sagt er und hebt einen Stock vom Boden auf. »Willst du den haben? Dann hol ihn dir!« Er schleudert ihn in Richtung Strand, doch der Aufprall wird von dem schwarzen Sand gedämpft, ohne für Genugtuung zu sorgen. Jetzt schaut er mich an, bebend, die Gesichtszüge wutverzerrt, mit geweiteten Nasenlöchern wie bei einem Stier. Der Meereswind fährt durch das Laub, ungeordnet, Fingern gleich, die das Haar raufen, und tatsächlich löst sich eine Strähne aus der Pomade, als Raffaele sich nun bückt, um einen weiteren Stock aufzuheben. Dieser schnellt mit einem Pfeifen durch die Luft, prallt an einen Baumstamm und zerbricht auf dem Straßenpflaster. »Lauf und hol ihn dir, wenn du ein Hund bist!«, ruft er mit einem befriedigten Grinsen auf den Lippen, und plötzlich bekomme ich Angst vor dem, was er anrichten könnte, nicht bei mir, sondern bei einem Passanten, einem streunenden Hund, einer Parkbank oder was auch immer ihm in seiner unberechenbaren Krise gerade in die Quere kommt.

»Du bringst mich noch zum Schreien und zum Weinen!« Und tatsächlich schreie ich, und aus dem Hinterhalt steigen Tränen auf, ein unerwarteter Ausbruch, ich weiß nicht, ob aus Enttäuschung oder aus Empörung oder warum auch immer.

»Los, heul doch wie ein Kleinkind! Ich bin nur zwei Jahre älter als du, aber du bist wie ein kleines Mädchen.«

Energisch trockne ich meine Tränen und mache zwei Schritte in Richtung Bar Spagnuolo. »Ich hau ab«, rufe ich, das ist die einzige Waffe, die ich habe. Ich hau ab zu meinen Freundinnen, in Anitas Wohnung, nach Amerika.

»Dann hau doch ab, los!«, schreit er mir hinterher. »Du und ich, wir werden uns nie wiedersehen.«

Trotz der Tränen, die meinen Blick verschleiern, und des schummrigen Lichts der Straßenlaternen leuchtet ein klarer Gedanke in mir auf. All das ist eine Inszenierung. Raffaele hat absichtlich die Kontrolle verloren, wie ein klassischer Schauspieler à la Marlon Brando, wie ein Gott, der sich für ein ganz bestimmtes Ziel verwandelt. Seine Gesten sind nicht eigentlich gewalttätig, sie sind wie Hände auf meinem Rücken, die mich mit einem Ruck vor einem niedergehenden Erdrutsch, einem einstürzenden Haus bewahren. Mit diesen brutalen Worten, diesen endgültigen Sätzen will er weniger sein eigenes Gesicht wahren als vielmehr seine Geliebte schützen, er will mich vor seiner Dreckswelt, seinem Höllenleben bewahren – und zwar nicht nur für die nächsten Monate, sondern für immer. Je brutaler seine Worte sind, desto besser ist es. Was als reiner Akt der Zerstörung erscheinen mag, ist in Wahrheit ein äußerster Liebesbeweis, noch weitaus radikaler und tief greifender als mein Handeln. Und was als erbitterter Streit zweier Heranwachsender inmitten des Parks erscheinen mag, ist in Wahrheit das Schauspiel eines Mannes und einer Frau, die sich aufs Innigste lieben. Wir streiten nicht, wir leben unsere Liebe aus, ein allerletztes Mal.

Das ist eine Eingebung, die so rasch verschwindet wie die Sterne auf unserer Sternenwand. Ein Schmerz zieht meine Brust zusammen, eine Hand, die mein Herz zusammenpresst. Während ich auf wackligen Beinen die stillgelegten Straßenbahngleise entlanglaufe, die wie Schwerter in der Nacht glänzen, spüre ich hinter meinem Rücken den Gnadenstoß.

»Diesen Sommer geh ich nach Mykonos.«

15

In den folgenden Tagen bin ich wie erstarrt. Der Körper ist ein Kadaver, den ich durch die Wohnung und zur Schule schleppe, wie man ein Bein, auf dem man zu lange ange- winkelt mit dem Hintern gesessen hat, steif hinter sich her- schleppt. Ich fühle mich nicht beunruhigt, ich fühle gar nichts. Ich verspüre lediglich eine Art Entfremdung von mei- nen eigenen Körperbewegungen, von der Hand, die ich er- hebe, um einen Gruß auf der Straße zu erwidern oder um den Wasserhahn in der Küche aufzudrehen, einen Teller abzu- trocknen. Ob das Wasser zu kalt oder zu warm ist, ob ich mir die Haut verbrühe, ist mir egal. Ich führe die Bewegungen aus wie ein Automat, bin mir der nüchternen und schlichten Wahrheit bewusst, dass sie allesamt folgenlos sein werden, endlos wiederholbar und unfähig, eine Spur in der Welt zu hinterlassen. Die Bewegungen sind nichts als Hände, die Was- ser teilen, die Worte nichts als Dunst, der sich in der Luft ver- liert.

Am Ende löse ich mich nicht in Tränen auf, wie es Raffaele prophezeit hat, werde nicht zu einer Pfütze auf den Fliesen im Flur. Ich bin vollkommen klar, stehe endlich felsenfest mit den Füßen auf dem Boden. Die eigentliche Illusion bestand darin, zu glauben, für immer in dieser kreativen Dimension jenseits von Hunger und Schmerz leben zu können, zu glauben, ich könne fliegen, ich könne das Unumgängliche umgehen. Ich schaffe es nicht einmal mehr, einen Zugang zu dieser Sphäre zu finden, wenn es sie überhaupt je gegeben hat. Jetzt erwache ich bei Morgengrauen jedes Mal in einem Kellergeschoss, woran vermutlich die heruntergelassenen Rollläden schuld sind, in einem Winterzimmer, eingezwängt zwischen Boden und Untergrund, in einer von Neonlicht erhellten kleinen Vorhölle. Ich bin nicht traurig, ich bin nichts, höchstens ein bisschen müde. Die Morgentauben, die in letzter Zeit wieder angefangen haben, auf dem Balkon zu gurren, wo sie Tomatenreste aufpicken, sind keine wunderbaren Frühlingsboten mehr, sondern der lärmende Beweis einer zyklischen und gleichgültigen Natur. Es sind einfach nur lästige Tauben, die fressen, kacken und davonfliegen.

Als Anita mich eines Tages fragt, warum ich mich nicht mehr mit meinem Freund treffe, antworte ich teilnahmslos: »Wir haben uns getrennt«, und es scheint mir, als würde ich eine Wahrheit aussprechen, so notwendig und so nüchtern, dass sie keinen Schmerz verursachen kann. Sie antwortet nicht, sondern schaut mich bloß schräg von der Seite an. Ich vermute, dass sie Angst hat, sich in irgendeiner Weise abfällig über Raffaele zu äußern oder unsere Geschichte mit einem Satz wie »Das habe ich doch gleich gesagt« abzutun, aber vielleicht ist auch sie einfach erstarrt. In so kurzer Zeit hat sie so viele Verluste erlitten – Daniele, Domenico, Jesús, Ricky, Sally, einen nach dem andern und in streng alphabetischer Reihenfolge –, dass nicht einmal die Anrufe und Geschenke Emilios sie richtig erheitern können.

Eines Morgens, während er Kekse in den Tee tunkt, klagt Umberto über Rückenschmerzen. »Das kommt wahrscheinlich davon, dass du Sally auf dem Arm getragen hast«, kommentiert Anita.

»Und warum tut es dann erst jetzt weh?«, erwidert er. »Außerdem hat sie nicht so viel gewogen.«

Ich glaube nicht, dass er es aus männlicher Eitelkeit gesagt hat, zumal er sich weiter den Rücken massiert wie eine alte Frau. Dennoch zieht Anita ihn damit auf, dass er mit seinen paar Muskeln unbedingt den harten Mann habe markieren wollen. Selbst als er sich ins Badezimmer verdrückt und von dort ein noch dramatischeres Jammern vernehmen lässt, verdreht sie nur die Augen. Männer würden wegen jeder Kleinigkeit jammern, sagt sie, die hätten keine Ahnung, was wahre Schmerzen seien. Sie nimmt ihn erst ein wenig ernster, als er aus dem Bad kommt und erklärt, er werde sich für heute bei der Arbeit krankmelden – etwas, das er sonst nie tut – und dass er jetzt wieder ins Bett gehe. Sie eilt ihm hinterher in sein Zimmer, Pantoffelschlurfen, gefolgt von Worten im Dialekt. Nervös kehrt sie in die Küche zurück, um geräuschvoll in einer Schublade zu kramen, auf der Suche nach dem Fieberthermometer für ihren vierundzwanzigjährigen Sohn, wegen dem sie, wenn er so weitermache, noch zu spät ins Büro komme. Irgendjemand hier im Haus müsse ja schließlich arbeiten gehen.

Es gibt keinen Hund, der vor die Tür müsste, ich brauche mich nur für die Schule anzuziehen. Als ich die Klospülung höre, schon wieder Umberto, werde ich von einem seltsamen Neidgefühl ergriffen, nicht ebenfalls krank zu sein. Wie schön es wäre, einen Grund zu haben, wieder ins Bett zu kriechen, die Jalousie herunterzulassen, mich wie ein Fötus unter der Decke zusammenzurollen, ins Vergessen zu gleiten.

Der Tag vergeht nur schleppend. Als ich aus der Schule komme, herrscht bis auf das gefräßige Klackern von auf mich zukommenden Krallen absolute Stille. Abgesehen von der Schildkröte, ist niemand in der Wohnung. Ich schäle ihr ein Stück Gurke, esse ein Stück Brot mit Öl, schalte den Fernseher an und warte. Anita und Umberto kehren zurück, als es fast schon Abend ist. Ich höre das Quietschen der Fahrstuhltür noch bevor ich Umbertos Gejaule höre, der mit den Händen auf dem Rücken über die Schwelle tritt, mit vorgestrecktem Bauch und einem Gesicht wie Jesus am Kreuz. Hinter ihm ist Anita, die die Tasche auskippt, eine Kaskade an Medikamenten auf dem geblümten Tischtuch. Sie nimmt zwei Tabletten heraus und reicht sie ihm mit einem randvollen Glas Wasser. »Du musst das ganz austrinken, hast du gehört?«, nötigt sie ihn wie eine Krankenschwester am Ende einer langen Schicht, bevor sie ein weiteres Glas füllt und den Sohn mit trippelnden Schritten ins Schlafzimmer führt. Während der ganzen Zeit lässt er keine einzige ironische Bemerkung fallen und protestiert kein einziges Mal, er ist sanft wie ein Lämmchen.

»Was ist denn passiert, Anita?«, frage ich, nachdem sie an dem Tisch vor dem Medikamentenberg Platz genommen hat.

Sie sieht mitgenommen aus, braucht jetzt wirklich eine Merit und steckt sich eine an. Umbertos Zustand habe sich am Vormittag rasch verschlechtert, erzählt sie, er sei immer öfters ins Bad zum Pinkeln gegangen oder zumindest habe er es versucht, und später habe er sich auch übergeben. Das Fieber sei über vierzig gestiegen. Da habe sie beschlossen, ihn zum Hausarzt zu bringen, der ihn zur Diagnose ins Krankenhaus geschickt habe, sogar einen Ultraschall hätten sie gemacht. Heraus kam Nierenstein. Das komme nicht oft vor bei so jungen Leuten und erst recht nicht zusammen mit derart heftigen Koliken. Diese Nierensteine müssten wirklich ziemlich groß sein, feste Konglomerate aus Mineralsalzen, die in den Nieren gebildet würden, ehe sie durch die enge Harnröhre ausgeschieden werden müssten.

»Aber sind Mineralsalze denn schädlich?«

»Oh nein. Oxalate, Phosphate, Kalzium, all das ist gut, wenn es nicht im Übermaß konsumiert wird … Warte einen Augenblick!« Sie springt auf, eilt aus der Küche, vernachlässigt ihre Zigarette. Mit dem Wasserglas in der Hand kommt sie zurückgeschlurft, kippt es in die Spüle, als sei es Gift. »Kalzium!«, ruft sie, als habe sie eine bahnbrechende Entdeckung gemacht. »Zum Teufel mit Umbertos ganzem Tee! Immer dieses ›Kaffee ist ungesund, Kaffee ist ungesund‹, dabei stimmt das gar nicht! Der Tee ist ungesund.«

»Das verstehe ich nicht.«

»Hast du diese Art von dünnem Film im Kopf, der sich oben auf dem Tee bildet und der nach dem Trinken auch an den Tassenrändern zurückbleibt? Das ist Kalzium, Kalziumkarbonat, unser Leitungswasser enthält viel davon. Deshalb nehme ich immer so viel Zitrone und Zucker, wenn ich mir mal einen Tee mache. Ich mag diesen milchigen Kalziumgeschmack nicht und übertünche ihn ein bisschen.«

»Meinst du wirklich, dass der Tee schuld ist?«

»Was sollte es sonst sein, Fri'? Den Ärzten zufolge hängen die anderen Risikofaktoren alle mit schlechter Ernährung zusammen. Alkohol, fette oder frittierte Speisen, Schweinefleisch. Meinst du, Umberto würde so etwas essen? Wo denkst du hin. Er liegt einem den lieben langen Tag damit in den Ohren, sich ja gesund zu ernähren und auf Laster zu verzichten.« Sie schließt die Lippen um die Zigarette, als wolle sie sich selbst daran hindern, dem noch etwas hinzuzufügen.

»Das stimmt.«

»Er raucht allerhöchstens ab und zu mal einen Joint …«

»Umberto? Hat er dir das gesagt?«

»Das weiß ich. Das erste Gras habe tatsächlich ich ihm

besorgt, wir haben es gemeinsam mit seinen Freunden geraucht.«

Ich schaue sie an, wie sie ihre Kippe in dem Aschenbecher ausdrückt, und denke, dass sie mich einfach immer wieder aufs Neue überrascht. »Damit lässt es sich also nicht erklären«, sage ich. »Ist es vielleicht genetisch bedingt?«

»Falls ja, dann hat er das jedenfalls nicht von mir. Ein weiterer vom Vater vererbter Defekt.«

Ein dunkles Stöhnen dringt zu uns. Anita schnellt wie eine Sprungfeder auf, läuft aber nicht bis zu seinem Zimmer. Sie ruft Luisa an. Ich höre, wie sie im Flur die Freundin darum bittet, so viele Flaschen mit Wasser der Madonna-Quelle zu kaufen wie möglich und hierherzubringen. Umberto habe Nierensteine, und die Ärztin sage, er solle große Mengen Wasser trinken, um sie auszuscheiden, aber sie, Anita, wolle auf keinen Fall, dass er Leitungswasser trinke, nie wieder! Das einzige Wasser, das er ab jetzt trinken dürfe, sei das für seine harntreibende und reinigende Wirkung bekannte Quellwasser aus Castellammare. Das sei garantiert wirkungsvoller als die Medikamente, die man ihm zur Auflösung dieser Fremdkörper und zur Linderung der Schmerzen verschrieben habe, derweil die Dinge ihren Lauf nähmen. Die Ärztin hätte außerdem gemeint, es könne ein paar Tage dauern, ehe die Steine draußen seien, man wisse es nicht, wir müssten uns auf eine lange Nacht gefasst machen.

* * *

Als Luisa mit dem Wasser eintrifft, nötigen wir Umberto dazu, sich im Bett aufzurichten und ein großes Glas Wasser zu trinken. Er kippt es hinunter, den Blick auf die schwache Deckenlampe gerichtet, die ihm einen gelblichen Nimbus verleiht und seine Augen tief liegen lässt. Anita füllt erneut das Glas, das neben der Brille und dem Fieberthermometer auf dem Nachttisch steht, und hilft ihm dann, aufzustehen und mit gebeugtem Rücken bis ins Bad zu laufen. Beim Pinkeln heult er wie ein Wolf in der Nacht. Es ist grausam, ihn so zu hören, ohne etwas für ihn tun zu können, so wie es auch grausam ist, dass er sich kein bisschen beherrscht, uns keine Sekunde lang den Anblick seiner Qualen erspart. Dieser Ausbruch trifft mich tief, reißt erneut eine alles andere als verheilte Wunde in mir auf. Als er zurückkommt, lege ich das Kissen hinter seinem Kopf zurecht, dasselbe, das ich praktisch jeden Morgen aufgeschüttelt habe, um dann mit einer Empörung, für die ich mich jetzt schäme, den Schlafanzug darunterzustopfen. Heute Abend trägt er den hellblauen mit dem braunen Gummiband, er riecht verschwitzt.

Wir drei andern sitzen mit einem Kaffee am Tisch, der übersät ist mit merkwürdig lautenden Medikamenten und Wasserflaschen, auf denen eine Karavelle und eine Madonna mit Kind prangt. Ohne mich direkt an eine von beiden zu wenden und ohne allzu große Neugierde frage ich, warum es eigentlich *Acqua della Madonna* heiße.

»Einfach so«, erwidert Luisa, den Kopf wiegend, und ich bemerke, dass die Verbrennung an ihrem Hals ganz und gar verheilt ist. »Nur deshalb, weil sich die Quelle in der Nähe einer der Madonna geweihten Kirche befindet.«

»In der Altstadt.«

»Genau.« Sie steckt sich eine Zigarette an und lässt den Blick eine Weile auf der schmalen Hand ruhen, die sie hält, die Hand mit dem Ehering. »Interessant ist vielmehr der Verlauf, den das Wasser nehmen muss, um bis zu der Quelle zu gelangen. Weißt du, was ich meine, Ani'?« Als die Freundin, wahrscheinlich müde von den Aufregungen des Tages, nur lakonisch mit der Zunge schnalzt, erklärt Luisa, dass die Quelle der Madonna, wie übrigens alle Thermalquellen in Castellammare, aus ebendem Meer entspringe, in das sie münde.

»Ist sie denn salzhaltig?«, frage ich.

»Ein bisschen schon, koste mal.« Sie gießt mir einen Fingerbreit ein, als handle es sich um Whisky. »Schmeckt es dir?«

»Weiß nicht.«

Sie erwidert mein zögerndes Lächeln. Die Quellen von Castellammare, so fährt sie fort, seien das Resultat eines Zusammenspiels aus Süßwasser und Meereswasser, und es sei gerade das besondere Mischverhältnis, das jeder dieser Quellen einen anderen Geschmack verleihe. Wobei ihnen aufgrund der unterschiedlichen chemischen Zusammensetzung auch jene wunderbaren Eigenschaften zukämen, die schon Plinius der Ältere zur Heilung von Krankheiten wie Gastritis, Rachitis, Ekzemen und Bluthochdruck angeführt habe. Die Quellen in der Nähe der antiken Thermen seien besonders salzig und mineralhaltig, während die *Fontana Grande* am süßesten sei.

Ich nehme noch einen Schluck von dem Madonna-Wasser, auch ich habe das Bedürfnis nach Heilung und Genesung, Genesung von den Erinnerungen. Aber es funktioniert nicht. Im Mund spüre ich den unbeschreiblichen Geschmack von Raffaeles Küssen, im Kopf das Knattern seines Mopeds vor dem Schulgebäude und das Prasseln seiner mal schönen, mal hässlichen Worte, Satz um Satz. »Kommen die denn nicht alle vom Monte Faito?«

»Doch, doch«, sagt Luisa und rückt näher, als wolle sie mir ein Geheimnis offenbaren. »Aber zuvor muss das Wasser einen bestimmten Weg beschreiten.« Der normalste Weg sei der durch Verdunstung, fährt sie fort, denn auch Meereswasser würde, obwohl es schwerer sei, in der Sonne verdunsten. Der aufsteigende Dunst kondensiere zu Wolken und werde schließlich zu Regen. Das Regenwasser dringe durch Ritzen und Spalten ins Gebirge ein und speise das süße Grundwasser. Doch es gebe noch einen anderen Wasserweg nach Castellammare, dieser Stadt, deren Lage, so eingezwängt zwischen Gebirge und Meer, einzigartig sei. Das Salzwasser dringe durch eine Verwerfung am Fuß des Gebirges, durch einen tiefen, für uns nicht sichtbaren Felsspalt, direkt in dieses ein. Das Meer fließe langsam immer weiter voran, bis es ins Innere des Monte Faito gelange, wo es sich mit dem Süßwasser mische. Nun erst könne es seinen Weg zur Küste wiederaufnehmen und am Hafen als Quelle hervortreten.

»Das wusste ich gar nicht«, sagt Anita.

»Interessant, nicht wahr?«, sagt Luisa. »Ein richtiger Kreislauf.«

Der lange Klagelaut, der Umbertos Brust in diesem Moment entfährt, lässt in mir, warum auch immer, eine ferne Erinnerung wiederaufleben. Das Bild meiner Mutter, die mir Ingwerumschläge bereitet, scharf und warm genug, um den schlimmen Husten, der in meiner Brust kratzt, zu lindern. Ich erinnere mich an den Topf neben dem Bett, die gallegelben Tücher in dieser Ursuppe, den stechenden, aber reinen Geruch in den Nasenlöchern. Diesmal bin ich es, die einen Geistesblitz hat und aufspringt.

»Kann man in Castellammare irgendwo Ingwer kaufen?«

Es ist spät, die Geschäfte haben geschlossen, aber Anita kommt meinem Wunsch nach und macht sich daran, mehrere Restaurants anzurufen, wo sie Bekannte hat. Das Telefon klingelt, als sei es mitten am Tage, Freunde von Freunden, die sie zurückrufen, bis sie endlich ein chinesisches Restaurant in Pompeji ausfindig macht, das bereit ist, uns eine dieser beigefarbenen Wurzeln zu überlassen, die aussehen wie nackte, ungelenke Puppen und die, wie ganz Peking weiß, Nierensteine heilen.

Luisa ist bereits unterwegs, um das Gewünschte zu holen, und Anita hat sich ins Zimmer ihres Sohnes gestürzt, als das Telefon ein weiteres Mal klingelt. Ohne nachzudenken, hebe ich ab. »Hallo?«

»Ist Anita zu Hause?«

»Ja, aber sie hat keine Zeit ... Soll ich ihr etwas ausrichten?«

»Bist du es, Frida?«, fragt eine Männerstimme, die ich noch nie gehört habe. »Lass mich mit Anita sprechen, bitte. Ich habe ihr unverzeihliches Unrecht angetan, ich weiß, aber sie bleibt die einzige Frau für mich, und ich habe seit sieben Monaten nicht mehr ihre Stimme gehört. Ich halte das nicht mehr aus, bitte ...«

Umberto stößt einen durchdringenden Schrei aus, und ich bin derart verwirrt von diesem Klagelaut und von meinem eigenen Schmerz, dass ich, ohne zu zögern, den Hörer auflege.

* * *

Die Ingwerwickel auf dem Rücken bringen ihn zum Schwitzen. Sein Haar ist schweißnass, sein Profil spitz, aber er lässt mich gewähren. Keine Ahnung, ob sie wirklich helfen, die Nierensteine zu verkleinern, oder ob sie einfach nur den Schmerz beim Ausscheiden lindern. Gegen ein Uhr früh schläft er endlich ein.

Auch das Viertel schläft, nur hin und wieder dringt das Knattern eines Motorrads zu uns herauf. Anita und ich legen unsere müden Füße auf einen Stuhl, beide im Nachthemd und mit unseren üppig verzierten Schlappen. Die Küche riecht wie das Versuchslabor eines orientalischen Hexenmeisters. Wir schalten den Fernseher nicht ein, denn wir müssen die Ohren spitzen, um Umberto zu hören, die Uhr im Blick behalten, um ihm die Medikamente zu verabreichen und ihm zu trinken zu geben. Die Neonlampe surrt, gibt von Zeit zu Zeit ein beruhigendes Ticken von sich wie ein elektrischer Mückenschutz, und hin und wieder versucht Anita, mich ins Bett zu schicken. Aber ich will mich nicht hinlegen, ich will ihr Gesellschaft leisten. Sie insistiert nicht allzu sehr, sondern steckt sich eine Zigarette an. Während vor ihr die Rauchkringel aufsteigen, gibt sie sich ihrem Bewusstseinsstrom hin.

Unter all den Erinnerungsfragmenten, die sie für mich wiederaufleben lässt, findet sich auch die Geschichte, wie Umbertos kulinarische Leidenschaft entstand. Als sie mit den noch kleinen Kindern in Gragnano lebte, hatte Carmine ihr jeden Morgen tausend Lire für die Einkäufe des täglichen Bedarfs dagelassen, und sie hatte sich jedes Mal den Kopf mit Rechnen zerbrochen, um mit dem Geld hinzukommen. Obwohl ihr Mann ihre Kochkünste über den grünen Klee lobte, so Anita, sei er doch unbestreitbar der Herr im Haus gewesen und habe keinen Finger krumm gemacht, nicht einmal um das Geschirr vom Tisch in die Spüle zu räumen. Ihr Erstgeborener sei dagegen von klein auf gern in diesem warmen und wohlriechenden Raum herumgestreift. Er habe die Mutter und Großmutter beobachtet, wie sie Seite an Seite, oft sogar Hüfte an Hüfte zusammen kochten, als seien sie mit ihren Schürzenbändern aneinandergeknotet. Irgendwann, in der Zeit kurz nach der Mondlandung, habe Umberto angefangen, sie bei der Rückkehr aus dem Büro mit einer Portion Nudeln und Tomatensoße zu überraschen, und wenn sie am Morgen bereits Bohnen vorgekocht hatte, so traf sie ihn beim Nachhausekommen dabei an, wie er gerade Wasser aufsetzte und die Pasta in den Topf schüttete. Dann schimpfte sie mit ihm, weil er einfach den Gasherd angestellt hatte, schließlich war er erst in der dritten Grundschulklasse. Aber insgeheim war sie stolz auf seine Geschicklichkeit und seinen Tatendrang.

»Ihr seid euch ziemlich ähnlich, ihr beiden«, bemerke ich.

»Ja, das stimmt. Riccardo und ich gleichen uns körperlich wie Wassertropfen, aber in vielerlei Hinsicht ist Umberto mir weitaus ähnlicher. Selbst wenn er mich auf die Palme bringt, weil er immer so neunmalklug und besserwisserisch ist«, sagt sie übertrieben spitz, »liebe ich ihn doch heiß und innig.«

Die Bindung zwischen Mutter und Sohn sei eine Art Nabelschnur, die niemals ganz zerreiße, erklärt sie mir, nicht einmal wenn der Sohn mit einem Mal größer sei und ihm der Bart sprieße. Eine Mutter empfinde dieselbe Freude, dieselben Schmerzen wie der Sohn, ja echte körperliche Schmerzen; so würde auch sie in diesem Augenblick tatsächlich unter Rückenschmerzen leiden, wenn auch weniger schlimm als Umberto. Die Ärztin habe gesagt, dass die Nierenkoliken derart heftig werden könnten, dass sie an Intensität und Dauer mit Geburtswehen vergleichbar seien. Nur vermittels dieser speziellen Krankheit könne ein Mann sich die Schmerzen vorstellen, die eine Frau schlicht und einfach erlebe, wenn sie ein Kind zur Welt bringt. Es gebe keine Worte, diesen Schmerz zu beschreiben, sagt Anita, und sie versucht es erst gar nicht, wahrscheinlich, weil sie mich nicht weiter erschrecken will. Um ihn zu ertragen, fährt sie fort, würde die Frau, instinktiv oder naturbedingt, in eine andere geistige Sphäre treten. In einen Raum, so ausgedehnt wie eine ganze Nacht, in dem es weder Logik noch Zukunftspläne noch Gedanken an Pflichten gebe, einen ganz eigenen Raum, wo der einzige Sinn, der einzige Inhalt jener Schmerz selbst sei. Wie aus der Ferne würden besorgte Stimmen zu einem vordringen – *press, press* –, aber es fühle sich an, als ob dieser Frauenkörper nicht mehr einem selbst gehöre, sondern nur ein Vehikel sei, um ein größeres Schicksal zu vollenden. Mit der Geburt würde alles in den Hintergrund treten, für immer. Eine Mutter würde ihr Leben geben, um ihr Kind zur Welt zu bringen, es leben zu lassen, sie würde keinen Moment lang zögern.

»Wir Mütter sind einfach so«, endet sie und drückt die zweite oder dritte Zigarette aus.

»Vielleicht nicht alle«, entgegne ich. »Es gibt Mütter, die ihre Kinder blutig schlagen.«

Mich überrascht die Bitterkeit, mit der mir diese Worte entschlüpfen, und offenbar ist auch Anita überrascht. Einen Augenblick lang schaut sie mich mit stummem Bedauern an. Vielleicht hat sie begriffen, wen ich damit meine, und dennoch sagt sie: »Lass uns für Umberto beten.«

Sie blickt nicht flehend zu der Neonlampe auf, wie sie es getan hat, als Daniele sie verlassen hatte, sie fragt nicht, warum. Sie schaut nach unten auf ihre schmuckverzierten Hände, die sanft gefaltet sind, ineinandergreifen, wie wenn man ein Kind an die Hand nimmt, und sie betet zur Muttergottes. Das ist keine auswendig gelernte Bibelpassage, es ist ein Privatgespräch. Sie spricht zu ihr wie zu einer Bürokollegin oder einer engen Freundin, so als habe sich Maria schlicht an eine zuvor getroffene Vereinbarung zu halten. Ihr ältester Sohn müsse rasch gesund werden, sagt sie bestimmt, er dürfe nicht mehr leiden als unbedingt nötig: Schließlich sei er nur ein Mann. Sie hadert ein wenig, seufzt, schaut zu mir auf.

»Wollen wir hoffen, dass sie mich auch diesmal erhört«, sagt sie. »Obwohl man in solchen Fällen eigentlich besser zum Erzengel Raffael beten sollte.«

Der Name versetzt mir einen Stich in der Brust. »Wer ist das?«

»Was, du kennst ihn nicht? Er ist der Engel der Heilung.«
Dann schickt sie mich mit energischer Stimme ins Bett.

Die Schreie Umbertos, der wieder wach geworden ist, dringen in mein dunkles Zimmer; sein Leidensweg ist noch lange nicht beendet. Der Kummer reißt mich um wie eine Welle. Ich versuche nicht einmal, die Tränen zurückzuhalten, lasse zu, dass sie mein Gesicht, mein Haar, das Kissen benetzen. Anfangs weine ich nur wegen meines gebrochenen Herzens, wegen dieses kleinen Unglücks, das Millionen und Abermillionen von Malen in der Menschheitsgeschichte durchlebt wurde, das ich selbst jedoch erst ein einziges, allererstes Mal erlebt habe. Ich weine wegen der Küsse und der Gefühle, die ich nie wieder verspüren werde, nicht so, und wegen des Verlusts eines Mannes, den ich trotz meiner jungen Jahre und all seiner Fehler geliebt habe. Erst jetzt merke ich, wie sehr. Ich weine bei dem Gedanken, wie gemein es war, auf diese Weise verlassen zu werden, mit solch unmenschlichen Worten, ich weine meiner Unschuld nach, die ich früher wie eine Last erlebt habe und an die ich mich jetzt mit einer gewissen Wehmut zurückerinnere. Raffaeles Unschuld ist ihm dagegen entrissen worden, wie man jemandem ein Heftpflaster abreißt, vielleicht ja an jenem Abend im Auto, als das theatralische Lustgestöhne seiner Fantasie Gewalt antat. Und ohne mir dessen bewusst zu werden, weine ich nicht länger um mich, sondern um ihn, um diesen kleinen Jungen, der die Schläge der Mutter, den Infarkt des Vaters, die Ermordung seines Vorbildes und wer weiß welch andere Schmerzen ertragen musste, die mir zu schildern er nicht die Zeit hatte. Meine Tränen fließen nun ungehemmt, warm wie Blut und reichlich wie Campari zur Stunde des Aperitifs. Mir kommt der Gedanke, dass das einzige Ventil, das Raffaele zum Ausgleich für den erlittenen Schmerz fand, bedauerlicherweise, *¡qué lástima!* – erst jetzt fällt mir der spanische Ausdruck wieder ein –, die Gewalt war. Eine Gewalt, die für mich längst ihren Zauber verloren hat, keinerlei Faszination mehr ausübt, nur noch aus blutenden Nasen und von Kugeln zerlöcherten Körpern besteht und sich eines Tages gegen ihn selbst wenden wird. Wonach er sich im Grunde sehnt.

Ein tiefer Schmerz bohrt sich mir in den Leib, wie ein Messer, das nicht schneidet, aber einen unerträglichen Druck ausübt. Ich richte mich im Bett auf und sperre den Mund auf, doch mein Weinen wird von so heftigem Schluchzen erstickt, dass ich einen Augenblick lang keine Luft mehr bekomme und mich an der Dunkelheit des Zimmers verschlucke. Als ich wieder zu Atem komme, hat ein dumpfes schwarzes Wimmern mich ergriffen. Ich weine um alle misshandelten und vernachlässigten kleinen Kinder dieser Welt, um die Waisenkinder und die an Leukämie erkrankten Kinder, um ihre Mütter und Väter, die sie nicht retten können, die einander nicht lieben, sich selbst nicht lieben können. Ich weine um die Verbrecher, die Prostituierten, die Obdachlosen, um die ausgesetzten Hunde, die gejagten Wölfe, die aus dem Urwald vertriebenen Gorillas, weine ob der Ungerechtigkeit der Welt und der Verschmutzung des Planeten. Ich weine angesichts der fundamentalen Einsamkeit des Daseins, der Tatsache, dass jede einzelne Seele gezwungen ist, einen einzigen Körper zu bewohnen, für immer isoliert, wenn auch von anderen umgeben. Ich blicke auf und flüstere: »Nein, nein, nein.« Und plötzlich habe ich das Gefühl, mich vom Bett zu lösen, durch die Zimmerdecke und das Hausdach zu dringen, immer weiter in den schwarzen Himmel hinaufzusteigen, aufgesogen von der Nacht, bis ich in der Galaxie treibe, ohne Raumanzug, ohne Helm oder Verbindungskabel, das mich halten würde. Es herrscht Kälte, echte Kälte. Nackt und zusammengekauert betrachte ich die Erde von Weitem, aber der Anblick ist nicht ergreifend, wie die Astronauten behaupten, sondern grauenhaft. Mein Zuhause ist unerreichbar, verloren, und ich bin allein im riesigen Universum, klein und einsam wie alle Wesen. Ich spüre, dass ich niemals zurückkehren werde aus diesem Bewusstseinszustand.

Und dennoch kehre ich zurück. Ich beschließe, auf diesen Planeten zurückzukehren, in dieses Bett, nicht weil ich ein Problem gelöst oder ein Geheimnis entschlüsselt hätte, sondern weil ich plötzlich merke, dass ich es tun kann, und mit einem Fingerschnalzen tue ich es. Ich strecke mich auf dem Rücken aus, ziehe die Decke hoch. Ich bin erschöpft, geschwächt und verspüre eine unerklärliche Genugtuung. Und etwas weiß ich ganz sicher: Die Tränen sind noch nicht versiegt, sie bleiben in mir wie ein ständig gespeister Wasserpegel, auf den ich in jedem Augenblick Zugriff habe. Ich weiß, dass ich erneut weinen kann – um mich, um irgendjemand anderen –, wann immer ich will, auch auf Kommando. Und dass ich anschließend diesen merkwürdigen Zustand der Leere und Sattheit erlangen kann.

Jetzt schweigt die Wohnung. Der Lichtspalt unter der Tür ist nicht mehr da, nirgends ein Klagelaut. Es herrscht nur diese Stille, die mir in den Ohren dröhnt, eine Reglosigkeit, die um mich herum erzittert. Ich rühre mich nicht. Ich bin ganz und gar eins mit der Finsternis, Dunkel im Dunkel, Stille in der Stille. Es ist mitten in der Nacht, und ich habe alle Gedanken vertrieben, alle Hoffnungen, alle Ängste; nun gibt es nichts mehr zu tun, nichts mehr zu sagen. Ich lausche, sonst nichts. Mein Gehörsinn ist so geschärft, dass ich glaube, eine Spinne in der Ecke ihr Netz spinnen zu hören. Aber ich lausche, ohne auf ein Zeichen, eine Antwort, einen Sinn zu warten, ich lausche nur, um den Klang der Stille zu erfassen.

Nach langen Minuten höre ich ein Schlurfen im Flur und meine Tür, die in den Angeln quietscht. »Alles in Ordnung?«, fragt Anita mit leiser Stimme. Ich fürchte, sie hat mein Weinen gehört, so dumpf und erstickt es auch war.

»Ja.«

»Gut. Dann schlaf schön.« Bevor sie die Tür wieder schließt, fügt sie noch hinzu: »Erinnere mich morgen daran, dass ich dir die Geschichte von dem Erdbeben erzählen wollte.«

* * *

Am Morgen des 23. November 1980 erwachte Perla plötzlich aus ihrem Winterschlaf und rannte aus dem Badezimmer in die Küche. Ja, sie rannte förmlich, so hätten sie die Schildkröte noch nie zuvor gesehen, erklärt Anita, und als sie vor die verschlossene Balkontür kam, begann sie mit den Krallen zu kratzen, um hinauszukommen. Anitas Mutter, die nach dem Tod des Vaters – Gott habe ihn selig – zu ihnen nach Castellammare gezogen war, öffnete ihr.

»Was treibt die sich hier rum?«, fragte Anita und brachte sie wieder nach drinnen. Rasch schloss sie die Balkontür, um die Schildkröte, die auf so verrückte Weise aus dem Winterschlaf erwacht war, vor der Kälte zu schützen, ebenso wie sich selbst und ihre unter dem Nachthemd nackten Beine. Doch Perla blieb hartnäckig, und die Mutter gab jedes Mal nach, sodass Anita die Schildkröte ein ums andere Mal wieder ins Warme bringen musste. Erst später begriff sie, dass es besser gewesen wäre, wenn sie alle ihrem Beispiel gefolgt wären.

Es war Sonntag, ein Ruhetag, an dem man im Schlafanzug die Hausarbeit erledigen und sich der langwierigen Zubereitung der bei den Jungs so beliebten Hackfleischsoße widmen konnte. Am Abend wollte Anita mit ein paar Freunden in

Sorrent ausgehen; sie sollten um halb neun bei ihr vorbeikommen. Aber sie machte sich nicht fertig, etwas hielt sie zurück. Die Mutter im Flur drängte sie: »Mach schon, Ani', sonst schaffst du's nicht rechtzeitig.« Sie habe noch im Nachthemd vor dem Badezimmerspiegel gestanden, um sich zu schminken, daran könne sie sich noch gut erinnern, sagt Anita, mit erst einem geschminkten Auge und dem Kajalstift in der Luft, als Sally plötzlich angesprungen kam.

»Was ist los? Du bist doch eben erst vor der Tür gewesen«, ermahnte sie den Hund, der versuchte, sie zur Wohnungstür zu zerren. Ein wenig genervt, fügte sie hinzu: »Lass mich das zweite Auge noch fertig schminken!« Da ließ Sally von Anita ab, um ihre Mutter mit den Zähnen an der Schürze bis zur Tür zu zerren.

Es war gerade noch Zeit, diese absurde Szene zu beobachten und aus dem Augenwinkel zu erspähen, wie der Hamster im Bad regelrecht durchdrehte in seinem Laufrad, ehe der Knall folgte. Es war wie ein Gewitterdonnern oder eine gigantische Flutwelle, aber unnatürlich und ohne Unterlass, wie bei einem Bombenangriff, wie eine Flugzeugstaffel, die über einen hinwegfegt. Sie hörte nichts anderes und begriff auch nicht, dass es die Fliesen waren, die im Bad zerbarsten wie Popcorn. Instinktiv eilte sie zu ihrer Mutter, die zu ihr sagte: »Ganz ruhig, Anita, hab keine Angst.« All das geschah innerhalb weniger Sekunden, während die Wellenbewegung in eine Stoßbewegung überging, die Hauswände sich zu öffnen begannen und die Schatten der Jungs durch den Flur taumelten. Dann einen Augenblick lang Stille, danach die Schreie im Haus, ihre Schritte im Treppenhaus und die ihr selbst fremde Stimme, die ihrer Kehle entwich, kaum dass sie auf der Straße war. »Riccardo, Umberto!«, schrie sie nach den Kindern, die sie aus den Augen verloren hatte in der Dunkelheit, einer gespenstischen Dunkelheit. Sie schrie ihre Namen so laut, dass sie nicht einmal die Ohrfeige spürte, die in ihrem Gesicht landete.

»Schluss jetzt, beruhige dich!« Es war der Arzt, der im fünften Stock wohnte. »Da kommen sie schon.«

Welch Freude, sie vor sich zu sehen, trotz ihrer entsetzten Gesichter. Doch dann überfiel sie die Sorge um Sally, um Perla und um den Hamster Geronimo. »Mach dir keine Sorgen, ich geh sie holen«, erbot sich der bereits fast achtzehnjährige Umberto, der durch das Unglück mit einem Schlag sehr viel erwachsener wirkte. Sie stiegen allesamt ins Auto, Menschen und Tiere, um die kurze, aber beschwerliche Strecke bis zum Bahnhof zurückzulegen, wo sie blieben, um mit den anderen Evakuierten die Nacht zu verbringen. Umberto war es, der später Decken, Essen und Insulin für die zuckerkranke Großmutter von zu Hause holte.

Anfangs gab es Probleme mit dem Schäferhund, weil die Leute meinten, ein so großer und furchterregender Hund müsse draußen bleiben. Anita wollte keinen Ärger, deshalb stand sie auf und zog Sally am Halsband in Richtung Ausgang. Sie bahnte sich ihren Weg, als plötzlich der Hund an ihr zu zerren begann und sich mitten in die Menge stürzte, begleitet von entsetzten Schreien. Und in diesem Augenblick erfolgte ein weiterer Erdstoß. Sally, die die seismischen Erschütterungen ganz offenbar vorhersehen konnte, hatte sie einfach nur nach draußen und in Sicherheit bringen wollen. Nach diesem Vorfall wollten alle, dass sie bei ihnen blieb.

Die erste Nacht verbrachte Anita zwischen dem Bahnhofsgebäude, das die Jungs und Sally beherbergte, dem draußen parkenden Wagen, wo die Mutter, Perla und Geronimo schliefen, und dem Lagerfeuer, das die Leute auf der Piazza entfacht hatten. Es war eiskalt, und unter dem Nachthemd trug Anita nicht einmal Unterhosen. Man musste bis zur Morgendämmerung warten, ehe die blassen Sonnenstrahlen zu spüren waren und ehe man die ersten Nachrichten von eingestürzten Häusern, von Toten und Verletzten zu hören bekam.

Eine ganze Woche lang schliefen alle auf der Straße, trotz der Kälte: Die Angst vor weiteren Beben war zu groß, um in die Wohnungen zurückzukehren. Doch Umberto ging seelenruhig dorthin, um zu kochen, zu lesen, fernzusehen. Ihre kleine Familie hatte Glück mit den Hausinspektionen: Nur ein einziges Zimmer wurde wegen eines allzu tiefen Mauerrisses als unbewohnbar erklärt. Nach zehn Tagen zogen sie wieder dort ein.

In den ersten Jahren nach dem Beben schlief Anita mit einer Tasche neben dem Bett, die alles Wichtige für den Notfall enthielt. Medikamente, eine Flasche Wasser, eine Packung Zwieback, ein Paar flache Schuhe, eine leichte, aber warme Decke, Unterhosen. Die Hausbesitzer hatten gut daran getan, sich nicht die Mühe zu machen, die Mauerrisse zu übertünchen. In Anitas Augen sollten sie so bleiben, sie sollten einen täglich daran erinnern, wie sich in einer einzigen schlaflosen Nacht allesamt innerlich verändert hatten. Diese Risse, so sagt sie, seien ein wenig wie ihre Schwangerschaftsstreifen, die sie mit Stolz trage, da sie die Erinnerung an die Geburt in sich bergen. Sie markierten einen Wendepunkt, verwiesen auf das Davor und das Danach und ermahnten dazu, niemals umzukehren, weil das sinnlos und schädlich sei, sondern immer nach vorn zu schauen.

Am Ende ihrer Geschichte betrachte ich die Risse über dem Schlüsselbrett, und mir kommt der Gedanke, dass die Zerstörungskraft manchmal nötig ist, um eine Wiedergeburt, einen Frühling zu ermöglichen. Ich habe den langen Seelenwinter durchschritten, und nun sehe ich einen Schimmer der Dankbarkeit.

»Wie blass du bist«, sagt Anita plötzlich. »Zeig mal deine Augen.« Sie zieht mein Unterlid herunter. »Wusste ich's doch, die Bindehaut ist praktisch weiß. Du bist anämisch.«

»Was heißt das?«

»Dass du zu wenig Blut hast!« Sie steht auf, öffnet den Kühlschrank und zieht ein in Metzgerpapier gewickeltes Päckchen heraus. Es ist fast Mittagszeit, aber ich bezweifle, dass sie Lust hat, zu kochen, bei all der Aufmerksamkeit, die Umberto noch immer erfordert. Doch sie sagt: »Ich brat dir ein leckeres Steak, das bringt dich wieder zu Kräften.«

»Aber ich habe keinen Hunger.«

»Glaubst du, das wüsste ich nicht? Seit Monaten isst du nur noch wie ein Spatz, meinst du, das hätte ich nicht mitbekommen?« Sie schnappt sich die Pfanne, kippt ein wenig Öl hinein, dreht die Flamme auf die höchste Stufe. »Umberto hat keinen Durst, aber er trinkt. Du hast keinen Hunger, aber jetzt wird gegessen.«

16

Innerhalb kürzester Zeit entwickelt sich Umberto von einem sterbenden Märtyrer im Bett zum Präsidenten, der im Schlafanzug durch die Wohnung streicht. Er ist nicht länger unserer Fürsorge unterworfen, sondern übernimmt selbst die volle Verantwortung für seine Therapie, schluckt pünktlich die Medikamente und schlürft ergeben das Madonna-Wasser. Inzwischen trinkt er es direkt aus der Flasche, die er von einem Zimmer ins nächste trägt wie eine Handprothese. Er trinkt, ich esse, das Telefon klingelt. Manchmal sind es Umbertos Freunde, andere Male ist es Emilio, der sich nach seinem Gesundheitszustand erkundigt oder wissen will, wie es Anita geht, ob sie irgendetwas braucht, vielleicht ja ein paar Rosen, um den weißen Rosenstrauß zu ersetzen, den er ihr zum Tod des Hundes geschickt hatte. »Es geht uns gut, Emilio, wie lieb du bist«, erwidert sie zärtlich, allerdings ohne dass ihr Finger diesen Tango mit dem Telefonkabel veranstalten würde.

Doch eines Tages hört es auf zu klingeln, oder vielleicht klingelt es schon seit dem Vortag nicht mehr; schwer zu sagen, da wir in der Schule beziehungsweise im Büro waren. Es ist Samstag, ein Tag, der normalerweise von frenetischer Telefonaktivität gekennzeichnet ist, doch seit dem Morgen bleibt der Apparat stumm wie ein Mönch, der ein Gelübde abgelegt hat. Nach dem Mittagessen hebt Anita argwöhnisch den Hörer ab. Die Leitung ist tot.

»Hast du das Kabel kontrolliert?«, fragt Umberto.

»Das ist in Ordnung.«

»Und den Stecker?«

»Ja.«

»Sicher?«

»Oh Mann!«, ruft sie genervt. »Schau selbst nach, wenn du mir nicht glaubst.« Kaum hat Umberto sich erhoben, senkt Anita die Stimme und zieht die Augenbrauen zusammen. »Habe ich die Rechnung eigentlich bezahlt oder nicht?«

»Ach, schon wieder Ärger von offizieller Seite?«, kommentiert der Sohn, als er in die Küche zurückkommt. »Na prima, ein Kranker im Haus, und du lässt dir das Telefon wegen Zahlungsverzug abstellen.«

Anita massiert sich die Stirn: Vielleicht hat sie wirklich vergessen zu bezahlen, oder vielleicht hatte sie kein Geld. Allerdings kann ich mich noch gut an die Worte erinnern, mit denen sie neulich, als sie vor lauter Verehrern fast verrückt wurde, das Telefon verfluchte, deshalb frage ich sie jetzt: »Hast du es absichtlich abstellen lassen?«

»Nein, ich schwöre dir, dass ich es nicht absichtlich getan habe«, verteidigt sie sich. Aber jetzt sei Wochenende, man müsse bis Montag warten, um die Rechnung zu begleichen, und wenn alles glattgehe, bis Dienstag oder Mittwoch, um die Leitung wieder zu aktivieren. Da sei nichts zu machen.

»Und wenn ein Notfall eintritt, was soll ich dann bitte schön tun?«, fragt Umberto, allerdings nicht sehr besorgt, sondern eher wie ein Lehrer, der einem nicht allzu hellen Schüler eine rhetorische Frage stellt.

»Du bist ja wohl nicht so krank, dass du nicht den Fahrstuhl benutzen könntest, Umbe'! Du fährst runter zu Signora

Assunta und fragst, ob du ihr Telefon benutzen kannst, wo ist das Problem?«

»Auweia, ausgerechnet Signora Assunta? Willst du, dass mich der Schlag trifft?«

»Eher wird sie der Schlag treffen, wenn sie dich mit dem Gesicht sieht!«

Beide lachen. Sie haben wieder ihre liebevollen Wortgefechte aufgenommen, darüber bin ich froh. Kurz darauf schickt Anita ihn mit gespieltem Missmut ins Bett, da könne er dann seinen 'egel lesen. Sie steckt sich eine Zigarette an.

Eine Weile lang werde Emilio sie nicht mehr anrufen können, überlegt sie mit lauter Stimme, wobei sie seufzend den Rauch ausbläst, doch vielleicht sei das besser so. Sie brauche Raum, um sich Klarheit über die Situation zu verschaffen. Der Emilianer sei ein Mann ohne Fehler und sie selbst seit Sallys Tod eine mehr oder weniger ungebundene Frau. Es wäre ein Leichtes, nach Rom zu ziehen und die Wohnung hier für Umberto zu halten; sie schwört Stein und Bein, dass sie nicht vergessen würde, die Miete und die Rechnungen zu bezahlen. Aber etwas halte sie zurück, erklärt sie, eine Art Vorgefühl, so ähnlich wie in der kurzen Zeit vor dem Erdbeben, als sie sich nicht habe anziehen wollen und nur ein geschminktes Auge hatte. »Ich bin ein bisschen durcheinander«, endet sie. »Und in so einem Moment hilft nur eins.«

»Was?«

»Die Küche auseinandernehmen.« Sie schaut mir in die Augen. »Und dir täte es auch gut, Fri'.«

Mit der flach gedrückten Zigarette zwischen den Lippen füllt sie Seifenlauge in den Eimer und wirft zwei Schwämme hinein. Wir beginnen mit dem Abnehmen der Herdgitter. Das Kochfeld ist bespritzt mit dem Fett der Fleischfilets, die wir gebraten haben, damit ich wieder zunehme, und es ist befriedigend, mit dem warmen Schwamm über den Stahl zu fahren und zu sehen, wie er wieder spiegelblank wird. Die in den Eimer getauchten Herdgitter hinterlassen alte Ölreste so schwarz wie Tinte. Dann nehmen wir die Brenndeckel und die Flammenringe ab, so nennt man die, um kleine, hartnäckige Schmutzreste zu entfernen. Doch wir gehen weit über den am stärksten ins Auge springenden Bereich der Herdflammen hinaus: Wir schrauben die Knöpfe ab, mit denen das Gas reguliert wird, und rücken die gesamte Küche von der Wand ab, um ihre Schenkel und den Rücken blank zu schrubben und unter ihren Füßen sauber zu machen. Ich entdecke, dass das Wasser umso schwärzer wird, je mehr der Schwamm sich vollsaugt – was für eine Befriedigung. Wir leeren den Eimer aus – platsch und weg! – und beginnen von vorn, nehmen brühend heißes Wasser, das kein Erbarmen kennt. Wir putzen in jedem versteckten Winkel, in jedem Spalt, nur den Backofen lassen wir aus, weil er nicht mehr funktioniert und daher unbenutzt ist. Das sei der einzige Grund, erklärt mir Anita, weshalb sie nicht die Ofenrezepte zubereite, die sie von ihrer Mutter habe: gefüllte Caccavelle, überbackener Tintenfisch, Pastiera … Wenn ich geglaubt hätte, die ganze Bandbreite ihrer gastronomischen Fähigkeiten zu kennen, so würde ich mich gewaltig irren. Davon sei ich weit entfernt.

Das sind einige der wenigen Worte, die wir wechseln, während wir die Küche auseinandernehmen. Wir arbeiten mit der intensiven Konzentration von Athleten, in einer Art kinetischen Meditation, bei der die eifrigen Hände und die gespannten Muskeln auf mysteriöse Weise alle Probleme des Kopfes lösen. Sie sammeln Spinnweben und Staub auf, schaben alles weg, was das richtige Funktionieren der Dinge, den glatten Lauf des Schicksals behindern könnte. Fort mit

Schmutz und Schmerz, fort mit Fett und Groll, fort mit Krümeln und Grübeleien. Wir arbeiten mit dem beredsamen Schweigen von Männern, in einem merkwürdigen Zwischenzustand, in dem jedes Wort nur erbärmlich wirken würde im Vergleich zu den konkreten Gesten, diesem kreativen Akt. Denn obwohl wir nur ein altes Metallobjekt auseinandernehmen, obwohl wir nur in der Tiefe und der Vergangenheit graben, habe ich doch das Gefühl, gleichzeitig etwas Neues zu vollbringen, aus dem Nichts heraus etwas nie Dagewesenes zu erschaffen, eine Zeitmaschine oder eine Interstellarrakete – allein auf der Grundlage einer vagen Idee, die in meiner Fantasie aufschimmert. Mir scheint fast, als könne ich sehen, wie sie vor meinen Augen Gestalt annimmt, wie sie aus dem Schaum meiner Hände geboren wird. Ja, ich habe das klare Gefühl, und vielleicht hat das auch Anita, dass wir mit dem schrittweisen Auseinandernehmen gleichzeitig etwas erschaffen, vielleicht sogar die Zukunft.

* * *

Das Lerntempo in der Schule verringert sich wegen der letzten noch anstehenden Prüfungen und der dazwischenliegenden Zeiten des Leerlaufs. Mariagiulia ist zu sehr in ihrem Leistungsdruck gefangen, als dass sie mich mehr als einmal nach den englischen Vokabeln für »wiederholen« oder »Bestnote« fragen würde, und ich bin innerlich so am Boden, dass sie mir nicht mehr einfallen. Außerdem ist es heiß, wenn auch auf indirekte Weise, wie die Hitze, die ein Bügeleisen abgibt, und meine Bewegungen werden vage, ziehen sich in die Länge wie Kaugummi. Manchmal habe ich das Gefühl, als würde der Meeresgeruch durchs geöffnete Fenster hereinziehen, und oft streife ich nach Schulschluss, statt nach Hause zu gehen, wie eine Katze durch die Gassen im Zentrum, angezogen vom Geruch nach Salz und Fisch. Unausweichlich lande ich an der Strandpromenade. Von dort laufe ich mit leisen, unentschlossenen Schritten weiter, scheinbar ohne Ziel, zur Rechten die blaue Meeresfläche, vor mir die grüne Wand der Berge. Und jedes Mal lande ich am Ende des Parks, bei diesen verrückt fröhlichen Karussells im Sonnenlicht, und erst jetzt wird mir klar, dass ich mit Geistern spazieren gegangen bin – und dass ich vor der Bar Spagnuolo den Schritt beschleunigt habe, um niemandem in Fleisch und Blut zu begegnen. Ein paar Mal wage ich mich weiter vor, in die Altstadt, wo ich mich inzwischen so gut auskenne, dass es mir schwerfällt, zu glauben, hier keine Bleibe mehr zu haben. Doch ich traue mich nicht bis in Raffaeles Gasse, nicht einmal, um mit perverser Neugierde nach den amputierten Räumen des zusammengestürzten Hauses zu spähen. Ich beschränke mich auf die unmittelbare Nähe zur Piazza Orologio. Die Bäckerei, in der die Sigari gebacken werden, verbreitet einen angenehmen Duft, der sich mit dem Gestank des Hafens vermischt.

An einem Sonntag fährt Anita mit uns zu einem Strand hinter der Landzunge von Castellammare, der Badeanstalt Le Axidie di Seiano. »Was für eine Abzocke«, murmelt Umberto, als die Mutter den Eintritt für uns zahlt. Doch der einzige Akt des Aufbegehrens besteht darin, den Liegestuhl und den Sonnenschirm zu ignorieren und das Handtuch direkt auf den abgerundeten Steinen auszubreiten. Er zieht sich bis auf die Badehose aus, ein weißer Slip, der aussieht wie eine Unterhose, um sich auf dem Rücken auszustrecken und selig wie eine Eidechse auf Neapolitanisch zu deklamieren: »Sonne, Sonne, scheine mir auf die Brust und trockne meinen Kadaver!«

Er ist in der Tat sehr blass, fast wächsern, von wegen schwarz wie ein Türke, höchstens seine Augenringe sind schwarz, aber Anita lacht, von Freude ergriffen. Das sei der Satz, mit dem Umberto jedes Jahr die Badesaison eröffne, erklärt sie mir, und er markiere eindeutig das Ende seiner Krankheit. Sie selbst ist dagegen, dank ihrer Sitzungen auf dem Balkon, schon leicht gebräunt, wie ich bemerke, als sie sich die Bluse und den geblümten Rock abstreift. Nachdem sie es sich auf ihrem Liegestuhl bequem gemacht hat, hakt sie ihr Bikinitop auf, sodass ihre Brüste schlaff auf dem Brustkorb liegen. Auch Bauchspeck ist reichlich vorhanden, weich wie Pizzateig, aber sie entblößt alles, ungeachtet der Schwangerschaftsstreifen und Hautunreinheiten, unter den Augen der anderen Badegäste und des Sohnes, mit derselben Selbstverständlichkeit, mit der sie ihre wunderschönen Beine zur Schau stellt.

Die einzig wirklich Nackte bin ich, ich habe keinerlei Schutzschicht. Und in meinem schwarzen Zweiteiler sehe ich aus wie Schneewittchen. Vielleicht sollte ich Sonnencreme benutzen, aber wir haben nur Bräunungsöl dabei: Anita schmiert es sich auf den Körper wie Butter aufs Brot, sie tränkt die Meeresluft mit Kokos- und Ananasgeruch. Ich strecke mich neben dem komatösen Sohn aus. Das heiße mittägliche Sonnenbad dörrt die Eingeweide aus, einer fernen Erinnerung nach tiefem Wohlbefinden gleich. Ich schließe die Augen. Die Menschen murmeln, die Möwen kreischen, das Meer ist ein helles Tosen, das einen liebkost und einlullt. Wir haben überwintert, vielleicht werden wir neu geboren.

»Iss was.« Anita reicht mir ein Panino, eingewickelt in eine von Mozzarellamilch und Thunfischöl getränkte Serviette.

»Aber doch nicht vor dem Badengehen«, mischt sich der Sohn ein.

»Gehst du ins Wasser?«, frage ich.

Die Mutter antwortet für ihn mit einem Zungenschnalzen. »Umberto darf keinen Kälteschock erleiden.«

»Dann lauf ich mal ein paar Schritte.«

»Mach das, Kleine«, sagt Umberto, »wir sind hier.«

Ich spaziere am Ufer entlang. Der Himmel sieht aus wie Milch mit Sirup, der Vulkan wie eine Fata Morgana am Horizont. Hin und wieder ist das Brummen eines Motorboots zu hören, das im Vorbeifahren das Meer zerteilt wie eine Sardelle auf dem Teller. Die Saison hat erst begonnen, und nur wenige Leute sind im Wasser, bloß ein paar alte Damen in riesigen schwarzen Badeanzügen, die ein Bad für die Durchblutung nehmen. Das Meer schwappt müde auf den Sand. Ein Kind schaufelt ein wenig davon in ein orangefarbenes Plastikeimerchen. So wie an dem letzten Strand von Castellammare breitet sich auch hier unter den Steinen ein üppiger Teppich aus schwarzen Sandkörnchen aus. Mir fällt ein, was Raffaele mir einmal gesagt hat: »Wir gehören nicht zu diesen Paaren, die händchenhaltend über den Strand laufen.« Er hatte recht: Der Sommer durfte nicht unsere Jahreszeit sein.

Auch hier liegen zwischen den Steinen Keramikscherben, Flaschenkorken und Meeresglas. Ich erspähe etwas Rotes inmitten von Grau und bücke mich, um es aufzuheben. Es ist ein hübsches Dreieck aus himbeerfarbenem Glas, glatt geschliffen von wer weiß wie vielen Stürmen und zu mir gelangt nach wer weiß welch beschwerlicher Reise. Ich umschließe es mit der Hand, laufe weiter und finde noch eines, diesmal tiefblau wie ein Stück zarter Himmel. Ich bücke mich, um zwischen den Steinen zu stöbern, und entdecke weiteres Meeresglas in den unterschiedlichsten Farben und Formen. In mein Tun vertieft, entferne ich mich ziemlich weit von Anita und Umberto, aber ich habe keine Lust, innezuhalten. All diese Glasstückchen in meiner Hand erinnern an Mosaik-steinchen, an kleine Bodenfliesen im Flur, an kandierte Fruchtstücke. Jetzt habe ich mich entschieden, ich bin Panet-tone-Fan, eindeutig Panettone-Fan.

Während der gesamten Suche habe ich meinen Schmerz vergessen. Doch nun, zurück auf meinem Handtuch, ist er plötzlich wieder da. Ich verstaue meine Beute in der Hosen-tasche und laufe wieder zum Meer. Das kalte Wasser an den Füßen versetzt mir einen Schlag, einer Ohrfeige gleich, ich verlange nach mehr. Dieser leichte körperliche Schmerz spie-gelt auf angenehme Weise meinen inneren Schmerz wider, und indem er sich auf die Haut überträgt, wird er ein wenig gelindert. Doch geschwächt vom Weinen und vermutlich auch wegen der Blutarmut, finde ich nicht die Kraft, unterzu-tauchen. Lange Zeit betrachte ich meine Füße, so zart und weiß wie Kabeljaufilet, bevor ich bis zur Hüfte weiterwate. Wieder muss ich stehen bleiben, um Luft zu holen, verharre wie eine rheumakranke Alte und plantsche ein wenig mit den Händen. Das Blau und das Grün ringsum verschwimmen zu einem hauchzarten Aquarell. Das Meer ist ein lebendiges Ge-mälde, dessen Teil ich bin und das auf die kleinste Bewegung meines von der Kälte gepeinigten Körpers reagiert: auf die Beine, den Bauch, die Brüste, den Hals. Je tiefer ich hinein-wate, umso stärker verquicken sich Schönheit und Schmerz wie die Fäden ein und desselben Gewebes. Ich tauche den Kopf unter. Die Haare sind leicht wie Seide, sie werden von der Strömung gekämmt. Als ich wieder auftauche, ist mir nicht mehr kalt, es geht mir gut.

Ich schwimme ein wenig, betrachte die Wasserperlen, die rings um mich aufsteigen, dann drehe ich mich auf den Rü-cken. Zu treiben fällt mir leicht, das salzige Meer trägt mich. Mit vom Wasser verstopften Ohren nehme ich merkwürdige

Geräusche wahr, geheimnisvolle Lockrufe wie von fernen Schiffen oder Walen in der Tiefe. Über mir ziehen einige Flugzeuge stumm ihre Streifen über den Himmel. Wer weiß, in welche Richtung sie fliegen, nach Norden, Süden, ich weiß nicht einmal, in welche Himmelsrichtung meine Fußspitzen zeigen. Zum Land hin, so viel steht fest, in Richtung Monte Faito, obwohl man ihn von hier aus nicht mehr sehen kann. Man sieht nur die hohen Felsen der sorrentinischen Küste, nackt und roh, wie gerade erst von einem Schaufelbagger freigelegt. Ich betrachte sie, während ich mich von der Strömung treiben lasse. Sie ist kaum wahrnehmbar, diese Bewegung, die Strömung, vollkommen unsichtbar, aber es gibt sie.

***

Ich beschließe, praktisch die gesamte letzte Schulwoche zu schwänzen. Ich gehe in den Stadtpark, allerdings in den hinteren Teil, dort, wo wir Karneval gefeiert hatten. Das Hotel Miramare bewacht mich mit seinen Bullaugen, während ich mit einem Heft in der Hand auf einer Bank sitze. Herumlungernde Männer bedrängen mich im Vorbeigehen mit ihrer wahllosen Geilheit, ihren abgedroschenen Phrasen. »Hübsch, sehr hübsch!« Ich steige also ein Stück hinauf, auf eine abseits gelegene Klippe, vermisse fast den finster verstohlenen Blick von Raffaeles Spionen. Wie sehr mir dieser leidenschaftliche und komplizierte Mensch fehlt! In dem Versuch, das Unbeschreibliche zu beschreiben, verfasse ich irgendwelche pathetischen Gedichte, die ich unweigerlich mit rigorosen Streichungen überarbeite. Nein, das Schreiben lässt zu viel Raum für Verfälschung. Ich bringe nicht einmal einen kurzen Antwortbrief an meine Stiefschwester zustande, die meine Rückkehr kaum erwarten kann: Offenbar herrscht dicke Luft bei uns daheim. Ich zeichne; das habe ich schon lange nicht mehr getan. Ich skizziere die im Wind bewegten Palmen und die sich auflösenden Wolken oder fertig ausgearbeitete Zeichnungen von der Burg der Anjou und den Schiffswerften.

Eines Tages nimmt ein Mann auf einer Klippe unweit von mir Platz. Er hat eine Angelrute und einen Eimer dabei, zum Glück beachtet er mich nicht. Auch er schaut aufs Wasser oder vielleicht auch nur auf seine Angelschnur, die Aufmerksamkeit auf die kleinsten Zeichen von Leben gerichtet. Ich arbeite weiter an meiner Bleistiftzeichnung, die Rovigliano-Insel, die wie ein merkwürdiger Traum aus der Meeresfläche emporragt. Schweigend gehen wir beide unserer Tätigkeit nach. Endlich angelt er einen Fisch, den er wie ein Geschenk auf den Felsabsatz über mir schleudert. Es ist ein silbriger Fisch, nicht sehr groß, aber vollgesogen mit Wasser. Wie ein Schwamm färbt er den von der Sonne gebleichten Felsen auf der Stelle dunkel. Mit schwachsinnigem Blick starrt er mich an, schnappt nach Luft. Er tut mir leid. Ich frage mich, ob der Mann ihn dorthin geschleudert hat, um mir etwas mitzuteilen, mir vielleicht sein Können zu demonstrieren. Tatsächlich kommt er nun näher, verzieht sein Gesicht, das verwittert ist von den Elementen, aber dennoch zu jung wirkt, um ihn zu siezen.

»Isst du den heute Abend?«

»Der ist nicht für mich«, antwortet der Mann. »Der ist für die Aale.« Er werde ihn heute Nacht als Köder benutzen, sofern das Wetter halte. Aber Angeln sei für ihn nur ein Zeitvertreib, erklärt er: Von Beruf sei er Klempner, sofern es denn Arbeit gebe. All das erzählt er in einem flüssigen Dialekt, dann fragt er mich nach einer Zigarette.

»Ich rauche nicht.«

»Sehr gut«, erwidert er, doch er verschwindet nicht. Er überragt mich mit seinem Schatten, zieht die Stirn kraus. »Was zeichnest du da?«

»Die kleine Insel.«

»Da stand früher mal ein Kastell drauf, wusstest du das?« Und ohne dass ich ihn darum gebeten hätte, setzt er sich hin und erzählt mir die Geschichte der Rovigliano-Insel. Er spricht nicht Italienisch, sondern ein mit speziellen Ausdrücken gespicktes Neapolitanisch, sodass mir das ein oder andere Detail, nicht aber der Kern der Geschichte entgeht.

Zu Zeiten der Römer habe dort ein Herkules geweihter Tempel gestanden. Wer dies nicht glaube, dem brauche man nur die Reste einer uralten, aus pyramidenförmigen kleinen Steinen errichteten Mauer zu zeigen; er selbst habe sie mit eigenen Augen gesehen, als er einmal das Ruderboot dort vertäut habe und die Klippen hinaufgeklettert sei. Dort oben gebe es unglaublich viele Möwen, Möwen und Tauben, ein Vogelparadies. Später wurde die Insel Pietra di Plinio, Plinius-Felsen genannt, zu Ehren des berühmten Gelehrten, der oft in das antike Stabiae kam, um eine Freundin und Besitzerin einer prächtigen Villa zu besuchen, und der hier während seiner Rettungsmission beim Vesuv-Ausbruch im Jahr 79 sein Leben verlor. Sein Körper wurde am Strand direkt gegenüber der kleinen Insel gefunden, mit goldenem Schmuck und militärischen, hauptsächlich maritimen Abzeichen geschmückt. Er habe dort auf dem schwarzen Sand gelegen, ganz ruhig, als sei er während eines Sonnenbades eingeschlafen.

Plinius der Ältere habe die Gewässer im Golf von Neapel gut gekannt, sagt der Fischer-Klempner. Über die Fische in diesen Breiten habe er geschrieben, sie seien so gierig und flink – und an dieser Stelle zieht er mit einem Finger das Unterlid herab, um auf besagte typisch neapolitanische Schläue zu verweisen –, dass sie es schafften, den Köder zu fressen, ohne am Haken zu landen. So würde die Meeräsche beispielsweise das Futter mit einem Schwanzschlag entfernen. Der Polyp würde sich mit den Tentakeln an der Angelschnur festhalten, ohne das Maul zu verhaken, und nicht locker lassen, ehe er den Köder nicht fein säuberlich abgenagt hätte; die Muräne wiederum würde die Angelschnur mit den Zähnen durchtrennen. Plinius selbst habe vom Herkules-Felsen gesprochen und die Bandbrassen beschrieben, die gierig nach Brot waren, das man ihnen ins Meer warf, die jedoch kein Futter anrührten, das an einem Haken hing. Hier sei niemand blöde. In damaliger Zeit habe die Insel weiter weg von der Küste gelegen, nicht nur einen halben Kilometer entfernt wie heute, was an den Vulkanausbrüchen und den Sedimenten liege, die der Sarno, einer der dreckigsten Flüsse Italiens, mit sich führe.

Ein halbes Jahrtausend später habe sich auf der Insel ein Kastell befunden, wo sich der Langobarden-Feldherr Graf Orso mit seinem Sohn Miroaldo und seiner Frau Fulgida niederließ – Namen, so absurd, dass man sie kaum aussprechen könne. Fulgida sei eine wunderschöne Frau gewesen, gütig wie eine Heilige, die oft in ihr Boot stieg, um der Garnison, die am Strand gegenüber Stellung bezogen hatte, Mut zuzusprechen. Und an dem Tag, als der Horizont von den Segeln vier riesiger Sarazenen-Schiffe verdunkelt wurde – grausame, bis an die Zähne bewaffnete Soldaten –, hätten die Soldaten nicht etwa das Weite gesucht, sondern hätten Donna Fulgida und ihrem Herrn treu zur Seite gestanden und bis zum Letzten gekämpft. Aber es sei ein Blutbad geworden. Wer nicht versklavt wurde, wie es dem jungen Miroaldo widerfuhr, habe das Schicksal des Grafen Orso erlitten und sei grausam niedergemetzelt worden. Fulgida, die mit ihrem eigenen Leib versucht hatte, den Ehemann zu schützen, sei von einer Lanze durchbohrt und zum Sterben auf die Klippen geworfen worden. Es hieß, dass noch heute Nacht für Nacht der Geist der Frau um die Insel irre, auf der vergeblichen Suche nach dem Ehemann und dem Sohn, begleitet von den traurigen Rufen der Möwen.

Von diesem Kastell sei jedoch so gut wie nichts übrig geblieben, fügt der seltsame Wassermann hinzu, in den darauffolgenden Jahrhunderten sei es zunächst zu einem Konvent, dann zu einem Kloster und schließlich wieder zu einer Festung zum Schutz gegen die Sarazenen geworden, die von dieser wohlhabenden Gegend unweigerlich angezogen wurden. Der einstige Wachturm sei jene Ruine mit den Überresten von Zinnen, die ich gerade gezeichnet hätte, endet er und fährt mit seinen schmutzigen Händen über meine hübsche Zeichnung.

»Also eine verzauberte Insel«, sage ich.

»Hm, eigentlich habe ich nie was Seltsames bemerkt in den Nächten, in denen ich zum Angeln da war«, erwidert er und kneift die Augen gegen das Gleißen des Golfs zusammen. »Es gibt dort schöne, fette Aale.«

Der Todeskampf des silbernen Fisches ist zu Ende. Der Mann betrachtet ihn, schmeißt ihn in den Eimer und verschwindet.

Nachdem ich die Skizze fertiggestellt habe, bleibe ich noch lange auf der Klippe sitzen und denke über die Geschichte der Insel nach, die mit dem Sohn eines Gottes beginnt und mit der Seele einer Frau endet. Unweigerlich muss ich an Raffaeles Erzählungen denken. Jetzt ist mein Herz in Aufruhr wie diese Möwen, die sich um irgendeine Beute unter der gleichförmigen Meeresfläche streiten. Die Vögel kreischen und schimpfen, während sich die Wellen ruhig auf den Strand ausdehnen. Ich finde einen zwischen den Felsen klemmenden Stein und werfe ihn ins Meer, wo er vom Wasser verschluckt, von der Strömung aufgenommen wird. Die salzige Luft ist eine Liebkosung, die Sonne ein Funkenspiel auf dem Wasser, denn allmählich beginnt sie ihren Abstieg in Richtung Horizont. Ich bleibe, um mir den Sonnenuntergang anzuschauen, ein sich öffnendes Ei, das seinen Dotter ins Meer ergießt. Es ist so schön, dass ich auch am nächsten Tag um dieselbe Zeit zur Strandpromenade komme, so wie alle folgenden Tage der Woche. Niemals sehe ich denselben Sonnenuntergang. Die Sonne ist ein Samenkorn in einem Fruchtsaft, die letzte Glut eines Lagerfeuers, ein Edelstein. Die Wolken sind Lavawellen, Flamingofedern, ein Halleluja. Ich betrachte das Schauspiel, bis die Sonne im Meer versunken ist und auf dem Monte Faito zwei Lichter aufleuchten, klein und fix wie Sterne.

***

Mit dem Schulende kommt die Schwüle. Es ist schön, sich bei der Hitze in der Wohnung zu verbarrikadieren, schön, die Rollläden ein Stück herunterzulassen und aus purer Gewohnheit den Fußboden zu wischen. Manchmal verkrieche ich mich ins Wohnzimmer, den kühlsten Raum, um mich auf dem olivgrünen Sofa auszustrecken und mir vorzustellen, ich sei in einem Wald. Ich versuche, zu innerer Klarheit zu gelangen, bis ich das Geklapper der in meine Schlappen verliebten Schildkröte höre.

Da Anita und Umberto bei der Arbeit sind, beginne ich, mich auf eigene Faust außerhalb von Castellammare zu bewegen. Ich nehme die Vesuviana bis Meta oder Sorrent, wo ich mich unter die Touristen mische. Manchmal begleitet mich Sif. Eines Tages, als wir am Hafen von Vico Equense zwischen den an Land auf dem Sand liegenden Booten sitzen, erzähle ich ihr meine Liebesgeschichte. Ich packe alles aus. Danach fühle ich mich besser; das hätte ich schon eher tun sollen, anstatt mich in meinem Schmerz zu verkriechen. Während der gesamten Zeit, in der ich gesprochen habe, hat sie praktisch keinen Kommentar fallen lassen, sondern mir nur bewegt und mit teilnahmsvollem Blick zugehört, um dann schließlich auszurufen: »Welch reichlicher Stoff fürs Leben!« Wir drehen uns um, als wir eine Frau schreien hören. Eine Mutter stürzt entsetzt zu ihrem etwa drei, vier Jahre alten Kind, das sein Erdbeereis fröhlich mit einem sandigen, ölverdreckten Hund teilt. Einmal schleckst du, einmal ich. Ich breche in Gelächter aus, es ist genau, wie Raffaele erzählt hat.

Jedes Mal, wenn ich mit der Vesuviana fahre, hoffe ich, sein Haus zu erblicken. Doch der Zug fährt zu schnell durch die Bronx, so schnell, dass er ein mulmiges Gefühl im Magen erzeugt, wie als das Moped beschleunigte, mich eine an Euphorie grenzende Angst überkam und ich nicht wusste, wie mir geschah. Aus dieser fremden, erhöhten Perspektive schaffe ich es nicht einmal, Raffaeles Gasse zu erspähen. In dem Viertel wirkt alles klein, so wie diese alten Märchenillustrationen mit gezackten, rankenverzierten Rändern, und ehe ich genauer hinschauen kann, ist schon die nächste Seite aufgeschlagen.

Doch eines Nachmittags, als es besonders heiß ist, fährt der Zug so langsam in Richtung Neapel, dass es mir endlich gelingt, das Haus zu entdecken. Ich sehe die Eingangstür und dann das Küchenfenster. Es steht offen, schwarz wie ein zahnloser Mund. Im Inneren ist nichts zu sehen, absolut nichts, doch plötzlich geht es mir schlecht, schlecht wie am ersten Tag, und mein Waggon, der vorbeifährt, ist ein Schnitt ins Fleisch.

Eine Erinnerung überfällt mich. Ein Vorfall, der ein paar Jahre zurückliegt – wie gut ich doch im Verdrängen von unangenehmen Ereignissen bin! Meine Mutter, die meine Leidenschaft für die Kunst seit jeher mit Materialien und Zeichen- oder Malkursen unterstützte, hatte ein paar Privatstunden bei einem Bildhauer für mich organisiert. Eine kurze Zeit lang nahm ich jeden Samstagmorgen den Zug bis nach Chicago, um bei Martin, einem mäßig erfolgreichen Bildhauer und Freund eines Freundes, an die Tür zu klopfen. Er öffnete mir stets mürrisch, eine Tasse mit schwarzem Kaffee in der Hand, das Haar vom Schlaf zerrauft und kalkverschmiert, genau wie seine Kleider, und ganz offensichtlich überrascht von meinem Kommen. Vielleicht hatte er nur deshalb eingewilligt, mir die Kniffe des Handwerks beizubringen, weil er knapp bei Kasse war.

Seine Wohnung war ein Loft mit nackten Ziegelwänden, einer Kochecke, einem Bett, über das ein thailändischer Stoff gebreitet war, und ein paar Tischen, auf denen sich Skulpturen drängten, die mich beunruhigten. Langbeinige Pferde und Elefanten, denen ein Huf oder der Kopf fehlte, androgyne menschliche Figuren mit buckliger Haut, wie ein mit Muscheln übersäter Felsen, vielleicht ja durch Giacometti inspiriert, vielleicht noch unvollendet. Mitten unter ihnen kam ich mir immer allzu unversehrt, ja überflüssig vor. Es muss jedoch erwähnt werden, dass Martin während dieser anderthalb Stunden seine Arbeit hintanstellte, um sich ganz mir zu widmen, mir seine abstrusen Ratschläge zu erteilen – *du musst es mit mehr Schwung machen, ungestümer* – und mich mit seinem intensiven Kaffee- und Schweißgeruch zu umhüllen. Mein erstes Werk war eine nackte Frau aus Ton, die sanft auf einer Seite ruhte wie ein kleiner etruskischer Sarkophag, und die ich so lange mit meinen Händen bearbeitet hatte, bis die graue Haut aussah wie ein von einem Fluss blank geriebener Stein. Am Ende war ich zufrieden.

Martin musterte sie. »Schön, aber nichtssagend«, bemerkte er. »Was hältst du von einem hübschen Schnitt, um sie interessanter zu gestalten?«

»Was für einen Schnitt?«

»Ungefähr so, zack!« Und er deutete mit der Hand einen imaginären Schnitt quer durch den Oberkörper an, der einen Teil des Kopfes, einen Arm und die halbe Brust abgetrennt hätte. Von dem Gesicht wäre nur der Mund vollständig erhalten geblieben.

Er war siebenundvierzig Jahre alt, ich vierzehn, und als er mir den Stechbeitel in die Hand drückte, nahm ich ihn. Doch ich zögerte, ich hatte einen Knoten im Hals. Wie konnte ich meine Figur zerstören?

»Los, nur zu.«

Ich atmete durch und ließ die Klinge sinken. Das Metall glitt mit extremer Leichtigkeit in das noch feuchte Fleisch, fast, als wolle der Ton sie verschlingen. Dann löste sich der amputierte Teil und fiel kraftlos auf die Werkbank. Nach dieser brutalen Überarbeitung meiner kleinen Statue fand ich sie hässlich; ich wollte sie nicht einmal mit nach Hause nehmen. Nach zwei weiteren Unterrichtsstunden, die sowohl Martin als auch ich vielleicht nur aus Pflichtgefühl absolvierten, erklärte ich meiner Mutter, dass die Bildhauerei nichts für mich sei. In den beiden darauffolgenden Jahren erfüllte mich der Gedanke an diese Privatstunden mit einer tiefen Scham, als habe mich mein Lehrer, der so ungepflegt war wie ein Landstreicher, begrabscht und auf sein orientalisches Bett gezerrt, ohne dass ich den Mut aufgebracht hätte, mich zu widersetzen. Aber in Wahrheit sind die Dinge nicht so gelaufen, das wird mir erst jetzt bewusst. Nicht er war es, der meine Skulptur verunstaltet hat, sondern ich selbst. Ich habe sie mit meinen eigenen Händen zerteilt. Und wenn ich es getan habe, so deshalb, weil ich es im Grunde gewollt hatte, aus Provokation, aus Neugierde, um zu begreifen, was ich bei ihrer Zerstückelung empfinde, um den rohen Ton im Inneren zu sehen. Ich bin weder Opfer noch Peiniger, weder Zuschauerin noch Protagonistin, ich bin schlicht und einfach Urheberin meiner Verwandlung.

Als ich am Bahnhof von Castellammare ankomme, fasse ich den Entschluss, Künstlerin zu werden und mich gleich nach meiner Rückkehr in die USA um die Aufnahme am School of the Art Institute of Chicago zu bewerben. Ich bin siebzehn Jahre alt.

17

Da die Tage länger werden, hat Anita oft Lust, nach der Arbeit auszugehen. Einmal nimmt sie mich mit hinab zum Hafen, zu den Chalets bei der Madonna-Quelle, wo wir frittierten Tintenfisch, grüne Oliven und Lupinen essen. Sie sind lecker, die Lupinen, und schmecken kein bisschen nach Mais. Von den Plastikstühlen unseres Chalets blickt man nicht auf die Piazza Fontana Grande, sondern auf die kleinen Fischerboote, die auf der schwarzen Meeresfläche schaukeln. Sie schwappen hin und her, während im Hafen die Lichter aufleuchten wie an einem Christbaum. An einem anderen Abend gehen wir zum Tanzen ins Kalimera. Der Sommer ist nachsichtiger, es genügt irgendein Rock, und fertig ist das Outfit. Vor dem Ausgehen schminke ich mir die Augen vor Anitas Spiegel. Ich betrachte das Ergebnis. Der schwarze Kajalstift verleiht dem wässrigen Blau meiner Iris mehr Lebendigkeit, was durch meine gebräunte Haut und das sonnengebleichte, durch das Meersalz fülligere Haar noch betont wird. Trotz der stärkenden Kost bin ich dünn geblieben; vielleicht handelt es sich um eine natürliche Veränderung, um die Vollendung meines physiologischen Schicksals. Vielleicht bin ich schön. Gemeinsam mit Luisa und Gemma verbringen wir einen amüsanten Abend in Sorrent. Es freut mich, zu sehen, dass zwischen Mutter und Tochter alles wieder im Lot ist, es freut mich, jemanden dabeizuhaben, mit dem ich nicht zu tanzen brauche. Gemma und ich unterhalten uns bis in die frühen Morgenstunden, kommentieren die Musik und die Leute und tauschen unsere Adressen: Wir wollen uns auf Englisch schreiben, so kann sie ein bisschen üben.

Anita nimmt sich ein paar Tage frei, um an den Strand zu gehen; gemeinsam fahren wir zu den Anlagen Le Axidie und Scrajo. Das Meer ist warm wie eine Badewanne. Einmal sind wir schon mit dem Auto unterwegs, als sich der Himmel um kurz vor zwölf plötzlich verdunkelt. Während Anita abrupt und frustriert wendet, verkündet sie, dass sie mit mir nach Gragnano, an einen ganz besonderen Ort fahren werde. Wir kommen durch ihr Dorf, überqueren die Brücke – sie nennt sie die »Brücke der Angst« – und fahren dann am Fluss entlang. Es geht stromaufwärts, über holpriges Pflaster bergauf in Richtung Gebirge. Auf der einen Seite der unsichtbare Sturzbach, auf der anderen Seite Häuser, die zunächst einer hohen Mauer und schließlich dem nackten Fels weichen. Die Vegetation strotzt hier vor Üppigkeit. Wucherndes Unkraut, überreife Kaktusfeigen, überragt von Kastanien und Eichen, die im Besitz einer unauffindbaren archaischen Camorra sind.

Wir parken an einer Lichtung, einem von der Hitze ausgeblichenen grünen Teppich. Das Flussufer ist inzwischen so flach, dass es fast auf Höhe der Straße liegt. Das Wasser ist ein Rinnsal; kein wildes Flusstosen, sondern nur ein Plätschern wie von einem kleinen Mädchen, das hinter einen Baum pinkelt. Es ist tatsächlich ein Bächlein! Ich kann kaum glauben, dass die alte Mühle, die mir Anita nun zeigt, jemals genug Wasser bekommen hat, um die Mühlsteine für den Hartweizengrieß in Gang zu setzen, doch offenbar befindet sich eben hier der einstige Motor für die Pasta-Produktion von Gragnano. Die mit Moos und Farn überwucherten Steingebäude werden Stück für Stück zurückerobert von den Bergen, aus denen sie stammen. Es ist eine verlassene Welt, eine nur von Vögeln bewachte industriearchäologische Fundstätte.

Ein wenig weiter befindet sich eine kleine Grotte mit einer Statue der Jungfrau Maria. Sie ist etwa lebensgroß, aus Gips, mit beigefarbenem Gesicht und einem weißen Schleier wie bei einer Nonne. Sie betet in Richtung des darüberliegenden Felsen, mit süßlich erbarmungsvollem Blick und umrahmt von Vasen voller Plastikblumen. Es riecht muffig. Anita betrachtet sie einen Moment lang, ehe sie eine Merit aus der Tasche zieht. »Ich muss mit dem Rauchen aufhören«, sagt sie, dann gehen wir. Das ist nicht ihre Madonna.

Auch Umberto nimmt mich eines Tages mit nach Gragnano, aber nur zur Durchfahrt. Nachdem er tausendmal den Gang gewechselt hat, bringt er mich in ein kleines Dörfchen ganz oben auf der Halbinsel. Dort halten wir, um uns zwei Panini machen zu lassen. Der Lebensmittelverkäufer zupft mit den Fingern das weiche Brotinnere heraus und ersetzt es durch reife Tomaten und *Fiordilatte di Agerola*. Diese Art von Mozzarella werde aus einer ganz besonderen, sehr hochwertigen Milch hergestellt, erklärt mir Umberto. Sie stamme von einer speziellen Rinderrasse, die es nur hier in Agerola, in Gragnano und in Pagani gebe und sonst nirgendwo auf der Welt. Sie werde auch verwendet, um geräucherten Provola, Provolone und Ricotta herzustellen. »Die heißen nicht umsonst Monti Lattari, Milchberge«, endet er, während er die Panini in der Tasche verstaut und wieder ins Auto steigt. Dann beginnt die schwindelerregende Fahrt hinab zu einem »richtigen Strand«.

Jetzt verstehe ich, wie ein und derselbe Bergausläufer zwei verschiedene Namen haben kann: auf der einen Seite die Küste von Sorrent, auf der anderen die Amalfiküste. Wir haben uns längst aus der Umarmung des Golfs von Neapel befreit, uns aus der illusorischen Stabilität der Inseln und des Vulkans gelöst. Hier liegt das offene Meer vor uns, ohne Bezugspunkte und unbekannt wie die Zukunft, und plötzlich spüre ich einen schmerzlichen Stich, als stünde meine Abreise unmittelbar bevor. An das felsige Gelände klammern sich Fettblattgewächse und Zikaden. Auch wir klammern uns daran fest, mit Anitas kleinem Peugeot, der kein Auto, sondern ein Kanu ist, das sich kopfüber einen Wasserfall hinab in Richtung der türkisblauen Bucht stürzt, deren reiner Geruch durch das offene Wagenfenster hereindringt, zusammen mit dem Geruch nach geschmolzenem Teer und Bremsflüssigkeit. Nachdem wir geparkt haben, geht es weiterhin bergab, diesmal zu Fuß über eine steile Treppe. Der Fels ist weiß und bröckelig wie Krustenbrot in der Hand eines Verkäufers.

»Die wahren Strände sind immer umsonst«, erklärt Umberto auf der letzten Stufe. »Mama weiß nicht, was ihr entgeht.«

Wir fläzen uns auf den dichten Teppich aus runden, heißen Steinen; tatsächlich haben sich nur wenige Leute bis in diese kleine Bucht gewagt. Es ist ein Privatparadies, mit Wasser von geradezu unglaublich leuchtender Farbe. Die Wellen sind Meeresglas, das klirrend auf den Steinen zerbricht.

»Gefällt es Mama hier nicht?«

»Doch, es gefällt ihr, aber sie hat keine Lust, herzufahren«, erwidert er, während er sich auszieht. »Zu viele Kilometer, zu viele Treppen. Sie braucht einen Parkplatz, einen Liegestuhl, einen Sonnenschirm. Wenn sie will, kann sie durchaus pragmatisch sein.«

»Na ja, du bist auch Pragmatiker.«

»Hör zu, ich bin kein Pragmatiker, sondern Idealist wie Hegel. Das ist etwas anderes. Aber …«

»Aber?«

Er heftet seinen Blick auf mich, rückt die Brille zurecht, in der sich die hohe Sonne spiegelt. »Wenn ich dir jetzt etwas sage, musst du schwören, dass du es Mama nicht weitererzählst. Ansonsten bin ich für immer bei ihr unten durch.«

»Ich schwöre«, antworte ich feierlich.

»Hegel betrachtete sich selbst als philosophischen Nachkommen eines Denkers der griechischen Antike«, beginnt er mit einem Flüstern wie das des Meeres.

»Was du nicht sagst! Sokrates?«

»Nein, ein Vorsokratiker. Heraklit, kennst du ihn?«

Ich schüttele den Kopf.

»Der mit dem *panta rei,* weißt du? *Panta rei,* alles fließt, wir können nicht zweimal in denselben Fluss springen. Nun, Hegel ließ sich von ihm inspirieren, ließ jedoch den gesamten Mystizismus des Lehrmeisters fallen. Heraklit war ein wenig obskur, er sagte kryptische Dinge.«

»Was denn für Dinge?«

»Zum Beispiel«, beginnt er, wobei seine Stimme einen durchdringenden Ton annimmt, »so etwas wie: ›Unsterbliche sterblich, Sterbliche unsterblich: Sie leben gegenseitig ihren Tod und sterben ihr Leben.‹ Verstehst du das?«

»Vielleicht, vielleicht auch nicht.«

Nachdem Anitas Sohn einen großen Schluck aus der Flasche mit dem Madonna-Wasser genommen hat, beginnt er, mir Heraklits Konzept der Einheit der Gegensätze darzulegen, auf dem, wie er sagt, Hegels Dialektik gründe. Die Welt, so beginnt er, sei durch die Dualität von im Widerstreit befindlichen Tendenzen gekennzeichnet: Liebe und Hass, Auf und Ab, Krieg und Frieden, Geist und Materie, Tag und Nacht. Doch all diese gegensätzlichen Elemente könnten nicht ohne das jeweils andere auskommen, da nichts ohne sein Gegenteil existiere. Keine Sattheit ohne Hunger, kein Sommer ohne Winter. Darüber hinaus würden die Gegensätze niemals starr sein, sondern sich von einem ins andere verwandeln, so, wie das Feuer die Dinge verbrenne und zu Erde werden lasse, die Erde das Wasser aufsauge, das Wasser die Luft verschlinge, die Luft das Feuer nähre und das Feuer die Dinge verbrenne … Das sei der zyklische Ablauf der Natur, das ewige Wechselspiel von Zerstörung und Erneuerung. Das, was bei oberflächlicher Betrachtung wie ein Kampf zwischen Gegensätzen wirke, bilde daher in Wahrheit die Harmonie des Kosmos.

»Wie *Ying* und *Yang*!«, rufe ich begeistert.

»Ja, genau, Hegel wurde tatsächlich ein wenig durch den Daoismus inspiriert«, räumt er ein. »Aber all das bleibt unter uns, hörst du?«

»Ehrenwort.«

Umberto verstaut seine Brille im Etui. »Was meinst du, wollen wir ein kleines Bad nehmen?«

Wir stolpern über die glühenden Steine bis zur Wasserlinie. Das Wasser ist Balsam für die Füße, eine Taufe für den Körper. Es ist glasklar, ein frisches Wasser, das alle Wesen, jedes Paradoxon aufnimmt, so blau wie flüssiger Himmel. Fröhlich wie ein Hund paddle ich herum, lasse zu, dass das Meer in meinen Mund, in meine Augen dringt. Wir kehren zu unseren Handtüchern zurück, und noch tropfnass beißen wir in die Panini.

»Merkst du, wie viel zarter der Geschmack im Vergleich zu Büffelmozzarella ist?«, bemerkt Umberto. »Weniger Fett, leicht säuerlich. Schmeckst du den Unterschied?«

»Ja«, schwindle ich und muss, warum auch immer, plötzlich lachen.

»Sonne, Meer, Mozzarella. So lässt sich's leben!«, sagt er

und dreht sich zum Sonnen auf den Rücken. Er ist schön gebräunt, die Augenringe sind verschwunden, und er hat sogar einen neuen Haarschnitt, kurz und gepflegt. Man könnte sich glatt in ihn verlieben, wenn er nicht mein Bruder wäre.

* * *

Eines Nachmittags nach dem Strand hänge ich meinen Bikini auf dem Balkon auf, als mir der Slip hinabfällt. Ich habe ihn nicht gut ausgewrungen, wie Anita mir immer ans Herz legt, und so landet er blitzschnell unten und platscht wie eine Kokosnuss auf den Zement.

Ich seufze tief und laufe ins Erdgeschoss, verfluche meine butterweichen Hände. Ich war sicher, dass mir eine weitere Begegnung mit der Nachbarin erspart bleiben würde, doch nun bin ich wieder hier. Ich drücke den vergilbten Klingelknopf, an dem sich all meine Wut entlädt. Keine Reaktion. Die Zeit der Siesta ist eigentlich vorbei, aber wer weiß, welche Zeiten für eine Witwe und eine alte Jungfer gelten. Ich will schon wieder die Treppen hinauf, als ich das Schlurfen von Pantoffeln hinter der Tür höre. Ich mache mich innerlich darauf gefasst, Filomena in all ihrer Hässlichkeit vor mir zu sehen: mit ihren fettigen Haaren, der Dornenkrone auf dem Kinn, dem keuchenden Mund, dem an ein altes Plüschtier erinnernden Körper. Stattdessen öffnet mir eine Alte.

Ich erkenne die Gestalt vor mir kaum wieder, die diesmal nicht durch die matt gläserne Badezimmertür und meine Fantasie verzerrt wird. Assunta ist eine ganz gewöhnliche Signora, mit weißem Kräuselhaar auf dem Kopf, einem schlaffen, leidenden Gesicht und schwarzem Kleid, das die breiten Hüften bedeckt. Was für eine merkwürdige Enttäuschung.

Nur die raue, männliche Stimme ist wiederzuerkennen. »Ist was runtergefallen?«, fragt sie mich in leichtem Dialekt. Offenbar ist sie an die Ungeschicklichkeit der gesamten Nachbarschaft gewöhnt.

»Ja, entschuldigen Sie bitte.«

Ich trete ein, um durch den dunklen Flur zu laufen, durch eine unveränderte Landschaft. Eifersüchtig gehortete Gegenstände, Zeitschriftenstapel, Wäsche, die wie schlaffe Haut von den Armen des Wäscheständers hängt, das von alten Mineralablagerungen gefärbte Waschbecken. Der Wasserhahn tropft mit quälender Gleichförmigkeit, die Wohnung ist getränkt von Frauenschweiß. Ich drücke die Tür am hinteren Ende auf, um den Bikini aus diesem unsinnigen Raum zu holen, dann kehre ich zum Eingang zurück. Bevor die Signora die Tür hinter mir schließt, dringt, vermutlich aus dem Schlafzimmer, Filomenas Stimme herüber: »Wer ist da, Mama, wer da?«

Während ich die Stufen hinaufsteige, denke ich, dass Signora Assunta gar nicht so schrecklich ist, ein bisschen unsympathisch vielleicht, aber keine Hexe. Das eigentliche Monster ist Filomena, die Tochter, die sich nicht von der Mutter hat lösen wollen, um ein eigenständiges Leben zu führen, und die schließlich zur Karikatur einer Witwe geworden ist. Vielleicht sind wir Frauen alle dazu bestimmt, am Ende unserer eigenen Mutter zu ähneln, wobei ich (ebenso wie Gemma) das Glück habe, dass meine Mutter sanft und schön ist. Aber zumindest sollte diese Bestimmung etwas sein, das man wie zufällig nach einer langen Reise erreicht. Aus Nacheiferungstrieb oder aus Angst vor dem Leben denselben Weg zu gehen wie die Mutter, schon als junge Frau eine Alte zu sein, darin besteht die wahre Tragödie.

Und jetzt verspüre ich Lust, hinunterzugehen und zu laufen. Die milde Sonne steht tief, die Häuserfassaden sind mit glänzendem Kupfer überzogen. Ich schlendere durch die Straßen im Zentrum, bis ich, fast ohne es zu merken, in der Bronx lande. Dort verlangsame ich meine Schritte, aus Respekt: Respekt vor der Halbwelt und dem Elend und vor meiner alles andere als beendeten Trauer. Es riecht nach Benzin, Bratenfett und feuchter Wäsche. Ich habe keine Angst mehr, dass Raffaele mich wie einen Hund aus seinem Viertel verscheuchen könnte; ich stelle mir vor, wie er schon auf Mykonos ist, um in den Armen einer schönen Griechin den Gran Signore zu spielen. Ich gelange bis vor das Haus seiner Schwester, vielleicht will ich mir wehtun. Ich zwänge mich durch die Haustür, die offenbar niemand für nötig befunden hat richtig abzuschließen: Nicht einmal Diebe fühlen sich angelockt von einem in jedem Winkel geschändeten Gebäude, dem sogar Tür- und Fensterbeschläge fehlen. Ich frage mich, ob Raffaele inzwischen unser Ehebett weggeschafft hat oder ob er es lieber dabehalten wollte, für irgendwelche zukünftigen wilden Nächte mit einem Pornostar. Wenn er doch wenigstens so nett wäre, vorher die Laken zu wechseln, die nach uns riechen! Schluss jetzt, die Gedanken zerreißen mir die Haut, legen das nackte Fleisch darunter bloß, und ich wünsche mir jetzt nur noch, dass irgendetwas von außen kommen und sie zunichtemachen möge, etwas Starkes und Unumkehrbares. Ein Erdbeben, ein Erdrutsch, der plötzliche Zusammenbruch dieses mittelalterlichen Holzgerüstes, das nur mit Mühe ein Gebäude stützt, das laut Raffaele längst hätte einstürzen müssen, es aber nicht tut.

Im Eingang riecht es nach feuchter Erde und Schlamm. Ich nehme Geräusche wahr, leise und schmerzlich. Das Klacken einer sich schließenden Wohnungstür, Schlüsselklimpern, quietschende Schuhsohlen auf der Treppe. Männersohlen, vielleicht jemand vom Amt, der gekommen ist, um das Licht abzuschalten. Ich bin hier inzwischen eine Fremde, ich sollte verschwinden, aber ich bleibe wie angewurzelt unter diesem hölzernen Geripp stehen, eingetaucht in seinen gewaltigen Schatten. Ich warte, bis die Schritte lauter werden, auf mich zukommen, bis aus dem Treppenhaus Raffaeles große und kräftige Gestalt auftaucht.

Ich verstumme, als sei ich plötzlich von einem Balken durchbohrt worden. Auch er gibt keinen Ton von sich. Mit langsamen, gemessenen Schritten kommt er auf mich zu, fast als hätte er mich erwartet, und ebenso langsam streckt er seine Hand aus, um mir mit der weichen Handfläche, den warmen Fingern über das Gesicht zu streicheln. Es ist ein Augenblick. Aber er genügt, um mich aufzulösen, mich nicht länger begreifen zu lassen, wo ich ende und wo er beginnt.

»Wie kommt es, dass du hier bist?«, hauche ich.

»Aus demselben Grund, aus dem du hier bist.«

»Wie meinst du das?«

»Um den Duft der Erinnerungen zu spüren.«

Wie ist es möglich, dass ein derart roher Mann es immer wieder schafft, so zart an meine Seele zu rühren? »Das Haus ist noch nicht zusammengestürzt«, sage ich.

»Das dauert manchmal seine Zeit«, antwortet er, wie um mich zu trösten. »Das verfluchte Haus am Ende meiner Gasse hat zum Beispiel noch Jahre nach dem Erdrutsch standgehalten.«

»Du hast mir die Geschichte nie erzählt.«

Er schenkt mir ein einvernehmliches Lächeln. Ja, ich spüre es, wir könnten von Neuem beginnen, uns eine weitere Geschichte erzählen, ein weiteres Mal miteinander schlafen, hier in der Dunkelheit, an die bröckelnde Mauer gelehnt, wenn wir nur nicht unsere gemeinsame Sprache, unseren gemeinsamen Wortschatz verloren hätten. »Im obersten Stockwerk dieses Hauses lebte eine Frau, die eines Tages bei einem Verkehrsunfall ums Leben kam«, erzählt er mir, »daraufhin erhängte sich der Mann und ließ die beiden Kinder als Waisen zurück. Der Junge stürzte sich aus dem Fenster, das Mädchen schnitt sich die Pulsadern auf.« Und nun starrt Raffaele mich an, als sei ich gar nicht mehr da, als sei ich bereits eines seiner Gespenster geworden, die es heraufzubeschwören gilt. »Meine Geschichten enden immer schlecht.«

»Ich werde sie für immer in Erinnerung behalten«, sage ich. »Wie den zarten Nachgeschmack eines Wassers, das ich einmal gekostet habe.«

Mit einem Mal blickt er mich niedergeschlagen an. »So etwas Schönem wie dir werde ich nie wieder begegnen«, sagt er mit einem einzigen Seufzer, bevor er sich umdreht, um durch die Haustür zu verschwinden. Sie schlägt hinter ihm zu wie ein hölzerner Sargdeckel, und um sie herum bildet sich ein Lichtkranz wie bei einer Sonnenfinsternis. Es stimmt, der Einzige, der mich zu heilen vermocht hätte, ist der, der mich verletzt hatte, und vielleicht gilt dasselbe für ihn.

* * *

Es könnte das letzte Mal sein, dass ich Kaffeeschaum mache; mit Sicherheit ist es das letzte Mal, dass wir es schaffen, dieses Dreieck um Anitas geblümten Tisch zu bilden. Luisa nippt vorsichtig an ihrem Tässchen, während sie uns erzählt, wie sie die Kraft gefunden hat, ihren Geliebten zu verlassen, eine Entscheidung, die sie für sich selbst, nicht für ihren Ehemann getroffen habe. Sie hoffe, dass sich bei ihr daheim ein neues Gleichgewicht entwickeln möge, eine Art freundschaftliches

Zusammenleben. Salvatore habe endlich seinen verrückten Plan aufgegeben, mit der Familie auf den Monte Faito zu ziehen, auch deshalb hätten sich für Gemma die Wogen nun gelegt. Er verbringe immer mehr Zeit auf seinem Land, grabe um, säe aus und lasse die beiden friedlich im Stadtlärm zurück. Dann fragt Luisa mit scheuem Lächeln: »Und dein Anwalt aus Parma?«

»Ich habe ihm gesagt, dass es nichts für mich ist.« Anita erklärt uns, dass sie zu dem Schluss gekommen sei, weniger von Emilio als vielmehr von seinem Lebensstil fasziniert gewesen zu sein, »von diesem Mann, der gern auf Reisen geht und überall mitmischt«, dass sie nicht den Menschen an sich begehre, sondern all die Freiheiten, die er genieße und die zu erobern sie sich immer erträumt habe. »Und deshalb nein.« Weshalb solle sie ihr Leben mit einem Partner verkomplizieren, wo sie doch auch allein gut zurechtkomme? »Die Beziehungen zu Carmine, zu Daniele, zu Domenico sind in die Brüche gegangen, wieso sollte es mit Emilio klappen?«, fragt sie und steckt sich eine Zigarette an. »Oder soll ich im Alphabet weitergehen, was meint ihr? Mir einen Mann suchen, dessen Name mit F beginnt. Vielleicht käme ich mit einem Ferdinando besser klar?«

»Oder mit einem Fortunato*?«, lässt sich Luisa auf das Spiel ein.

»Besser noch wäre ein Fedele**«, erwidert Anita und bricht in kindliches Gelächter aus. »Aber verflixt, Mädels, ich habe einen Buchstaben ausgelassen, das B! Erst mal muss ich zurückgehen.«

»Bartolomeo?«, schlage ich vor. »Baldassare?«

»Genau das muss jetzt her, ein hübscher Baldassare«, ruft Anita, die inzwischen so heftig lacht, dass ihr die Tränen kommen.

»Und was ist mit dem A«, fragt Luisa. »Achille, Amerigo?«

»Nein, nein, das mit dem A hat sich erledigt.«

»Ach, wirklich? Wen verheimlichst du mir da, Ani'? Doch nicht etwa Armando aus dem Büro?«

»Nein, um Himmels willen. A wie Anita!« Sie stößt eine Rauchwolke aus, verwandelt unseren Küchentisch in einen Pokertisch. »Schluss jetzt mit den Männern«, verkündet sie. Und Schluss auch mit den Merits, mit Glen Grant und Schweinefleisch. Sie müsse jetzt unbedingt Diät machen. Sie habe da von einer Suppe zum Abnehmen gehört, bestehend aus einer bestimmten Gemüsekombination, bei der das Fett verbrenne, ergänzt durch einen kleinen Schuss Öl. Zwei Wochen nur diese Suppe, und die Kilos würden nur so purzeln.

»Ich finde das ganz schön krass«, wendet Luisa ein. »Du wirst dauernd Hunger haben.«

Anita schnalzt mit der Zunge. »Ach was, Hunger ist nur eine Frage des Kopfes. Genau wie die Liebe.«

»Oh ja«, seufzt ihre Busenfreundin. »Wer weiß, ob es die Liebe überhaupt gibt.«

»Ich glaube schon, dass es sie gibt.«

Ich habe es mit unsicherer Stimme gesagt, aber ich habe es gesagt, und jetzt drehen sich beide zu mir um und starren mich an. »Ach ja?«, ruft Anita gerührt und neugierig. »Und was ist Liebe?«

»Ich weiß nicht, Liebe ist …« Die Frage ist zu schwierig, unmöglich, ich fühle mich wie Mariagiulia bei einer Schulabfrage. Doch der Kaffee hat mir ein wenig Überzeugungskraft eingeflößt oder zumindest den Mut, es zu wagen, und so sage ich: »Für eine Frau ist es vielleicht … die Fähigkeit, den Gott in einem Mann zu sehen.«

Luisa zündet sich eine Zigarette an, sie denkt nach. Nach einer Weile sagt sie: »Wie klug dieses Mädchen doch ist.«

»Ich weiß«, antwortet Anita.

* * *

Am Abend vor meiner Abreise setzt sich Anita neben mich auf mein schmales Bett. Ich habe Angst, dass sie mit irgendeinem bedeutsamen Satz daherkommt, vielleicht einem Resümee unseres gemeinsam verbrachten Jahres oder einem klugen Ratschlag für die Zukunft oder – noch schlimmer – dass sie irgendwas Rührseliges sagt und dann in Tränen ausbricht. Es ist so schon schwer genug, meine Gefühle im Zaum zu halten. Doch stattdessen fragt sie: »Hast du die Pullis und Hosen ordentlich in den Koffer gepackt, wie ich es dir gesagt habe?«

»Ja, der ist zum Platzen voll.«

Als sie ihn auf dem Boden liegen sieht, verdüstert sich ihr Blick: »Wer weiß, wie lange es dauert, bis wir uns wiedersehen.«

»Umberto und du, ihr kommt einfach und eröffnet ein Restaurant in Chicago.«

»Vielleicht!« Jetzt strahlt sie. »Oder du kommst wieder her.«

»Vielleicht!«, erwidere ich, und dann stelle ich ihr plötzlich die Frage, die mir schon lange im Kopf herumgeht. »Anita, warum hat man dich eigentlich ›die Amerikanerin‹ genannt?«

»Das ist ein Spitzname, den ich mir verdient habe«, antwortet sie stolz. Sie sei schon immer fasziniert gewesen von Amerika, erzählt sie mir, von klein auf. Mit acht, neun Jahren habe sie die Fotoromane gelesen, die ihre Brüder kauften, Zeitschriften mit wöchentlichen Folgen, wobei viele Geschichten in den Vereinigten Staaten spielten. Eine dieser Zeitschriften, die sie eifrig las, hieß *Grand Hotel,* und sie habe sie jedes Mal regelrecht verschlungen. Dann habe sie angefangen, sich auch die amerikanischen Verhaltensweisen anzueignen. Zum Beispiel wollte sie abends mit ihren Freundinnen unterwegs sein, und als die Mutter sie daran erinnerte, dass diese am besten bei sich daheim aufgehoben seien, habe sie nicht lockergelassen, sondern sei heimlich nach draußen auf die Piazza verschwunden, um mit den Jungs aus dem Viertel zu spielen. Natürlich kam jedes Mal irgendjemand, um sie zu holen, meistens ihr Bruder Giovanni, der sie mit einem Lächeln auf den Lippen an die Hand nahm und sagte: »Gehen wir nach Hause, kleine Amerikanerin.« Es war stets er, der sie vor den Schlägen bewahrte, die ihr die Mutter wegen ihrer Unfolgsamkeit am liebsten versetzt hätte. Ein anderer ihrer Träume, geradezu eine fixe Idee, war es, Hosen zu tragen, da sie glaubte, auf diese Weise den Jungs ebenbürtig zu werden und die Freiheit zu erlangen, alles tun zu dürfen, was sie durften. Deshalb wurde sie ein Fußballfan, setzte sich neben das Radio in der Wohnung und verfolgte die Spiele. Sie sei immer amerikanischer geworden, erzählt Anita, je älter sie wurde. Irgendwann hätten alle in der Familie sie so genannt: die Amerikanerin. Amerikanerin, weil sie immer einen Schritt voraus war, weil sie rebellisch und dickköpfig war.

»Amerikanisch zu sein, liegt dir also regelrecht im Blut.«

»Sagen wir so, ich bin zwar die geborene Amerikanerin, aber ich habe keinen amerikanischen Pass.« Sie denkt nach. »Noch nicht.«

Mir fällt etwas ein, was meine Mutter oft erzählte, dass ich nämlich bei meiner Geburt nicht geschrien hätte. Nach dem ersten Atemzug hätte ich angefangen, am Daumen des Arztes zu nuckeln, geblendet von dem Licht im Kreißsaal, nackt und noch dazu untergewichtig, aber heiter in mir selbst ruhend. Vielleicht hatte sie von Anfang an recht: Die innere Kraft eines Individuums beginnt an einem winzigen, weit zurückliegenden Punkt, vielleicht im Embryonalstadium oder noch eher, und der spätere Leidensweg spielt dabei kaum eine Rolle. Sie hat also gut daran getan, mich so zu nennen, Frida, wie die Künstlerin mit dem Pinsel in der Hand, mir den richtigen Namen für die Persönlichkeit zu geben, die ich bereits war, als ich auf die Welt kam. Meine Mutter hatte das gespürt. Auch die Seele in dem kleinen Körper eines Neugeborenen ist groß, vielleicht gar unermesslich, und muss daher nicht im Lauf des Lebens wachsen und sich herausbilden, sondern nur in ihrer Gesamtheit erstrahlen. Und das tut sie, indem sie den Körper dazu treibt, einem Licht zu folgen – einem Lagerfeuer in der Nacht, dem Gesicht des Geliebten, einem Spiegel –, einem Licht, das es schafft, bis in deren düstersten Winkel vorzudringen. Die Seele will einfach nur gesehen werden, das ist alles.

»Aber in Wahrheit, Fri', ist meine Liebe zu Amerika noch früher entstanden«, fügt Anita hinzu. »Als kleines Mädchen, als ich zum ersten Mal die Comics in die Finger bekam, die meine Brüder sammelten, *Il grande Blek* und *Capitan Miki* mit seinen Gehilfen Dottor Salasso und Doppio Rhum.« Sie könne sich gut an die beiden Helden erinnern, die immer für die Indianer gekämpft hätten, für die Apachen und die Sioux. Als sie diese Comics las, habe sie sich auf der Stelle in einen der großen Indianerhäuptlinge verliebt, die dort dargestellt waren. Das führte so weit, dass sie im Kino, als sie mit ansehen musste, wie die Häuptlinge von den Kugeln der Cowboys durchsiebt wurden, vor Verzweiflung in Tränen ausbrach.

Ihre ursprüngliche Leidenschaft für Amerika habe genau darin bestanden, in der reinen und überwältigenden Liebe zu den wahren Amerikanern, den Ureinwohnern, die sich frei über die Prärie bewegten. »Deshalb wollte ich den Hamster Geronimo nennen, nach dem großen Anführer der Apachen. Und wie flink der Bursche war!«

Wir lachen herzlich und befreiend, heute Abend wird es kein Wehklagen geben. Und auch nicht am nächsten Tag, an der Vesuviana-Haltestelle Via Nocera, wo uns der Vertreter des Vereins in Empfang nimmt, in Begleitung von Sif, Brenda und Huang, der immer noch vollkommen bleich und arglos aussieht und absurderweise absolut unfähig ist, auch nur einen sinnvollen italienischen Satz zustande zu bringen. Aber es ist garantiert nicht ihre Anwesenheit, die Anita die Tränen zurückhalten lässt. Sie tut es für mich. Sie reißt sich zusammen und opfert sich auf zu meinem Wohl, um mir in einem traurigen, unglaublich traurigen Moment Kraft und Heiterkeit einzuflößen. So wie es Mütter eben tun.

Bevor ich in den Zug nach Norden steige, schließe ich sie, wie ich hoffe nicht zum letzten Mal, in die Arme, denn es gibt noch so viele Dinge, die ich nicht weiß, zum Beispiel wie man *Ragù Napoletano* zubereitet, wie man sich durch den Verkehr schlängelt und wie man nachts Aale fängt.

Dank

Ich danke Rita Stile für einige ihrer kostbaren Erinnerungen an Anita Palombas Jugend und für alles, was sie mir im Leben gegeben hat. Ein großes Dankeschön auch an Alessandro Stile für die vielen heiteren Stunden, in denen er mir so ausführlich von Gragnano erzählt hat. Danke an meinen wunderbaren Fremdenführer durch Castellammare di Stabia, Amerigo De Simone, ohne den ich diesen Roman niemals hätte schreiben können. Danke an Federica Savastano dafür, dass sie mir ihre Türen geöffnet hat und für die nächtelangen Gespräche, die mir noch immer fehlen. Danke an alle Freunde aus Castellammare di Stabia, ich werde zurückkommen.

Meine Dankbarkeit gilt auch den Autoren, einschließlich Plinius des Älteren, den zahlreichen Quellen, die ich zur Geschichte und zur Geologie von Castellammare gelesen habe, wobei ich insbesondere Francesco Ferrigno und seinen erhellenden Artikel *Castellammare di Stabia: il Faito è una montagna privata* (»Il Gazzettino Vesuviano«, 30. Juli 2017) erwähnen möchte. Der Roman verdankt sich zu einem nicht geringen Teil dem Scharfsinn von Robert Johnson und seinem Werk *She: Understanding Feminine Psychology* (Neuauflage, Harper Perennial 1989) sowie dem Denken des Philosophen und in der Tradition C. G. Jungs stehenden Psychoanalytikers James Hillman, insbesondere seinen

Reflexionen über die Seele, in *Re-visioning Psychology* (Harper & Row, 1975).

Zum Schluss möchte ich mit besonderem Nachdruck meinen engen Vertrauten beim Verlag Giunti danken, vor allem Antonio Franchini für seine anhaltende Begeisterung, Silvia Rogai für ihre Liebe zum Detail und LeeAnn Geiberger Bortolussi, die mir ein ständiger Licht- und Hoffnungsschimmer gewesen ist.

Sue Monk Kidd

Die Erfindung der Flügel
Roman

496 Seiten, btb 71467
Aus dem Englischen von Astrid Mania

Zwei Frauen, die die Welt verändern

Die elfjährige Sarah, wohlbehütete Tochter reicher
Gutsbesitzer, erhält in Charleston ein ungewöhnliches
Geburtstagsgeschenk – die zehnjährige Hetty »Handful«, die
ihr als Dienstmädchen zur Seite stehen soll. Dass Sarah dem
schwarzen Mädchen allerdings das Lesen beibringt, hatten ihre
Eltern nicht erwartet. Und dass sowohl Sarah als auch Hetty
sich befreien wollen aus den Zwängen ihrer Zeit, natürlich
auch nicht. Doch Sarah ahnt: Auf sie wartet eine besondere
Aufgabe im Leben. Obwohl sie eine Frau ist. Handful ihrerseits
sehnt sich nach einem Stück Freiheit. Denn sie weiß aus den
märchenhaften Geschichten ihrer Mutter: Einst haben alle
Menschen Flügel gehabt …

»Ein wunderbarer Roman für jeden, der je seine eigene
Stimme finden wollte. Es ist unmöglich, dieses Buch zu lesen,
ohne danach anders über sich selbst und die eigene Rolle in
der Welt zu denken.«
Oprah Winfrey

»Ein Meisterwerk darüber, wie es Frauen gelingen kann, die
Welt zu verändern.«
The Chicago Tribune

btb